JN265374

ああ　哀しいかな

――死と向き合う中国文学――

佐藤　保
宮尾正樹　編

ああ　哀しいかな——死と向き合う中国文学——

目　次

目　次

ああ　哀しいかな——死と向き合う中国文学——

まえがき

佐藤　保

棺を蓋《おお》いて論定まる

人を評価することはむずかしい。人間の行動は他人にははかりしれない面が少なくなく、時には傍観者からみれば、まったく不可解としか思えないような行為をすることも決してまれではないからである。

たとえば、東晋《とうしん》の名士の王徽之《おうきし》は、ある夜雪見をしながら詩を吟じているうちに突如友人を訪ねようと思い立ち、夜通し小舟に乗ってようやく友人の家にたどり着いた。ところが、彼は門前まで来ると中に入らずにそのまま引き返してしまった。「興が尽きたから帰ったまでで、別に会うこともない」というのが、人に問われての彼の返答であった。このそっけない返答の意味するところは、彼が雪見をしながら吟じた西晋・左思《さし》の「招隠詩《しょういんし》」が鍵であり、「策《つえ》を杖《つ》いて隠士を招《たず》ねんとす、荒れた途《みち》は古今に横たわる」（杖策招隠士、荒途横古今）ではじまる脱俗の隠士をしたう作品に感興を触発された徽之が、自分もまた隠棲の友人を訪ねてその興趣にひたりたいと出かけてみたものの、友人の門前に着いたらすでに興趣は消え失せていた、というのであろう。

このエピソードは、中国南朝・宋の劉義慶《りゅうぎけい》の『世説新語《せせつしんご》』任誕篇《じんたん》にみえるもので、王徽之のこの行為は六朝士人の自由闊達《かったつ》な生き方を示すひとつの典型として、人々にながく語りつがれてきた。

「子猷尋戴《しゆうじんたい》」（子猷は戴を尋ぬ。子猷は王徽之の字《あざな》、戴は友人の隠士戴逵《き》のこと）と『蒙求《もうぎゅう》』の標題にもなったこの故事は、たしかに雅味あふれる風流なエピソードには相違ない。しかし、このエピソードがもしも真実であるならば、一般常識人の眼には彼の行為ははなはだ不可解、非常識なものと映るのである。なぜならば、当時彼がいた浙江《せっこう》・山陰（紹興市《しょうこう》）から友人の住む剡県《せん》（嵊県《じょう》）までは、おそらく曹娥江《そうがこう》を経て行ったものと推測されるが、距離にして七〇キロ余りもあり、決して近い距離ではない。それだけの道のりを、たとえ風雅な興趣がわいたとしても、冬の夜中に出かけるというのが非常識の第一、そしてようやくした到着したにもかかわらず、友人にひとことの声もかけずに門前から引き返すなどは、常人にはまったく理解できない非常識の第二である。彼の行為を聞いた人々は、まずは驚きあきれ、ついであくまでも風雅にこだわる彼の風流人としての執念、あるいはまた人をかくも魅了する風雅の摩訶《まか》不思議な魅力などを感じ取り、そしてこのような気まぐれで非常識な行為を可能にする名望家（徽之は書聖王羲之《ぎし》の長男）の生活にいささかの羨望を覚えつつ、彼の行為に感嘆したのに違いない。さればこそ、彼は「任誕」（放埒《ほうらつ》気まま）の人物として歴史に名をとどめることになったのである。『世説新語』の同じ篇（のみならず、書中のいたるところ）には、彼のほかにも数多くの常識破りの人物のエピソードが記録されており、なかにはまったく狂態痴態としか言いようのないような勝手なふるまいを演じている人が少なくなく、実に興味深い。

ところが、興味と評価はまったく別物である。あるいは理解することと尊敬することは異なるレベルのものと言ってもよかろう。たとえ興味や関心をいだいたとしても、王徽之らの行為を人間として当為の、知的文化的に意味あるものと肯定するか、はたまた身勝手で、無意味無価値な独善的愚行ときめつけるかは、人それぞれによって見解の分かれるところだからである。評価には、評者の人生観、価値観が必然的に反映されるのである。

そして、評価はまた、個別の行為を評価する場合でも、その人について知る限りの情報をふまえて行われるのが常である。そのときは情報を欠いて、ただ単に驚きあきれて奇異にしか感じないことも、情報が増えるにつれて一時的な印象は確信に変わり、はじめてその人についての評価が定着する。さきの王徽之にしても、竹をこよなく愛する風流ぶり（任誕篇・簡傲《かんごう》篇）とか、気に入ったというだけで他家の絨毯《じゅうたん》を無断で持ち出す恣《し》意《い》的なふるまい（任誕篇）といったことがしばしばくりかえされると（本書に収める黒田真美子「魏晋の悲愴」に詳しい）、人々は彼を「本性雅《みやび》をこのむ放埒な人物」（『晉書』王徽之伝・雅性放誕）と目するようになり、晩年に彼が黄門侍郎（門下省の次官）という高い官職をなげうって隠棲するに及んで、みな「この人ならばさもありなん」と納得して、風雅に生涯を捧げた人物という世評が定まるのである。

　このゆえに、人の評価は、その人の死後にある種の総括が行われてはじめて定論めいたものができあがる。これがいわゆる「棺を蓋《おお》いて論定まる」（蓋棺論定）である。

名は身後に垂る

「棺を蓋いて論定まる」という成語は、いつころ誰が言い出したのか、その由来は必ずしも判然としない。一般に典拠とされているのは、漢の韓嬰《かんえい》が著した『韓詩外伝《かんしがいでん》』巻八に見える孔子の言葉である。すなわち、弟子の子貢《しこう》が学ぶことに疲れたので学業をやめたいと言い出したとき、孔子が「学びて已《や》まず、棺を闔《おお》いて乃《すなわ》ち止む」（学業に終わりはない、死んだときに終わるのだ）と、子貢をたしなめた言葉がそれである。

　おそらくこの孔子の言説は歴史的な真実ではあるまい。思うに、『韓詩外伝』の研究者が指摘するように、秦漢のころの孔子に仮託された伝承が記録されているのであろうが、事の真偽はともかく、この「闔棺乃止」（闔《こう》は蓋と同義）の語から「棺を蓋いて事定まる」（蓋棺事定）、「棺を蓋いて事已む」（蓋棺事已）という成語が生まれた。成語の意味は、「死んではじめて人の事業（しごと・つとめ）はおわる」であり、逆に言えば、「人は死を迎えるまでは、そのつとめをはたさなければならない」の意である。たとえば、唐・杜甫《とほ》の詩句「丈夫《じょうぶ》棺を蓋いて事始めて定まる、君今《きみいま》幸いに未《いま》だ老翁と成らず」（「君不見簡蘇徯」君見ずや蘇徯《そけい》に簡《たより》す）などは、まさしく本義にもとづく用例である。

この「棺を蓋いて事定まる」からさらに転じて、やがて「人は死後にはじめて評価が定まる」を意味する「棺を蓋いて論定まる」ができあがった。「論定まる」という語には、生前における人の行動の複雑さと評価の揺れ動く現実が反映されており、世評によって人の行動もまた左右される可能性があることをも含意していて、人物評価に手を焼いた人々の経験がこの成語を生み出したのであろう。

さはさりながら、評価は人の社会にあっては必然の、そして必要欠くべからざるものである。すべての人は意識するとしないとにかかわらず、必ず他人を評価し、また他人から評価されながら社会生活を送らなければならない。集団生活の形成と維持のために、相互評価は最も基礎的な行為であるからである。人は生きて行くかぎり、決して評価から逃れることはできない。もっとも、これは集団生活をする生きものすべてに共通するさだめと言ってよいもので、なにも人にだけ限ったことではない。ただ、人以外の生きものは、群れをつくって生存するための評価は必須であるが、個体の命がなくなればそれでおしまいである。たとい遺伝子レベルの継承はあっても、集団自体の作為的な評価の継承はないと言ってよいのではなかろうか。ところが、人の社会では人為的な評価の継承が行われる。この点が人の人たるゆえんで、人は社会の存続と発展のために、社会的に有益ないしは有害と評価された人の名や事跡を広く世に伝え、それを顕彰あるいは指弾して、ながく継承する手段を講じる。すなわち、評価の規範化、教訓化である。自分の名が死後にまで残って人々にいつまでも尊敬されること、これがすなわち「名は身後に垂る」であり、昔からきわめて名誉なこととされてきた。

人の寿《よわい》は金石に非ず

名と事跡を永く伝える方法として、古い時代にあって最も確かな方法は、金石、すなわち岩石や金属器（主として青銅器）に文字を刻んで残す方法であった。「人の寿は金石に非ず、年命《いのち》は安《いずく》んぞ期すべけんや」（古楽府「西門行」）とうたわれたように、はかない人の寿命に比べてはるかに永続性のある堅い金石は、文字保存の格好の材料だからである。そして、文字を刻んだ金属器の多くは「明器《めいき》」（死者に供する器具）として地中に埋められたのに対して、石刻は多く人の目に触れる地上に建てられた。金石に刻まれたこれらの文字を集めて解読する学問ははるか後世に起こり、金石学と呼ばれるようになったが、北宋の欧陽脩《おうようしゅう》が先鞭を着け、宋代以後多くの学者がこの学問に従事したのである。

現存する最古の石刻文字は、紀元前八世紀の初め、春秋時代に刻まれた石鼓文《せきこぶん》とされており、秦の襄公《じょうこう》の盛んな狩猟のさまをうたう詩編が刻されてる。『詩経』の詩編と同じころの作であるだけに後世の偽作を疑う学者が少なくないものの、唐代のはじめに発見された石鼓一〇個は、はるかな時を越えて襄公の盛事を現在に伝えている。

制作年のより確かな古代石刻の文字は、紀元前二一九年に建てられた秦の始皇帝の頌徳碑である。始皇帝は天下の統一をはたしたあと、国内を巡行して帝王の勢威を示し、それを記念するために各地に石碑を建てさせた。みずからの事跡と英名を後世に残すためであったが、それらの石碑のうち、いま泰山《たいざん》（山東省泰安県）と瑯邪台《ろうやだい》（同省諸城県）の二石碑の断片が伝存する。これらはいずれも、名と事跡を永遠に伝えようと刻まれた石刻の文字が、古人の期待通りに残った実例で、まさしく「名は身後に垂る」のもくろみがみごとに成功している例と言えよう。

漢代以降、伝存の石刻文字（概括的に碑文と呼ぶ）は急速に増加する。伝存の様態は、石碑の原石がそのまま残るもの、原石は失われて拓本の形で残るもの、あるいはもとの文字は伝わらずにただ書物等の記録として残るもの、崖の岩石に刻むもの（摩崖碑《まがいひ》）等々さまざまな形で残り、歴史学、考古学、文字学、書道史などの広い分野で調査研究が進められてきた。碑文の種類も、さきの君主・帝王の頌徳碑から賢臣・名人の顕彰碑、祠廟《しびょう》や宮殿など建築物の前に建てられる祠廟碑・宮闕碑《きゅうけつひ》、また土地の権利・約定などを後に残すための碑文（たとえば漢の「大吉買山地記摩崖」）等、実に多様である。建碑の目的はそれぞれ異なってはいても、すべての碑文の制作に共通するのは、文字（言葉）を後世に残したいというつよい願望にほかならない。

このような碑文の流れの中で、漢代以後最も人々に重視され、広く普遍化していったのが墓所に建てられた墓碑銘であり、墓中に埋められる墓誌銘であった。墓碑銘と墓誌銘の違いと歴史的な流れについてはすでに多くの論考があって、ここで贅言を要しないが、歴史的には墓碑銘が先に現れ、墓誌銘はその後から起こった。たとえば久田麻実子の「墓誌銘の成立過程について」（大阪市立大学中国学会『中国学志』大有号、一九九九）は次のように指摘する――漢代に孝を中心とする儒教の「礼」が世に浸透するにつれて死者への孝の具現として墓前に碑を建てる風潮がつよまり、後漢末には曹操の禁碑令が出されるほど盛行した。それでも建碑の風潮はなかなかやまず、その後も禁碑令はしばしば出されたが、この禁碑令が地上の墓碑の代わりに地下に埋める墓誌を生み出した。墓誌はもともと墓碑のミニチュア版であった――と。さらに、墓誌の出現は後漢の時であり、西晉の時期には墓誌が主流となったが、墓誌と墓誌銘の形式及び内容の完成は北魏の時代であったと、久田論文は述べている。

魏晉の時期にいったんは下火になった墓碑の建立は、実はその間も決して廃れることなく継続し、結局、墓碑と墓誌が併存することになった。そして、死者を悼み、死者の生前の行動や事績を石に刻む風習は人々の間に深く根づき、ますます普遍化の一途をたどったのである（本書所収の王廸「南宋儒者林希逸の死生観」参照）。碑誌に刻まれる文章、すなわち墓碑銘と墓誌銘も、歴代の名だたる文人が才能を競い修辞に工夫を凝らして、しだいに実用性とともに文学性の高い文章が書かれるようになった。

碑誌の文学

死者を悼むために石に刻まれる文は、墓碑銘や墓誌銘に限らず多くの種類がある。たとえば、墓碑と同じく地上に建てる墓表・誄《るい》・墓闕《けつ》・神道碑に刻まれる銘文、墓誌同様地下に埋める墓記など、実にさまざまな種類がある。さらに、死者を悼む文はすべてが石に刻まれるわけではない。哀辞・哀文・弔文・祭文等々、葬礼の時に読まれたり、故人を追悼するために書かれる文もある（矢嶋美都子「陸機の『魏の武帝を弔う文』」及び村越貴代美「守られた英雄」等を参照）。これらの文はそれぞれ特有の文体をもっとされており、梁代に編纂された昭明太子の『文選』と劉勰《りゅうきょう》の『文心《ぶんしん》雕龍《ちょうりょう》』が各文体の標準を示して後世に大きな影響を与えたが、しかし書き手の工夫によって文体表現に変化を生じたり（今井佳子「誄に於ける哀傷表現」参照）、時代が下るにつれて文体の種類が増加し、死者の官位や墓葬形式等による細分化が進んだために、文体上の厳密な区別の難しい場合が少なくない。そんななかで、「ああ　哀しいかな、こいねがわくはうけよ」（嗚呼哀哉、尚饗）を締めくくりの言葉とする祭文は、特有の文体を残す好例である（谷口真由実「杜甫『故の相国清河房公を祭る文』の語るもの」参照）。本書の書名は、この祭文の結末語に由来する。

これらの哀傷文、哀悼文が文学作品として確立するのは、唐代に入ってからである。もちろん唐以前にも文学的に優れた碑誌銘の類がなかったわけではない。たとえば、後漢の蔡邕《さいよう》、北周の庾信《ゆしん》などは銘文作家として早くから定評があり、また死の直前にみずからの祭文（自祭文）を書き残した陶淵明《とうえんめい》のような特異な文学者もいる。しかしながら、霊前に祭文を捧げ、墓碑を建て、墓誌を埋めるなどの葬礼の風習が士庶人の間にさらに広く浸透して、多くの文人が祭文や碑誌銘の執筆に情熱を注ぐようになったのは唐代に入ってからである。彼らは親族や友人、上司や同僚の死に哀悼の筆をとったばかりでなく、依頼をうけて平素は無縁の人のためにも碑誌銘を書くことが一般的となり、葬礼は一流の文人がその文学的才能を発揮する好個の場となった。すなわち、一流の文人に碑誌銘を依頼することによって死者及び遺族の社会的名誉が高まり、一方名望家の碑誌銘を書くことによって文人の名も高まるという、碑誌と文人の共存の関係ができあがったのである。

いま、石刻の銘文類のほか、祭文・弔文などをもまとめて、文人たちの書いた死を悼む文章すべてを「碑誌の文学」と呼ぶことにしよう。「文学」と呼ぶゆえんは、これら文人たちの文章には書き手の言語感覚や表現様式の工夫、死生観、人間観など、広い意味での文学的営為を明らかに看て取ることができるからである。そして、碑誌の文学の成立に最も功績があったのは、中唐の文人韓愈《かんゆ》であった。

碑誌の文学と言えば、とりわけ私が興味を覚えるのは、陶淵明のようにみずからの手でみずからの生を後世に残そうとして書かれた自祭文・自撰碑誌銘の類である。これまた唐代に至ってひとつの系譜ができあがったとおぼしく、王績《おうせき》・厳挺之《げんていし》・韓昶《かんちょう》(韓愈の子)・杜牧《とぼく》等が自撰墓誌銘・墓碑銘を残している。時代が下って明代の徐渭《じょい》もまた「自為墓誌銘」(自ら為る墓誌銘)を書いたことで知られているが、いずれもはっきりとした自我を主張した人たちで、文人の強烈な個性と墓誌銘類の自撰は決して無関係ではあるまい。あるいは、碑誌銘ではないが、文人が記す自伝の類、特に晩年に書かれるものをこのグループに入れて考えてもよかろう。死を予感しながら自伝を書く意図は碑誌を記すのと共通するものがあるだろうから。たとえば、中唐の劉禹錫《りゅううしゃく》の「子劉子自伝」がその一例である。

さらに言えば、碑誌類は書き手の文学観を探るうえで重要であるばかりでなく、文学研究にとってきわめて重要な種々の情報を提供する。一般に、碑誌類に書かれるべき内容は、死者の名字・世系・行状(評価を含む)・死去の時と場所などの伝記的要素と、哀悼の心情である。伝記的要素を記す部分はおおむね散文で書かれて「序」と呼ばれ、哀悼の心情を述べる韻文の部分は「銘」と名付けられている――因みに、碑誌の文学の主体は韻文の「銘」の部分である。碑誌の題名が「××墓碑銘並びに序」「××墓誌銘並びに序」と書かれるのがその証拠であり、死者を悼むために造られる碑誌本来の目的からすれば、哀悼の心情を述べる韻文部分に重点が置かれているのは当然のことであろう――が、この伝記的要素は死者が文学者である場合には、その人の最も基本的な伝記資料となり、当時の評価を知る第一級の手がかりとなる。もちろん、「銘」にも「序」をまとめる形で行状や評価などが記されるが、修辞上の拘束から事実の詳細は簡略にならざるを得ない。

「序」にはまた、しばしば死者と書き手の関係や、碑誌類を書くにいたった事情・経緯が記される。たとえば、元《げん》稹《じん》の「唐の検校工部員外郎杜君の墓係銘」（墓係銘はテキストによっては墓碑銘）は杜甫の孫の杜嗣業《しぎょう》が元稹に依頼したものであり、張籍《ちょうせき》の韓愈の死を悼む「退之《たいし》を祭る」（退之は韓愈の字）には、師の韓愈と張籍の生前の交流のさまが仔細に述べられている。このように見てくると、碑誌類は文学者たちの交友・師弟・属僚の関係や文学的系譜・伝承といったことまで、実に多くのことを伝えてくれるのである。あらためて碑誌文学の重要性を再認識する必要があろうと、私は思う。

死を悼む文学は、詩詞においても長い伝統を持つことはよく知られている。本書所収の尾形幸子「不遇な詩人を悼む」、大西陽子「死のある日常風景」が、挽詩《ばんし》・悼亡詩《とうぼうし》を検討したものであり、近・現代文学においても馮至《ふうし》（佐藤普美子）と聞一多《ぶんいった》（栗山千香子）の詩作品が論じられている。この死を悼む詩詞の類と碑誌の文学をまとめて、「傷逝《しょうせい》の文学」と呼ぶことができよう。

マルサの会

ここで、本書ができあがった経緯について簡単に記しておきたい。

いま正確な年月は忘れてしまったが、私のお茶の水女子大学の定年退職まであと数年というころ、かつて教室でともに学んだ卒業生諸君から私の書き散らした雑文類をまとめて本にしたいという申し出があった。そのときはまだ、お茶大での教育や大学行政の仕事に逐われていたために大学を離れる実感がわいていなかったこと、そしてなによりも自分の書いた文章をまとめて人目にさらすことへの気恥ずかしさから、再三の熱心な申し出にもかかわらず、いつも煮え切らぬ返辞を繰り返していた。彼女たちの気持ちはありがたく感謝しつつも、私は自分の書きものをまとめる責めをなんとか逃れようとあれこれ思案したすえに、私の文章よりはむしろ諸君の論文集を作ろうではないかと提案して、説得にこれ努めた。その際に、巷間よくある『某先生退休記念論文集』の類ではなく、諸君それぞれの日頃の研究成果や、関心があり得意とするテーマを生かしつつ、内容面である程度統一のとれた書物を作りたいと注文をつけた。

私のもくろみは、上に記したように、前々から温めていた中国の碑誌文学を皆がどのように料理するか、はたして中国文学の各ジャンル、各時代文学で碑誌が文学研究として成立するかどうかを確かめてみたい、ということにあった。そのための集まりが始まったのは平成十一年（一九九九）であったと記憶する。

集まりは私の名前に因んで「マルサの会」と命名され、村越貴代美さんと西野由希子さんが幹事役になり、おおむね月に一回のペースで会合を重ねた。はじめは私の提案に参加者から多くの疑問と懸念が出され、議論に議論を重ねた。たとえば古人の墓碑銘・墓誌銘は多く存在するが、近・現代文学者には追悼文・弔辞はあっても伝統的な碑誌の類は少ないとか、当然のことながらそれぞれの研究対象や関心事と碑誌との関連づけは難しい等々であった。私も参加者の顔ぶれをみて、確かにテーマを碑誌と限定してしまうと種々の困難が予想されたので、最終的には中国文学における「死」とテーマを広げることにした。これが、本書に「死と向き合う中国文学」という副題を付す理由である。

そしてさらに、皆にもうひとつ条件をつけた。それは、執筆方針として、内容は専門的で高度な内容をもちながら、文章は非専門の一般読者にも読んでもらえるように平易な文章で書いて欲しいという条件である。具体的には、タイトルは内容を簡潔に示すように工夫すること、主題に関連する人物・書物などについて解説的な前書きを添えること、原文だけの引用を避けること、原則として脚注はつけないこと等の申し合わせである。これらの条件は、日頃かたい学術論文を書き慣れている皆にはことのほか厳しかったらしく、論文調でない論文に頭をかかえる者が少なくなかった。

このような経過をたどって、ともかく各自の書きたいこと、関心をよせていることを順次発表するための研究会が一年以上つづいたあと、昨年平成十三年秋提出をめざして執筆に入ったが、途中さまざまな理由から執筆を断念した人が数人出たりして、結局、最終的には本書に収録されている古典文学関係の一〇篇（日本漢文学の一篇を含む）、近・現代文学関係の七篇が集まった。

寄せられた原稿について、古典関係は私、近・現代は宮尾正樹君が分担してひととおり眼を通したが、主として表現上の問題と、明らかな疑問点がある場合に限ってそれらを指摘し、意見を述べたにすぎず、内容と文体の調整統一はまったく行っていない。論文調でない論文という私の注文は、必ずしもすべてが私のイメージ通りには行かなかった嫌いはあるが、この原稿読みは、執筆者ひとりひとりを在学中からよく知っている私にとってまことに楽しい作業ではあった。

死を悼む諸相

私が分担した古典関係の文章について、その概要を記しておこう。なお、近・現代文学関係については宮尾君の「あとがき」を参照されたい。

矢嶋美都子「陸機の『魏の武帝を弔う文』」は、西晉文学代表者の一人である陸機《りくき》が魏《ぎ》の曹操《そうそう》の遺言（遺令）を見て作った弔文を素材として、漢・魏の弔文の系譜及び陸機の弔文の特色と、それが書かれるにいたった経緯を検討する。主な論点は、曹操の遺言中に一代の英雄らしからぬ身辺瑣事への言及があるのに失望したと記すこの弔文が、実は正統的な弔文の系譜からはずれる異例の作であること、そしてその背景には陸機の出自・経歴が深く関連していることを明らかにする。英雄の死と魏晉の複雑な時代に生きた文人との関わりが述べられている。

今井佳子「誄に於ける哀傷表現」は、死者を弔う文体のひとつである誄《るい》の本文（韻文）が、六朝期に四字句形式から六字句・七字句など長句を多用する形式に変遷する過程を具体的に考察する。その変遷は特に誄の哀傷表現の部分において著しく、もともと故人の業績や徳を顕彰するための一種の実用文であった誄が、哀傷表現に重点をおいた文学作品へと変化するにつれて、賦との境界があいまいになり、哀傷表現はやがて詩賦が担うことになって誄の創作が衰退したと結論する。

黒田真美子「魏晉の悲愴」は、『世説新語』傷逝篇を中心に、魏晉の士人たちの死生観を考察する論考。彼らの死者への哀悼には対照的な二つのタイプがあり、一つは従来指摘されている反礼教的な過激な哀悼であり、もう一つは従容として礼に則った哀悼である。この相反するタイプがなぜ選ばれたかについては、当時の政治的、社会的に混乱を極めた魏晉の時期において、たえず死の恐怖におびえつつ生きた士人たちの求めるものが真実であったからで、真実でありさえすれば、礼教に反しようが遵守しようが問題ではなかったと論ずる。魏晉の時代相と文化的特質をふまえて、『世説新語』の世界を死の観点から分析したもの。

以上の三編は、漢代から三国・晉・南北朝期の死を悼む論考である。

谷口真由実「杜甫『故の相国清河房公を祭る文』の語るもの」は、不遇の宰相房琯《ぼうかん》の死を悼む杜甫の「祭文」を解読する。安祿山《あんろくざん》の乱で疲弊した国家を立て直すための政策上の対立から宰相を罷免された房琯と、彼を弁護して左遷された杜甫はいわば同志的な関係にあった。本論は、「祭文」の全文（前文・本文・末文）にわたって、房琯の罷免によって生じたいわゆる「房琯事件」の政治状況や時代背景と杜甫の心情をこまかく読み解き、史書の多くが必ずしも高くは評価しない房琯の真像に迫ろうというもの。

尾形幸子「不遇な詩人を悼む」は、中国歴代の詩の選集における「死を悼む詩」の分類を検討したうえで、方回《ほうかい》編『瀛奎律髄《えいけいりつずい》』傷悼類に収める中唐の詩人賈島《かとう》の孟郊《もうこう》の死を悼む「哭詩」二首、及び賈島の死を悼む唐人の作二首をとりあげて、検討する。一般に「郊寒島痩」と呼ばれる二人の不遇な詩人の死が詩にいかに表現されているか、またそれらの作品に対する方回等の評語がいかなるものかを考察し、傷悼詩は死者の一生を凝縮した形で提示するものと述べる。

伊藤美重子「敦煌書儀の中の凶書」は、敦煌《とんこう》出土文書の中から人の死を伝える書簡の書法教本（書儀）を取り上げて、書き方の実際を具体的に検討する。人の死は凶事に属するので死を伝える書簡は凶書あるいは弔書などと呼ばれるが、凶書は書き手と死者の続柄（死者が父母・兄弟姉妹、あるいは妻など）と、伝える相手によってそれぞれ書き方が異なっていた。さらに返書のお悔やみの書簡にも一定の書き方があった。本論には凶書の特徴的な用語の実例や弔問の言葉（口弔辞《こうちょうじ》）についての考察が行われており、従来あまり知られていない唐代の葬儀習慣の一端が明らかにされている。

以上の三編は、唐代についての考察である。

大西陽子「死のある日常風景の具象化」は、亡妻及び夭折《ようせつ》の愛児への思いを多くの詩篇に残している北宋の詩人梅《ばい》堯臣《ぎょうしん》が、家族のみならず無辜《むこ》の民衆の死、また愛玩の小動物の死をも詩賦に詠じ、「死」に対して特に鋭敏な感覚を持つ人であったことが論じられている。彼が残した詩文から見ると彼の身辺には次から次へと死が生起し、いわば死は日常の風景として存在したが、悲哀を経験するごとに彼の死に対する感覚はとぎすまされてゆき、死を詩に具象化することにあくまでも執着したと結論する。

村越貴代美「守られた英雄」は、豪放派の詞人と言われ、愛国の詞人とも呼ばれる南宋の辛棄疾《しんきしつ》の死後の評価をめぐる問題を論じたもの。辛棄疾の生きた南宋は国土の北半分を金に占領され、政権内で国土の奪還を主張する主戦派と平穏無事を求める主和派が激しい政治抗争を繰り返していた。主戦派の辛棄疾は軍事行動に参加したり、抗戦を主張する激越な作品を多く作ったために、死の直後は反対派から官爵剝奪という処分を受けたのである。その名誉回復が行われたのは南宋の末期にいたってからで、本論はその経緯をこまかに考察する。

王廸「南宋儒者林希逸の死生観」は、南宋の儒者林希逸《りんきいつ》の儒・道・仏混合の死生観及び名代の文章家として彼が書いた多くの挽詩・墓誌銘を通して、南宋の人々、ひいては中国人の死と生に対する考え方を考察する論考である。彼の挽詩・祭文・墓誌銘は死者への哀悼を「夢」と「仙」で表現し、生死の区別は無意味と考える点では老荘思想のよき理解者であったが、一方では儒家的な孝行の具現である墓誌銘等を大量に書き、そこには儀礼を越えてあくまでも自然の感情を重視した林希逸の特色が見られると指摘する。

以上の三篇は、宋人を対象とした論考である。

直井文子「墓銘を書く山陽先生と拙堂先生」は、本書唯一の日本人の墓銘・祭文等を考察の対象とする。頼山陽《らいさんよう》と斎藤拙堂《さいとうせつどう》は江戸後期を代表する文人であり、生前から互いに相手の才能を尊敬し、山陽の死に際して後輩の拙堂が弔文を書いた間柄であった。本論は、山陽と拙堂が残した墓銘類を検討して、市井の野人として生きた山陽の文は、死者と自分との関係を詳述し主観を抑えた切々たる筆遣いに才能を示し、それに対して藤堂藩の藩儒として権威をもった拙堂の文は、死者との関連は比較的簡略に記されるが、死者の人柄を見きわめ、死者に託して自己の思想・哲学が述べられていると、それぞれの特色を論証する。

加藤三由紀「石に哀悼を刻す」は、現代に属する于右任《うゆうじん》（一八七九～一九六四）の碑文に関する論考であるが、碑文が古文で記されているために、宮尾君とともに私も目を通した。于右任は軍人、政治家、教育者など多くの顔を持つ人物であり、特に行草書の名手として数多くの碑文や挽聯《ばんれん》を書き残している。その中から、彼の故郷、陝西《せんせい》省の二度にわたる戦乱でともに戦い、命を落とした人たちを悼む碑文を中心に、于右任の前半生と彼と生死をともにした人々への懇切の思いを記述したもの。

本書はもともと、私がお茶の水女子大学を退職した一年後の今春に刊行される予定であった。それが数ヶ月も遅れたのは、ひとえに私のこの「まえがき」が遅れたせいであり、執筆者諸君の責任ではまったくない。私の怠惰は、本書の出版を快諾された汲古書院にも多大な迷惑をかけたが、ここでマルサの会の皆さんと汲古書院に心からお詫びすると同時に感謝の意を表したい。とりわけ、汲古書院の小林詔子さんには、マルサの会の研究会当時から数々の助言と激励をいただき、そのおかげで本書をこのような形でまとめることができた。マルサの会を代表してお礼を申しあげる次第である。

願わくは、本書が一人でも多くの人に読まれんことを。

（二〇〇二年五月）

陸機の「魏の武帝を弔う文」
——曹操の遺言をめぐって——

矢嶋美都子

陸機（二六一～三〇三）、字は士衡、江蘇省呉郡（蘇州）の人。呉の名門の出身（祖父の遜は丞相、父の抗は大司馬）。身長七尺、其の声、鐘の如しという偉丈夫で若いころから異才を発揮し、文章は世に冠絶する一方、儒教を遵奉し、礼に非ざれば動かず、であった。父の後を継いで牙門将軍となるが、二十歳の時、呉が滅亡したので旧里の華亭（浙江省嘉興県、祖父の代からの別荘があった）に帰り、門を閉じて十年、学問を積む。太康（二八〇～八九）の末に、弟の陸雲と西晉の都洛陽へ行き、文壇の大御所張華を訪ねると、その名声を重視した張華は旧知のように接し「呉を征伐した戦績はこの二人の俊才を得たことだ」と、盛んに貴族や諸侯に推薦した（『晉書』巻五四陸機伝）。ただ西晉王朝は全体に老荘の気風で、贅沢、奢侈を競うといった風潮も色濃く、陸機の処世は順調とはいえず、八王の乱で部下の讒言にあい、軍中で非業の死を遂げた。享年四十三歳。

文学史的には修辞主義の時期（太康）に活躍した大物詩人三張二陸両潘一左（張華・張載・張協・陸機・陸雲・潘岳・潘尼・左思）の一人。とりわけ潘岳とは、潘岳は錦のよう、陸機は金のよう、と高く評価され、「潘陸」と併称される。ほぼ全篇を対句で構成し文学論を開陳した「文賦」は後世の文学理論発展に大きな影響を与えた。当時は、潘岳の亡き妻を悼む「悼亡詩」、左思の愛娘を詠じた「嬌女詩」など、詩のテーマに新生面が開かれたが、陸機の詩に家族の女性は歌われていない。自ら意志してなった羈旅の臣だが、故国呉への思いを詠じた名作が多く、望郷詩人とも称される。

「弔魏武帝文」は六朝時代の末、梁の劉勰《りゅうきょう》（四六六～五二〇）が著した総合的な文学理論の書『文心雕龍』哀弔篇に、「弔文」の代表作として、漢の賈誼《かぎ》の「弔屈原文」から時代順に取り上げた十篇の最後の一篇に採録され、「斯《こ》れを降《くだ》って以下は、未だ称す可き者有らざるなり」とコメントされている。また、同じころ編纂された『文選』の弔文（二篇採録）に、賈誼の「弔屈原文」と並録されており、「弔文」の典型を示す作品と言える。

「人の将《まさ》に死なんとするや、其の言や善《よ》し」（『論語』泰伯）。臨終の人の言葉は立派な（正直な）ものだ、という。曹操の場合は、陳寿が書いた正史『三国志』魏書・武帝紀の建安二十五年（二二〇）の条に、「遺令」という形で伝わっている。

建安……二十五年、春正月……庚子の日（二十三日）、王（曹操）は洛陽で崩御した。享年六十六歳。遺令にいう「天下は依然として安定していない。だからまだ古式を遵守するわけにはいかない。埋葬が終われば、皆、喪服を脱げ。兵を率いて駐屯する者は、皆その部署を離れるな。役人はそれぞれ自分の職を務めよ。納棺には遺体に平服を着せ、（墓に）金玉珍宝などは入れるな」。諡を武王という。二月丁卯の日（二十一日）、高陵に葬むる。

天下統一を目指して奮戦し志半ばで亡くなった曹操の、葬式は簡単にして臨戦態勢の警戒を緩めるな、という「遺令」である。陳寿の『三国志』の完成は太康六年（二八五）、曹操の死より六十五年後である。それから十三年後の元康八年（二九八）、著作郎として西晋王朝の宮中図書館に出入りしていた陸機が、曹操の「遺令」を見て、「魏の武帝を弔う文」を書いた。その序文に

元康八年、機始めて台郎を以て、出でて著作に補せられ、秘閣に遊び、魏の武帝の遺令を見る。愾然《がいぜん》（胸が一杯になる）として歎息し、懐《こころ》を傷ましむる者之《こと》を久しうす。

とある。全文は『文選』（巻六十）に「弔魏武帝文一首幷序」として収められているが、陸機が見たとして引用する曹操の「遺令」は、幼子や側室の行く末を案じたり、残りのお香の始末、銅雀台で一日と十五日にお祭りしろなど、お

よそ陳寿の『三国志』に記載されていない内容・事柄で、しかも、次の様なコメントつきの書き方になっている。

曹操が太子に遺言し、四人の子供に訓戒した様子を見ると、国を治める計略は遠大で、家を隆盛にする教えも弘大だった。遺令にいう「自分が軍中で法を維持したのは正しかったが、小さい怒りで大過失をしたのは手本にするな」と。立派なことだ。達人の善言である。女児を抱き末子の豹を指差し、四人の子供に「お前たちを累《わずらわ》す（世話を頼む）」と言い、涙をこぼした。傷ましいことだ。天下統一を自任していたのが、今は愛し児を人に頼むのだ。死ねば魂は亡くなり、肉体が亡くなれば意識は存在しない。しかし（曹操のように）家庭内のことに未練を残し、家人の務めに配慮するのは細か過ぎよう。また「我が身辺の女官を全て銅雀台に移住させ、堂上に八尺の台を置き、薄絹の帳《とばり》を掛け、朝夕、干し肉や干し飯を供え、月の一日と十五日には、そこで歌舞をせよ。折々台上に登り、吾が西陵の墓を望め」と言い、更に「余った香は夫人に分け与えよ。側室で仕事の無い者は組み紐《ひも》飾りの履《くつ》の作り方を学び、それを売れ。（曹操が）官を歴任して得た印綬は全て蔵に保管せよ。残した着物と皮衣は別の蔵に保管せよ。出来なければ兄弟で分けよ」と。（しかし曹操の死後）結局、分けてしまった。死者は（存者に）求めてはならないし、存者は（遺命に）背いてはいけないのだ。要求するのも反古にするのもどちらも傷ましいことだ。

「鄴城三台」の一つ、「銅雀台」の南に建つ「金鳳台」（旧名「金虎台」、河北省臨漳県）。「銅雀台」は土台の一部が残るのみ。（撮影／山口直樹）

序文の「愾然（胸が一杯になる）として歎息した」

という内容が、これらの「遺令」から、大業を成し遂げた英雄であるはずの曹操の最後の言葉としては、余りに瑣末で凡人、家庭的だったから、と分かる。陸機の「弔魏武帝文」については、「彼が理想視していた英雄の日常に常人を発見した淡い失望の念の表白である」(高橋和巳「陸機の伝記とその文学(上)」『中国文学報』第一一冊、一九五九年)ということが納まりのよい定説としてある。そして、文体論としては「序は巧みにして文は繁なり」(『文心雕龍』哀弔)と位置付けられている。

しかし、これを「弔」、「哀」、「誄《るい》」、といった死者を悼む文の系譜の流れに置いて見ると、かなり特異な作品といえる。そもそも当時の「弔」とは、

高貴な地位に驕って身を滅ぼした人、怒り狂い道に背いて生きた人、高い志を抱きながら不遇だった人、才に溺れて人生をしくじった人、こういった人々を追想してその霊を慰める文章をいう。……そして弔の内容は、義を正しくして論理を整え、弔われる人の美徳を明らかに示し誤りの無いようにし、褒貶を割析し、哀悼の度を越さない。

(『文心雕龍』哀弔)

という観念を共通認識として書かれるものであった。例えば陸機以前の「弔」を見ると、

前漢　賈誼「弔屈原文」
後漢　杜篤「弔比干文」
　　　胡広「弔夷斉文」
　　　蔡邕「弔屈原文」
　　　禰衡《でいこう》「弔張衡文」
　　　王粲「弔夷斉文」

阮瑀《げんう》「弔夷斉文」
三国・魏　麋元《びげん》「弔夷斉文」
晉　庾闡《ゆせん》「弔賈生文」

「弔」の対象、素材となっている屈原、比干、夷斉（伯夷・叔斉）、張衡、賈生（賈誼）はいずれも『文心雕龍』にいう人の条件に合う。武帝（曹操）は相応しい人だろうか。その生涯を勘案すれば『文心雕龍』のいう「弔」の対象として異例といえよう。しかも陸機は、その「遺令」に対し、曹操が心ひかれる事を外物に繋ぎ、細々した思いを閨房に留めるようなことは、賢く俊れた人は止めるべきではないか（曹操ほどの英雄がなんと未練たらしいことだ）、と感じ、かくて怒り憤りが高じて、ここに弔文を献ずることにした、と非難しているのである。

　乃ち情累《じょうるい》を外物に繋《か》け、曲念を閨房《けいぼう》に留めるが若《ごと》きは、亦た賢俊の宜しく廃すべき所か。是《ここ》に於《お》いて遂に憤懣《ふんもん》して弔を献ずと爾云《しかい》う。

陸機が引用する「遺令」の内容は「弔われる人の美徳を明らかに示し……」といった当時の「弔」の観念の埒外であり、「弔」の主旨である「亡き人を追想してその魂を慰める」ものではない。英雄の理想像の崩壊を惜しむ気持ちの表れ、ともとれるが、むしろ曹操のイメージを歪曲、矮小化する印象を否めない。陸機が失望したという曹操の「遺令」の部分は、善玉劉備、悪玉曹操のコンセプトで構築された羅貫中の小説『三国演義』第七十八回に充分脚色されて伝わっている。陸機はなぜこのような「遺令」を使い、曹操を貶めるような「弔」を書いたのだろうか。なお因みに、陸機が「弔魏武帝文」を書いたのは陳寿が死んだ元康七年（二九七）の翌年である。このタイミングでの「遺令」の公表は、陸機の陳寿への対抗意識も感じざるを得ないのだが、先ず、陳寿の『三国志』の特徴、書かれた状況を概観しておこう。これは、正史『三国志』（ちくま学芸文庫　一九九七年　今鷹真・井波律子訳）の今鷹真氏の解説が要を得ているので引用する。

> 『三国志』は三国鼎立の状況が収束し、晉による統一がされてまもなくの時期に書かれた。……作者陳寿の仕えていた蜀、その蜀とつねに敵対しつづけた魏が滅んだのは、陳寿が三十歳を過ぎたばかりのときであった。……作者はもちろん周囲の人にも、三国時代の生々しい記憶がまだ残っていたにちがいない。……しかも、敵国魏の後を受けて成立した晉王朝のもとで、三国時代の歴史を書くわけであるから、細心の注意が必要であった。……陳寿は蜀の国において、譙周に師事し、……歴史を書くこと、特に現代に連なる時代を書くことの難しさを、充分にわきまえていたといってよいであろう。そのうえに、かつての敵国蜀の人間としての立場が加わる。……陳寿の記事はそのような尾ひれをとり去った、まちがいのない事実を連ねることによって成り立っているようである。他の史書の列伝において見られる小説的な面白さ、独自の人物形象は『三国志』にはない。本紀から列伝まで、その記事は確実さを求めて慎重である。この簡略に過ぎてもまちがいのない事実のみを記そうという態度が、陳寿の資質によるのか、彼の置かれた立場によるのか、あるいは同時代の左思の「三都賦」に見られるような事実尊重の態度が時代精神としてあったことによるのか、にわかに判断しかねる問題である。……裴松之注《はいしょうし》の特徴は、上奏でみずから説明するように、他の書物に載せられている異聞を記し、陳寿の書かなかった話を載せることにある。

陳寿が『三国志』を完成した時、陸機はまだ西晉に仕えていなかった（出仕は四年後の太康十年）が、『三国志』を見た当時の人は、事実を善く叙述し、良史の才が有ると称賛し、『魏書』を執筆中の夏侯湛《かこうたん》は筆を折り、張華は『晉書』の執筆依頼をするほどで、「時の重んずる所と為《な》ること此《かく》の如《ごと》し」（『晉書』巻八二陳寿伝）であった。陸機が見た「遺令」(1)を陳寿も見たはずだが、裴松之の注（四二六年に完成）も、陸機が引用した「遺令」に言及していない。曹操の

「遺令」は、現在では完全な形では残っておらず、清の厳可均《げんかきん》の『全三国文』の曹操「遺令」の項目に、『魏志』武帝紀、『宋書』礼志二、『世説新語』言語篇・注、『文選』陸機「弔魏武帝文」、『通典』八〇、『書鈔』一三二、『御覧』七条から断片・逸文が集められている。

一方、陸機は本伝（『晉書』巻五四）に拠れば、呉が西晉に滅ぼされてから十年間、旧里に帰って、学問を積み、太康（二八〇～八九）の末に弟の陸雲と西晉の都洛陽に来て、西晉王朝に仕え、当時、文壇の大御所であった張華に認められた。だが、西晉の貴族達は陸機を敗戦国の田舎者と軽んじ、侮蔑的でさえあった。洛陽に来て間もない頃、張華に劉道真を紹介され、訪問すると、服喪中だったが、酒好きの劉道真は

　礼畢《おわ》りて初めは他言無し。唯だ東呉に長柄《ながえ》の壺盧《ころ》あり、卿《けい》は種《たね》を得てもち来りしやいなや、と問う、陸兄弟殊《こと》に失望し、乃ち往《い》くを悔《くや》めり。　（『世説新語』簡傲）

呉の瓢箪の種を持ってきたか、とだけの発言はなんとも小馬鹿にした態度である。また当時を代表する詩人で、しばしば陸機と比肩される潘岳とも鋭いやり取りをしている。ある時、陸機が座にいると潘岳が来た。陸機はすっとその場を立ち去った。

　潘曰く、清風至りて塵飛揚《ちりひよう》すと、陸応じて曰《いわ》く衆鳥集《いた》りて鳳凰翔《あまかけ》る、と。　（『裴子語林』）

潘岳は時の権勢家賈謐《かひつ》に諂い仕え、その「後塵を拝す」という成語で知られるように、自身の生き方は決して「清風」と自称し得る者ではなかったが、その潘岳に吹けば飛ぶ「塵」のような奴と言われたので、陸機も負けじと潘岳を「衆鳥」とし、「鳳凰」のような私は天高く飛翔するのだ、と言い返したのである。あるいは魏、西晉と仕えた北方の名門で当時の貴族の主流であった盧志《ろし》とのやり取りも有名で、盧志は多勢の席で陸機に言った。「陸遜《りくそん》・陸抗《りくこう》は君（あなた）の何にあたるのか」と。陸機は答えた「卿（きみ）の盧毓《ろいく》・盧珽《ろてい》と同じような関係だ」。

これを聞いて、陸雲は色を失い、門を出て、陸機に「何故あそこまで言うのか、盧志は知らなかったかもしれないのに」と言うと、陸機はきっとなって、「我が父祖の名は天下に有名だ、何で知らないことがあろうか、盧志はわざと言ったのだ」と言った。

（『世説新語』方正）

古来、人を本名で呼ぶのは礼にはずれることであり、それを避けるために、字《あざな》や官名、諡を使用する。だから、盧志が本名の陸遜・陸抗と言ったのは極めて無礼であり、しかも陸遜・陸抗があなたの何に当たるのか、というのは、祖父、父を誇りにしている陸機にとって堪え難い屈辱であった。それで陸機は盧志に対して、その祖父、父を本名で盧毓・盧珽と、やり返したのである。盧志はそれでも陸機に対する呼び掛けの二人称を普通の「君」としたが、陸機は盧志を「卿」とした。「卿」は君主が臣下を呼ぶ時、爵位の等しい者を呼ぶ時、爵位の劣る者を呼ぶ時、夫が妻を呼ぶ時の二人称である。陸機の祖父の陸遜は三国時代、呉の宰相であり、蜀の劉備の軍を負かす手柄を挙げ、父の陸抗は西晉に寝返って反乱した歩闡《ほせん》を征伐し、また西晉の楊肇《ようちょう》軍を敗る功績があり、陸機が「我が父祖の名は天下に有名だ」と言ったのは決して身贔屓ではない。陸機が祖父、父の栄光を自負していたことは、呉が滅ぼされてからの十年間に書いた「弁亡論」（『文選』巻五三）に明らかである。これは孫氏の呉に於て、陸氏は祖父、父と代々、将軍・宰相で江南の地で大勲があったので、孫皓《そんこう》の代になってその国土をすっかり放棄したことを深く慨歎し、孫権が呉の国を得た理由、孫皓が国を滅亡させた理由を論じ、同時に陸機の祖父、父の功業を述べようとしたもの、という（『晉書』巻五四陸機伝）。また次の話も残っている。左思の「三都賦」は執筆に構想十年、その間、蜀のことは張載《ちょうさい》に、呉のことは陸機に聞いたという（『文選集注』残巻左思「三都賦」注）が、

当初、陸機が洛陽に来た時、この賦を自分で書こうとしていたが、左思が執筆中と聞いて、弟の陸雲に手紙で、北方の田舎者が三都の賦を書いているそうだ、完成したら、酒甕の蓋にでもしてやろう、と言っていた。しかし

左思の「三都賦」を見て、感服し筆を措いた。

（『晉書』巻九二左思伝）

こういったエピソードから、陸機は呉の名門出身であることと自分の文才・学識への強い自信と高い自尊心を持っており、また北方の人に対して強烈な競争心を持っていた、と知ることが出来る。左思の「三都賦」を見た張華《ちようか》が感嘆して、「班固《はんご》や張衡《ちようこう》の類だ、読み終わっても余情を抱かせ、時が経っても思いを新たにさせる」とお墨付きを与えたので「豪貴の家の者が競って書き写し、それで洛陽の紙の値段が高騰した」という。張華の影響力、大物振りを伝える話だが、こういった状況は、自分と同じような敗戦国出身の陳寿が張華に認められ、その『三国志』が高い評価を得ていることを含めて心穏やかではなかった、と思われる。しかしこれは張華の評価が自分以外に向けられたという単純な嫉妬というより、呉の栄光は陸氏一族の陸遜・陸抗、そして陸機自身の栄光であった陸機にとって、陳寿の『三国志』も左思の「三都賦」もそれらが好評を博せば博すほど、呉に関する事はそのうえさらに素晴らしく書かれてしかるべきなのに……という無念の思いを強くした、と思われる。陸機が魏・呉・蜀三国鼎立時代のことに関心を持っていたことは、「弁亡論」上篇の魏・呉・蜀三国の戦いを述べた部分からも窺われる。

赤壁（撮影／山口直樹）

魏氏（曹操）は戦勝の勢いにのり、百万の軍勢を率て、鄧塞から水軍を出し、漢水の南側を自陣にし、快速艇は数万……精鋭の騎兵千軍団を繰り出した……しかし、周瑜《しゆうゆ》は我が呉の偏師（一部隊、陸遜の部隊を指す）を駆り立て、曹操軍を赤壁に退けた……。漢王（劉備）も、天子の名をかりて巴漢（四川）の民を率い、世の混乱に乗じて、千里の要塞を築き、関羽の報復と湘水の西側奪取を目論んだ、……しかし陸公（陸遜）はまた劉備軍を西陵で挫き、その軍を根こそぎ大敗させた……。こうして二邦の将（曹操と劉備の軍隊）は、気を喪い鋒を挫き、勢いは砕かれて、財政危機になった。しかし、呉は莞然（にっこり笑い）として、いながらにして相手の疲弊に乗じた。それで魏は呉に友好を請い、蜀は同盟を乞うてきた。こうして（呉の孫権は）天子の位に登り、三国鼎立することになり……。

呉の孫権が魏・蜀の攻撃を退け三国鼎立の偉業を成した、という部分だが、歴史的な客観性というよりも呉に主眼を置いて、呉の軍の（特に陸遜の）強さ勇壮さを際立たせる為に魏氏（曹操の軍）や漢王（劉備の軍）の軍勢の多さや精鋭ぶり、士気の高さ等をことさらに持ち上げる書き方である。陸公（陸遜）が漢王（劉備）の軍に勝利したことをその大きな功績とし、赤壁の戦いは周瑜の手柄は周知のことだが、ここも「周瑜は我が偏師を駆り」と言っている。「我が偏師」が陸遜の部隊を指すことは「弁亡論」下篇から明らかで、

太祖（孫権）は……執鞭鞠躬《しつべんきくきゆう》して、以て陸公（陸遜）の威を重んじ、悉《ことごと》く武衛《ぶえい》を委《ゆだ》ねて、以て周瑜の師を済《すく》う。

とある。孫権はへりくだって、陸遜の武威を重んじ、軍隊の全て、近衛兵までを陸遜に委ねることによって周瑜の軍を勝利に導いた（魏の曹操の軍を敗北させた）。ここは孫権が呉の国を盛んにした理由、孫権の徳の高さを述べる部分だが、陸遜は徳の高い孫権に信頼されたのだ、そして陸遜はその信頼に見事に答えたのだ、陸遜は素晴らしい、と陸遜が称揚される表現になっている。つまり、陸機の論法は陸遜を信頼する孫権の徳が高ければ高いほどその孫権に認められた陸遜は立派であり、陸遜の敵対者が強ければ強いほどそれに勝利した陸遜の強さ偉大さが際立つ、というものである。従って曹操や劉備の軍隊はより強大、精鋭であり、彼等は徳は孫権より劣るが英雄ではある、となる。「弁

亡論」下篇に、

昔、三方の王たるや、魏人は中夏に拠《よ》り、漢氏は岷益《びんえき》を有《たも》ち、呉は荊楊《けいよう》を制し、而《しこう》して交広《こうこう》を奄《おお》う。曹氏（曹操）は諸華《しょか》を済《すく》えりと雖《いえど》も、虐《ぎゃく》も亦《また》深く、其の民怨《たみうら》めり。劉公（劉備）は険《けん》に因《よ》りて以《もっ》て智《ち》を飾り、功は已に薄《うす》く、其の俗は陋《いや》し。夫れ呉の桓王（孫策《そんさく》）は之《これ》を基《はじ》むるに武を以てし、太祖（孫権）は之を成すに徳を以てす。

ここの、陸機の曹操に対する、曹操は中国を救った功績はあるが、「虐も亦深く、其の民怨めり」の評価は記憶しておく必要がある。こういった曹操観をもって陸機は洛陽に出て、西晉に仕えた（二八九）のである。

陸機が仕え始めたころ、西晉王朝は曹操一族の家老的存在だった司馬氏の政権奪取が完了（二六五）し、天下統一を果たし（二八〇）、都洛陽を中心に華やかな貴族文化が展開され、文学史的に言えば、修辞主義の色合いを濃くする太康（二八〇〜八九）の詩が発展し、張華を領袖に詩壇が形成されようとしていた。政界の中枢には曹操に縁の深い人は已に無く（死に絶え）、在位二十五年の西晉・武帝（司馬炎）が荒淫の果てに病没（二九〇）し、皇太子だった司馬衷が即位して恵帝となったばかりで、政治の実際は外戚の楊駿《ようしゅん》（西晉・武帝の後妻の悼楊后の父）が権力を握っていた。しかし、一年ほどで楊駿が誅殺される（二九一）と、やはり、外戚の賈謐（賈充の後嗣、恵帝の妻・賈后は賈充の娘）が権力を握り、恵帝が暗愚なのをよいことに約十年間、西晉王朝を牛耳った。賈謐が誅殺された（三〇〇）後はいわゆる八王の乱となる。西晉王朝は曹操の魏王朝とは異質なものになっていたのである。祖父、父以来、武将の家系で、三国鼎立時代からの栄光を自負し、「儒術を伏膺《ふくよう》し、礼に非ざれば動かず」（『晉書』陸機伝）といった陸機は、時代遅れであり、違和感を覚えるのにそう時間はかからなかったと思われるが、呉に帰らなかった。その理由は、洛陽に出る時の詩、「洛《らく》に赴《おもむ》く」其一（『文選』巻二六）からかなり明確に窺える。

希 世 無 高 符　営 道 無 烈 心　　世に希《ねが》うも高符《こうふ》無く　道を営《いとな》むも烈心無し

靖端粛有命　仮楫越江潭　　靖端《せいたん》にして有命《ゆうめい》を粛《つつ》しみ　楫《かじ》を仮《か》りて江潭を越ゆ

……

惜無懐帰志　辛苦誰為心　　惜《いた》むらくは帰《き》を懐《おも》う志無し　辛苦　誰か心を為《な》さん

(世俗的な) 出世を希望していたがめでたい任官の印は無く、(隠棲して) 道を修めようとしたが強烈な心は無かった。(西晋王朝の) 君命をかしこみ、舟で大江を越えることにした。……かなしいことだが仕えた以上は帰る意志は無い、この辛苦は誰とて耐えられようか。陸機は出世を望みながら呉では叶わず、道を修めようとした (十年隠棲した) が、出世の望みは断ち切れなかった。それで辛苦しても呉には帰らない決意で、出世のために西晋王朝に出仕した、というのである。「洛に赴く」詩の其二は李善注に「東宮の作」とあり、内容からも洛陽に来て以後、太子洗馬《たいしせんば》の職にあったころの作と思われるが、そこでも、帰らない、と言っている。

羈旅遠游宦　托身承華側　　羈旅《きりょ》して遠く游宦《ゆうかん》し　身を承華《しょうか》の側《かたわら》に托せり

……

思楽楽難誘　曰帰帰未克　　楽《たのしみ》を思うも楽は誘《みちび》き難《かた》く　帰ると曰うも帰ること未だ克《あた》わず

従兄の陸士光に贈った「従兄車騎《しゃき》に贈る」詩 (『文選』巻二四) でも孤独感を示しつつ帰らない決意を言っている。

孤獣思故藪　離鳥悲旧林　　孤獣は故藪《こそう》を思い　離鳥は旧林を悲しむ

翩翩游宦子　辛苦誰為心　　翩翩《へんぺん》たる游宦の子《し》　辛苦　誰か心を為さん

……

感彼帰塗艱　使我怨慕深　　彼《か》の帰塗《きと》の艱《けわ》しきに感じ　我をして怨慕《えんぼ》すること深からしむ

安得忘帰草　言樹背与衿　　安んぞ忘帰《ぼうき》の草を得て　言《ここ》に背《うしろ》と衿《まえ》に樹《う》えん

これらの詩で陸機は自分を「游宦」「游宦子」（他郷で官吏になっている人）と称しているが、こういった立場の者は生前に高位を求めるものだと、はっきり述べている。「豪士賦序」（『文選』巻四六）に

　夫れ悪欲の大端は、賢愚の共に有する所なり。而して游子は高位を生前に殉《もと》め、志士は名を身後に垂《た》れんことを思う。生を受けるの分は、唯、此れのみ。

とある。游子は游宦の子。陸機は高位を求め、故郷の呉には帰らない決意で游宦したのである。しかし、「弔魏武帝文」を書いたころまでの陸機の政界での地位は、低かった。楊駿の祭酒（二九〇）から始まり、太子洗馬に累遷（二九一）し、著作郎（賈謐の二十四友に加わる、二九三）、淮南に鎮した呉王晏に従い郎中令（二九四）、洛陽に戻って尚書中兵郎、殿中郎（二九六）、著作郎に復帰（「弔魏武帝文」を書く、二九九年）。時の権力者賈謐の二十四友に加わる、ということで陸機の文学者としての誇りは一応は満たされたものの、政治の中枢からは外されている。呉王晏の郎中令となって「呉」に出されているのである。この処遇にこそ、陸機に対する敗戦国の呉の田舎者という侮蔑が隠微な形で示された、といえるのだが、まず、呉王晏は本伝に拠れば、

　晏の人と為《な》りは恭愿《きょうげん》なるも、才は中人に及ばず、武帝の諸子の中に於て最も劣れり。又、少くして風疾《ふうしつ》有り、視瞻端《しせんたん》せず、後に転《うた》た増劇《ぞうげき》し、朝覲《ちょうきん》に堪《た》えず。洛京《らくけい》の傾覆《けいふく》に及び、晏も亦た害に遇《あ》う、時に年三十一。

（『晋書』巻六四呉王晏伝）

人となりは、丁寧で誠実だが、才は普通の人以下、武帝の息子（二十六人）の中で一番劣り、若い頃から風疾（中風、或は精神病の一種）が有り、視点が定まらず天子の謁見に耐えられない、という最低の王子だった。呉王に任命されたころの年齢も二十歳になるかならないかと若く、こういった王子を呉王として赴任させる所に呉に対する軽視、侮蔑が現れている。さすがに気の毒に思ったのか、同僚の太子舎人潘尼《はんじ》が「陸機の出でて呉王の郎中令と為《な》るに贈る」詩

（『文選』巻二四）を贈り同情している。

……

祁祁大邦　惟桑惟梓　　祁祁《きき》たる大邦　惟《こ》れ桑惟《こ》れ梓

穆穆伊人　南国之紀　　穆穆《ぼくぼく》たる伊《か》の人　南国の紀《き》なり

帝曰爾諧　惟王卿士　　帝曰く爾《なんじ》 諧《やわら》げよ　惟《こ》れ王の卿士《けいし》たれと

俯僂従命　奚恤奚喜　　俯僂《い》して命《めい》に従い　奚《なに》をか恤《うれ》い奚《なに》をか喜ばん

……

婉孌二宮　徘徊殿闥　　二宮に婉孌《えんらん》し　殿闥《でんたつ》に徘徊す

醪澄莫饗　孰慰飢渇　　醪《さけ》澄めるも饗する莫《な》く　孰《たれ》か飢渇を慰めん

盛んな大国呉は君の故郷で、立派な君は南国呉の綱紀であった。恵帝は君に「なんじ、民を和らげ治め、呉王晏（恵帝の弟）の政治を助けてやれ」とご下命なさった。君は伏して命令に従い、憂いも喜びも見せなかった……出発に際して、君は名残惜しそうに天子と太子の宮殿のあたりを徘徊し、送別の酒は美味にも関わらず飲もうとしなかった、その飢え喝くような君の気持ちをどうして慰められようか。最低の王子に従って故郷呉に帰る陸機の複雑な心境を良く詠じていよう。呉での勤めは足掛け二年足らずで終り、洛陽に戻った陸機は尚書中兵郎となり、殿中郎に転じる（二九六）。陸機の尚書郎就任を祝福して、賈謐が恩着せがましい、そして忠義を要求する侮辱的な表現に満ちた詩を潘岳に代作させて贈っている。潘岳の「賈謐の為に作りて陸機に贈る」（『文選』巻二四）。

……

霊献微弱　在涅則渝　　霊献は微弱にして　涅《でつ》に在りて則ち渝《かわ》る

三雄鼎足　孫啓南呉　　三雄は鼎足し　孫は南呉を啓《ひら》く
南呉伊何　僭号称王　　南呉は伊《こ》れ何ぞ　号を僭《か》りて王と称す
大晉統天　仁風遐揚　　大晉は天を統《す》べ　仁風遐《とお》く揚り
偽孫銜璧　奉土帰彊　　偽孫は璧《たま》を銜み　土を奉じ彊《さかい》を帰す
……
藩岳作鎮　輔我京室　　藩岳は鎮《しづめ》と作り　我が京室を輔《たす》く
旋反桑梓　帝弟作弼　　桑梓に旋反し　帝の弟に弼《たすけ》と作《な》る
或云国官　清塗攸失　　或は云う国官は　清塗の失う攸《ところ》なりと
吾子洒然　恬淡自逸　　吾子《ごし》は洒然《さいぜん》とし　恬淡《てんたん》として自ら逸《たの》しむ
廊廟惟清　俊乂是延　　廊廟惟《こ》れ清く　俊乂《しゅんがい》是れ延《すす》む
擢応嘉挙　自国而遷　　擢《ぬき》んでられて嘉挙《かきょ》に応じ、国自《よ》りして遷《うつ》れり
……
子其超矣　実慰我心　　子《し》は其《そ》れ超えたり　実に我が心を慰む
発言為詩　俟望好音　　言《げん》を発して詩を為し　好音《こういん》を俟《ま》ち望む
……
在南称甘　度北則橙　　南に在りては甘《かん》と称するも、北に度《わた》れば則ち橙《とう》となる
崇子鋒穎　不頽不崩　　子《し》の鋒穎《ほうえい》を崇《たか》くして　頽《かたむ》かず崩《くず》れざれ

……後漢の霊帝・献帝は微弱で白砂が黒ずむように国を失い、魏・呉・蜀の三国の英雄が鼎立し、孫権が南の呉を建

てた。しかし南呉は如何なる国か、僭越にも帝号を自称したに過ぎないのだ、それに比べて我が大晉王朝は武帝が天の徳で統一し、仁風は遠くまで及び、偽皇帝の孫晧も玉を銜えて国土を奉納して帰順した。……諸侯は地方を鎮め治めて帝室を助けるもの、君は故郷に帰り、恵帝の弟君呉王晏の輔弼（郎中令）となった。諸侯の国の官職に就くのは左遷だという人もいるが、君は大変慎み深く恬淡としていた。我が大晉王朝は清らかで、才能ある人を用いている、君は抜擢されて嘉でたく挙げられ、呉国から都に遷ってきた……君が高位に登ったことは、私が心の慰め、詩を贈り、素晴らしい返詩を待っている。……それにしても、南では甘という植物が北に渡ると橙という別物に変わるそうだ。君も徳を高くして、傾き崩れさせないよう心するように。

つまり、陸機の誇りである呉を「南呉伊何　僭号称王」、孫晧を「偽孫」と決め付け、そんな三等国呉の出身の陸機は最低の王子について左遷されるのが相応しいのだが、我が大晉王朝は立派だから人材を用いるのに吝かでなく陸機を抜擢してやったのだ、有り難いと思って「甘」が「橙」にならないように徳を高く保て、という主旨である。陸機の尚書郎抜擢に賈謐が関与していたことは、記録には無いが十分想像出来よう。西晉の貴族は陸機の高慢の鼻をへし折って、洛陽に戻し、尚書郎という飴を与えたのである。陸機はこういった待遇に対し、「賈長淵に答える詩」（『文選』巻二四）で、賈謐に媚び諂うような卑屈なまでの恭順さを示している。

……

王室之乱　靡邦不泯　　王室（後漢）の乱るるや　邦《くに》の泯《ほろ》びざる靡《な》し

……

乃眷三哲　俾乂斯民　　乃ち三哲（劉備・孫権・曹操）を眷《かえり》み　斯《こ》の民を乂《おさ》めしめ

啓土綏難　改物承天　　土を啓き難を綏《やす》んじ　物を改め天を承《う》けんとす

爰茲有魏　即宮天邑
呉実龍飛　劉亦岳立
……
天厭覇徳　黄祚告釁
獄訟違魏　謳歌適晉
陳留帰蕃　我皇登禅
庸岷稽顙　三江改献
赫赫隆晉　奄宅率土
対揚天人　有秩斯祐
惟公太宰　光翼二祖
誕育洪冑　纂戎于魯
……
祇承皇命　出納無違
往践藩朝　来歩紫微
昇降秘閣　我服載暉
孰云匪懼　仰粛明威
……
惟漢有木　曾不踰境

爰《ここ》に茲《こ》の有魏《ゆうぎ》　宮に天邑《てんゆう》に即く
呉は実に龍飛し　劉（蜀）も亦た岳立す
天は覇徳（魏）を厭《いと》い　黄祚《こうそ》釁《きず》を告ぐ
獄訟するものは魏を違《さ》り　謳歌するものは晉に適《ゆ》く
陳留（曹操の孫・奐）は帰蕃し　我が皇（晉・武帝）は登禅す
庸岷《ようびん》（蜀）顙《ひたい》を稽《つ》け　三江（呉）献《みつぎ》を改む
赫赫たる隆晉　奄《おお》いに率土《そつど》に宅せり
天人に対揚《たいよう》し　秩たる斯の祐《さいわい》有り
惟《こ》れ公（賈充）太宰《たいさい》　光《かがやか》しく二祖《にそ》（晉の太祖と世祖）を翼《たす》け
洪冑《こうちゅう》（賈謐）を誕育し、戎《なんじ》を魯に于《お》いて纂《つ》がしむ
（陸機は）祇《つつし》みて皇命を承《う》けて　出納に違う無し
往きて藩朝（呉）を践《ふ》み　来りて紫微（宮殿）を歩めり
秘閣（尚書省）に昇降して　我が服は載《すなわ》ち暉《かがや》けり
孰《たれ》か懼れずと云《い》わん　仰ぎて明威を粛《つつし》めり
惟《こ》れ漢（漢江）に木（甘）有り　曾て境を踰《こ》えしめず

惟南有金　万邦作詠　惟れ南に金有り　万邦詠《うた》を作《な》す
民之胥好　狷狂厲聖　民の胥《あ》い好《よみ》する　狷狂《けんきょう》も聖を厲《みが》く
儀形在昔　予聞子命　在昔に儀《かたど》り形《のっと》り　予《われ》は子《し》の命を聞かん

ここに見る陸機の歴史観は「弁亡論」で開陳した呉を称揚するものとは全く異なり、陸機の栄光である呉について纔に「呉実龍飛」というのみで、呉王晏に従って行った呉を「藩朝」と称し、陸機の誇りであったはずの呉は抹殺された形になっている。陸機にとって「孫氏の呉」でこそ栄光ある呉であった、と分かる。ここは呉の栄光よりも賈謐に阿ることに主眼を置き、陸機の論法で、西晉の正統性を強調しているのである。魏の覇徳は天に厭われ、獄訟するものは魏を去った、つまり魏の政治は酷いものだった、と司馬氏が魏を乗っ取ったことを正当化することで、それに功績があった賈充を賞賛し、賈謐に阿諛しているのである。そして陸機は西晉王朝を懼れ、仰ぎて明威を粛しみ、百錬されても質の変化しない南の金のように変わらぬ忠誠心で賈謐の命令を聞きますと結ぶ。高位を求め、游宦した陸機にとって西晉王朝の実権を握る賈謐に気に入られることが最も重要であった。

ここに、「弔」としては異例の「弔魏武帝文」を書いた理由が見出だせる。曹操は死に臨んでもはや往年の英雄ではなくなっていた、しかも曹操はもともと孫権より徳もなく「虐も亦深く、其の民怨めり」であった、だから賈充が尽力して曹操の魏王朝から司馬氏の天下にしたのは当然だ、という理屈が成り立つ。臨終の曹操について「弔魏武帝文」で意識朦朧とし、息も絶え絶えの時に遺言したと言う。

茲《ここ》に在るに迄《いた》りて蒙昧なり、慮《りょ》は噤閉《きんぺい》にして端《は》し無《な》し、軀命《くめい》を委《まか》せて以て難に待ち、世を没《お》へんことを痛み永言す。……営魄の未だ離れざるに迨《およ》び、余息を音翰《いんかん》に仮《か》る……

陸機にとって臨終の曹操が英雄ではないとしても、陸遜が活躍したころの曹操の否定にはならないし、西晉王朝の正統性を認め、恭順の意を表すことで、賈充の跡継ぎ賈謐への応援歌、賛辞になるのである。更に、評判の高い陳寿の『三国志』に無い記事を示す事で、西晋王朝の文人貴族達に一種の見返しが期待できる。以上に見てきたように、陸機は呉の名門出身という誇りと自分の文才・学識に強い自負心を持ちながら、誇りを傷つけられ不遇、不満を感じていたのだから。陸機は西晋王朝における自分の位置付け、貴族達からの認知のされかたを「敵国呉の人間」と承知していた。「謝平原内史表」（『文選』巻三七）に

臣は本《もと》呉の人、敵国自《よ》り出て、世々《よ》先臣力を宣《の》ぶるの効無く、才丘園耿介の秀に非ず。

とある。これは三〇一年に趙王倫が恵帝を廃して即位するも、斉王冏《けい》らが趙王倫《りん》を誅殺し恵帝が復位、陸機は斉王冏により趙王倫の九錫文を書いた罪を問われ(2)（趙王倫の相国参軍になっていた）、成都王穎《えい》や呉王晏に一命を助けられ、翌年、成都王穎に起用されて平原内史となった時のもの。丘園は隠遁の地。耿介は志を守ること。以後、斉王冏は長沙王乂《かい》に殺され（三〇二年）、陸機は成都王穎の命令で後将軍河北大都督として長沙王乂を討ちに行き敗北し、部下に譏言されて軍中で殺される（三〇三年）。享年四十三歳。陸機は処刑される時、「華亭の鶴の鳴き声をもう一度聞きたいがだめだな」と嘆じた（『世説新語』尤悔）という。陸機は最後まで作品にも自分の妻子や母を歌わなかった。わずかに「赴洛」其一に「物に感じて堂室を恋い、離思一《いっ》に何ぞ深し」の句があり、五臣注に「良曰う堂は母を謂い、室は妻を謂う」と有るだけである。古詩十九首の其十九は旅にある夫が妻を思って歌った詩だが、これに擬った陸機の「擬明月何皎皎」（『文選』巻二八）に

游 宦 会 無 成　　游宦して成る無きに会し
離 思 難 常 守　　離思常には守り難し

という。「擬明月何皎皎」は留守居の妻の立場から歌った作、一説に「士宦して志を得ず、室家を思う作」と注解さ

れているが、陸機は游宦して高位を求め続けたのであり、「游宦して成る無きに会す」状況は考えてもみなかったし、本伝に「儒術を伏膺し、礼に非ざれば動かず」とあるような、堅物でもあった。それで室家を思うことを作品や遺言に残さなかったし、曹操の遺言に女々しく私生活の細かいことが残されているのに憤り悲しみを覚えた、とも考えられる。

「弔魏武帝文」は賈謐に阿る意図、陳寿や西晉の貴族達を見返す気持ちを含んで、という陸機の極めて私的にして「弔」に対する不純な執筆動機を否定できないのだが、文学史的には大いに貢献している。先ず、羅貫中の小説『三国演義』を悪玉曹操の末路という点で、より人間味の深い面白いものにした。詩の世界では「弔魏武帝文」に基づく「銅雀台」という新しいテーマが創出された。『楽府詩集』巻三一「銅雀台」の解題に陸機の「弔魏武帝文」の「遺令」の部分が引用され、二十八首（「雀台怨」を含む）の作品が収録されている。そして詩題に「銅雀台」を冠してない詩に於ても、六朝詩はもとより以後、枚挙に暇がないほど、銅雀台は人生の無常、栄枯盛衰、哀歓、懐古等々の思いを託し得る詩の素材を提供することになったのである。

注

（1）陸雲の手紙「与兄平原書」（『全晉文』巻一〇二所収）に、曹操の遺品の品目表のような内容のものがあることから、陸機が曹操（の遺品）にかなり早い頃から興味を持っていたと窺える。

（2）本伝に「賈謐を誅する功に予り、関中侯を賜爵さる」とあるが、『晉書』趙王倫伝に、趙王倫が恵帝の詔勅を偽って「賈謐を誅殺せよ、汝等当に命に従えば、関中侯に賜爵し、従わざれば三族を誅すべし」と下し、受けた者は皆従った、という。

誄に於ける哀傷表現
——四字句以外の句の使用——

今井佳子

死者を弔う文にはいくつかの種類がある。どのような内容を盛り込むか、どのような形式で書き表すか、或いは死後いつの時点で作成するか等々によって、または時代によって、弔う文体の種類にも変化が見られる。例えば六朝の梁代（五〇二～五五七年）に編まれた詩文選集である『文選』では誄《るい》・哀・碑文・墓誌・行状《ぎょうじょう》・弔文・祭文という分類で、死者を弔う文章を収録している。

その中でも誄という文体は、死者への哀悼の気持ちが特に色濃く表現されており、現代の読者の心をも打つものが少なくない。これは誄が本来哀しみの情を切々と表すのに適した文体だからである。西晉の陸機（二六一～三〇三年）の「文賦」は、賦という形式を用いて文学について語ったものであるが、その中で誄は「纏綿《てんめん》として悽愴《せいそう》なり（誄は情がこまやかで身にしみるように悲しい）」と書かれている。

本論では、唐以前——漢代から六朝の梁代頃までの誄の、哀しみの表現のあり方がどう変わっていったかを、形式的変化を見ながら考えていきたい。

誄とは何か

誄については、梁の劉勰《りゅうきょう》が著した文学理論書『文心雕龍《ぶんしんちょうりょう》』の誄碑篇に、誄の起源や性質及びいくつかの誄の作品に対しての批評が書かれている。またその『文心雕龍』の解説を含めて誄の起源から漢、魏及び西晉の潘岳（二四七〜三〇〇年）・陸機までの誄については、福井佳夫氏の「六朝文体論——誄について」（一九七九年、「中国中世文学研究一四」）に、詳しく分析されている。

誄とはどういうものかを理解するために、ここで『文心雕龍』の該当箇所を引用する。

誄は累なり。其の徳行を累ねて、之《これ》を不朽に旌《しる》すなり（誄とは累——かさねることである。故人の生前の徳行を積みかさねるように書いていって、永遠に残しておくのである）。……

夫《か》の誄の制為《た》るを詳らかにするに、蓋し言を選びて行を録し、伝の体にして頌の文、栄に始まって哀に終る。其の人を論ずるや、曖乎《あいこ》として覿《まみ》ゆ可きが若く、其の哀しみを道《い》うや、悽焉《せいえん》として傷《いた》む可し。此れ其の旨なり（誄の創作法としては、故人の言行を選んで記録し、伝記のスタイルで頌の修辞法を用いて、故人の栄誉を述べることから始まり哀悼のことばで結ぶ。故人を論ずるには、ありありとその姿が目に浮かぶように、哀しみを述べるには、身にしみるような悲しさを表すこと、これが誄の趣旨である）。

ここから、誄とは死者を悼むための実用的な文章である以上に、生前の姿を彷彿とさせ、胸に迫るような悲しみを書き表す表現力が必要な文体であるということがわかる。

『文心雕龍』によると、本来は、目下の者は目上の者の誄を書いてはいけないという決まりがあり、また誄は諡《おくりな》を定めるためのものという役割があったという。しかし、周代の誄は断片しか残らず、現在その全編が見られる誄は漢代からである。漢代以降の誄は、目下の者が目上の者の誄を書いており、また、誄が諡決定のもととなったという実例も見つからず、古代に言われた決まりや役割は漢代以降の誄には当てはまらないようである。

ただし、ある程度の大枠はあるようで、誄を書かれる者はある程度身分が高い者が多く、その誄の作者もそれ相応の身分であることが要求されるようだ。誄は公的性格を帯びたものが多いが、私的な誄も少なくない。西晉の潘岳が自分の岳父や甥に対して書いた誄が『文選』に見られ、広く読まれている。

誄の最も有名な作者はこの潘岳で、『文心雕龍』にも「悲しみを序するに巧みにして、新切に入り易し（悲しみの叙述に巧みで、新鮮で適切な表現に達することができる）」と評価されている。潘岳の誄は『文選』にも四作品収録され、その切々たる哀悼表現は多くの読者をひきつけてきた。潘岳は「悼亡詩」や「哀永逝文」等々、誄以外でも身近の者の死を悲しむ詩文を多く作っており、そのことに関してはよく論じられるところである。

ところで、潘岳以降も誄は多く作られたが、六朝も時代が下って南斉（四七九～五〇二年）や梁になると、現存する誄の数が急速に少なくなっている。その理由を考える前に、誄の内容と構成、表現方法について確認しておきたい。

誄の表現法とその構成

前述のように、誄は故人の生前の徳行をかさねるように述べた文章である。『礼記』曾子問の鄭玄注にも、「誄は累なり。生時の行跡を累列し、之を読みて以て謚を作る」とある。累々と並べたてていく文章、というともう一つ賦という文体が想起されるが、それについては後述する。

誄の内部構成は、まず序文と本文とに分けられる。序文は散文で、故人逝去の経緯を述べたり全体の内容を概括して誄を書く動機を表したりしている。本文は偶数句を押韻した韻文である。本論で誄の形式について述べる時は、特に断らない限りこの本文を考察の対象とする。

序文が終ってまず本文の冒頭では、故人の先祖から語り出し、続いて本人の出生の様子、生前の履歴をその性格の描写などを含めて書き並べ、故人を称賛する。この部分は誄の前半と言える。晩年の様子まで書き終えると「しかし、哀しいことに亡くなってしまった」というような意味の言葉を置いて、後半部分へと展開する。後半は主に哀悼を表

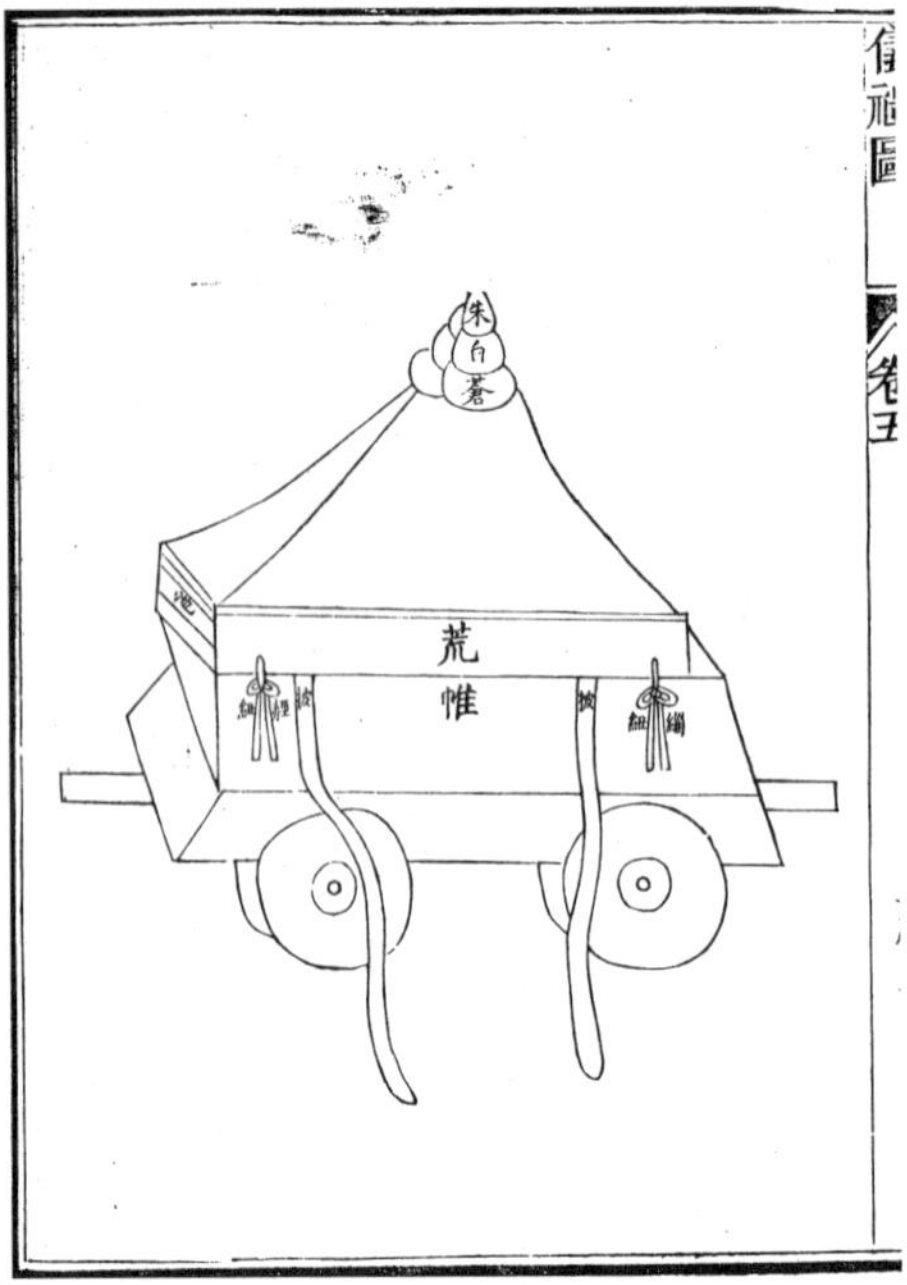

『儀礼図』（清・張恵言）より柩飾

す部分で、直接的に悲しみを述べるほかに、死に至る経緯を述べたり、孤児や同僚など周囲の者の悲しむ様子を描写したりする。魚や鳥・馬・風などの語を配して悲しみを象徴するような風景描写を入れたりする。故人と作者が親しい関係にあった場合には、故人との生前のエピソードもはさまれることがある。また、棺が墓に収められる葬送の様子を描くこともある。そして、「嗚呼哀哉（ああ哀しいかな）」という言葉を以て締めくくるのである。

誄が哀感に満ちていて作者の個性が表現しやすいのは、この後半の哀悼の情を表す部分の存在によるところが大きい。徐国栄氏の「先唐誄文的職能変遷」（『文学遺産』二〇〇〇年第五期）では、故人の履歴を記述する誄の前半部分を「述徳」、哀悼を表す後半部分を「哀傷」と定義しているので、ここでもこの「述徳」と「哀傷」の語を使用することにする。

徐国栄論文の要旨は、誄は死者哀悼の実用文から、文人が腕を振るうに足る文学作品へと変化していったが、それは哀傷部分が重要視されていったことによる。前節で述べた通り、故人を彷彿とさせる叙述や魂にしみいるような悲しみを表すには文学的な力量が必要であるからである。そして、誄に於ける「述徳」の要素は論議《しぎ》や墓碑文という別の文体に吸収されていったというのが徐国栄論文の結論である。

哀傷部分の描写と句数

誄の一句毎の字数は、おおむね四字である。最初から最後まで四字句で通す誄が多い。しかし時代を下るに従って、後半の哀傷部分に四字句以外の六字句や七字句が出現してきている。

実用文体である誄に於て最初に文学作品としての作者の個性が意識され始めたのは、建安の曹植（一九二～二三二年）の作品からのようである。曹植は『文選』所収の「王仲宣誄」が最も有名であるが、これは序文以外は全て四字句から成っている。曹植の誄の中で比較的評判が悪いのは「文帝誄」であろう。特に後半の哀傷の部分は『文心雕龍』に於て「百言して自らを陳《の》べ、其の乖《たが》うこと甚だし（自分のことばかり饒舌に述べたてて、誄のあるべき姿からかけはなれている）」と酷評されている。実際には、曹植が述べているのは悲しみであり、表面的には直接に自己主張をしているわけではない。ただ、後半の哀傷の部分は非常に長く、悲しみの表出というよりは、大いに筆を振るっているという姿勢が見えなくもない。また、文帝が曹植を冷遇していたという事実、さらに文帝崩御の際諸王の入京が厳しく禁じられ曹植は文帝の葬式に駆けつけられなかったという事情等を鑑みると、哀傷部分の言い訳がましい表現に曹植の無念さと孤独感がうかがわれる。

このくどくどしているとされる哀傷部分は、全て六字句で書かれており、合計で三十八句ある（「兮」を含めると七字句になるものもある）。誄の従来の伝統からすると六字句が突出して多い。六字句部分の内容は文帝葬送の場面（曹植は立ち会っていないので想像であるが）と曹植自身の悲しみという、さらに二つに分けられる。

葬送の場面は

於是俟大隧之致力兮、　そこで、墓道の完成を待ち練元辰之淑禎。
潜華体于梓宮兮、
馮正殿以居霊。
顧皇嗣之号咷兮、
存臨者之悲声。
悼晏駕之既往兮、
感容車之速征。
浮飛魂於軽霄兮、
就黄壚以滅形。
背三光之昭晰兮、
帰玄宅之冥冥。
嗟一往之不返兮、
痛閟闥之長扃。

よき日を選んで
ご遺体を棺におさめ
正殿の前に置いてかりもがりをする
皇太子様は号泣され
哭する者の悲しげな声が響く
崩御がはやかったことを悼み
衣冠を載せる車が行くのが速いように感じられる
魂は天に飛んで行ってしまい
黄泉に形を隠してしまう
日や月や星の輝きに背をむけて
暗い墓の中に帰る
ああ、ひとたび行ってしまえば二度と戻らない
墓の中小の門が永く閉められてしまうことが痛ましい

自らの悲しみを述べる場面は

杳遠臣之眇眇兮、
感凶諱以怛驚。
心孤絶而靡告兮、
紛流涕而交頸。

ああ、私は遠いところにおり
崩御の知らせにショックを受けて
頼るものもなくて言葉も出ず
涙がとめどなく首筋を流れた

思恩栄以横奔兮、
閿闕塞之嶢峥。
顧衰経以軽挙兮、
念関防之我嬰。
欲高飛而遙憩兮、
憚天網之遠経
遙投骨於山足兮、
報恩養於下庭
慨拊心而自悼兮、
懼施重而命軽。
嗟微躯之是効兮、
甘九死而忘生。
幾司命之役籍兮、
先黄髪而隕零。
天蓋高而察卑兮、
冀神明於我聴。
独鬱伊而莫告兮、
追顧景而憐形。

亡き皇帝のご恩を思って都に駆けつけたかったが
洛陽の南にそびえる伊闕の関がそれをはばむ
喪服にて駆けつけたかったが
関所でとらえられてしまうだろうと思った
高く飛んではるかに思いを馳せたいと思ったが
天網に遠くから絡めとられることを恐れた
山のふもとに我が骨を棄ててしまいたいと思い
我が庭にて陛下の恩に報いようと思う
深く嘆いて胸をたたき自ら悼み
恩の重さと命の軽さを恐れる
ああ我が身をささげることができたら
九死して生を忘れることもいとわない
寿命を定めてある司命の名簿は
まず老人から先に亡くなるようであってほしいのに
天は高いがどうか低き者のことも察して
私の願いを聞いてほしい
私は鬱として言うこともなく
一人失意のどん底にしずむ

奏斯文以写思兮、　この文を奏じて思いを書き
結翰墨以敷誠。　筆墨を用いて誠の心を書き並べるのである
嗚呼哀哉。　ああ、哀しいかな

前半の述徳部分は伝統的な四字句である。四、四と進めていくよりも、六字句を用いた方が一句により多くの情報が盛り込めるが、簡潔さは少々失われる。曹植が言葉を尽して文帝への哀悼を述べたいと思った時、多くを語れる六字句は適していたわけであるが、少ない内容を多くの言葉で飾っている印象は否めない。例えば、自分は都に馳せ参じたかったがそれが果たせなかったという内容を3回も繰り返して述べており、その点が『文心雕龍』の酷評にもなったのであろう。

このような、誄に四字句以外の句を用いる傾向は、いつ頃から始まって、時代と共にどういう変化をしたのだろうか。次に具体的に見ていきたい。

四字句以外の句を用いた誄

① 漢から晉まで

誄の起源としては、周代の「柳下恵誄」や魯の哀公の「孔子誄」が残されているが、実際に作品としてきちんと残っているのは、漢の揚雄（紀元前五三～紀元後一八年）の「元后誄」が最古である。この誄は元后の甥である王莽の命で作られたので、内容は王莽の賛美に終始する長編の誄で、『文心雕龍』では「文実に煩穢《はんあい》（ごたごたしている）」と批判されている。句の形式としては全て四字句から成る。

それ以前に、卓文君による「司馬相如誄」も見られ、八字句九字句が用いられているが、後世の偽作の疑いが強い

ので、考察対象からははずしておく。

漢代の誄で四字句以外の句が見えるのは、後漢、崔媛の「竇《とう》貴人誄」のみである。全文は以下の通りで、六字句が六句見られる。

若夫貴人、天地之所留神、造化之所殷懃、華光曜乎日月、才志出乎浮雲、
然猶退譲、未嘗専寵、
楽慶雲之普覆、悼時雨之不広、
憂国念主、不敢怠遑。嗚呼哀哉、惟以永傷。

現在残っているのはこの部分のみで全体像はわからないが、六字句の部分は「日月」・「浮雲」・「慶雲」・「時雨」というように、自然の景物を詠み込んでいることがわかる。

魏の曹植の誄は、前述の「文帝誄」のほかに「光禄大夫荀侯誄」で二句の六字句を用いている。

輪結輒而不転、　車はわだちを曲げて動かず
馬悲鳴而倚衡。　馬は悲しみいないて進まない

この六字句部分も風景を描写している。棺を乗せた車と馬を描くパターンは曹植の「王仲宣誄」でも「霊輀回軌、白驥悲鳴（棺を乗せた車は魏都へと轍を返し、白馬は悲しみいななく）」と用いられている。実際に見た光景というよりも、哀悼の場面でよく使われる象徴的な描写である。

曹植の「曹仲雍誄」にも六字句が一句と七字句が一句の計二句が残るが、文選注から採った断片のみである。

魏の阮籍（二一〇～二六三年）「孔子誄」は「考混元于無形、本造化于太初」の二句のみ残っている。

西晉（二八〇～三一六年）の張華（二三二～三〇〇年）「魏劉驃騎誄」には、「風凜凜以翼衡、雲霏霏以承蓋。旐聯翩以

飄銅、旌繽紛以奄薄」とあり、風や雲を織り込んだ情景となっている。

前述の潘岳の誄は全て四字句から成っている。ただ「虞茂春誄」に「姨撫墳兮告辞、皆莫能兮仰視」（謝霊運「廬陵王墓下詩」の注より）の二句が見えるのみである。潘岳の誄は内容的には切々とした情を伝え斬新とも感じられるが、形式的にはしごく伝統にかなった四字句である。

潘岳と並び称せられる文章家の陸機の誄は、やはり全て四字句である。

劉琨（二七一?〜三一八?年）の「散騎常侍劉府君誄」は終わりに「存若燭龍銜曜、没若庭燎倶滅。搢紳頽範於高模、邦国彌悴於隕哲（彼はともしびをくわえた神竜が光を放つように現れ、宮中のかがり火が一斉に消えるように亡くなっていった。官吏達は模範を失い、国中が悲しみにしずんだ）」と六字句が四句ある。

盧諶（二八四〜三五〇年）「尚書武強侯盧府君誄」のなかほどには「方今斬焉在疚、死已無日。大懼先意遺烈、将墜乎地。……是以忍在草土之中、撰述平素之跡」という六字句が見える。

東晉（三一八〜四二〇年）の孫綽（三一四〜七一年）の「劉真長誄」には七字句が二句のみ残っている。ちなみに『世説新語』方正篇には、孫綽が庾亮の誄を作ったが、庾亮の息子に「亡き父はあなたとこれほど親しくはなかった」とつき返されたというエピソードがある。また同じく軽詆篇にも別の人物（王濛）の誄を作ってその孫から同じようにそしられるという話があり、誄作成の舞台裏を見るようで興味深い。

漢から晉までの誄で四字句以外を誄の本文中に用いているものは、以上の通りである。

② 劉宋

山水詩で名高い謝霊運（三八五〜四三三年）の誄は四篇残っているが、そのうちの「廬陵王誄」に六字句が用いられている。盧陵王の死に対しては「盧陵王墓下作」という詩も作られており、誄と詩では書かれる内容がやや異なっているのがわかる。謝霊運は盧陵王と行動を共にしていたのであるが、盧陵王は景平二年（四二四年）に徐羨之らによって庶人に下された後に殺されてしまった。この二作品はそれから二年後、盧陵王が名誉回復された後に作られたものである。謝霊運は「盧陵王墓下作」詩では、その死を取り返しのつかないこととしてひたすらに自分の悲しみを表しているのであるが、誄に於てはその死がどんなに不当なものであったかを述べ立てている。不遇の死をとげた者や失策によって左遷された者に対し、名誉回復の意味をこめて哀悼したり、逆に陥れた敵に対しての怒りを表す内容の誄を書くということは、潘岳や陸機らも行っている。述徳と哀傷表現の中に政治的な主張を盛り込めるのも、ことばを累々と書き連ねる誄という文体ならではの表現であろう。本来故人の先祖のことから書き起こす述徳の部分を、この誄ではほとんど王の謀殺に対する恨みの言葉で、その死の不当性を四字句によってたたみかけるように訴えている。

六字句は後半に十六句ある。六字句部分の前半では、王の死から月日がたったことを感じながら、哀悼の情を表している。

矜急景之難留、　日の光のとどめ難いのをあわれみ
悼驚波之易淪。　突然おこる波もすぐ消えてしまうことを悼む
自君王之冥漠、　王が亡くなられてから
歴彌稔於此春。　また年が過ぎて春が来た
聆鳴禽之響谷、　鳥の声が谷に響くのを聞き
視喬木之陵雲。　高木が雲に届くほど伸びているのを見る

咸感節而興悦、　　皆季節を感じて悦んでいるのに
独懐悲而莫申。　　私一人が悲しみを抱いて言うことばもない。

この後六字句がさらに八句続き、王が名誉回復されたことについて述べている。下線部は、日光・波・鳥・谷・木・雲という風景を表す語である。「急景」や「驚波」は実際眼前にある光景ではなく時の過ぎるのが速いことの象徴的表現ではあるが、いずれも哀悼の気持ちを、自然の景物を配して時の流れを意識することで表している。

誄では本来葬送の場面を描写することが多いのであるが、この誄は廬陵王の死後時間が経過してからの作品なので、本来の述徳の部分で王の非業の死について述べ、哀傷部分では、春を迎える自分の視点で時の経過を表現して悲しみを表し、最後に王の名誉回復について述べて結ぶという、一般的な誄とはやや異なる構成となっている。

これに対して「廬陵王墓下作」詩の方では、冒頭の四句、王の墓を訪れた場面に

暁月発雲陽、　　暁の月の頃雲陽を出発し
落日次朱方。　　落日の頃朱方に宿をとった
含悽泛広川、　　悲しみを抱いて広い川に浮び
灑涙眺連崗。　　涙を流しながら山並みを眺めた

とあるが、周囲の風景を表す表現はここのみで、この部分が導入部になって悲しみを述べ始めている。

また、当時非常に評価の高かった文学者の一人、謝荘（四二一〜六六年）には「宋孝武宣貴妃誄」と「黄門侍郎劉琨之誄」の二篇の誄がある。このうち「宋孝武宣貴妃誄」は『文選』に採られている有名な作品である。従来の皇后や貴妃に対する称賛の辞は、徳が高い、貞淑、教養がある、民を慈む等の言葉が並ぶのが常であるが、「宋孝武宣貴妃誄」は冒頭いきなり風景描写から始まっている。楚辞を模した表現で、悲哀の情を色濃く表す作品は従来多かったが、

謝荘の誄は楚辞風の描写によって華やかな美しさを前面に出している。

玄丘烟熅、瑤台降芬。　玄丘には天地の気がたちこめ、瑤台には芳しい香りがただよう
高唐渫雨、巫山鬱雲。　高唐には雨が降り、巫山に雲が集まる
誕発蘭儀、光啓玉度。　貴妃は蘭のような、玉のような美しい姿でお生まれになった
望月方娥、瞻星比婺。　月を望んでは嫦娥と美を比べ、星を見ては婺女と美を競う

これは貴妃が美しい姿でこの世に生まれたことを象徴する楚辞風の描写である。

後半の哀傷の部分では、兮を含んだ七字句が四句、六字句が四句ある。

移気朔兮変羅紈、　季節が移り月がかわって薄絹の衣服がしまいこまれ
白露凝兮歳将闌。　白露が結んで霜となり歳も暮れようとしている
庭樹驚兮中帷響、　庭の木々のざわめきは帷の中にまで響き
金釭曖兮玉座寒。　灯火はほの暗く霊座は寒々としている
純孝擗其倶毀、　皇子たちは胸をはげしく打って嘆き続け
共気摧其同欒。　悲しみの余りやせ細ってしまった
仰昊天之莫報、　天のように果てしない貴妃の恩にもう報いることもできず
怨凱風之徒攀。　南風のような慈母に孝を尽せないことを怨む

また、柩車が行く場面で

慟皇情於容物、　天子は葬礼の品々を見て悲しまれ
崩列辟於上旻。　皇子（貴妃の直後に逝去）は天に召された

崇徽章而出寰甸、
照殊策而去城闉。
嗚呼哀哉。
経建春而右転、
循閶闔而逕渡。
旌委鬱於飛飛、
龍逶遅於歩歩。
鏘楚挽於槐風、
喝辺簫於松霧。
渉姑繇而環迴、
望楽池而顧慕。

葬儀の旗を掲げて都を立ち
徳行を記した策書を示して城門から去っていく
ああ、哀しいかな
建春門を出て右に転じ
閶闔門に沿ってまっすぐ行く
旗はひらひらと翻り
馬は一歩一歩ゆっくり進む
悲痛な挽歌が風にのって槐をわたり
はるか遠くからの簫の音が松林の霧の中から聞こえてくる
姑繇の川を渡ってめぐり
楽池を望んで貴妃を思慕する

最後に

重扃閟兮燈已黯、
中泉寂兮此夜深。
銷神躬于壌末、
散霊魄於天潯。
響乗気兮蘭馭風、
徳有遠兮声無窮。

墓の門は幾重にも閉じられて灯火は暗く
黄泉はひっそりと静まりかえって夜は更ける
貴妃のなきがらは地の果てに消え
霊魂は天の果てに散ってしまった
貴妃の名声は四時の気に乗り、蘭の香のように風に乗って伝えられ
徳は遠くまで広がり、その誉れは永遠である

嗚呼哀哉。　　　　ああ、哀しいかな。

このように、「宋孝武宣貴妃誄」では自然の景物をおりこみ、より視覚的な描写を行っており、葬送の場面も臨場感がある。謝荘は「月賦」「赤鸚鵡賦応詔」等の賦でも、臨場感のある視覚的描写が得意であり、同時代人にも高く評価されているが、誄にもそれが発揮されている。

また宣貴妃（殷淑儀）は孝武帝に非常に寵愛されていたので、貴妃を悼む文章は多く残っている（孝武帝「擬漢武帝李夫人賦」、謝荘「殷貴妃哀策文」、殷琰「宣貴妃誄」）。

その中で謝荘ならではは誄ならではの特徴を出すために、特に視覚的描写を際立たせたのかもしれない。

もう一つの謝荘の誄「黄門侍郎劉琨之誄」でも、六字句、七字句が用いられている。

謝霊運と並称される顔延之（三八四～四五六年）の誄は、『文選』に二つ収められているが、いずれも四字句のみを用いたものである。

その他、四字句以外を用いた誄としては、張暢の「若耶山敬法師誄」、殷琰の「宣貴妃誄」、釈慧琳の「龍光寺竺道生法師誄」と「武丘法綱法師誄」がある。

③　南斉・梁

南斉の誄は、釈慧琳の「新安寺釈玄運法師誄」の一篇しか見られず、終わりに六字句が八句ある（前述の宋の釈慧琳とは別人と思われる）。

梁では、簡文帝、江淹、王僧孺、丘遅の誄があるが、四字句以外を用いているのは、簡文帝の「司徒始興忠武王誄」と江淹の「斉太祖高皇帝誄」である。

江淹（四四四～五〇五年）の「斉太祖高皇帝誄」は全文が残っているが、かなりの長編で、六字句或いは七字句が二十六句用いられている。前半の述徳はやはり四字句で書かれているが、皇帝の崩御を言い哀傷へとつなげる部分は五字句で結ばれている。

去璇台之照、　輝く美玉の台を去って
襲珠殯之冥　暗い棺にはいられる
嗚呼哀哉　ああ哀しいかな

次に葬送の情景が四字句と六、七字句を織り交ぜて語られる。四字句以外の句を抜き出してみると

惻柏門之黯黯、　門のように植えられた柏が暗々としているのを悲しみ
泣松帳之茫茫。　とばりのような松林が茫々と続くことに涙する
上宮擗而詔御咽、　近臣達は胸をたたいて泣き、女官もむせび泣き、
羣后慕而侍衛傷。　皇后達は思いをつのらせ、護衛の兵達も悲しみ悼む

さらに、

縦虚金而下欷、　姿無きかねをたたいてすすり泣き
吟空簫而増絶。　見えない笛を吹いてやるせなさをつのらせる

柩車が行く様子は

於是颯天駕而従綺輿、　柩車はあやぎぬの輿を従えてすみやかに動き出すが
渋神行而撫文輦。　その歩みを滞らせて飾りのついた輿をなでる
傍建春而南蹕、　建春門に沿って南に行き

径宣陽而東践。
尚芬藟而未散、
乍眇黙而不転。
睇千乗之共啜、
盻万騎之相泫。
嗟魏后之恋譙、
惻漢主之懐沛。
辞金陵之蓮義、
降雲陽之杳藹。
風奇響而駐軒、
煙異色而低旆。
怨街邑之綵驂、
弔原野之縞蓋。
挽夫愴而征馬凝、
痛縈盈其如帯。
嗚呼哀哉。
そして、結びとして
寂帳寂兮寂已遠、

宣陽門を通って東に進む
馥郁とした香が残っているが
たちまちはるかに散じてしまってもう戻らない
千乗の兵車が共にすすり泣くのを見て
万騎の兵が互いに涙を流すのを眺める
魏の武帝曹操が譙を慕ったことを思って嘆き
漢の高祖が沛を懐かしんだことを思って悲しむ
住み慣れた都の金陵を辞し
はるか雲陽の地に下る
風が不思議な響きをたてて車は止まり
煙はただならぬ色をして旗は低くはためく
まちやむらでは、あやぎぬのそえ馬が哀しく思われ
原野ではしろぎぬの車蓋を見て悲しみ悼む
車の引き手は悼み馬は歩みを止め
悲しみが帯のようにまとわりつく
ああ、哀しいかな

柩車のとばりは寂しく遠くに去り

夜釭夜兮夜何邃。　　灯火はともっているが夜は何と奥深いのだろう

嗚呼哀哉。　　ああ、哀しいかな

同時代で比較する作品がほとんど無いので、この時代の傾向はよくわからないが、やはり謝荘の誄と同じく、自然の景物を配した視覚的な表現が多いと思われる。また友人知人への私的な誄ではなく公的な誄なので、自らの悲しみの直接的表出は少なく、言葉遣いも対句を駆使して凝っており、長い作品になっている。

哀傷部分は全て六字句というわけではなく、四字句と六字句や七字句の組み合わせでリズムに変化をもたせており、視覚的な表現は四字句によっても表されている。しかし、一句で表すことが可能な内容を二句の対句やそれ以上の長さを用いて表現している傾向もみてとれる。

この視覚的表現が多い哀傷部分は、一見して誄というよりもむしろ賦を読んでいるような印象がある。賦という文体は四字句も六字句も用い、偶数句の押韻のほかは特に定型はなく、ある事物をいろいろな角度から語っていき、言葉を並べていく文体である。

江淹自身もすぐれた賦の作者として知られ、特に「恨賦」、「別賦」の二篇が傑作とされている。「恨賦」は恨みを抱いて死んでいった者を六名並べて、恨みについて述べ、「別賦」もさまざまな別れを並べている。種々の別れの事例を並べることにより、個々の別れは簡潔に表現され、全体としてすぐれた文学性を表している。

他方、「斉太祖高皇帝誄」は個々の描写にはすぐれた部分も見られるが、全体としては冗長さを否めない。これは皇帝への追悼という目的の定まった公的な文章であり、それほど自由自在には書けない上に、やはり前半は述徳、後半は哀傷という形式の中での限界とも言えるのではないだろうか。

六字句の効用と誄の変遷

総じて宋・梁の誄は、曹植の「文帝誄」のように六字句のみを続けることはせず、四字句をはさみながら、リズムの変化を出しているが、やはり述徳の部分は基本的に四字句で書き、六字句や七字句は葬送や哀傷の場面で主に用いられている。

前述の徐国栄論文では、誄の内容が次第に述徳よりも哀傷に重きをおくようになり、実用文からより文学的な作品へ、つまり文人が自分の文才を存分に発揮できる場としての誄という文章になっていったことが述べられている。その始まりは曹植と言えるのだが、曹植「文帝誄」に六字句が多用されていることは誄の哀傷化と関係があろう。六字句を用いると、哀傷部分の作者の悲しみや風景描写が四字句よりも存分に表現できるからである。しかし、逆に『文心雕龍』が重んじていたような簡潔さはなくなっていく。潘岳は簡潔な四字句の中にすぐれた文学表現を展開した。潘岳の斬新さは、述徳の四字句の簡潔な筆致をくずさないままに、その中に深い哀傷をこめているところにある。『文心雕龍』では総じて簡にして要を得ている誄を評価しているので、潘岳の誄はその理想に近いと言えよう。潘岳以降六字句は益々多用され、表現は華美になり簡潔さは減少していったようである。

六字句による表現として、特に劉宋で顕著になるが、自然の景物や周囲の状況をおりこんだ視覚的な描写があげられる。当然四字句の部分でも風景描写等はしているのだが、六字句部分には必ず風景描写が詠まれ、哀悼の情を高めている。

しかし、劉宋でその表現技法を拡大したとも思われる誄は、南斉・梁では少なくなってしまい、或いは量的には相変わらず書き続けられていたとしても、総集に収録されるような傑作は減少している。

『文心雕龍』の誄碑篇の次に哀弔篇があるのだが、そこに「夫《そ》れ弔は古義と雖も、華辞は末に造《な》る。華の過ぎ韻の緩《かん》すれば、即ち化して賦と為る。」とある。つまり、表現が華やかになりすぎ、文体の規則からはずれていくならば、それは賦と変わらなくなってしまうと言っているのである。『文心雕龍』ではそれを恐れて誄の簡要さを追及し、冗長な誄を批判していたのであろうか。

誄は哀傷表現が華やかになっても、実用文としての枠があるので、前半は述徳に終始しなければならず、後半の比重が重くなるにつれて文章全体のバランスを失する恐れがある。誄の哀傷部分は詩賦等の別の文体によって、より個人的に自由に創作し、一方述徳の簡潔性は墓誌銘等に引き継がれるとしたら、誄の存在意義は薄くなっていってしまう。少なくとも誄の執筆によって自分の文学性を大いに発揮しようという文人達の意欲は薄れてしまうだろう。

並べ立てるという意味で誄と賦は近似性があると述べたが、近いからこそ移行しやすいという危険性もある。賦という文体も劉宋まで盛んに作られたのに斉梁で小品化して詩に近くなったためか、量的にも減少していくのだが、梁から北朝へ行った庾信《ゆしん》によって賦は集大成される。しかし一方、誄は庾信によって集大成されることはなく、庾信の誄は一篇も残っていない。公的な哀悼は墓誌銘等の文章で書かれ（墓誌銘は二十一残っている）、個人的な哀傷表現は詩賦で表されている。ここにも誄の勢いの失墜が見て取れる。

述徳の簡潔さと哀傷の文学的表現、そして累述という手法、誄の文学性を支えてきたこれらの特性の故に、実用文体の枠も守らざるを得なかった誄は、その後潘岳や謝荘が表現した高みを越えられず、文学史上の勢いを失っていったのかもしれない。

魏晉の悲愴
——『世説新語』傷逝篇を中心として——

黒田真美子

『世説新語』は、主に後漢から東晉末まで（三～五世紀）の著名人の言行や逸話を集めた書である。南朝宋の臨川王《りんせんおう》、劉《りゅう》義《ぎ》慶《けい》（四〇三～四四）の撰とされる。彼は文学を愛し、鮑照《ほうしょう》（四一二～六六）等の文人を幕下に抱え、一種の文学集団を形成していた（『宋書』巻五一）。本書も劉義慶自らの手に成るのではなく、近侍の文人たちの収集編纂に拠ると考えられる。内容は孔門四科に則った徳行・言語・政事・文学から、惑溺、仇隙《きゅうげき》まで三十六門に分けて収録されている。大別すると、任誕・簡傲（世俗の権威を無視した不羈奔放な言動）までは人間の肯定的要素を、第二十五篇排調（相手をからかい嘲笑した言動）からは否定的要素を切り口として、多様な人間像が短文（平均約五〇～八〇字）で活写される。内憂外患の暗黒時代に生きざるを得なかった人々の、個性的な言動が鋭く切り取られ、鮮やかに浮び上がっている。なお梁《りょう》・劉孝標《りゅうこうひょう》（名は峻《しゅん》、四六二～五二一）の注は佚書を多く収め、文献学的にも評価が高い。

ロバの鳴き声

『世説新語』を「死」という観点から捉えてみると、死の影に色濃く覆われていることに改めて驚かされる。特に「傷逝」第十七は、篇名からも明らかなように、直接、死と結びついている話柄ばかりを集めている。このような篇が独立して立てられていること自体、編者の死に対する関心の深さを看取し得る。拙論では、この傷逝篇に登場する人々の死との関わりを考察し、魏晉における死生観の一端を明らかにしたい。

ここには総計十九条、約二百年に亙る話がほぼ時代順に収められている。すなわち、第一条の王粲《おうさん》の死（後漢、建安二十二年、二一七）から第十九条、桓玄《かんげん》の王朝簒奪前夜（東晉、元興二年、四〇二）までである。

第一条は、次のような話である（以下、底本は、楊勇『世説新語校箋』正文書局、一九七六・八であるが、紙幅の都合で原文は省略。必要な時だけ引用する）。

王仲宣《おうちゅうせん》（王粲、一七七〜二一七）はロバの鳴き声が好きだった。埋葬する段になってから文帝（曹丕《そうひ》、一八七〜二二六）はその柩に臨み、ふりかえって友人たちに言った。「王はロバの鳴き声が好きだった。それぞれ一声ずつ鳴いて彼を送ってやろう」。弔問客は、皆一声ずつロバの鳴き声をあげた。

本来、厳粛であるべき葬儀において、これは何とも意表をつく送葬の仕方である。線香のたなびく祭壇の前で、曹丕を初めとする高位高官が一人一人、間伸びしたロバの鳴き声をあげていく。人によっては、とてもロバとは思えない声を発する者もいる。思わず笑いを噛みころす者たち。それをこらえ、神妙にすればするほど醸し出されてくるおかしさ。ここには『世説新語』の特質の一である諧謔性が如実に認められよう。井波律子『中国人の機智──《世説新語》を中心として』（中公新書、一九八三・五）は、その諧謔性について、「皇帝から下女にいたるまで、洗練されたユーモア感覚にあふれ、冗談口をたたき、機智を用いて洒落のめす場面が多くみられる」と記し、「こうした遊戯の精神は、社会通念にとらわれない、柔軟で生き生きとした精神の自由があってはじめて形作られる」と指摘する（第二章その一　遊戯精神）。この条も、権力者による正に「柔軟で生き生きとした精神」の発露といえよう。

もっとも中国文学における諧謔性は、『世説新語』に初めて認められるわけではない。その歴史について、梁・劉《りゅう》勰《きょう》『文心雕龍《ぶんしんちょうりょう》』諧讔《かいいん》第十五は、『史記』滑稽列伝に言及し、それらは「微諷」（それとない遠回しの諷諫）であるから

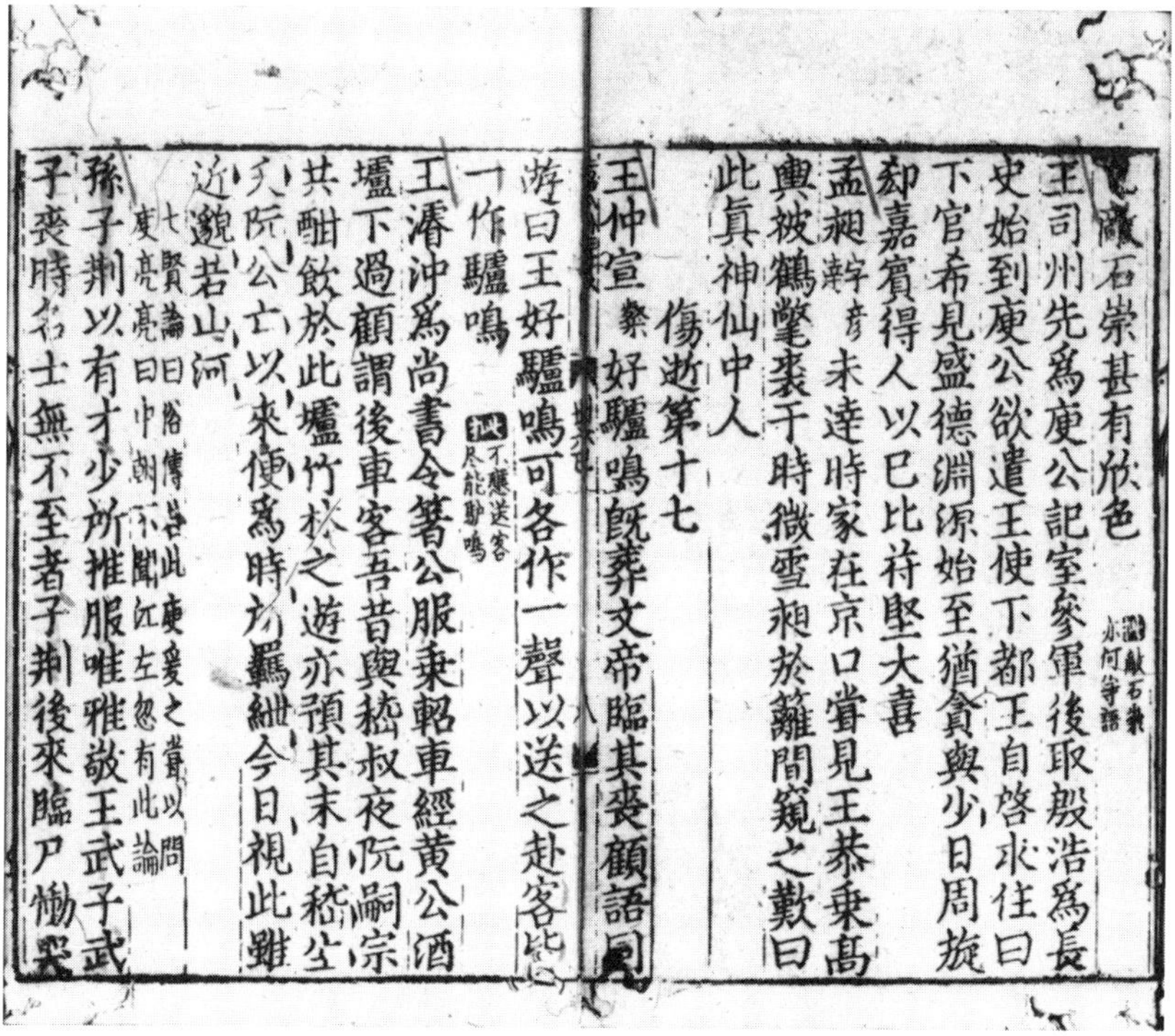
殺石崇甚有欣色
王司州先為庾公記室參軍後取殷浩為長
史始到庾公欲遣王使下都王自啓求住曰
下官希見盛德淵源始至猶貪與少日周旋
郗嘉賓得人以己比苻堅大喜
孟昶未達時家在京口嘗見王恭乗高
輿被鶴氅裘于時微雪昶於籬間窺之歎曰
此眞神仙中人
傷逝第十七
王仲宣好驢鳴既葬文帝臨其喪顧語同
遊曰王好驢鳴可各作一聲以送之赴客皆
一作驢鳴
王濬沖為尚書令著公服乗軺車經黃公酒
壚下過顧謂後車客吾昔與嵇叔夜阮嗣宗
共酣飲於此壚竹林之遊亦預其末自嵇生
夭阮公亡以來便為時所羈紲今日視此雖
近邈若山河
孫子荊以有才少所推服唯雅敬王武子武
子喪時名士無不至者子荊後來臨尸慟哭

元刊本『世説新語』（国立公文書館内閣文庫蔵）

意味があると評価する。だが末流になると批判精神が無くなり、「魏文因俳説以著笑書」（魏の文帝曹丕が戯れ言を集めて笑話集を著わした）がそのような書物は、「無益時用矣」（その時代の何の役にも立たない）、「魏晋滑稽、盛相驅扇」（魏晋には滑稽趣向が盛んに煽りたてられた）が、それらは徳性に欠けていると手厳しい。この見解の是非をここで論ずる余裕はないが、魏晋において、諧譃的趣向が顕著になったことは明らかであろう。また当時、曹丕を初めとする、時の権力者が、積極的に諧譃性を追求したことも推察できよう。

第一条の驢鳴による葬送は、右のような当時の文化的特質をも物語っている。ここには劉勰の指摘するが如き、政治的社会的諷諫の要素は皆無である。だが、「死」を背景とした諧譃は、人（死者）と人（生者）との関わりを、ひいては各人の生を鮮烈に浮び上がらせる。確かに「時用」には役立たないかも知れないが、人間の真実に迫り得るという意味で、決して「無益」とはいえないのである。ここに登場する王粲も彼の代表作（望郷の作として有名な「登楼賦」や「白骨が平原を蔽っている」という西京長安の戦後の荒廃を詠じた「七哀詩」）や、侍中として魏の制度の改廃を行った政治的業績を知らなくても、特異な存在感をもって読む者の脳裡に刻みつけられる。またそれ以上に葬礼に縛られることなく、死者が真に好む哀悼を思いつき、実行した曹丕の人間性も鮮やかに浮び上がる。もっともこの奇矯な提案が、そのまま受け入れられたのは、やはり魏王曹操の後継ぎ（当時）という地位がものを言ったに違いない。なぜなら、同じく柩の前でロバの鳴き声を挙げた西晉・孫楚（?〜二九三）の場合は、次のように、他の弔問客に笑われているからである。

孫子荆（孫楚）は才あると自認し、彼が心服する人は少なかったが、王武子（王済）だけは、常日頃、尊敬していた。王済が亡くなると、当時の名士は残らず弔問にやってきた。子荆は遅れて来たが、遺体に臨んで慟哭すると、弔問客は皆、涙を流した。孫楚は哭礼し終わると、霊壇に向って言った。「君は常日頃、私がロバの鳴き声をするのが好きだった。今、君のために鳴いてみせよう」。その鳴き声は本物そっくりで、弔問客はどっと笑った。孫は頭を上げて言った。「君たちのような輩を生き長らえさせて、この人を死なせるとは」。

孫楚は『世説新語』中、この傷逝篇を含めて四度（言語24、文学72、排調6、数字は篇初から数えて何番目かを表わす。以下同じ）登場するが、相棒はいつも王済である。四条の中で最も有名なのは、あの「漱石枕流」（石で口をすすぎ、流れを枕にする）である。若い頃、隠棲したいと思っていた孫は、その願望を話すのに「石」と「枕」を逆に言ってしまう。王済にその誤りを指摘されると「流れを枕にするのは耳を洗うためであり、石で口をすすぐのは、歯をみがこうと思ってだ」と強弁する。プライドの高い孫が依怙地になって弁解する姿が、笑いを誘う。だが、事はそれだけではない。孫の弁解は一見、陳腐なようだが「洗耳」は古の隠遁者、許由に因む言葉なのである。堯帝から天下を譲ろうという話をされた許由は耳が汚れたといって清流で耳を洗ったという。孫の誤りを指摘して、些か優越の立場にたった王済は、孫に隠遁の典故を用いて言い返され、なるほどと楽し気に笑ったに違いない。

王済はこんな孫楚を「天才英博、亮抜不群」（天才で抜きん出て英明）と高く評価した（『晉書』巻五六、孫楚列伝）。二人は共に太原の出身だが、王済の父は司徒（宰相に匹敵の官）王渾《おうこん》（二二三〜九七）、妻は武帝司馬炎《しばえん》の娘、常山公主《じょうざんこうしゅ》という家柄である。四十六歳で父より早く没した王済の生卒年は不明だが、恐らく孫楚より年長であろう。二人の交友を見ると、社会的地位も年齢も上の王済が、己の才ゆえにしばしば傲慢なふるまいをして郷里の評判もよくない孫楚を、何かと引きたててやったと思われる。孤立しがちな孫楚にとって、王済の好意は、どれほど心強く嬉しかったか想像に難くない。孫は妻を亡くした時も、喪が明けて妻を悼む詩を作ると、王済に見せている。王済はそれを見て「文が情より生じるのか、情が文から生じるのかわからないが、これを読むと、悲しみで胸が痛くなり、ますます夫婦の情愛の重さを覚える」と親身の哀悼を示している（文学72）。これは、妻を悼み想う、孫楚の切ない情が詩を通して溢れんばかりに伝わってくるが、それは想いの強さなのか、それとも詩の力によるのかわからない、恐らくその両者が相俟って、こんなにも人の心を動かすのだと言っているのであろう。ここには妻に対する孫楚の愛情の深さへの感動と、彼の詩への高い評価の二つの詠嘆がこめられていよう。

亡妻を悼む詩といえば、西晉の潘岳《はんがく》（二四七〜三〇〇）「悼亡詩《とうぼうし》」が有名である。『文選』（巻二三）にも収められ、中国文学史上、後代の悼亡詩の嚆矢《こうし》として位置づけられている。だが、清・趙翼《ちょうよく》『陔余叢考《がいよそうこう》』は悼亡詩の淵源について「寿詩・輓詩《ばんし》・悼亡詩のうち、悼亡詩が最も古い。潘岳、孫楚に悼亡詩があり、『文選』に載せられている」と記す（巻二四）。時代的には、やや先んじる孫楚を押えて潘岳を筆頭に置いているものの、潘岳と並んで孫楚の名が見える。これは趙翼の見識の高さを表しているといえよう。西晉当時、詩作の対象として妻を歌う例がなかったことを想えば、先鞭をつけた孫楚詩の意義は、もっと評価されるべきであろう。六朝時代には、まだその新鮮さが、より高く評価されていた片鱗が伺われる。六朝末の庾信《ゆしん》（五一三〜八一）が、孫潘二詩について言及しているのである。二十歳の若さで亡くなった北周、趙王宇文招夫人、紇豆陵《こつとうりよう》氏の墓碑銘（『庾子山集注』倪璠《げいはん》注巻一六）中に見える。「孫子荊の傷逝、怨みは秋風を起こし、潘安仁の悼亡、悲しみは長簟《ちようてん》より深し」と。すでに様式や体格が確立している世界に、先例のない新しい血を注入するには、それなりの気概やエネルギー、才気、自恃が必要であろう。孫楚にはそれがあった。それと通底するものを、王済の霊前でロバの鳴き声を上げる彼の姿に認めるのは、あながちうがち過ぎとはいえまい。彼が「真声」（本物そっくりの声）を発するや、参列者がドッと笑う。孫楚は皆を睨みつけると、弾丸を発するように言い放った。

「使君輩存、令此人死」。お前さんたちのようなヤツこそ、死ぬべきなんだ！

この激しさは、孫楚の真情を解し得ない凡俗への憤りと、本当に大事な人を死なせてしまったやり場のない怒り、強いていえば天への怒りがないまぜになって爆発したのであろう。言われた方も頭に来て、孫楚はまた孤立を深めたであろうが、その中の誰かは、怒りながらも、どこかで納得したのではあるまいか。その真情を理解し、受容する時代精神があってこそ、歴史に足跡を残し得たといえよう。

その魏晉の時代精神を述べる前に、次章では、霊前でのもう一つの哀悼について記すことにする。

琴の調べ

顧彦先《こげんせん》（顧栄）は、常日頃、琴が好きであった。彼の葬儀の時、家の者は琴を霊檀上に置いたままにしていた。張季鷹《ちようきよう》（張翰）が弔問に行き哭礼を行ったが、悲しみに耐えず、身を振わせて嘆いた。そのままつかつかと祭壇に上り、琴をつま弾いた。数曲弾き終ると、琴を撫でて言った。「顧彦先よ、少しは楽しんでくれたかい」。そういうと更に大きく身を振わせて嘆き悲しみ、とうとう喪主の手も取らず、立ち去った。（第七条）

顧栄と張翰は共に呉郡の出身である。二人の生卒年は、はっきりしないが、十代後半から二十歳にかけて、魏の流れを汲む司馬氏による呉の滅亡と西晉の建国（二六五）に遭遇したと思われる。中国はいつの世も郷土意識が強いが、殊に亡国（呉）の悲哀とかつての敵（魏）への出仕という屈折した心境を共有している顧栄と張翰の結束は、並はずれて強かったに違いない。亡国呉人の心情を詠じた「赴洛道中作二首」（『文選』巻二六）を代表作とする陸機《りくき》と弟陸《りく》雲《うん》、顧栄はその陸氏兄弟と共に入洛し、「三俊」（呉を代表する三人の俊才）と呼ばれた（『晉書』巻六八、顧栄伝）。西晉約五十年間は、前期太康年間のみ、かろうじて平和であったが、その後は趙王倫《ちょうおうりん》の反乱を皮切りに、王族同士が帝位を争う八王の乱が起こり、その隙をついた北方異民族の侵入によって結局、瓦解してしまった。八人の王族の軋轢《あつれき》の中で、生を全うする方が難しい時代で、先述の陸氏兄弟は成都王穎《えい》によって誅殺されている（三〇三）。顧栄も趙王倫の幕下に居り、趙王が誅殺される（三〇一）や捕えられ、あわや刑死という危難に陥っている。その時、刑の執行の監督官が、かつて宴会の給仕をしていた小役人で、その男が自分の供するあぶり肉を欲しそうにしているのに気づいた顧栄が、彼にその肉を与えたという因縁があった。男は「一餐之恵」に恩義を感じて、顧栄を助けたのである（『晉書』本伝）。その後、南への逃避行（建康への遷都）の際、危険に遭うたびに、その男が出現して彼を助けたことが、徳行第二十五条にも記されている。そのようにして顧栄は南遷後も生き延び、東晉初代の元帝司馬睿《しばえい》に仕え、建国に苦労する元帝を励ました（言語29）。顧栄が亡くなった時、異例にも元帝自らが葬儀に赴き心から哀悼したという。顧栄が長老として帝の全幅の信頼を得ていた証しといえよう。葬儀に臨んだ元帝は、果して張翰の琴の演奏を聞いたのだろうか。

張翰といえば思い出されるのは「張翰適意」（唐、李瀚《りかん》『蒙求《もうぎゅう》』標題）もしくは「鱸魚（はぜに似た淡水魚）の膾《なます》（細切りの刺し身）」であろう。これは「識鑒《しきかん》」（人物や状況を的確に判断する見識）第十条が典故となっている。張翰は八王の一人、斉王冏《けい》に仕えて洛陽にいたが、秋風がたつと、故郷呉の「菰菜羹（まこものスープ）、鱸魚膾」が恋しくなり、人生は名誉や地位より「貴得適意爾」（意に適う方が大切なのだ）と言って帰郷してしまった。ほどなくして斉王が敗死（三〇二）したので、彼も顧栄同様、あわや八王の乱の犠牲者になる所であった。張翰の伝記（『晉書』巻九二文苑伝）に拠れば、彼は帰郷後、ただちに吏籍を削られ、以後出仕した気配はない。

一方、顧栄は趙王倫に仕えた後、斉王冏、長沙王乂《がい》、成都王穎と八王の興廃に翻弄され、めまぐるしく主君を替えている。その間、禍いが及ぶのを恐れ、終日、酒に酔ったり、郷里の友人に宛てた手紙の中で「刀と縄を見るといつも自殺願望に駆られる」と苦しい胸中を吐露したりしている（『晉書』本伝）。そうした中で顧栄が呉に帰省すれば、張翰に会う機会はあったろう。殊に建康（今の南京）への遷都後は、洛陽よりも遥かに近いので、その可能性は高い。また文字通り風来坊の張翰がフラリと都に現われたかも知れない。いずれにしても、二人の友情は変わらなかった。それは、本章冒頭（六四頁）に挙げた張翰の琴弾く姿から容易に推察できよう。

冒頭の場面は、ロバの鳴き声による哀悼とほぼ同じである。驢鳴が琴の調べに代わったに過ぎないと思える。だが「琴」について調べると、その意味する所は、驢鳴の比ではない。「琴」といってすぐ想起するのは、超俗隠遁のシンボルであろう。例えば殷の箕子《きし》は、紂王《ちゅうおう》の邪淫を諌めたがきき入れられず「被髪」（サンバラ髪）になって気狂いのふりをし「遂隠世而鼓琴以自悲」（とうとう世俗を避けて琴をつま弾き、一人悲しんで）琴曲「箕子操」を作ったという（『史記』巻三八、宋微子世家）。ここに、時政を批判して隠遁し、サンバラ髪で琴をつま弾いている典型的隠者像が形成されている。降って晉代では『晉書』巻九四隠逸伝（正史に「隠逸伝」が設けられたのは『晉書』が初めてであり、晉代における隠逸の風が時代の特徴の一であることの証しといえよう）に収められている代表的隠者、孫登に一絃琴、かの陶淵明に嘘か真か無絃琴がある。このように琴は、魏晉においても隠遁と深く結びついているのである。顧栄が「平生好琴」というのも、彼の超俗志向を表わしているといえよう。また張翰には、他に琴に因む話（「任誕」22）がある。賀循《じゅん》（二六〇～三一九）が赴任のために入洛する途中、呉の昌門近くの船中で琴を弾いていた。その調べに心引かれた張翰は、面識もないのに賀《が》の船を訪れた。共に語り合って意気投合し、そのまま賀に同行し、家族にも告げないで洛陽に行ってしまったという。「縦任不拘」（気の向くままで物にこだわらない）（「任誕」20）と評される張翰の人柄を髣髴とさせる話である。ここに記される琴は、隠遁のシンボルというよりも、人と人を結びつける媒介物として機能している。その種の用例は遡れば「琴瑟相和す」という夫婦和合の比喩（『詩経《しきょう》』小雅常棣《じょうてい》）や、男女間、兄弟や友人を結びつける話に広がっていく。友情の故事として「死」とも関わり、最も知られているのは、春秋時代の伯牙《はくが》と鍾《しょう》子期《しき》の話である。伯牙は琴の名手。鍾子期はその素晴しさを誰よりもよく理解した。二人は、言葉を交さなくても琴を弾き、それを聞くだけで、心が通じ合った（『列子』湯問第五）。だが鍾子期が亡くなった。伯牙は嘆き悲しみ、琴を叩き割って、もう二度と弾くことはなかった。「伯牙絶絃」（『蒙求』標題）の故事である。これとよく似た話が、次の「傷逝」第十六条である。

王子猷《おうしゆう》（王徽之《おうきし》）と子敬（王献之）は共に病が重くなり、子敬が先に亡くなった。子猷はおつきの者に尋ねて言った。「なぜ彼から一向に便りがないのか、これはもう死んだに違いない」。そう話した時、少しも悲しまず、すぐに輿を用意させ、弔問に駆けつけたが、全く哭泣しなかった。子敬は平素から琴が好きだった。子猷はずかずか部屋に入ると、霊檀上に座り込み、子敬の琴を取って弾いた。絃の調子がどうしてもはずれてしまうと、琴を地に投げ捨てて言った。「子敬よ、人も琴もともに亡くなった」。そこで激しく慟哭し、長い間、気を失った。一月ほどして彼も死んでしまった。

王徽之、王献之兄弟は、かの書聖、王羲之（三〇三～七九）の五男と七男である。『世説新語』では、二人一緒に登場する話も少なくない。そこでは、二人の個性の相違や評価が眼目になっている。例えば、二人が共に、ある部屋に居た時、突然、火事になった。徽之は履物もはかず、大あわてで避難したが、献之はおつきの者を呼んで平然として外に出た。「世以此定二王神宇」（世の人々はこれで二王の気宇を評定した）（雅量36）。言辞少く、悠然たる器量を持ち（「雅量」）、父羲之の書の才を兄弟の中で最も受け継いだ献之は、当時「風流為一時之冠」（『晉書』巻八〇）と評されたという。

一方、兄徽之の話が最も多く収録されているのは、任誕篇である。「任誕」とは、「縦任不拘」（楊勇箋、既出）の意で、阮籍を初めとする不羈奔放な竹林の七賢の逸話を多く収め、『世説新語』を代表する篇になっている。徽之はここに四度登場する。母方の親類に遊びに行って珍しい西域の毛氈を見つけるとそれを無断で待ち帰ったり（39）、仮住居にわざわざ竹を植え、その理由を問われると、返事をしないでしばらく「嘯詠」（隠者がよくするように息を長く吐き、声を伸ばして吟詠すること）した後、竹を指して「君なければ一日としておられない」と言ったという（46）。好きな物、気に入った物は、誰が何といおうと手に入れ、身近に置きたいという情や欲の激しさが伝わってくる。兄と弟、共に、世俗から超然としていながら、兄は、自らの感情をそのまま表現し、弟は、どんな時も自らのスタイルにこだわり、それを貫いている。この二人は、後述するように『世説新語』における二種の人間像を代表しているのである。そのような二人が死ぬ時も一緒とは、同時代人にとっても、強烈な出来事だったに違いない。それを更に印象づけたのが、同じく重病の床に在りながら弟の喪に馳せ参じ、「人琴倶亡」と叫んで気絶した兄の激しい姿であろう。過激な情の人の情、ここに極まれりの感がある。それは、本章冒頭に挙げた張翰の話と同様、「琴」が大きな意味を持っている。それを以下に記そう。

これまで琴について、まず、超俗隠遁のシンボルであることを記し、次いで、人と人を結びつける媒介物としての意味を述べた。この他に、琴は喪礼と深く関わっているのである。古代の喪礼に関して、その概要は『礼記《らいき》』喪大記によって、その細則は『儀礼《ぎらい》』士喪礼《しそうれい》、既夕礼《きせきれい》、士虞礼《しぐれい》などによって知ることができる。それに拠れば、人が臨終になると、「北墉《ほくよう》」（北方の壁）の下に東首して寝かせ、斎戒し、音楽を停止させる（「喪大記」）。それから招魂の「復」を初めとする煩雑な喪礼が事細かく取り決められ、小祥、大祥、禫《たん》（藤川正数『魏晉時代における喪服礼の研究』敬文社、昭和三五、三は、禫礼は、漢代より以降、実際には行われていなかったと推論するが。一一三〜一一四頁）と祭礼を行いながら徐々に服喪を除いていく。『礼記』の「檀弓《だんぐう》」上には、この除喪の時に琴を弾くことが記されている。例えば孔子は顔淵が亡くなった時、「噫《ああ》、天予を亡ぼせり、天予を亡ぼせり」と号泣した（『論語』先進）。その喪が明け、大祥の祭りに彼の家族が供物の肉を贈り届けて来た。孔子は琴を弾き終わってから、それを食べたという。また儒学の中心的経典を「四書五経」というが、元来、音楽に関する書もその一に数えられ、「六経」と称されていた。その後、楽経が滅んだので「五経」となったのである。つまり音楽は儒学にとって重要なジャンルであった。その重要性は現在も『礼記』楽記などに見ることができる。特に琴は、古代の聖人、舜が五弦の琴を作り、「南風」という歌を歌い、仁徳ある諸侯を賞したという故事（「楽記」楽施）からも明らかなように、士大夫の教化には不可欠の楽器であった。それは後漢・班固《はんご》『白虎通義《びゃくこつうぎ》』礼楽に記されるように、「琴」は「禁」と同音で通じ、「邪淫を禁止し、人心を正しくする」からという。この他、服喪中、埋葬前は葬礼の書を読み、埋葬後は祭礼の書を、除喪後は音楽の書を読むという教えや、「士無故《こと》、不徹琴瑟」（士は災患喪病がなければ琴や瑟を取り払わない）ともいう（『礼記』「曲礼《きょくらい》」下）。逆に、大夫が人を弔問した場合は音楽を奏しない（「檀弓」下）。近隣に殯（かりもがり）の者がいれば街で歌わない（「檀弓」上）。

すなわち、儒学にあっては琴を初めとする音楽は、日常では必須の教養であり、凶事では禁忌の対象なのである。祥祭に琴を弾くのは、それによって喪を除き、日常に復帰したことを、内外に確認しているのである。したがって、張翰と王徽之が霊壇上で琴を弾いたことは、儒学の立場からすれば、極めて重大な禁忌を犯したに他ならないのである。だが激しい情の人、王徽之にとっては、それが自然だったといえよう。客観的には士大夫階級の守るべき葬礼に真向うから抗っているにもかかわらず、それを伝え録した、この時代の精神風土をここに看取すべきではないだろうか。

悲しみの「情」

『世説新語』に死の影が濃いことを先述したが、具体的には、生を全うできず、夭折、敗死、誅殺、果ては自殺した人々は枚挙に暇ない。いわば、死臭漂う世界といえよう。それは処々に記したように、打ち続く戦乱や謀反という、不安定な時代状況の反映でもある。つまり、当時の人々にとって、死は日常ともいうべき身近な出来事であった。明日をも知れぬ状況の中で、人々は死とどのように向い合ったのだろうか。本章では時代背景を勘案しながら、当時の人々の死生観を考察したい。

魏の竹林の七賢の一人、王戎《おうじゅう》（二三四～三〇五）が息子を亡くしたことが、傷逝篇第四条に記されている。

王戎が子供の万子を亡くし、山簡が見舞いに行った。王は悲しみに耐えないようだった。簡が「まだ抱かれているような子供のことで、なぜそんなに悲しまれるのですか」と言うと、王は言った。「聖人は情を忘れるし、最下層の者たちは、情のことまで考え及ばない。情が集まるのは正に我々の所なのだ」。簡はその言に感服し、あらためて彼のために慟哭した。

王戎が子供を亡くしたことは、賞誉篇第二十九条にも記されている。竹林の七賢には各々優秀な息子がいたと述べ、戎の子万子は「大成之風」があったが、夭折したとある。劉孝標の注は「王綏《おうすい》、字は万子、……中略……年十九卒」という記述を引く。十九歳の息子を「孩《がい》抱中物」（まだ抱かれているような子供）とはとてもいえないから、傷逝篇第四条劉注はこれは王戎ではなく、戎の従弟、王衍《おうえん》（二五六〜三一一）のことという説を載せる。それについては後述することにし、今は戎が息子を亡くしたことだけを確認しておく。

山簡（二五三〜三一二）は、七賢の一人、山濤《さんとう》（二〇五〜八三）の息子で、第二十九条では「疎通高素」（すっきりとして高尚素朴）とほめられている。この第四条はわかりにくい。その一つは、「孩抱中物」ならそう悲しまないのが普通だという山簡の言葉である。愛する人の死は年齢にかかわらず悲しいが、最も可愛い盛りの幼児の死は、その子を知らなくても痛ましく辛いのが人情ではないか。それを亡くしたばかりの親に向って（しかもその親が王戎なら、二十歳も年上の父の仲間である）かくも無神経で無礼なことが、なぜ言えるのか。もし無神経でないなら、山簡には悲しまないのを当然とする確信があったに違いない。それは一体何なのか。この疑問と関連して、息子を失ったもう一人の父について記す。三国呉の丞相、顧雍（一六八〜二四三）である。彼は多くの同僚や属官を集めて囲碁をしていた時、息子の死を知った。表情を少しも変えなかったが、「以爪掐掌、血流沾褥」（爪で掌を刺し、血が流れて敷物を染めた）。客たちが帰ってから、初めて嘆いて言った。「私にはもとより延陵のような崇高さはない。この上泣きすぎて失明する責を負うべきではない」。「延陵」とは、春秋、呉の季札《きさつ》のこと。彼は信義を重んじる賢人として知られ、各国を訪問したが、斉に行った時、長男を亡くした。孔子はその葬儀に出かけ、見事に礼に適っているのを見て感嘆したという（『礼記』檀弓下）。一方、息子を失い、泣きすぎて失明したのは、孔門十哲の一人、子夏《しか》である。曾子は彼に向って「君が息子を亡くし、そのために視力を失ったのは、悲しみの情におぼれたことである」と批判した（『檀弓』上）。つまり二人は、前者が冷静に対処し、後者が過度の悲しみに耽ったという各々の典型例なのである。顧雍は最初、客の前で辛うじて平静を装えたが、内実はそれに耐えるために凄絶な努力を要した。血に染まった敷物を見て、彼は自らの腑甲斐なさを思い知らされた。到底、季札のようにはできないと。だが涙が流れるのはどうしようもないが、これ以上泣き続けて子夏のように、目がつぶれるほど悲しんではいけない。「於是豁情散哀、顔色自若」（こう考え到ると、悲しみに閉ざされていた心を開き放ち、落ち着いた表情になった）。単純といえば単純だが、ここには息子を亡くし、その悲しみにいかに対処すべきか苦悩する父親の姿が鮮やかに浮び上がる。彼は混乱と葛藤を経て、「情を豁《ひら》き」「自若」たる心境に至った。この話が雅量篇第一条に置かれているのも、その心境の故であろう。

　雅量篇には、先述の王献之の話（火事でも平然としていた。36）のように、どんな状況に遭遇しても泰然自若としていた話が収集されている。酒の上での兄弟喧嘩（21）など、日常的話がある一方で、命に関わる話もある。例えば、大宴会の席上、東晉の大将軍桓温《かんおん》（三一二〜七三）によって謝安《しゃあん》（三二〇〜八五）と王担之《おうたんし》があわや誅殺されかかるという緊張を孕んだ場面が記されている（29）。恐怖に震える王担之に対して、謝安は自分の席に進みながら、得意の「洛下書生詠」を吟じた。その悠然たる態度に気を削がれ、桓温は伏兵を解いたという。劉孝標注に拠れば、簡文帝崩御（三七二）後、帝位簒奪を狙った桓温の野望を二人が阻もうとしたことへの報復である。鼻が悪くてだみ声だった謝安の吟詠は、皆が鼻をつまんで真似るほど素晴らしかったとある。その声を大広間中に轟かせながら、堂々と歩き進む謝安の姿、命を落とすか否かの瀬戸際でのこの悠揚迫らぬ態度こそ「雅量」そのものといえよう。さらに、極めつきの「雅量」を上げるなら、時代は遡って魏の竹林の七賢の一人、嵆康《けいこう》（二二三〜六二）である。彼は洛陽の東市での処刑に臨んでも、顔色一つ変えず、琴を求め、「広陵散」という曲を弾いた。弾き終ると言った。「かつてこの曲を学びたいと願った者がいたが、私は惜しんで伝授しなかった。今、この曲は絶滅してしまうのだ」（2）。死刑執行の前に悠然と琴を奏でる姿、そして今はの際に、自らの死に一言も触れず、曲の滅びを嘆いた言葉、この言行こそ、

「雅量」の神髄ではあるまいか。嵆康の死刑は、直接的には、友人の呂安《りょあん》の妻の不倫が発端で、不倫相手の安の兄が、逆に安を不孝の罪で訴え、相談に乗っていた嵆康がそれに連座した（『三国志』巻二一王粲伝注所引『魏氏春秋』）。当時不孝の罪は、万死に値し、当該の人物のみならず、周囲の人間まで巻き込み、嵆康も死刑に至ったのである。

右の二話を通して浮び上がるのは、いつ寝首をかかれるかわからない、当時の士大夫階級の危うく暗い日常である。いわば彼らは死と隣り合わせの生を余儀なくされていたのである。こうした状況の中で、いついかなる時も超然としていることは、時代が要請した現実的処世法の一つであっただろう。現に王戎が言っている。「私は嵆康と二十年つきあっているが、彼が喜んだり怒ったりしたのを見たことがない」（徳行16）と。だが、それが死というヤスリにかけられることで、真実が鮮明に露呈され、たちまち化けの皮がはがれてしまう。人々は、眼を見開いて、ホンモノかニセモノか凝視した。その視線の前で、嵆康は何らたじろぐことなく、雅量を貫き通したのである。

その雅量篇に、王戎も三度（4、5、6）登場している。例えば第五条は、魏の明帝が人々を集め、虎を見物させたが、虎が大地を揺がすような声を上げると、見物人は皆倒れ伏した。一人七歳の王戎だけが落ち着き払って、少しも恐れる様子がなかったという。他愛ない話だが、王戎の冷静沈着で物に動じない人間像を看取できよう。ここで、そろそろ本章冒頭の疑問（なぜ山簡は王戎にあのように無神経な言を発したのか）に戻らなくてはいけない。すなわち、山簡にとって、王戎は「雅量」の人であった。息子が死んでも王戎なら平然としているだろうという予測があった。たとえその息子が可愛い盛りであったとしても。その予測が見事に裏切られて、思わず発したのが「まだ抱かれているような子供のことで、なぜそんなに悲しまれるのですか」であった。この疑問は「あなたなら、これ位のことは何でもないでしょうに」という王戎の雅量への敬意が前提となっていたのである。また、戎の子万子の卒年については、彼に「大成之風」があったと記される（賞誉29）以上、万子が幼児であったはずがない。劉注が「年十九卒」と記すのが正しいと思われる。それを「孩抱中物」としたのは、その死の悲劇性を強調するためだったのではないか。それによって、王戎なら耐えられるはずという、玉戎本来の雅量が強調され、それが裏切られることで、意外性もより大きくなる。また元より王戎の悲しみの深さが強調されるからではないだろうか。

次いで王戎の答えもわかりにくい。「聖人忘情、最下不及情、情之所鍾、正在我輩」（聖人は情を忘れるし、最下層の者たちは、情のことまで考え及ばない。情が集まるのは正に我々の所なのだ）。この答えが、何故、山簡を感服させることができたのだろうか。人間を上中下三等に分けるのは、戦後の民主主義で育った者には違和感がある。だが、六朝の貴族制社会の枠組みを支えたのは、魏の武帝曹操《そうそう》が定めた「九品官人法《きゅうひんかんじんほう》」であった。これは元来、在野の賢人登用を目的にし、人物を才によって九等に分け、それに応じて官位を与えるという趣意である。もっともその趣旨はたちまち失なわれ、貴族階級の基盤を堅固にする手段と化したが。それはともかくこの人物評価の等級分けという発想が、『世説新語』の主たるテーマである人物の比較評価に影響を及ぼし、王戎の答えにも見出されるのである。その三等が、「情」を観点として捉えられているが、これは当時盛んに行われた清談（道家的哲学論議）における聖人の性格規定をめぐる論議が背景にあったという（小南一郎「〈世説新語〉の美学——魏晉の才と情をめぐって」『中国中世史研究』続編、京大学術出版会、平成七、二一、四五三〜四五四頁）。そこでは主要な題目として「聖人には情が有るのか無いのか」が語られた。具体的には、魏の正始の名士、何晏《かあん》（?〜二四九）と若輩の王弼《おうひつ》（二二六〜四九）二人の議論が残っている。そこで何晏は、聖人には情が無いと主張し、それが当時、一般に認められた説であった。それに対し、王弼は聖人にも「人」と同じく「五情」（喜怒哀楽怨）がある。ただ聖人は「人」よりも「神明」（霊的明哲）が豊かなので「冲和《ちゅうわ》」（天地間の調和した気）を体得して「無」に通じることができ、さればこそ、聖人の情は外物に反応しても、それに捉われないと主張する（『三国志』巻二八鍾会伝、裴氏注）。

小南論文は、この二説ともに問題を孕んでいるとする。つまり、聖人が無情ならば、その超越性は強調されても、人間と共通性のない「〝異類〟の存在」になるし、有情ならば「聖人が絶対性を備えた存在ではなくなってしまう」。それで王戎は、二説の是非の「判断を保留して」「聖人忘情」と言ったと論じる（四五四〜四五五頁）。だが、果してそうだろうか。「忘」という語はすぐれて道家思想を体言する言葉である。例えば陶淵明（三六五〜四二七）の詩で有名な「此の中に真意あり、弁ぜんと欲して已に言を忘る」（飲酒二十首、其五）の「忘言」が基づくのは、『荘子《そうじ》』外物《がいぶつ》篇中の文である。「筌《せん》（魚を捕る仕かけ）は魚を在《とら》うる所以、魚を得て筌を忘る。蹄は兎を在うる所以、兎を得て蹄を忘る。言は意を在うる所以、意を得て言を忘る」。魚や兎を手に入れたら、その仕かけのことは「忘」れてしまうように、「生きた意味内容—人生の体験的な真実」（福永光司『荘子』中国古典選、朝日新聞社、昭和四二、九）さえものにしてしまえば、言葉や文字は打ち棄ててよいという意味である。福永氏に拠れば、この語は大宗師篇の「古の真人は悗乎《べんこ》として其の言を忘る」（古の真人はあらゆる形象概念を忘れて実在そのものの中に恍惚たる自己の生を愉楽する、福永解説）に基づくという。また「忘形」も『荘子』中に「志を養う者は形を忘れ、形を養う者は利を忘れ、道を致す者は心を忘れり」（譲王篇）とあり、物と我との区別を「忘」れ、物は皆、本質的に斉しい存在と看做し、道家思想の根本ともいうべき「無為自然」の境地に達することである。したがって「忘情」も「情」を認識した上で、その本質を究め、それによって道を悟ることを意味するのではないだろうか。王戎が、単純に、「情」の有無の判断を保留して言ったとは考えられないのである。そして、「忘情」は『世説新語』中、他に次の例も見出せる（言語51）。顧和《こわ》（二八八〜三五一）は、九歳の外孫と七歳の内孫に、仏の入滅の絵を見せた。絵の中には、仏の死を悼んで泣いている弟子とそうでない弟子とがいた。それを尋ねると、外孫は「仏に親しくされた者が泣き、そうでない者が泣かないのです」と答えたが、内孫はこう言った。「情を忘」れたから泣かず、「情を忘れることができなかった」から、泣いたのですと。仏の弟子は聖人ではないから、先の議論と直接関連づけられないが、ここでも人間には悲しみの情があることは当然だが、それを克服できた者が泣かず、それを克服できなかった者が泣いていると言っている。すなわち「情」が有ることを前提とした上での「忘情」なのである。そうなると、王戎の答えの「忘情」は王弼の説に極めて近いといえよう。もしそうであれば、「情」の持つ意味が、より重要になってこよう。つまり、聖人も情を持ち、豊かな霊的明察力で情を究め（＝忘れ）、それによって悟道に達し得ているという見解である。いわば聖人たり得る前提の一つに「情」が不可欠と考えられるからである。小南氏は前掲論文で『世説新語』中の「情」の性格は「人間であることの証明」「情を備えていることが人間の印」とし、『世説新語』では「情の放恣な発露を強く肯定している」と説く。正にその通りといえるが、それは「聖人にも情が有る」とすることによって、情の重要性がいや増し、その説の妥当性がより強まるのである。そして王戎はその「情」を豊かに「鍾《あつ》」めている自分たちこそ最も人間らしい人間なのだと言ったのである。いわば王戎なりの人間讃歌であり、山簡はそれに心を動かされたのではないだろうか。

以上、子を亡くした王戎の悲しみについて記したが、彼には逆に親を亡くした悲しみに関する次の話（徳行17）もある。

王戎と和嶠《かきょう》（?〜二九二）が同じ頃に親を亡くしたが、共に「孝」とほめられた。王は「鶏骨支牀」（やせ衰えて長椅子の上でやっと体を支えている）ほど悲しみ、和嶠はねんごろに哭礼を行った。晋の武帝（司馬炎）が二人を心配し、劉毅に様子を尋ねたところ、彼は答えた。「和嶠は礼法を死守していますが、気力は損なわれていません。王戎は礼法を備えていませんが、悲しみにやせ衰えて骨ばかりになっています。いわば和は〈生孝〉で、王は〈死孝〉です。どうぞ、和嶠より王戎の方を心配されますように」。

和嶠は傷逝篇第五条にもその名が見える。短いので全文を記す。「有人哭和長輿曰、峨峨若千丈松崩」（ある人が和嶠の死を哭して言った。山のように高々とそびえ立つ千丈の松が倒れるようだと)。また彼の性格を物語る逸話としては、方正篇第九条の話であろう。

和嶠は武帝(司馬炎)に重んじられていた。武帝が「皇太子(司馬衷《しばちゅう》、後の恵帝)は最近成長したようだが見て来てくれないか」と頼んだ。和は帰ると報告した。「皇太子さまは少しも変っておられません」。つまり彼は、よい答えを期待する帝の前で、皇太子に何の進歩もないことをニベもなく申し上げたのである。この条の劉注は、和は若い頃から「雅量」として称賛されたと記す。右の和嶠の話や評を一言で言うならば、彼も「雅量」の人だったのである。彼はいついかなる時も器量大きく、泰然自若としていた。だから親の死にも、悲しみは深くても、それに溺れ乱れず、礼を尽して服喪を行い得たのであった。片や王戎は、子を亡くした時と同様、いやそれ以上に、自らの命が危ぶまれるほどに嘆き悲しんだのである。ここにも肉親の死を悲しむ二つのタイプが認められよう。「生孝」と「死孝」と。先述の例でいえば、同じく息子を亡くしても、従容として完璧な喪礼を行った呉の季札と、泣きすぎて失明した子夏の二つのタイプである。このように魏晉の人々が死と向き合う姿は大きく二つに分けることができる。それは礼法という観点からいえば、前者は礼に適っており、後者は礼より情を重んじているといえよう。そして右の王戎の話からもわかるように、魏晉の時代においては、後者の方により好意的だったと思われる。また、『世説新語』中、分量的にも後者の話が多を占めている。だが、『世説新語』が、伝統的ともいえる雅量評価の類を決して無視せず、併せて採録していることに注目したい。この二タイプは、表面的には相反するように見えるが、『世説新語』編纂者が採録した以上、そこに何らかの共通した選択基準があったはずである。それは一体何なのか。ここで嵆康の刑死を再度、想起したい。嵆康は、日頃から泰然自若として(正に「忘情」の如く)、喜怒哀楽を表わすことがなかった。そして刑死に臨んで人々は嵆康の死にざまを固唾《かたず》をのんで見守った。死というヤスリをかけられて、彼の雅量は、ホンモノか、ニセモノかを。明日をも知れぬ暗黒時代に人々が心から欲したのは、真実だったのではないだろうか。誰が敵で、誰がほんとの味方なのか。本音は、本心は一体何なのか。その結果、人間の真実を見抜く眼がとぎすまされ、鍛えられたに違いない。その眼に適ったホンモノであれば、彼らはすべて許容したのである。因みに孝子王戎には、人間味あふれるもう一つ別の顔がある。それは、ケチの話を集めた倹嗇《けんしょく》篇に見える。全九条のうち四条まで、王戎が主役である。曰く、娘が嫁いだ時、数万銭を貸し与えたが、娘がそのお金を返すまで、里帰りしても、仏頂面していた。曰く、庭にいい李《すもも》の木があり、それを売っていたが、独占するために、一個一個錐で種に穴をあけていた。云々。ここには欲深い王戎の人間的姿が描出されている。短く切り取られた時空の中で、一人の人間の確かな実在感が伝わってくる。死と隣り合わせに生きていた人々だからこそ、生の実感を何よりも大切にしたのではないだろうか。寿命を全うできず、恨みを呑んで死んでいった人々ではあるが、『世説新語』という冥界の中で、彼らは今も生き生きと生き続けているのである。

以上のように、『世説新語』傷逝篇を中心として、魏晉の人々がいかに死と向かいあったかを考察した。そこでは、主に対照的な二つのタイプが見出された。これは藤川正数前掲書序説が説くように、魏晉時代は、「玄学が隆盛を極め、一部には任誕放縦の気風が流行したけれども、儒家の伝統的礼教が全く放棄せられたわけではなく」竹林の七賢と同時代の楽広（?〜三〇四）が、「名教中有楽地」（徳行23）と言う通り、「礼教の中に自然を発見しようというもので、礼玄調和の極致」を追求したのである（五〇、五一頁）。魏晉のこの二重構造の現われが、『世説新語』の死に対する一見相対立する二種の姿勢にも反映しているといえよう。換言すれば、後漢の窮屈な一元的価値観から、複合的価値観への変化である。それを促したのは、内憂外患による明日をも知れない死への恐懼であったことは、不幸としかいいようがないが、それによって凝縮された生を余儀なくされた『世説新語』の人々は、見事に死を生へ反転させたといえないだろうか。

杜甫「故の相国清河房公を祭る文」の語るもの

谷口真由実

杜甫（七一二〜七七〇）、字は子美。盛唐の代表的詩人。洛陽にほど近い鞏県《きょうけん》（河南省）に生まれた。祖父は初唐の詩人杜審言《としんげん》。若い頃から詩作に励み、進士をめざすがなかなか及第できなかった。安禄山《あんろくざん》の乱に遭遇し、玄宗《げんそう》の後を継いだ粛宗《しゅくそう》の行在所《あんざいしょ》に駆けつける途中、賊軍に捕えられた。賊中より脱出後、粛宗のもとに駆けつけた功によって、左拾遺《さしゅうい》の官を授けられた。しかし、間もなく宰相房琯《ぼうかん》を弁護したために皇帝の怒りに触れ、房琯一派とみなされて、華州司功参軍《かしゅうしこうさんぐん》に出された（房琯事件）。その後官を辞し、家族をともなって放浪の旅に出た。秦州から成都に赴き、その地で比較的安定した時期を過ごすが、杜甫を支援してくれた厳武《げんぶ》が亡くなると長江を下る旅に出て、洞庭湖周辺を流浪し、潭州《たんしゅう》（湖南省）から岳州に向う舟中で没したとされている（耒陽《らいよう》で没したとする説もある）。その詩は社会の矛盾を真正面から捉えた社会批判詩に特徴があり、「詩史」と評される。表現面では、特に詩語や対句に意を払い、彫琢を凝らした緻密な表現と構成の工夫を重ねて、詩に新生面を開いた。五言や七言の律詩に秀で、特に七言律詩は彼によって詩形として完成されたとされている。李白と並んで「李杜」と称せられ、「詩聖」とも呼ばれている。

房琯（六九七〜七六三）は安禄山の乱時、玄宗の下に参じ、やがて粛宗が即位すると宰相として戦乱の収拾に努めた。しかし、史書の多くは国家存亡の危機という局面にもかかわらず、房琯が迂遠な政策をかかげ、大言壮語し徒党を組み、果ては浮図《ふと》（仏教）や琴にうつつをぬかしていたと酷評している。しかし、杜甫が著した「故《もと》の相国清河房公《しょうこくせいかぼうこう》を祭《まつ》る文《ぶん》」には、史書の伝えるところとは異なる杜甫の鋭い眼差しが捉えた房琯像が浮彫りにされている。

知友の死

杜甫は人の死を悼む幾つかの詩文を残している。詩では、「高常侍の亡くなりしと聞く」（聞高常侍亡）「厳僕射《げんぼくや》が帰《き》櫬《しん》を哭す」（哭厳僕射帰櫬）「故の房相公が霊櫬閬《ろう》州より殯《もがり》を啓《ひら》き東都に帰葬せらるると承聞して作有り　二首」（承聞故房相公霊櫬自閬州啓殯帰葬東都有作　二首）などがあり、これらは、それぞれ高適《こうせき》・厳武《げんぶ》・房琯という杜甫と深い交流のあった人々を悼んだものである。「櫬」や「霊櫬」（ひつぎ）は、そこに死者のみたまと尸《しかばね》がまだ存在しており、同時にそれが離れていくということへの痛切な寂寥感と切々とした悲哀が詠みこまれている。また、「八哀詩《はちあいし》」もやはり自注に「嘆旧懐賢」（旧を嘆じ賢を懐ふ）と述べているように杜甫が尊敬を懐いたり、実際に交流があった八人の人々を悼んだものである。一方、詩以外の形式では、祭文三篇、神道碑一篇、墓誌二篇があり、この中で「遠祖当陽君を祭る文」（祭遠祖当陽君文）は杜甫が遠い先祖として敬う杜預《どよ》を祭るものである。この外、「外祖祖母を祭る文」（祭外祖祖母文）「唐の故の万年県君京兆杜氏の墓誌」（唐故万年県君京兆杜氏墓誌）「唐の故の范陽太君盧氏の墓誌」（唐故范陽太君盧氏墓誌）は、いずれも杜甫が親族のために作ったものである。このように杜甫は肉親・親族の死に対して、文章によって悲傷を表しているが、親族以外の存在に対しては、死を悼む文章を書き残さなかった（あるいは書いたのかもしれないが現在残っていない）。唯一の例外は、房琯の死を悼む文章である。それが「故の相国清河房公を祭る文」（祭故相国清河房公文）である。房琯については先述の「承聞故房相公霊櫬自閬州啓殯帰葬東都有作　二首」のほかに「房太尉の墓に別る」（別房太尉墓）の詩もあり、現存の杜甫の詩作品に見る限り、房琯の死に関するものが他の知人や友人に比して多い。しかもこの長篇の房琯を悼む祭文を残していることから、杜甫は房琯の死に対して、繰り返しさまざまな角度から自分の悲哀を表現せずにいられなかったと考えられるのである。

ではなぜ、杜甫は房琯の死に出会って、数多くの祭文や詩を表さずにいられなかったのだろうか。直接の動機とし

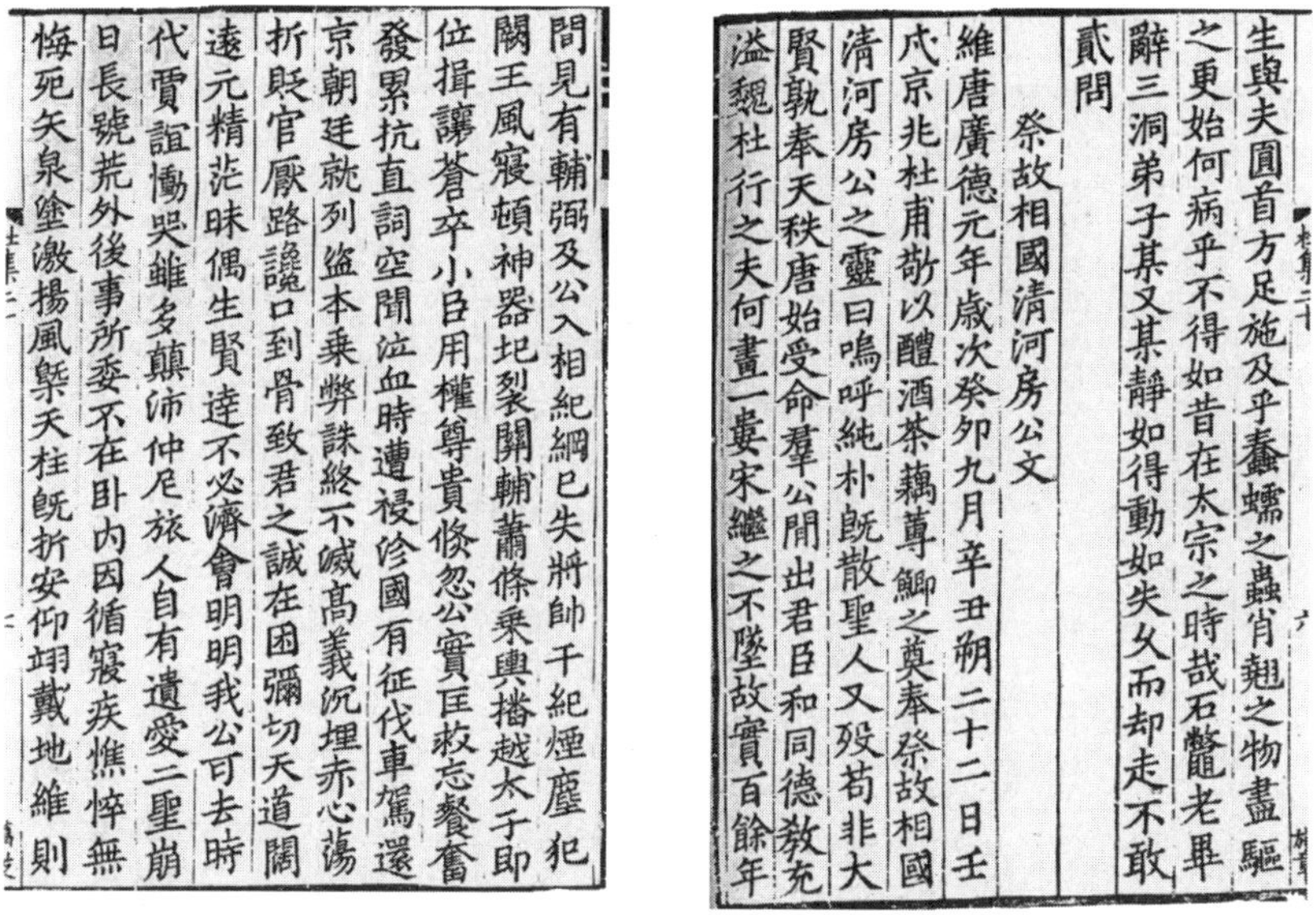
生與夫圓首方足施及乎蠢蠕之蟲肖翹之物盡驅
之更始何病乎不得如昔在太宗之時哉石鼇老畢
辭三洞弟子其又某靜如得動如失夂而却走不敢
貳問
祭故相國清河房公文
維唐廣德元年歲次癸卯九月辛丑朔二十二日壬
戌京兆杜甫敬以醴酒茶藕蓴鯽之奠奉祭故相國
清河房公之靈曰嗚呼純朴既散聖人又歿苟非大
賢孰奉天秩唐始受命羣公間出君臣和同德教充
溢魏杜行之夫何畫一婁宋繼之不墜故實百餘年
間見有輔弼及公入相紀綱已失將帥干紀煙塵犯
闕王風寢頓神器圮裂關輔蕭條乘輿播越太子即
位揖讓蒼卒小臣用權尊貴倏忽公實匡救忘餐奮
發累抗直詞空聞泣血時遭祲沴國有征伐車駕還
京朝廷就列盜本乘弊誅終不滅高義沉埋赤心蕩
折貶官厭路讒口到骨致君之誠在困彌切天道闊
遠元精茫昧偶生賢達不必濟會明明我公可去時
代賈誼慟哭雖多顛沛仲尼旅人自有遺愛二聖崩
日長號荒外後事所委不在卧内因循寢疾憔悴無
悔死矣泉塗激揚風槩天柱既折安仰翊戴地維則

宋本杜工部集（王洙本）

て次の二つが考えられる。一つは、至徳二載《にさい》（七五七）房琯が宰相を罷免された時、左拾遺の官にあった杜甫が房琯を弁護し、粛宗の逆鱗にふれて、やがて翌年房琯とともに左遷された、いわゆる〈房琯事件〉があったことである。杜甫は安禄山の乱を収束させるための房琯の政策を支持して、懸命に弁護をした。杜甫は事件後もかわることなく、房琯への支持や共感を懐きつづけていた。それが房琯の死を悼む詩文を制作する主たる動機となっていたと考えられる。二つには、宝応二年（七六三）三月、刑部尚書として房琯の中央政界への復帰が決まり、杜甫をはじめ房琯を支持する人々は、その活躍を期待したが、その矢先に、房琯が突然死去したことである。その期待が大きかった分だけ、房琯の急死による喪失感は深かったと考えられるのである。

房琯の死——二聖の死とのかかわり

宝応元年（四月改元。七六二）四月、上皇《じょうこう》（玄宗）が崩御した。粛宗に譲位して五年余の歳月が経過していた。

かつて「開元の治」と称される天下泰平の唐王朝の全盛期を現出させた皇帝の、あまりに寂しい最期だった。しかも、本来父上皇の死を哀悼すべき粛宗自身、病床にあり、内殿《ないでん》で哀《あい》を発する（崩御を発表する）という異例の状況であった。上皇の死は更に粛宗の病を篤くさせ、そこで粛宗は皇太子（後の代宗）に代理で国政をとらせた。宮中では張后《ちょうごう》と宦《かん》官《がん》李輔国《りほこく》・程元振《ていげんしん》らとの確執が深まり、不穏な空気がただよっていた。上皇の後を追うように粛宗が崩じると、李輔国は謀って張后を殺害し、代宗を即位させた。

一方、房琯は至徳二載（七五七）に宰相を罷免されてから、太子少師《たいししょうし》、邠州《ひんしゅう》（陝西省邠県）刺史《しし》、太子賓客《たいしひんかく》などの官に転補され、中央と地方を行き来していた。上元元年（七六〇）四月に、礼部尚書《れいぶしょうしょ》となるが、まもなく晉州（山西省臨汾県）刺史に出され、八月には漢州（四川省広漢県）刺史に改められていた。そして、玄宗・粛宗の相次ぐ死の翌年、宝応二年（七六三）三月に特進刑部尚書を拝命したのである（『旧唐書』房琯伝では、四月とするが、曾棗荘《そうそうそう》は『杜甫在四川』〈四川人民出版社、一九八三年〉のなかで、三月のこととしている。今三月説に従う）。六十八歳になっていた。この時の詔勅（「房琯に刑部尚書を授ける制《せい》」）は賈至《かし》がしたためたもので、この中で、房琯が節義を守り、「文行《ぶんこう》」（文学と徳行）・「直言《ちょくげん》」をもって国家存亡の危機を救済しようと先朝にお仕えしたこと、そして、今また「国楨《こくてい》」（国の柱）としての働きを期待する趣旨が述べられている。房琯は、粛宗に宰相として仕えながら、功績をあげる間もなく排斥された。この時また代宗を輔佐して再び国政の建て直しに活躍することを期待されたのであった。

杜甫の「房公池の鵞《が》を得たり」（得房公池鵞）は、房琯が刑部尚書を拝命して都へ旅立ち、それと入れ違いで、漢州を訪れた時の作である。

鳳凰池上応回首　　鳳凰池上　応に首《こうべ》を回《めぐ》らすべし
為報籠随王右軍　　為に報ぜよ　籠は王右軍《おうゆうぐん》に随ふと

『晉書』王羲之《おうぎし》伝によると、王羲之は大変鵞鳥《がちょう》を愛好していた。あるとき、彼が道士に鵞鳥を所望したところ、『道徳経』を書写してくれたら、鵞鳥をすべて差し上げようといわれたため、王羲之は喜んで写し終え、鵞鳥を籠に入れて帰ったという。この故事をふまえた表現である。房琯は今ごろ都の鳳凰池のほとりで、自分の鵞鳥は大丈夫かと案じてこちらを振り返っているだろう。私は、昔王羲之が所望して鵞鳥を籠に入れて帰ったように、あなたの鵞鳥をいただきますよ、という。杜甫は房琯のこの度の中央への復帰を心底喜び、このような戯れを口にするほど、浮き立つ思いを懐いていたに違いない。

しかし、この時すでに房琯には時間が残されていなかった。彼は漢州を出発して間もなく発病する。そして、都長安へ向かう途中、病臥しておきあがれなくなり、八月四日、閬州《ろうしゅう》（四川省閬中市）の僧舎で卒《しゅっ》した。杜甫は房琯の死を耳にし、すぐさま閬州に赴いている。先述のように、房琯事件に際して、杜甫は房琯を命がけで弁護し、事件以後も変わらない尊敬と共感を抱きつづけていた。その上、房琯の中央復帰が決まり、国の柱としての活躍を期待していた矢先に訃報を受けただけに、杜甫の落胆と喪失感は大きかった。そして、房琯の死の一ヶ月あまり後、九月二十二日、恐らくその葬送（仮埋葬）に際して書かれたのが、杜甫の「故の相国清河房公を祭る文」である。杜甫が遺族などから祭文の作成を依頼されたかどうか、この祭文が公的なものか私的なものかなど、祭文作成のいきさつについてはわからない。だが、敬愛する友人のために杜甫が望んで執筆したことは確かであろう。次に具体的に「故の相国清河房公を祭る文」に沿って考察したい。

「故の相国清河房公を祭る文」の構成

杜甫の「故の相国清河房公を祭る文」は、散文による前文と韻文による本文とからなり、末尾にごく短い末文がついている。『文苑英華』の祭文の項をみる限り、唐代の祭文はおよそこのような構成をとっているので、構成そのものは新奇とは言えない。また、韻文による本文は五段落から構成され、段落ごとに換韻している。

①前文

維唐広徳元年歳次癸卯、九月辛丑朔、二十二日壬戌、京兆杜甫、敬以醴酒茶藕蓴鯽之奠、奉祭故相国清河房公之霊曰、

唐の広徳元年（七六三）、癸卯《みずのとう》の年、辛丑《かのとうし》がついたちである九月の、二十二日壬戌《みずのえいぬ》の日、京兆《けいちょう》出身の杜甫は、つつしんであま酒・茶・蓮根・じゅんさい・ふなをお供えして、今は亡き宰相、清河郡公《せいかぐんこう》であった房公の霊を祭り奉り、次のように申し上げる。

杜甫は、ここで自らを「京兆の杜甫」と称している。この呼称は杜甫の他の詩文には見えない自称である（ただし、「唐故萬年県君京兆杜氏墓誌」において、叔母を「京兆杜氏」と称する例が見える）。杜甫が詩の中に用いている自称に「杜陵の布衣《ふい》」「少陵の野老」などがある。これは杜甫の遠祖が漢の宣帝の陵墓である杜陵や、その皇后の陵である少陵の近くに住み、「京兆の杜氏」と称されていたこと、杜甫が自らその家系に連なると考えていたことによる。「京兆」（陝西省）は漢代に三輔《さんぽ》のひとつとされた地であるが、杜陵や少陵のある杜陵県は京兆に属している。このことから、これら「杜陵」や「少陵」を付した自称と同様の意識を本に「京兆の杜甫」と称したと考えられる。しかし、それだけではなく、都から離れた辺境の地で客死した房琯を、本来彼が帰るべき河南（房琯の出身地）へ帰らせてやりたいという思いが反映されてこの表現になったのであろう（閬州から見れば同じく北東方向に位置する）。さらに杜甫は房琯に対して、かつて宰相であった時のように国の柱として都長安（京兆）で活躍すべき人物と捉えていたので、その思いが「京兆出身の杜甫」と称したことの深層にあるだろう。

前文はほぼ型通りであるが、供え物について述べる部分は、杜甫の他の祭文や同時代の人々の祭文と比べて具体的、詳細である。同時代の祭文などでは、この供え物は「清酌之奠《せいしゃくのてん》」などと簡略に述べられることが多い。たとえば次のようである。

「少牢《しょうろう》清酌之奠」（陳子昂《ちんすごう》「韋府君《いふくん》を祭る文」）
「酒饌《しゅせん》之奠」（前人「建安王の為に苗君《びょうくん》を祭る文」）
「醢脯《かいほ》之奠」（張九齢「李侍郎を祭る文」）
「寒食《かんしょく》之奠」（杜甫「遠祖当陽君を祭る文」）
「寒食庶羞《しょしゅう》之奠」（前人「外祖祖母を祭る文」）

多少のバリエーションはあるものの極めて抽象的に述べられている。それに対してこの祭文では、杜甫は、一つ一つ「あま酒・茶・蓮根・じゅんさい・ふな」と具体的に述べている。これは祭典をリアルにイメージさせる効果がある。直接には、亡き房琯の霊に対して、供え物を一つ一つ指し示してみせるかのような言葉である。杜甫が豪華ではないが「じゅんさい」などのつましい供え物を心をこめて供えることを亡き人に向かって淡々と語りかけていると言えよう。

② 第一段落

嗚呼、純樸既散、聖人又没。苟非大賢、孰奉天秩。唐始受命、群公間出。君臣和同、徳教充溢。魏杜行之、夫何画一。婁宋継之、不墜故実。百余年間、見有輔弼。及公入相、紀綱已失。将帥干紀、煙塵犯闕。王風寝頓、神器圮裂。関輔蕭條、乗輿播越。太子即位、揖譲倉卒。小臣用権、尊貴倏忽。公実匡救、忘餐奮発。累抗直詞、空聞泣血。時遭祲沴、国有征伐。車駕還京、朝廷就列。盗本乗弊、誅終不滅。高義沈埋、赤心蕩折。貶官厭路、讒口到骨。致君之誠、在困彌切。

ああ、純樸な太古の気風はすでに消え失せ、古代の聖人もまた亡くなってしまった。このような時に当っては大いなる賢人でなければ、一体誰が天の与える幸い（天下を治める権限）を受けられようか。唐がはじめて天命を受けると、すぐれた多くの宰相が相ついで出た。君主と臣下は心を一つにして協力し、徳に満ちた教えは天下にあふれるほどであった。魏徴《ぎちょう》や杜如晦《とじょかい》が天下を経営することは、一の字を画《えが》くかのように何と明瞭だったことか。婁師徳《ろうしとく》や宋璟《そうえい》もそれを継承して、古くからのきちんとしたやり方を失わなかった。百年以上の間、皇帝を補佐するすぐれた宰相がいるのを見ることができた。しかし、房公が宰相として入朝した時には、すでに綱紀は失われていた。武将たちは綱紀をおかし、戦の塵は朝廷をおかしていたのだった。王者の徳の教えはとどこおってゆきづまり、天子の権威を表す宝器は裂けこわれてしまった。みやこのある関中《かんちゅう》の地方はさびれはて、天子（玄宗）の御車《みくるま》は（遠く成都へと）旅しておうつりになった。あらたに皇太子（粛宗）が即位されたが、その儀式の次第はあわただしくとりおこなわれた。つまらぬ臣下は権力をほしいままにし、貴い人々はたちまちおとしめられてしまった。房公は心から国家を救おうとして、食事も忘れて奮闘しつとめられた。度重なる諫言《かんげん》を奉り、お聞き入れのないままに血の涙をまじえた言葉を天子に申し上げた。その頃、時代は妖気に出会い、国には戦いがうち続いた。天子（玄宗・粛宗）の御車は都長安にお帰りになられ、百官みな朝廷の列位についた。だが、賊軍（安禄山・安慶緒ら）は、もともと唐王朝の疲弊に乗じて反乱を起こしたので、撃ちこらしてもついに滅びなかった。房公の気高い正義は沈み埋もれ、まごころはうちくだかれてしまった。（陳濤斜《ちんとうしゃ》の敗北を理由に）官位をおとされて、路をふさがれ、讒言《ざんげん》は骨にとおるほど厳しいものであった。しかし、我が君にお捧げ申し上げるまごころは、このような困難な時においてもいよいよ深くなるばかりだった。

本文は「嗚呼《ああ》」という悲嘆の感嘆詞から始まり、この句と第四段落の第十七句を除けばすべて四言の韻文となっている。第一段落は全段落中最も長く、四十二句に及ぶ。まず冒頭杜甫は時代状況を大づかみに描いてみせる。太古の純朴な時代がすでに去った今、天下を治めるには「大賢」が求められること、そして唐王朝では王朝が開かれて以来百年、魏徴・杜如晦、婁師徳や宋璟らの賢相が存在したことを述べる。魏徴・杜如晦は唐王朝創業の功臣であり、婁師徳は則天武后《そくてんぶこう》朝で辺塞経営に功をあげ、宋璟は賢相として知られ、姚崇《ようすう》とともに玄宗を助けて「開元の治」を現出させた。このような紛れもない賢相や功臣の名前を列挙したのは、そのあとを継承し彼らと肩を並べる存在として房琯を位置づけたからである。しかし、房琯が宰相に就いたとき、すでに「紀綱」は失われていた。にもかかわらず、房琯が国家存亡の秋《とき》、すなわち安史の乱の混乱のなかで、宰相として国家を支えるためにいかに奮闘したかが、述べられている。ここでは、具体的な表現はされていないが、実は先に触れたいわゆる〈房琯事件〉の核心が、正確に表現されているのである。事件の詳細は拙論「杜甫の社会批判詩と房琯事件」（『日本中国学会報』第五十三集、二〇〇一、十、六八）に論じたので、そちらを参照願いたいが、要点のみを述べると次のようになる。

〈房琯事件〉とは、粛宗皇帝の至徳二載（七五七）、宰相房琯が罷免され、翌年その一派とみなされた人々も一斉に左遷された事件である。房琯が宰相を免職させられた理由は、直接的には出入りの琴の名手董庭蘭《とうていらん》が賄賂を受けていた、というものであるが、その裏面で、前年房琯が指揮した陳濤斜の戦いでの敗北が遠因となっていたことが、以前から指摘されている。しかし、この事件の根底には更に重大な原因があったと考えられる。それは、変則的に即位した粛宗が採用した第五琦《だいごき》・賀蘭進明《がらんしんめい》の粛宗単独勝利・積極攻勢・軍費調達・増税・銅貨改鋳《かいちゅう》の政策と、房琯が抱いていた諸王分鎮《ぶんちん》・堅守防衛・民心民生の安定という政策との対立であった。至徳元載（七五六）十月には、賀蘭進明が「論房琯不堪為宰相対」（房琯の宰相為《た》るに堪へざるを論ずる対《たい》）を奏上し、房琯の更迭を求めた。それをきっかけに粛宗は次第に房琯の政策に疑問をいだくようになった。この政策の相違・対立こそが宰相房琯罷免の最大の要因と考えられるのである。その房琯に対して、杜甫は上疏《じょうそ》して房琯を救おうとし、粛宗の逆鱗に触れた。粛宗は三司《さんし》に杜甫を推問（取り調べ）させたが、宰相張鎬《ちょうこう》の弁護によって杜甫は辛うじて処罰だけは免れた。杜甫が房琯を弁護した背景には、粛宗の政策や戦争方針への批判と房琯の見解への強い共感があったためと考えられる。

「小臣」とは、賀蘭進明、第五琦らを指すと思われる。「大賢」たる房琯が「小臣」たる彼らと激しく拮抗した構図として当時を捉えている。彼らが即位早早の粛宗に取り入り、房公は彼らの骨に至るような激しい「讒口《ざんこう》」（讒言）を受けて、廃せられたのだ、と杜甫は当時の状況を評価し直しているのである。杜甫が〈房琯事件〉においてあれほどかたくなに自説を曲げず房琯を弁護し続けたのは、杜甫の政治的無知や性格の偏執性などによるのではなく、当時の実際の政治・社会情勢のなかで、杜甫や房琯らが、厳しい政治的判断と見通しとを持って行動していたためなのである。これまであまり注目されることがなかったその事実の重さを表現しているところに、この祭文の大切な意味がある。

③　第二段落

天道闊遠、元精茫昧。偶生賢達、不必際会。明明我公、可去時代。賈誼慟哭、雖多顛沛。仲尼旅人、自有遺愛。二聖崩日、長号荒外。後事所委、不在臥内。因循寝疾、顦顇無悔。矢死泉塗、激揚風概。天柱既折、安仰翼戴。地維則絶、安放夾載。

天の道は広くはるかで、天の根元の精気のはたらきははてしないために理解しづらい。賢く物の道理に達した人が偶然この世に生まれたとしても、必ずしもよい機会に出会うとはかぎらない。明徳の我が房公は時代から退けられてよいものだろうか（退けられてはならない）。漢の賈誼はよい世にめぐり合わなかったことを慟哭したけれどもつまずき倒れてしまった。孔子は各地に遊説を重ね、ついに諸侯に受け入れられなかったけれど、その仁愛はいつまでもしたわれている。玄宗・粛宗の二聖が崩御されたとき、房公は僻遠の地でいつまでも泣き叫んだ。玄宗・粛宗亡き後の事を託すべき人は、朝廷内にふさわしい人がいなかった。房公は病床についていつまでも留まっていたが、代宗の治世を案じてやせおとろえることもいとわなかった。かくして間近に迫った死を覚悟しつつ、その気高い風格を奮い立たせた。しかし、（いまや房公は亡くなり）天を支える柱はすでに折れてしまったのに、何を仰いで（天子）をお助けすればよいのだろうか。大地を維持する綱が切れてしまったのに、何を頼って補佐すればよいのだろうか。

ここでまず杜甫は、房琯を賈誼・孔子になぞらえて、たとえ忠義や高い道徳を抱いた人物であっても、必ずしもよい時に「際会」するとは限らず、道半《みちなか》ばで挫折することがある、と述べている。

この段落で、もっとも注目されるのは、最後の「天柱既折、安仰翼戴。地維則絶、安放夾載」であろう。『礼記』檀弓《だんぐう》に孔子が自分の死期を悟って、「泰山其頽乎、梁木其壊乎、哲人其萎乎」（泰山《たいざん》其れ頽《くず》れんか、梁木《りょうぼく》其れ壊れんか、哲人其れ萎《や》まんか）と歌っているのを弟子の子貢が聞き、「其泰山頽則吾将安仰、梁木其壊哲人其萎則吾将安放」（其れ泰山頽れなば則ち吾《われ》将《は》た安《いず》くにか仰がん、梁木《りょうぼく》其れ壊れ哲人其れ萎《や》まば則ち吾将た安くにか放《よ》らん）と言った故事を踏まえる。孔子が亡くなれば、一体なにをよりどころにしたらよいのか、という弟子子貢の発した絶望にも似た嘆きのことばである。また、「天柱」・「地維」はいずれも天と大地を支えるものであり、それが「折」れ、「絶」たれるというのは、この世界の崩壊とも言うべき表現といえる。杜甫は房琯を失った喪失感をこのように表現したのであった。ここにも、房琯の死による深い落胆が表現されているが、それは単に個人的な悲哀感の表現に終始するのではなく、国家を経営する政治的支柱が失われたことへの、いわば政治的責任感に裏付けられた喪失感なのだった。

④ 第三段落

豈無群彦、我心忉忉。不見君子、逝水滔滔。泄涕寒谷、呑声賊壕。有車爰送、有紼爰操。撫墳日落、脱剣秋高。我公戒子、無作爾労。殮以素帛、付諸蓬蒿。身瘞万里、家無一毫。数子哀過、他人鬱陶。水漿不入、日月其慆。

かならずすぐれた人々はいるはずだ。だが私の心はうれいで一杯になる。(房公がなくなって)立派な人物を見ることができない。流れゆく水はとうとうと去ってかえらない。涕《なみだ》をここ閬州の冷やかな谷に流し、悲しみの声を賊軍に備える壕《ごう》に呑みこむばかり。房公の棺を車にのせてここに送り、挽《ひ》きづなをここに手にとる。(棺を納めて)墳墓をなで静めると日は西に落ち、剣をはずせば秋の空は高い。我が公は死にぎわに子に戒めて、自分の葬儀に労苦をかけないよう申しおかれた。なきがらをおさめるのに白ぎぬを使い、棺は野原におかれた。なきがらは故郷から万里離れた地に埋められ、家にはわずかな財産もなかった。あなたの子どもたちは哀しみすぎて(やつれ)、他人はあなたを思って心がふさぐ。水や飲み物がのどを通らないままに、月日だけがどんどん過ぎていく。

第一・第二段落では、房公の死までが政治社会の場を舞台として通時的・叙事的に捉えられて描かれていた。だがこの第三段落では、通時的・叙事的な描写は影をひそめ、葬儀の時点での状況が、まるで時間が突然停止したかのような筆遣いで、祭る者の側の視点から感覚に直接ひびく表現で捉えて述べられている。「寒谷《かんこく》」や「賊壕《ぞくごう》」に声を押し殺すようにしてなみだを注ぐという表現は、暗く寒々しい現状や、都から遠く離れた辺境での死であり葬儀であることを象徴する。秋の夕刻、異郷の野原でとり行われる葬儀であり、しかも、房公の遺志に従い、子どもたちや親しい者たちだけによるつつましい葬儀として描かれているのである。そのような寂寞《せきばく》たる情景のなかで、「墳を撫」し「剣を脱」すという表現は、もの寂しい辺境での葬儀にもかかわらず、その寂寥《せきりょうかん》感を乗り越えようとひたむきに房公の魂《たましい》を慰撫《いぶ》することを表現している。「剣を脱す」とほぼ同様の表現は、杜甫がこの祭文の後に制作した「房太尉の墓に別る」詩の中にも見える。

対　棋　陪　謝　傅　　棋《ご》に対《たい》して謝傅《しゃふ》に陪《ばい》し
把　剣　覓　徐　君　　剣を把《と》りて徐君《じょくん》を覓《もと》む

前の句の謝傅は、晉の謝安（死後、太傅を贈られた）のこと。謝安は淝《ひ》水の戦いに臨む際、謝玄と碁を囲んで少しも恐れる様子がなかったという話、および謝玄らから勝ったとの知らせが届いた時、喜びを顔に出さず、客と碁を打ち続けたという話を踏まえている。かつて親しく対局したことのある房琯は、謝安のようにすぐれた見識と沈着さを備えた人物であったという。一方、後の句に「剣を把る」という表現が現われる。春秋時代、呉の季札《きさつ》が徐国を通過したとき、その君は彼の剣をほしがった。季札はその時はこれから諸国を訪問するのに、儀礼上必要だったため献上しなかった。帰路に立ち寄ったときにはすでに徐君は亡くなっていたので、季札は徐君の塚のわきの木に剣を掛けて去った。杜甫はこの故事を用いて、房公亡き後も彼に対して信義を抱き続けていることを述べている。この祭文でも同じである。不遇のなかで急死した房琯に対して、この世の全ての利害を越えた信義を守りつづけることを語りかけているのである。

⑤第四段落

州府救喪、一二而已。自古所嘆、罕聞知己。曩者書札、望公再起。今来礼数、為態至此。先帝松柏、故郷枌梓。霊之忠孝、気則依倚。拾遺補闕、視君所履。公初罷印、人実切歯。甫也備位此官、蓋薄劣耳。見時危急、敢愛生死。君何不聞、刑欲加矣。伏奏無成、終身愧恥。

州や府からの葬儀へのたすけは、一二あっただけ。昔から嘆かれてきたのは、真の友はまれだということ。房公の死の前には天子から詔勅がよこされ、房公が再びたって活躍することを望まれていた。それなのに今の葬儀の礼の等級は、そのありさまと言えばこの程度（の低いもの）である。先帝の陵墓には松柏が植えられ、房公の故郷にはにれやあずさが植えられている。房公の霊は、先帝の（陵墓の）松柏に忠心をつくそうとし、他方房公の気は孝をつくして故郷のにれやあずさに帰ってよりそおうとしておられる。私が拾遺として天子を補佐する官職にあった時、天子の行われる事を拝見していた。房公が（罪を得て）初めて官をおやめになった時には、心有る人々は本当に歯ぎしりをしていかっていた。その頃、私杜甫は左拾遺の官を頂いていたが、思うにそのつとめを充分に果しているとは言えなかった。あなたが重い罪を被《こうむ》るという危機に立たれるのを見ては、（あなたを弁護することで）死も辞さない覚悟であった。しかし、なぜ天子はお聞き入れにならず、あなたに刑を加えようとなさったのか。天子に伏してあなたの無実を奏上しながら、聞き入れて頂くことがかなわなかったことは、一生涯恥ずかしく思われる。

房琯は、かつて玄宗・粛宗のもとで宰相をつとめ、忠心を尽した。しかも死の直前に朝廷に呼び戻す詔勅を受けていた。その彼に対して、房公の死に対する朝廷の処遇はあまりに低いと杜甫は感じている。そしてその感じかたを隠すことなく述べている。

この段落の後半部分は、これまでの第四段落前半までが、時系列に沿った叙述や葬儀の時点での〝現在〟の情景描写であったのから、一転して過去の〈房琯事件〉の当初に遡って回想した描写である。また、この祭文の本文（韻文部分）は、これまではすべて一句四言であった（ただし、冒頭の「嗚呼」を除く）が、第十七句のみは、四言の調子を破り、「甫也《ほや》」という一人称で始まる六言句となっている。冒頭から第三段落までは、比較的抑制された、叙事的・客観的な叙述が主調であったが、第四段落は「甫」という一人称を使用していることにみられるように、主観的叙述が中心となっているのである。すなわち、この第四段落は、この祭文を杜甫が執筆した動機に最も深く関わる部分であるといえよう。特に第四段落の後半部に着目すると、ここで杜甫は房琯が宰相を罷免された当時、自分は左拾遺であり房公の弁護を奏上したが、粛宗に聞き入れられなかったことを述べている。杜甫はおそらく、事件以降も〈房琯事件〉の意味を問いつづけていただろう。そして、そのことが自分を「蓋薄劣耳」（蓋《けだ》し薄劣のみ）と断じ、「終身愧恥」（終身愧恥《きち》す）という自責の念を表す言葉となって、この祭文に現われている。「蓋薄劣耳」は、自分の左拾遺としての働きに十分な熱意と才略が備わっていなかったために上奏が聞き入れられず、房琯罷免を阻止できなかったのだと自分の責任を痛感する言葉であり、「終身愧恥」（終身愧恥す）は、やはり房琯罷免を阻止できなかったことを恥じ、しかもその後ずっと後悔と倫理的な傷を抱き続けてきたことを房琯に対して告白するものと言えよう。杜甫は〈房琯事件〉の原因を自分の責任として捉え続けていたのであり、それをここで告白しているのである。このことこそが、杜甫にこの祭文を書かせた最も重大な動機であった。杜甫にとって〈房琯事件〉は、政治への深い関心を抱かせる契機となった生涯の大事件であった。だからこそ房琯の死に際して、杜甫は房琯を救えなかった責任を終始負いつづけてきたことを告白し、さらにいまも変わらぬ信義を語らないではおれなかったのである。

⑥ 第五段落

乾坤惨惨、豺虎紛紛。蒼生破砕、諸将功勲。城邑自守、鼙鼓相聞。山東雖定、灞上多軍。憂恨展転、傷痛氤氳。玄豈正色、白亦不分。培塿満地、崑崙無群。致祭者酒、陳情者文。何当旅櫬、得出江雲。

天地は暗く心をいたませ、山犬やとらのように欲深いものどもが乱れ起こっている。うち続く反乱のために、人民はうちくだかれ、一方諸将は戦でてがらをたてた。まちは自衛するほかなく、攻め鼓《つづみ》があちこちから聞こえてくる。山東は平定されたというが、灞上《はじょう》ではいくさがまだ多い。私はうれえうらんで（眠れぬまま）寝返りをうち、いたみ悲しまないではおれない。玄《くろ》はどうして本来の色だろう、その上白でさえも見分けがつかない状態になっている。小さなおかは一杯あるが、崑崙山《こんろんざん》のような高い山は決して群をなさないものなのだ。お祭りするのに酒をさし上げ、この文章に私の思いを陳《の》べた。いつの日にか、房公のひつぎは長江の雲を出て故郷に帰ることができるだろうか。

この段は、房公を喪失した後の世の中のありさまを述べている。「蒼生破砕、諸将功勲」（蒼生　破砕《はさい》せられ、諸将　功勲あり）には、政府の政策への痛烈な批判を読み取ることができる。民生を顧みず、積極攻勢によって賊軍を倒そうとした結果、将軍達は相次ぐ戦で軍功を上げて出世し、今や王朝内部では力をつけた節度使らが新たな脅威と化しつつあった。そのような状況に対して杜甫は「憂恨展転、傷痛氤氳」（憂恨　展転し、傷痛　氤氳《いんうん》たり）するほかないと述べている。〈房琯事件〉に際して房琯らが、また誰よりも杜甫自らが危惧していた事態が現実に目の前で進行しているのであった。「玄豈正色、白亦不分」に述べる「玄」は黒のことである。それが「正色」ではないということについては、『漢書』薛宣《せつせん》伝に「（薛）宣為中丞、（中略）、所貶退称進、白黒分明」（薛宣中丞と為り、（中略）、貶退称進する所、白黒分明たり）とあり、その注に「白黒、猶言清濁也」（白黒は、猶ほ清濁と言ふがごとし）と解されているのが参考になる。白は善、黒は悪を表す。今の政治にあって現実をおおっているのが「玄」であるとしても、それは正しい状況ではない、という意識であろう。その上「白」が「玄」から区別できないというのは、政府に理非曲直を正す人物が不在で、善悪や賞罰が明らかでない混沌たる状況であることを指摘するものである。

「培塿満地、崑崙無群」（培塿《ほうろう》　地に満つれども、崑崙　群する無し）は、並ぶものがない「崑崙」山のような房琯を失った世の中を表す。見渡す限り大地を小さな塚が覆っている情景は、なんとも不気味に感じられる。杜甫の房琯を失った喪失感と、現在の政治状況に対する危機意識がこの表現の根底には色濃くにじんでいるといえよう。また、

「陳情者文」（情を陳ぶる者は文なり）という表現は、この祭文が亡き人のみたまを祭るばかりでなく、杜甫自らの喪失感と告白を「文」によって房公のみたまに伝えようとするものだということを鮮明に明かすものである。ところで、ここで「何当旅櫬、得出江雲」（何《いつ》か当に旅櫬《りょしん》の、江雲を出づるを得べき）と述べているのは、故郷へ房琯が帰葬されることを祈って結んでいるのである。この辺境の地に棺を留めおくことなく、故郷に帰葬することが、生前不遇であった房琯のためにできる唯一の慰めであると杜甫は感じていたのであろう。

⑦末文

　　嗚呼哀哉、尚饗。

　ああ、なんと哀しいことだろう。どうかこのお供《そな》えを受けてください。

末文のこの二句の表現は、『文苑英華』でみると、祭文の決まり文句となっていたようである。だが、今述べたような、房琯の不在への悲傷を直接に受けて、つまり、前段の末尾の言葉と連続して読まれることによって、切実な願いと祈りが伝わってくるのである。

おわりに

祭文は、亡き人の知人や友人が死者を悼み、また生前の事績を顕彰するものである。杜甫のこの祭文においてもやはりそのような要素を備えてはいる。しかし、この祭文が他の祭文と大きく異なるのは、房琯が不遇の生涯を送るきっかけとなった〈房琯事件〉の責任――房琯を守りきれなかった責任――の一端が杜甫自身にあることを告白し、「終身愧恥」（終身愧恥す）と表現した点である。「陳情者文」（情を陳ぶる者は文なり）という表現が、いみじくも表明しているように、房琯のみたまにその事を伝えるためにこの祭文を制作した、とさえ言える。この祭文がそのような側面を持っていると言っても、過言ではないのである。

ところで、杜甫がこの祭文を書いて数年後、李華《りか》は「唐丞《とうじょう》相《しょう》太尉《たいい》房琯徳銘《とくめい》」を制作した。安禄山の乱の渦中、偽官を受けたために倫理的な傷を負った李華は、節義を高く持ちつづけた房琯に対して、なみなみならぬ敬意を抱いていた。李華の「唐丞相太尉房琯徳銘」からは、房琯の人徳の高さを李華がいかに称えていたかがうかがわれる。しかし、相次ぐ戦乱の中で、李華の制作した銘文は彼の生前には碑として建てられず、約四十五年後、袁州刺史王涯《おうがい》の手によって、ようやく碑に刻み、建立された。この時、その碑陰（石碑の裏に書かれる文）に柳宗元《りゅうそうげん》は「相国房琯徳銘之陰」を記し、王涯が房琯の「道」を尊んで碑を建立するにいたった経緯と房公の道が明らかにされるべき理由を述べている。このように、房琯の死後も、その人格や政治姿勢に多くの人々が共感を抱きつづけていたことが分かる。後代の正史が房琯を実行力のない理想論のみの政治家とするのとは、大きな違いがあるのである。房琯の真実の姿は、少なくともこうした同時代の史料に照らして再構成されるべきだろう。そして、もっとも早く房琯の政治政策や人徳の高さを評価し、自己との深いかかわりの中でもそれを語ろうとしたのは他ならぬ杜甫であり、それを明確に表したのが「祭故相国清河房公文」であったのである。

不遇な詩人を悼む
——『瀛奎律髓』「傷悼類」と賈島——

尾形幸子

『瀛奎律髓《えいけいりつずい》』：南宋末元初の人、方回《ほうかい》（一二二七〜一三〇七）が編纂した唐宋律詩の選集。方回の序には元の至元二十年（一二八三）の日付があり、この年に成立したとされている。唐宋の律詩を主題・題材・修辞に応じて四十九の類に分けて編纂しているのがこの書の大きな特徴であり、巻一「登覧類」から巻四十九「傷悼類」まで合計約三千首を収める。また、各詩の後に方回が記した「評」や詩の本文に付した圏点などによって、方回の各詩に対する評価を知る事ができるのも大きな特色である。明清になると、多くの著名な文人が各作品や方回の評に対してさらに評をつけることが行われ、清の紀昀《きいん》（一七二四〜一八〇五）の『瀛奎律髓刊誤』など各種の版本が出版されている。『瀛奎律髓』所収の作品を作家別に見ると、唐代の詩人が約一六〇人で作品数はおよそ千三百首、宋代が約二〇〇人およそ千七百首となっている。杜甫の詩が最も多く採られているが、これは編者の方回が北宋期に生まれた「江西詩派《こうせいしは》」（後述）の詩学を喧伝していたことの反映である。本稿では、李慶甲編『瀛奎律髓彙評』（上海古籍出版社、一九八六年）を底本として用いた。

賈島《かとう》：七七九〜八四三。唐代の詩人。字は浪仙《ろうせん》。幽州范陽《はんよう》（今の河北省涿《たく》県）の人。はじめは出家して僧となり無本《むほん》と号した。韓愈（七六八〜八二四）に詩の才能を認められ還俗し、科挙に応じたのは三十三歳の頃である。しかしなかなか及第できず二十年以上落第を続けた。その間周囲の多くの詩人達と交友を持ち、詩作に励んだ。開成二年（八三七）、罪によって都を追われるかたちで、遂《すい》州長江《ちょうこう》（四川省遂寧《すいねい》県）の主簿《しゅぼ》となった。彼の別集名に用いられている「賈長江」の呼名はここから出ている。五年後、普州（四川省安岳県）の司倉参軍《しそうさんぐん》に転じることになったが、赴任する前に亡くなった。六十五歳であった。詩中の一字を「推」にするか「敲」にするかで深く悩んだという「推敲《すいこう》」の故事で有名なように、作詩にあたっては苦吟を重ねた。現存の作品は詩のみで、文は残っていない。宋代仁宗朝の天聖年間（一〇二三〜三二）頃、賈島詩集の最も早い刻本である蜀刻本『長江集』十巻が作られ、三七九首の詩が収載されていたというが現存していない。『賈浪仙長江集』（四部叢刊所収）ほか現存の賈島の詩集はすべてこの書を源流にしているという。本稿における賈島詩は『瀛奎律髓』所載のもの以外は斉文榜校注『賈島集校注』（人民文学出版社、二〇〇一年）を底本として用いた。

はじめに——「死を悼む詩」の枠組みと書物における位置付け

中国歴代の詩には、山水、送別、閨怨、辺塞、詠物、……等と様々な主題があるけれど、これらの主題の数やその覆っている範囲というものは実はとても限定的で、それぞれの時代に応じて強固な枠組みを持ち続けてきた。通時的に見ればこの枠組みは、時には質的拡大を起こしたり、流行り廃《すた》りをみせながら、詩を作ったり享受したりする人々のなかで継承されてきたものなのである。こうした限られた枠組みの中でも、「人の死を悼む」という主題は、古来より詩における重要な主題のひとつであり続けてきた。

詩文を作る能力を持つ中国人であれば、身の回りの誰かが亡くなると、「礼」のひとつとして、あるいは悲しみにつき動かされて、文や詩を作り、その悲しみを表現することを習慣としてきた。

誤解を恐れぬ言い方をすれば、「礼」を重んじてきた中国文化の中で、人の死に対する悼みを作品として表現するという事は、極めて儀礼的・実用的な行為である。また、一方、肉親や友人を失った悲しみを綴った詩文は、それがどんなに拙いものであったとしても、その内容のもつ重さによって読者に一種の感動を与えずにはいられない。それゆえに、数多くの「人の死」を悼む詩文の中で、ある作品が、例えば『文選』のようなアンソロジーに採択されているということはつまり、実用に供するための言説が、或いは悲痛な感情の高まりの吐露が、文学作品としても鑑賞に堪え得るものと認識されていることを示す。

『文選』の中には、巻五六～六〇に「誄《るい》」「哀《あい》」「碑文《ひぶん》」「墓誌《ぼし》」「弔文《ちょうぶん》」「祭文《さいぶん》」といった、「人の死」という特殊な場面に限って制作される文体の部があるが、それらに加えて「挽歌《ばんか》」（詩部、巻二八）、「哀傷《あいしょう》」（賦は巻十六、詩は巻二三）という部門が「人の死を悼む」という主題に最も密接な関係をもつ。

ここで詩のみに限って考えると、「挽歌」とは葬送のうたであり、ひつぎの車を挽《ひ》きつつ歌われるところからその名が出ている。古くは、「薤露行《かいろこう》」や「蒿里行《こうりこう》」などがある。葬送のうたであったものがやがて、ある個人のために作られるようになったり、繆襲《びゅうしゅう》（一八六～二四五）や陶淵明（三六五～四二七）の「挽歌詩」（両者とも『文選』「挽歌」所収）のように、自己の死について詠じたものさえある。

「哀傷」部所収の詩は、「深い悲しみの感情」が作品採択の基準となっていて、その悲しみは死別だけではなく身近な者との離別などによって引き起こされたものをも含んでいる。「古詩十九首」の第十三首・第十四首もまた、「人の死」を主題としていると言ってよいが、「古詩十九首」という雑多な内容をもつ連作作品中の一つとして「雑詩」部の中におかれる。「挽歌」と「哀傷」が切り離されていることから考えても、『文選』の分類においては、「人の死を悼む」という主題はまだそれほど上位の大きな分類指標になり得てはおらず、文体や形式そして、「哀傷」という、作品全体を覆う感情の方がより重視されているようだ。同じ「哀傷」部でも賦部のほうが死別による悲しみを詠んだ作品の比率が高く、七篇中五篇が「人の死」に関わるものである。詩部「哀傷」所収の十三首中では、過去の英雄の陵廟についてよんだ作品等も含めても、「人の死」に関わる作品は約半分の七首に過ぎない。

『文選』のように、複数の作品を主題別に分類し書物として編纂することは、中国における伝統的な書物編纂の方法のひとつである。『文選』は現存している主題別作品集としては最古のもので、梁の蕭統《しょうとう》（五〇一～三一）によって編纂された。よって、採択された作品も梁代までのものに限られている。六朝までの様子は『文選』によってあらましはつかめるであろうが、それでは、それ以降の中国古典詩の中において「人の死を悼む」という主題はどのように扱われてきたのであろうか。書物の中における部立てを手がかりに簡単にたどってみたい。

『藝文類聚』百巻は唐の欧陽詢《おうようじゅん》等奉勅撰の類書（一種の百科事典）で、巻三十四に人部「哀傷」部があり、そのうちの「詩部」には、魏の文帝「寡婦詩」を始めとし、隋の江総「和張源傷往詩（張源の傷往詩に和す）」に至るまでの作品が集められており、人の死を中心とした悲しみがそれらの分類基準ではあるが、その全てが「人の死」を悲しむ内容というわけではない。

『文苑英華《ぶんえんえいが》』一千巻は北宋・太平興国《こうこく》七年（九八二）成立、李昉《りぼう》等奉勅撰の類書である。梁末から唐の詩文を対象にしているが、「死を悼む」内容の詩は、詩部巻三〇一～三一〇「悲悼」に集められている。詩題としては、「傷～」「哭～」「悼～」「弔～」といったものが多い。ここに五首以上の作品が収められている詩人を挙げると、王維・孟郊・張籍・白居易・賈島・杜牧・許渾《きょこん》・鄭谷《ていこく》らである。「悲悼」の下位分類として「哭人」（大部分を占める）と、「哭僧道」、「哭妓」とに分け、亡くなった相手によって分類しようとする姿勢も興味深い。対象によって詩のスタイルにも区別があるからであろう。また「送～」と題する「葬送」部や「～墓」と題し、「（題）蘇小小墓」なども含む「墳墓」部もまた、「悲悼」部の下位分類となっている。巻三一〇「悲悼」部第十「挽歌」には「～挽歌」「～挽詞」と題する作品八十六首が集められ、宋之問十首、王維七首、権徳輿《けんとくよ》六首などが目立つ。三連連作の型を基本とする挽歌本来の伝統を受け、連作が多いのも挽歌の特徴である。以上見てきたように、『文苑英華』「悲悼」部の基調を為すものは、「人の死」にまつわる悲しみである。しかし、「悲悼」部の中でも、巻三〇七～三〇九「第宅」「懐古」「遺跡」所収の詩は、「身近な人との死別」が主題とはなっていない。『文選』「哀傷」部と同様に『文苑英華』「悲悼」部もまた、「悲しみ」という感情が「死を悼む」という主題よりも上位にたつ分類基準となっているのである。

以上に取り上げた諸書から気付くことは、死を悼むことをうたう唐詩の詩題の多くは「哭〜」「弔〜」「悼〜」「傷〜」や「〜挽歌」「〜挽詞」であるということである。

そこで、詩題によって『全唐詩』や『先秦漢魏晉南北朝詩』を検索してみると、詩題に「哭〜」とあるもの（「〜哭〜」の型を含む）は、唐代以前には少なく、『全唐詩』には約二七〇首。詩人別には元稹（十九首）、白居易（十八首）が最も多く、それに次ぐのが杜甫八首、張籍八首、李商隠七首、李白六首、賈島六首、杜荀鶴《とじゅんかく》六首である。中晩唐期になると増加してくるのが特徴的である。「弔〜」詩（「〜弔〜」の型を含む）は唐代以前の詩には無く、『全唐詩』には約九十首。この詩題をもつ作品では孟郊の作品が最も多く、連作「弔元魯山（元魯山を弔《とむら》う）」詩十首はじめ二十六首が残されている。中晩唐期になってこうした詩題をもつ詩が増えてくるのは、この頃から、こうした詩題によって個人の死を悼む詩を作ることが定型化してくることの表れである。詩人間の詩の交往がこの頃より盛んになっていくこととも無縁ではあるまい。

一方、「〜挽歌」と題する詩の起源はずっと古く、六朝期には、『文選』の中に「挽歌」部が立てられているほどであるが、後藤秋正・吉川雅樹「唐代挽歌詩研究」（『北海道教育大紀要』1—A第四十五巻第二号　一九九五年）によれば、挽歌には、広く人間の死一般を対象として作られたものと、特定の個人を悼んで作られたものとがあるという。そして、唐代における個人を悼む挽歌では、その対象は王族とその周辺に限られている、という。

明・萬歴二十九年（一六〇一）刊、張之象《ちょうししょう》撰『唐詩類苑《とうしるいえん》』二〇〇巻は唐詩を三十九部一〇九四類に分類する大部な書であるが、「傷〜」「悼〜」「弔〜」「哭〜」と題する詩は人部の巻一三三「哀傷」類か巻一三四「哭」類にあるのに対し、「〜挽歌」と題する詩は巻六十礼部「挽歌」類にある事はその反映であろう。

唐代以降の中国古典詩について『文選』のように主題別に分類して編纂した作品集をと、考えてみると、『瀛奎律髄』という元代初期に出版された唐宋律詩の選集がある。この詩集は、『文選』とは編纂の意図や、編纂者が期待した読者層は大きく異なるとはいえ、やはり、主題や題材を主な基準として詩を分類し採択していることに大きな特徴がある。『瀛奎律髄』の中には「傷悼類」という類があり、人の死を悼むことを主題とした詩が集められている。この書を手がかりに、本稿では、人の死を悼むことを主題とする詩とその作者に関する問題を考えてみたい。

なお、本稿では、「人の死を悼む」ことを主題とし、「哭〜」「弔〜」「傷〜」といった詩題を持つこれらの作品群を「傷悼詩」と呼ぶことにしたい。『瀛奎律髄』「傷悼類」に因んでここで仮に名づけたまでのことであり、この呼称が一般的に定着しているわけではない。

『瀛奎律髄』「傷悼類」と賈島

『瀛奎律髄』最後の類、巻四十九「傷悼類」には個人の死を悼む詩十九首が採択されている。中国の主題別作品集の中での部立ての順序はその主題に対する編者の価値観の反映であり、ある部が初めのほうに配置されていればいるほど編者によって高い価値観を付与されていると考えてよい。しかし、「傷悼類」が『瀛奎律髄』の最後に置かれていることは、「死」が人生の最後に存在するものであることに由来すると考えられ、この主題に対する方向の貶意を表すものではない。

「傷悼類」にとられている詩の作者とその詩題をここに挙げてみよう。

五言律詩　十二首

①唐・杜甫（七一二～七〇）　「哭長孫侍御（長孫《ちょうそん》侍御《じぎょ》を哭す）」
②唐・賈島（七七九～八四三）　「哭孟郊（孟郊を哭す）」
③賈島　「弔孟協律（孟協律を弔う）」
④唐・白居易（七七二～八四六）　「哭皇甫七郎中（皇甫七郎中を哭す）」
⑤唐・姚合（七八一？～八四六）　「哭賈島（賈島を哭す）」
⑥唐・曹松（八三〇？～九〇二？）　「寄弔賈島（賈島に寄せ弔う）」
⑦曹松　「哭李頻員外（李頻《りひん》員外を哭す）」
⑧宋・陳師道（一〇五三～一一〇一）　「南豊先生挽詞」一
⑨陳師道　「南豊先生挽詞」二
⑩陳師道　「丞相温公挽詞」一
⑪陳師道　「丞相温公挽詞」二
⑫陳師道　「丞相温公挽詞」三

七言律詩　七首

⑬唐・白居易　「過元家履信宅（元家の履信の宅に過る）」
⑭白居易　「寄劉蘇州（劉蘇州に寄す）」
⑮白居易　「清明登老閣望洛陽城贈韓道士（清明　老閣に登りて洛陽城を望み韓道士に贈る）」
⑯唐・顧非熊（？～八五四？）　「哭韓将軍（韓将軍を哭す）」

⑰宋・王安石（一〇二一～八六）　「思王逢原（王逢原を思う）」一
⑱　王安石　「思王逢原」二
⑲宋・劉克荘（一一八七～一二六九）　「挽陳師復寺丞」二首取一

「哭～」「弔～」「挽歌」「挽詞」といった、前節で見たようにみてきたような傷悼詩の様々な型の詩題がここにも見られる。

『瀛奎律髄』各類の作品数は、多くは百数十首から、数首に至るまでまちまちである。「傷悼類」の作品数は十九首と他の類に比べ少ないのだが、それ故に却って「人の死を悲しむ」詩と、それをうたった（或いはそこに詠じられた）代表的詩人との結びつきに対して方回の抱いていたイメージが鮮明に現れているように思われる。

そこで、傷悼類にとられている詩の作者について、どのような傾向があるのか簡単に触れておきたい。『瀛奎律髄』は、「江西詩派」という北宋期に生まれ、黄庭堅《こうていけん》（一〇四五～一一〇五）をその代表的詩人とする詩派の理論を濃厚に反映しているといわれている。方回は「江西詩派」の理論を説明するために、「一祖三宗」という説を掲げ、唐代の杜甫を「一祖」として最も尊崇し、宋代の黄庭堅・陳師道《ちんしどう》・陳与義《ちんよぎ》（一〇九〇～一一三八）を「三宗」とし、杜甫詩の継承者として重視した。よってこの四者の各類における採択数も比較的多い。

「傷悼類」において杜甫が最初におかれ、陳師道の作品数が多いことは極めて自然なことだと考えられる。白居易の作品も四首と多いが、『瀛奎律髄』全体における白詩の多さから考えても（杜甫二二二首、陸游一八八首に次いで、梅堯臣と並ぶ一二七首）、前節に述べたように『全唐詩』での「哭～」「弔～」詩に占める白詩の多さから考えても、これはさほど不自然なこととは思えない。

これら「傷悼類」の詩の中で、興味をひかれる詩人は賈島である。賈島は、四首の詩に登場するが、そのうち賈島が作った詩は二首のみであり、残りの二首はそれぞれ姚合と曹松の作品の中で、その死を悼まれる対象としてという、特殊な表れ方をするからである。次節以降では、『瀛奎律髄』「傷悼類」における賈島像に焦点をあて、その詩風と傷悼詩との関わりを考えてみたい。

不遇な詩人像――孟郊

賈島には「哭～」と題する詩が六首ある。「哭盧仝（盧仝《ろどう》を哭す）」「哭柏巖和尚（柏巖和尚を哭す）」「哭孟郊（孟郊を哭す）」「哭胡遇（胡遇《こぐう》を哭す）」「哭宗密禪師（宗密禪師を哭す）」「哭張籍（張籍を哭す）」と、賈島と実際に交友のあった人々の死を悼むものばかりである。賈島の傷悼詩には、このほか、「弔～」と題する詩として「弔孟協律（孟協律を弔《とむら》う）」一首があるのみで、「傷～」や「悼～」、「～挽歌」等の詩題をもつ詩は現存しない。

この他に『全唐詩』巻五七四、『文苑英華』巻三〇四や『賈浪仙長江集』（四部叢刊）巻十では「哭孟東野（孟東野を哭す）」と題する七言絶句を賈島の作としているが、この詩は王建（七六六～八三一？）作「哭孟東野」二首の第一首であるとする説が今日では有力である。賈島の「哭～」と題する詩は、この詩以外全て五言詩であり、しかも絶句は無いことから考えても、賈島の作でないと考えるのが妥当であろう。

『瀛奎律髄』「傷悼類」に載せる賈島の二首の詩「哭孟郊（孟郊を哭す）」「弔孟協律（孟協律を弔う）」は、やはり韓愈の門下にあって賈島の先輩詩人であった孟郊（七五一～八五四）の死に際して作られたものである。二首ともに五言律詩。まず、「孟郊を哭す」詩と方回評を見てみたい。

哭孟郊

身死声名在
多応万古伝
寡妻無子息
破宅帯林泉
塚近登山道
詩随過海船
故人相弔後

孟郊を哭す

身は死して声名在り
多く応《まさ》に万古に伝うべし
寡妻　子息無く
破宅　林泉を帯《お》ぶ
塚は近し　登山の道
詩は随う　海を過《よぎ》る船
故人　相い弔《とむら》いて後

『歴代古人像賛』より

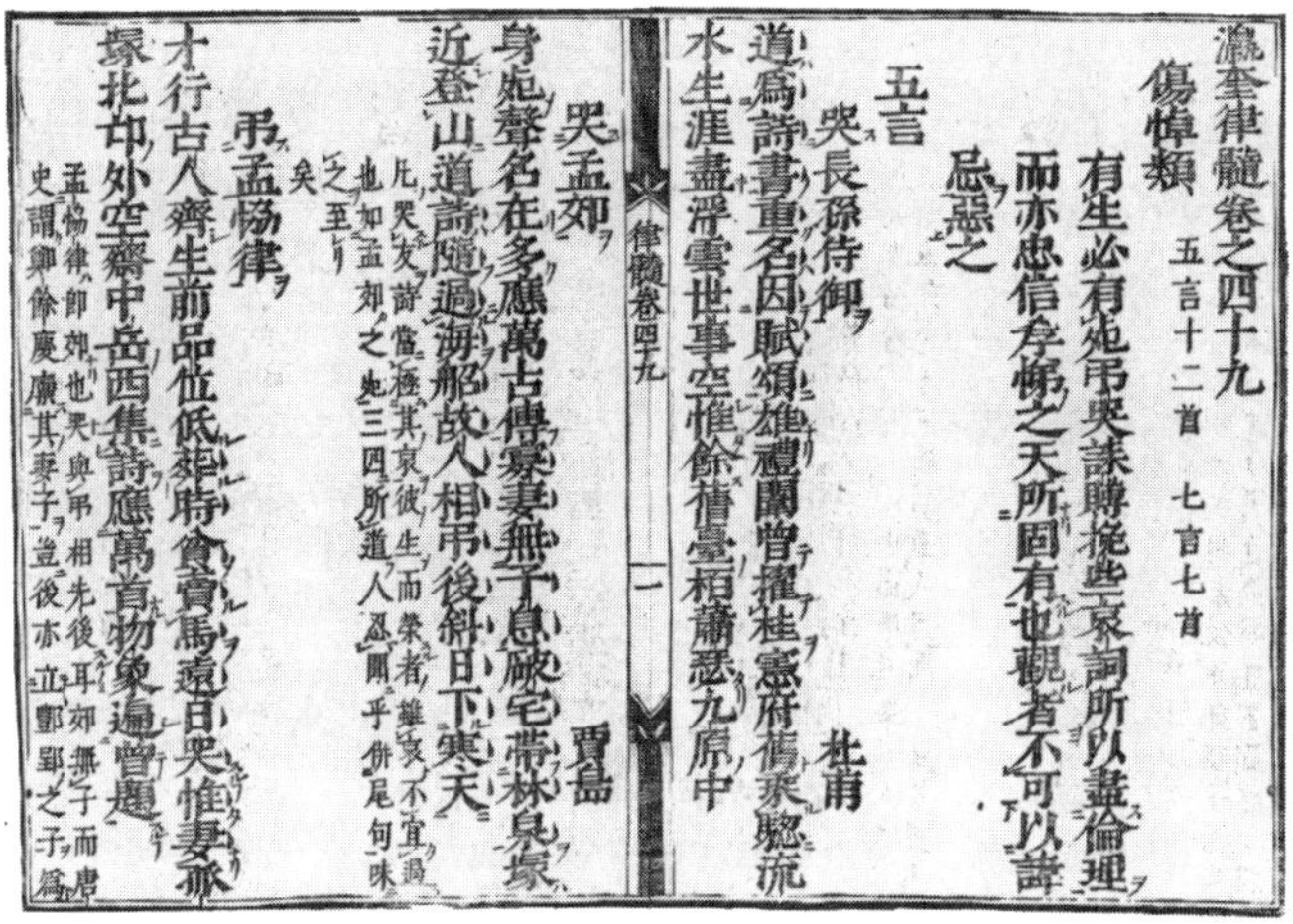
瀛奎律髓卷之四十九
傷悼類　五言十二首　七言七首
有生必有死弔哭誄輓此亦詞所以盡倫理而亦忠信存焉之天所固有也觀者不可以諱忌惡之
五言
哭長孫侍御　杜甫
道爲詩書重名因賦頌雄禮闈曾擢桂憲府舊乘驄流水生涯盡浮雲世事空惟餘舊臺柏蕭瑟九原中
律髓卷四十九　一
哭孟郊　賈島
身死聲名在多應萬古傳寡妻無子息破宅帶林泉塚近登山道詩隨過海船故人相弔後斜日下寒天
凡哭友詩當極其哀彼生而榮者雖哀不宜過也如孟郊之死三四所道人忍聞乎併尾句味之至矣
弔孟協律
才行古人齊生前品位低葬時貧賣馬遠日哭惟妻孤塚北邙外空齋中岳西集詩應萬首物象遍曾題
孟協律即郊也哭與弔相先後耳郊無子而唐史謂鄭餘慶賑其妻子豈後亦立鄭鄒之子爲

『瀛奎律髄』寛文11年（1671）刊本

斜日下寒天　　斜日　寒天に下る

――その身が滅んでもその名声は残されて、あまたの作品が永遠に伝わるに違いない。残された妻には子息もなく、林や泉のそばの人里離れたあばら家がその住まい。山道近くの墓に葬られ、その詩は海を渡る船によって異国にまでも伝えられるかのよう。友人達が弔いに訪れて帰ったあとには、傾きかけた日が寒々とした空を沈んで行く。

[方回評]　凡哭友詩、当極其哀。彼生而栄者、雖哀不宜過也。如孟郊之死、三、四所道。人忍聞乎。併尾句味之至矣。

――およそ友の死を哭する詩というものは、その悲しみを尽くすべきものである。もし、故人の人生が成功し幸福なものであったとしたら、その死は悲しいとはいっても過度に悲しむべきではない。しかし、孟郊の死は、この詩の三四句に言うような不遇なありさま。まったく聞くに忍びないことだ。

詩の尾句もまた味わい深いこと限りない。

方回は、「傷悼詩」においては詠われる故人の実人生の幸不幸が、詩に表現される悲しみの感情と深い関係があることを述べている。傷悼詩に詠じられる感情が悲しみであることに限定されている以上、故人の人生が不遇であればあるほど、詩に詠われる内容も悲しく読み手の作品に対する感情も増幅されていく。

一方、この方回評に対して清代の批評家、紀昀は、以下のような意見を書き記している。

亦視交情之深浅、豈以栄枯為限哉。

――故人との交情の深さをみるべきであり、その悲しみは故人の成功や不遇によって左右されるものではない。

これは『瀛奎律髄』に紀昀の批評を加えて出版された『瀛奎律髄刊誤』（乾隆三十六〈一七七一〉刊）の記述だが、この記述に限らず、一般的に紀昀は方回評に対して冷静であり、時には極めてシニカルな態度をとることがある。ここでは、方回の「故人の生前の成功或いは不遇が悲しみの幅を左右する」という評に対して否定的な態度を示している。だが、ここで紀昀の言っていることは、本当にその通りなのであろうか。

『瀛奎律髄』「傷悼類」に採られている賈島のもうひとつの詩をここに挙げてみたい。

弔孟協律

才行古人斉
生前品位低
葬時貧売馬
遠日哭惟妻
孤塚北邙外
空斎中岳西
集詩応万首

孟協律を弔う

才行　古人と斉《ひと》しく
生前　品位低し
葬時　貧しくして　馬を売り
遠日　哭するは惟《た》だ妻のみ
孤塚　北邙《ほくぼう》の外
空斎　中岳の西
詩を集むれば　応《まさ》に万首になるべし

物象遍曾題　物象　遍《あまね》く曾《かつ》て題す

――その才能や行いはいにしえの賢人らと同じように立派なものであったのに、生前の品位は低いままでこの世を去ってしまった。葬儀の際には、貧しさのあまり馬を売って費用をつくらねばならず、葬儀の日である「遠日」（礼の規定で、凶事を行うためには、十日以上遠ざかった日を占いで定めたことから）に哭するのは、妻だけというありさま。墓はぽつんと北邙山の外れにあり、主を失った書斎が中岳（嵩山《すうざん》）の西に残された。その詩を集めれば一万首にものぼるであろう。この世のすべての物象を彼はあまねく詩にうたうことができた。

両詩に共通して表現されるのは、孟郊の詩人としての力量に対する賞賛と、それに見合わない不遇な人生、そして悲惨な葬儀の状況である。このうち、賈島がスポットを当てているのは、故人への賞賛よりも、その不遇で悲惨な状況のほうである。「寡妻子息無く、破宅林泉を帯ぶ」そして、「葬時貧しくして馬を売り、遠日哭するは惟だ妻のみ」と、孟郊の不遇と貧窮をこれでもかと言わんばかりによみあげるのである。孟郊の死の様子は、孟郊や賈島とほぼ同時期の大文学者であり二人にとっての良き理解者であった韓愈によって、有名な「貞曜《ていよう》先生墓誌銘」（『朱文公韓昌黎文集』巻二十九所収）に書き残されている。その記述によれば、元和九年（八一四）八月、六十四歳の孟郊は興元《こうげん》軍の参謀の命を受け、妻とともに洛陽を発って興元（陝西省南鄭県）に向かう途中、河南省閿郷《ぶんきょう》県において病のため急死したのである。家族は棺を買ってその亡きがらをおさめ、粗末なかごでかついで洛陽に帰った。長安にいて孟郊の夫人よりその知らせを受けた韓愈は、自分の門下の詩人張籍《ちょうせき》（七六六?―八二九?）とともに長安において追悼の式を行うとともに、香典を洛陽に送って葬儀の費用にあてさせた、という。更に墓誌銘には、孟郊には子が無く、韓愈など友人達の援助により、その葬儀や埋葬が行われた様子が仔細に描かれている。賈島は、孟郊の死の三年前、元和六年に韓愈の知遇を得て以来、長安に滞在や居住を重ねるうちに、韓門の先輩である張籍とも詩を交すようになっている。孟郊の死や葬儀の様子を賈島は彼らと倶に見聞していたに違いない。

実際、孟郊の人生は、「窮」という言葉によって代表されるような貧窮や不遇と切り離せないものであった。五十歳の頃、進士に及第し、初めて官位を得たものの、詩作にふけり仕事は怠りがちであったという。孟郊自身「窮」という生き方を敢えて否定することなく、自らの困窮を自作に表現することも多かった。孟郊の生き方が「窮」であったとする評価は当時から既に見えるが、それは必ずしもマイナスイメージのみを伴うものではなく、齋藤茂氏らが指摘するように「文学的成就は貧窮を代償にしてのもの」であり、「人格の高潔さと貧窮とが結びついて語られる」という当時のひとつの文学観を代表する詩人であったようだ（齋藤茂「孟郊『弔元魯山十首』をめぐって──「古」の理念と実践──」『人文研究』三八巻　一九八六年　参照）。晩唐の詩人陸亀蒙《りくきもう》（?〜八九五?）は「長吉夭、東野窮、玉渓生官不挂朝籍而死（李賀は夭折し、孟郊は貧窮、李商隠は官位につくことなく死んだ）」（「書李賀小伝後（李賀小伝の後に書す）」『甫里先生文集』巻十八）と、孟郊を李賀、李商隠とともに不遇な人生を送った詩人の系譜中に位置付けている。「不遇な詩人」という、中国文人の生き方におけるひとつのタイプが、当時既に形成されていたのである。

孟郊はその自作「元魯山を弔う」十首において、当時、徳行の人として名高かった詩人元徳秀《げんとくしゅう》（六九六〜七五四）の貧窮ぶりをうたうが、そこには清貧の高士、元徳秀に対する孟郊の敬慕が表現されている。元徳秀が死んだ時、孟郊はまだ幼児であり、この詩を作ったのは孟郊の晩年、元徳秀の死後かなり経ってからである。この詩の存在からは、当時の「弔〜」詩が必ずしも死に対する悲しみそのものを表現するばかりでなく、故人の生き方やそれに対する敬慕そしてそこに重ねられた自らの理想までをも表出する極めて文学的な場として機能していたことが理解できよう。

賈島詩の「不遇な詩人の死に対する悲しみ」というモチーフは「盧仝を哭す」詩にも表現される。盧仝（?〜八三五）は賈島と同様韓愈の門下にあった詩人。彼もまた貧しく官につくこともないままに、大和九年（八三五）、当時の政変である「甘露《かんろ》の変」の起きた際、偶々宰相の家にいたために巻きぞえを食って殺されてしまった。賈島は盧仝の不遇な人生を次のようにうたう。

賢人無官死　賢人の官無くして死するは
不親者亦悲　親しからざる者も亦た悲し
……
平生四十年　平生四十年
惟著白布衣　惟《た》だ著《き》る白布衣
（「哭盧仝」『賈島集校注』巻一）

――賢人が無官のまま死んでしまうのは、親しくなかった者であっても悲しいもの。……盧仝の四十年間の一生は、官にもつけず平民の衣服のままで終わってしまった。

「胡遇《こぐう》を哭す」もやはり、夭逝の詩人胡遇（?~?）の不遇な死をうたう詩。胡遇は姚合、賈島らとも唱和を行った詩人で、父祖二代において進士に及第した名門の出であったのだが、夭折してしまった。賈島は彼の死を詩の冒頭で以下のように嘆いている。

夭寿知斉理　夭寿　斉理を知るも
何曾免歎嗟　何ぞ曾《かつ》て歎嗟《たんさ》を免《まぬ》がれん
（「哭胡遇」『賈島集校注』巻四）

――人には短命や長寿とそれぞれ定めがあるとは知ってはいたが、胡遇のこのような夭逝を歎かないわけにはいかない。

賈島は張籍の死に際しても「張籍を哭す」詩を作ってその死を悲しみ悼んでいるが、その詩にはこれらの詩のような「不遇な詩人像」は描かれない。これは、孟郊と張籍に対する賈島の感情的スタンスの差にもよるだろうが、実際に張籍より孟郊の人生や死のほうが、ずっと濃く「不遇」というものにいろどられていたからであろう。張籍もやはり韓愈の門下の詩人であり、貞元十五年(七九九)三十代前半で進士に及第し、秘書郎、太祝、水部員外郎を歴任し、韓愈の薦めで国子博士となっている。賈島とも詩を数首交しており、韓門の先輩として賈島も深く敬愛していたに違いないが、張籍の人生は孟郊よりは順調なものであった。賈島の傷悼詩において、故人の人生の描きかたから見るならば、張籍に対する詩よりも、孟郊に対する詩のほうがより強い悲壮感を訴えかけてくる。

聞一多《ぶんいった》(一八九九〜一九四六)は賈島を評して次のように言う。「彼は静を愛し、痩を愛し、冷を愛す。……そしてついには貧を、病を、醜をそして恐怖を愛するまでに至る」(「賈島」/生活・読書・新知三聯書店版『聞一多全集』第三巻「唐詩雑論」所収。原載昆明『中央日報』『文芸』第十八期)。どちらかといえば陰惨な世界を詩に描くことに力を傾けていた賈島にとって、「不遇な詩人の人生と死」というモチーフは、その詩作において強く心ひかれるものであったのではないか。敬愛する詩人「孟郊」の不遇な人生と死は、皮肉なことに賈島にとってその作詩の才能を大いに発揮する機会となってしまったのである。

もうひとつの「不遇な詩人像」——賈島

孟郊と同じく、賈島の一生もまた不遇なものであった。彼が最初僧になったのは、貧しさゆえであったといわれる。元和六年(八一一)三十三歳の時、洛陽に来て出会った韓愈に詩の才能を認められ還俗し科挙に応じたものの、その後二十年以上にわたって落第を続ける。この頃の賈島と科挙落第に関する数々のエピソードが残されているが、「病蟬」という詩もこの頃作ったものとされる。

病蟬　　　病める蟬

病蟬飛不得　　病蟬　飛ばんとして得ず
向我掌中行　　我が掌中に向いて行く
折翼猶能薄　　折れし翼は猶お能く薄く
酸吟尚極清　　酸吟　尚お極めて清なり
……

（『瀛奎律髄』巻二十七「着題類」所収）

――病める蟬は飛ぼうとして飛べず、私の手のひらを這う。折れた羽はそれでも薄く、悲痛な泣き声はやはり極めて清らか。……

この詩に対し、方回は次のような評語を残している。

賈浪仙詩得老杜之痩而用意苦矣。蟬有何病。殆偶見之、托物寄情、喩寒士之不遇也。

――賈島の詩は杜甫詩の「痩」を受け継いでおり、その意の用い方は「苦」である。蟬にいったい何の病があるというのか。偶々蟬というものを見て、物に託して情を寄せた、つまり、蟬を詩に詠むことで「寒士（恵まれない士人）」の不遇を喩えたのである。

中国文学の伝統において、「蟬」は露しか口にしない高潔な生き物であるとして、そこに士大夫の姿を重ねて詩文に描くことは六朝期には既に行われていた（川合康三「蟬の詩に見る詩の転変」『中国文学報』第五十七冊一九九八年　参照）。唐詩においても、駱賓王《らくひんのう》「獄に在りて蟬を詠ず」詩のように、蟬に自らの不遇な姿を仮託し世に容れられない悲哀や痛みを詠う作品が多く見られる。賈島のこの詩もこうした中国文学の伝統的系譜に連なるものである。賈島に特徴的なのは、主題である蟬そのものを「病蟬」と直截的に言いきっていることだ。中国の文人にとって、高潔でありながらそれゆえに虐げられる不遇な士人の象徴である蟬を、ことさらに「病蟬」と規定することから作詩を始める姿勢には賈島の「病」という語に対する執着を見てとることができよう。賈島は「蟬」という題材を好んで詩に用いた。「蟬」は不遇な士大夫である自分達の姿の象徴であり、この「病蟬」の詩には自らの不遇な姿を自虐的に見つめ、詩に表現する、という賈島詩の特徴がよく表されている。

賈島が、「病」や「痩」という状態に愛着を示すことについて、既に聞一多の指摘を引用したが、賈島は同時期の詩人である姚合ら複数の詩人とともにグループをつくり、自分達の不遇を自虐的に詩に詠じることに暗い情熱を注いでいた。賈島をやはり「痩」と評したのは蘇軾だが（「元軽白俗、郊寒島痩（元稹は軽薄で白居易は低俗、孟郊は寒く賈島は痩せている）」「柳子玉を祭る文」『東坡集』巻三十五）、蘇軾の「痩」という評価がネガティブな方向性を持つものであったのに対し、方回は賈島の「痩」が杜甫詩のもつ一面を引き継ぐものであるとして肯定的に評価する。

「痩」や「病」「貧」「醜」という、いわば人間にとってネガティブな状態に心を寄せた賈島にとって、「不遇な詩人像」というモチーフは、むしろ積極的に選び取られたものであった。このモチーフが自分自身に対して投影されたのが、「病蟬」のような自らの不遇を描く詩であり、他者に向けられたのが、「哭孟郊」のような不遇な詩人の死を悼む作品でなかったか。つまり賈島にとっては「哭～」と題する「傷悼詩」群は、友人の死を悼むという士大夫としての儀礼的実用的な機能を持つとともに、「不遇な詩人像」をモチーフとした詩を作るという文学的営為の場でもあったのではないだろうか。

会昌三年（八四三）の賈島の死やその墓の様子は当時の多くの詩人によってうたわれている。今日残っているものとしては、姚合「哭賈島（賈島を哭す）」二首（『全唐詩』巻五〇二）、李頻「哭賈島」（『全唐詩』巻五八九）、可止「哭賈島」（『全唐詩』巻八二五）、王元「哭賈島」（逸句『全唐詩外編』続補遺巻十八）、劉得仁「哭賈島」（逸句『全唐詩』巻五四五）、李克恭「弔賈島（賈島を弔う）」（『全唐詩』巻六六七）、曹松「弔賈島（賈島を弔《ちょう》す）」二首（『全唐詩』巻七一六）、李郢「傷賈島無可（賈島無可を傷《いた》む）」（『全唐詩』巻五九〇）李洞「賈島墓」（『全唐詩』巻七二二）、安錡「題賈島墓（賈島の墓に題す）」（『全唐詩』巻七六八）、弘秀「賈島墓」（『全唐詩外編』続補遺巻十三）などである。その死が当時の詩人達に与えた影響は小さくなかったようである。

このうち、姚合《ようごう》（七八一?〜八四六）と曹松《そうしょう》（八三〇?〜九〇二?）の作品がそれぞれ「哭賈島（賈島を哭す）」と「寄弔賈島（賈島に寄せて弔う）」として一首ずつ『瀛奎律髄』「傷悼類」にとられている。方回の二詩に対する評は「島無子、於是可見（賈島に子が無かったのはこの詩からわかる）」（姚合詩）「悼賈島有子勝孟郊（賈島を悼むのは、子があった点では、子が無かった孟郊より勝っている）」（曹松詩）と、その関心は賈島の子の有無について向けられる。一方では子があったと言い、一方では無かったと、方回の言は矛盾しているが、賈島と孟郊とを「子が無い」という点において、その死の悲惨さの比較をしていることは注意してよいであろう。没時、孟郊に子が無かった事は、先述した韓愈の「貞曜《ていよう》先生墓誌銘」にも見える。賈島にもまた子が無かったことが、蘇絳《そこう》による賈島の墓誌銘「唐故司倉参軍賈公墓誌銘」（『全唐文』巻七六三所収）に記されている。子孫を生み一族を存続させるのは、儒家的には最も大切な人としてのつとめである。その立場から言えば、子が無く子孫を自分の後世に伝えることができないのは最も不幸な状態であり、こうした点から見ればふたりの詩人はともにとても不幸であったと言える。

紀昀が「有子無子、何與論詩（子の有無は詩を論ずるのに関係ない）」（曹松「寄弔賈島」）と批判するように、事実として賈島に子があったのかを考証するのは詩の鑑賞とは関係が無い。だが、傷悼詩においては、詩を享受する際、対象とされた故人の実人生という物語を重ねて読むことがむしろ自然なことであり、したがって、故人の人生が如何なるものであったかという点に思い至るのは当然なことである。また、孟郊・賈島の死を比較する方回の発言は、詩鑑賞の背景としてふたりの詩人がともに不遇な人生をおくったという認識に基づいてこそ発せられるものではなかったか。

孟郊と賈島の二者を並称するのは、早くには晩唐の僧、斉己の詩に「賈島苦兼此、孟郊清独行（賈島の苦、此れを兼ね、孟郊の清、独《ひと》り行く）」（「覧延栖上人巻（延栖上人の巻を覧《み》る）」『全唐詩』巻八三九）があり、今日最も有名なものは先に挙げた蘇軾の「郊寒島痩」という言葉である。孟郊や賈島がともに一生貧しく不遇なままに終わってしまったこと、そしてそのことを自ら進んで詩の題材とすること。このことを、北宋の文人欧陽脩《おうようしゅう》（一〇〇七～七二）は『六一詩話《りくいつしわ》』で取り上げている。

孟郊賈島皆以詩窮至死、而平生尤自喜為窮苦之句。孟有「移居詩」云「借車載家具、家具少於車」。乃是都無一物耳。……

――孟郊、賈島は皆、詩作に励み生活は窮したまま死んでしまった。だが、生前は窮苦の句を作ることに喜びを見出していた。孟郊の「移居の詩」に云う「車を借りて家具を載すも、家具　車よりも少し」。つまりは無一物だったということだ。……

孟郊、賈島がその詩に自らの貧しさを描くことに自虐的な喜びを見出していたことは、他の宋代の詩話や筆記等にも見られる。

郊、島善言貧。……

――孟郊、賈島は貧しさを表現するのが得意である。　（計有功『唐詩紀事』巻三十五　孟郊「苦寒吟」）

唐之詩人類多窮士、孟郊、賈島之徒、尤能刻琢窮苦之言以自喜。

――唐代の詩人には困窮の士が多く、孟郊、賈島などは窮苦の言を詩中に刻みこむことに喜びを見出していた。

（張邦基『墨荘漫録』巻八）

孟郊も賈島も共に不遇な詩人であるという方回の認識は、ふたりをめぐるこれらの記述やこれに類似した物語の延長線上にある。

「傷悼類」に孟郊や賈島を悼む詩が採られている理由は、それらの詩の文学作品としての完成度、という要素とともに、詠じられる対象としての孟郊や賈島がそれぞれ著名な詩人であり、彼らのその不遇な人生が物語として周く知れわたっていたことにもよるであろう。「哭孟郊」詩の方回評が言うように、人の死は言うまでもなく悲しいが、その才能に見合う結果を得られず不遇なうちに終わった詩人の死であるならばなおさらに悲しい。傷悼詩に表現される悲しみはそこに「不遇な詩人像」という物語を重ね合わせて読まれることによって一層の悲しみ、つまり文学としての感動を増幅させることができよう。しかもそれらの詩を作った詩人自身もまた同様に不遇の中にあった。『瀛奎律髓』の読者は、孟郊と賈島というふたりの不遇な詩人の死を同時に読み進めることにより、ふたりの人生やその作品に共有された「不遇感」に思いを巡らすことができ、悲しみの感情を増幅させることができるのである。

おわりに

本稿では、個人の死を悼む中国古典詩の作品群の一例として、『瀛奎律髓』「傷悼類」をとりあげ、そこに特徴的に登場する詩人賈島を中心に考えをめぐらしてきた。

身近な人の死に際し、詩文を作ってその死を悼むという行為は古代中国の文人にとってごく当たり前の行為であった。しかし、その詩文の中に何を如何に読みこむかは、作者それぞれの裁量に委ねられていたし、その残された作品が本来の目的を超越して文学作品としても鑑賞に堪えうるものに仕上がるか否かには作者の力量が問われたであろう。唐代にあっては、孟郊や賈島およびその周囲の詩人達は、どちらかといえば暗く苦しい内容を持つ詩の制作に長け、こうした場面においてこそ卓越した才能を発揮した。互いの不遇に満ちた人生を「不遇である」として、その死を悼む詩によみこむ。彼らの作品や行為はその不遇さゆえに読む者の胸をうつ。

「傷悼詩」は故人の死そのものに対する悲しみを表現する場のみならず、作者の目に触れた故人の人生の一部を非常に凝縮された形で表現したテクストとしてとらえることができる。それゆえ、傷悼詩の読者は作品を享受する際に、詩に詠われた故人の人生をそこに重ね合わせて読むことによって一層の感動を生み出すことが出来る。そこに詠じられた故人が読者にとって全く未知の人物ではなく、著名な詩人であるならば、読者はその持っている情報に応じて、詩に書かれた以上の物語を重ねて作品を鑑賞することができるのである。

また、作者が故人の人生の如何なる面に目を向けるかによって、作品中の故人の像は大きく変わる。賈島の視線は孟郊の人生における文学者としての成就よりは、その背景にある実生活での「窮」という面に多く注がれており、それが孟郊を悼む詩を悲壮なものとしている。それは賈島詩のもつ「痩」という詩風を顕著に表わすものであった。方回が賈島詩の持つ詩風、「痩」を肯定的に評価していたことはすでに述べたが、以下の記述もそのことを裏付けるものである。

東坡謂、郊寒島痩元軽白俗、予謂詩不厭寒、不厭痩、惟軽与俗則決不可、君之稿、寒痩者宜存之。……

――蘇軾はいった。「孟郊は寒く賈島は痩せている。元稹は軽薄で白居易は低俗である」と。けれど私は、詩は「寒」であることも「痩」であることも厭わないと思う。ただし、決して「軽」や「俗」であってはいけない。あなたの作品のうち、「寒痩」なものは残しておくのが良い。……

（方回『桐江集』巻三「跋方君玉庚辰詩」）

方回は孟郊詩の「寒」、賈島詩の「痩」をともに評価していた。ただし、『瀛奎律髄』は律詩のみを収録する詩集であり、従って、五言古詩の制作に力を注いだ孟郊の作品は『瀛奎律髄』全体において一首しかとられておらず、「傷悼類」にもその詩は入っていない。

方回は、『瀛奎律髄』「傷悼類」において、「孟郊の不遇な人生」を表現した賈島の詩を選び、そしてやはり同様に不遇なうちに死んだ賈島の死を悼む詩を選んだ。ここからは、賈島・孟郊というふたりの「不遇な詩人像」がくっきりと浮かび上がってくる。そこには不遇な詩人の生と死に対する愛情と哀悼、そして詩に表現された「不遇な詩人の死」というモチーフに対する文学的評価が存在している。その背景には、賈島・孟郊のもつ「寒痩」というスタイルに対する評価が存在していたのである。

同時に、我々は「死を悼む」という一見定型化していたかにも思える伝統的因襲的な主題をもつ詩が、自立した文学作品として、個々の作者の個性を発揮しうる場となっていたことを確認するのである。

敦煌書儀の中の凶書

伊藤美重子

「書儀《しょぎ》」とは、「書簡の作法」という意味で、手紙の書き方を指南する書物のことである。敦煌文書が発見される以前は、司馬光《しばこう》の「司馬氏書儀」が知られるのみであったが、敦煌文書の中に数多くの書儀の写本が発見され、書儀の研究が進展した。これまでの研究成果によると、敦煌の書儀には、十二ヶ月で排列した友人間での書簡に関する「朋友書儀」、吉凶の儀式に関する「吉凶書儀」、公私の事務に関する「表状箋啓書儀」の三種がある。特に「吉凶書儀」は、十数種、六十余点と種類も鈔本の点数も多く、杜友晉《とゆうしん》（『唐書』藝文志《げいもんし》に「杜有晉書儀二巻」とあり、敦煌写本では「杜友晉」に作るが、「杜有晉」は「杜友晉」と同一人物だとされる）、鄭餘慶《ていよけい》（同前「鄭氏書儀二巻　鄭餘慶」あり）など名のみ伝わっている書儀が敦煌文書の中に現存した。これら書儀の記述から当時の人々の生活習慣をうかがうことができる。この分野では周一良《しゅういつりょう》・趙和平《ちょうわへい》の両氏が多くの論考を発表している。この文章も多く先行の研究成果の恩恵にあずかっている。本文での書儀の引用は原則として趙和平『敦煌写本書儀研究』（台北、新文豊出版、民国八二、一九九三。以下これを「趙書」という）によるが、原鈔本との照合により若干の訂正を行い、引用の際には、欠字、誤字は補訂している。原文引用の際には、参照の便を考慮して趙書での該当頁数を付記しておいた。

「凶書《きょうしょ》」――人の死にまつわる手紙

人々は自分の肉親、知人やその肉親の死にあたってどのような手紙を書き、どのような言葉を使うように教えられていたのだろうか。「書儀」とくに七四〇年代から七五〇年代（開元末から天宝初）頃の編纂とみられる杜友晉の書儀及びその簡略本とされる「書儀鏡《しょぎきょう》」に記された「凶儀《きょうぎ》」の中からのぞいてみたい。なお、文中で「杜友晉書儀」というとき、特別の場合は除いて、「書儀」と「書儀鏡」の総称として用いている。

敦煌の吉凶書儀に記される凶書は、大きく分けて、親族（内族《ないぞく》）・姻族（外族《がいぞく》）間での喪《も》を知らせる手紙（「告哀書《こくあいしょ》」あるいは「告喪書《こくそうしょ》」と名づけられる）と親族・姻族及び縁戚関係のない人々（「内族」「外族」に対し「四海《しかい》」という）の間でもやりとりされる「弔書《ちょうしょ》（「吊」は「弔」に同じ。敦煌写本では皆「吊」に作る）」と言われるお悔やみの手紙の二種に分類される。

書儀にはふつう書き方の規則すなわち「凡例」が記されている。杜友晉書儀の凶書についての凡例に「凶書は尊卑を問わず皆、白い紙に楷書で書く。亡者《ぼうしゃ》を重んじるからである」とある。杜友晉以前の書儀とみられる書儀（P三六八一）では、「吊書はすべて複書（二紙以上の封書）で書く」と規定されていたが、杜友晉の書義になると、「重喪《じゅうそう》（三年の喪）の吊答書は複書にするが、それ以外は単書（一紙の封書）でもよい」としている。「書儀鏡」に「古今の書儀には、単複両体があるが、本来手紙は実際の言葉の代用であり、気持ちがよく伝わることが大事で単複が重要なのではない」という文がみえている。

「凶書」に関する凡例をいくつか挙げると、「複書のときは月日を前に、単書のときは後に書く」「亡者をいう時は、尊卑を問わずみな平闕《へいけつ》（行首にくるよう改行する）にする。これは幽明ということで亡者を重んじるからである」「凶書吊答の結びの語は皆『不次《ふじ》』とする」「五服《ごふく》のうちでは、凶書の末尾はみな『再拝』とし、『頓首』の語は用いない」「父がなければ『孤子』、父は存命で母がなければ『哀子』と自称す」「吊書では、父の亡くなった人を『至孝』、母の場合は『至哀』と称す」などなど、書式や用語に関して細かな注意書きをして、手本を示している。

「告哀書」――喪を告げる手紙

では、実際にどのように書くのか、先ず、父あるいは母の死を兄弟姉妹に告げる手紙（「父母喪告答兄弟姉妹書」趙書一九七）をみてみよう。本文は兄姉に告げる形になっており、弟妹への場合には若干表現が異なる部分があり、それは文中に双行の注によって記されている。ここでは、双行の注記は省いて引用する。また、亡者をいう時は「平闕」と凡例にあるが、鈔本では、そのように書写されてはいない。ここでは、凡例に従って表記しておく。

月日名白。無状招禍、禍不滅身、上延
耶嬢。攀号擗踊、五内屠裂、煩冤荼毒、不自勝忍。伏惟、卒奉凶諱、攀号崩絶、痛貫骨髄、何可堪忍。不孝罪苦、
酷罰罪苦。未由拝訴、倍増号絶。謹白疏荒迷不次。名再拝。名白。
耶嬢違和、冀漸瘳損、何図不蒙霊祐、以某月日奄鍾棄背。号天叩地、無所逮及、肝心糜潰、不自堪忍。伏惟、攀慕擗踊、荼毒難居。無状罪苦、禍酷罪苦。孟春猶寒、不審体履何如。名不自滅亡、仮延視息。号思所履、触目崩絶、無復生頼。名白。

（月　日　名白《もう》す。名状《めいじょう》しがたい禍《か》を招いて、禍はわが身を滅ぼさず、父母に及んでしまいました。号泣し擗踊《へきよう》し、五臓《ごぞう》は張り裂け、荼毒《とどく》にもだえ苦しみ、堪《た》えがたいほどです。伏して思いますに、にわかに父母はみまかり、泣き叫び身も崩れんばかりに、痛みは骨髄まで貫き、いかに堪えがたいことでしょう。不孝ものの罪苦、ああなんたる罰か、なんという罪苦でしょう。その嘆きを訴えるすべもなく、ますます号泣するばかりです。謹《つつし》みて書をいたすも胸ふさがれます。不次。名再拝。名白《もう》す。

父母が病に伏し、癒《い》えることを願ってきましたが、なんとしたことか願い届かず、某月某日帰らぬ人となってしまいました。天にさけび地を叩くも、思いはやまず、心はうちくだかれて、堪えがたいほどです。伏して思いますに、父母への思いに胸

かきみだされ擗踊するも、堪えがたい荼毒の中にいることと。言いようのない罪苦、なんという罪苦でしょう。孟春まだ寒く、いかがすごしていらっしゃるでしょうか。わたくしは我身を滅せず、かりそめに生き長らえています。父母への思いに号泣しては、目に触れるものはみな崩れ去り、生きるよすがをとり戻せずにいます。名白す。）

これはあくまでも文例として示されるもので、個別の状況により多少の語句の増減が促され、例えば、原文の「耶嬢違和」の語句の後に、双行で「具陳患状幷論医療患有加増（病状並びに医療を施しても悪化したことを具体的に述べる）」と注記されている。

それにしても、その言葉は誇張的で、日常の言語とは異なるものである。身を引き裂かれる苦しみと痛み（「五内屠裂、痛貫骨髄、肝心糜潰」）、毒にもだえる苦しみ（「煩冤荼毒、荼毒難居」）、すべてが崩れ去る感覚（「攀号崩絶、触目崩絶」）、そして、父母を死なせてしまったという罪悪感（「不孝罪苦、酷罰罪苦」）に満ちている。

「凶《きょう》儀《ぎ》纂要《さんよう》」——凶書の用語

凶書に使う言葉には、規定があり、杜友晉書儀では「凶儀纂要」（趙書一八五）と題する凶書の用語を集めた部分があり、親族関係の別により分類整理されている。父母の死は重喪《じゅうそう》であり一番重く、父母の死に関しては最大限の悲痛がこめられる。

三年の喪の「父母」の項に羅列される言葉と一年の喪の「伯叔《おじ》姑《おば》兄姉弟妹」の項の言葉とを試みにここに、並べ比べてみる。

「父母」

攀号、擗摽、糜潰、煩冤荼毒、号天叩地、貫徹骨髄、無状罪逆、不孝酷罰、偏罰、屠楚、禍酷、罪酷、酷毒、触

目崩絶、屠裂、痛貫骨髄、号絶、堪忍、仮延視息、偸存、窮思、孤思、哀思、荒迷、纏綿、凷前、苦前、至孝、至哀、孤子、哀子

「伯叔姑兄姉弟妹」
不図凶禍、傾背、傾逝、兄姉痛割、悲痛摧割、五情分裂、哀痛抽切、摧咽、鯁塞、永痛、甚痛、禍出、殞逝、喪逝、悲痛、摧割、哀念、傷悼、傷念、悲悼、傷切、抽割、摧慟、哀慟、不自勝忍

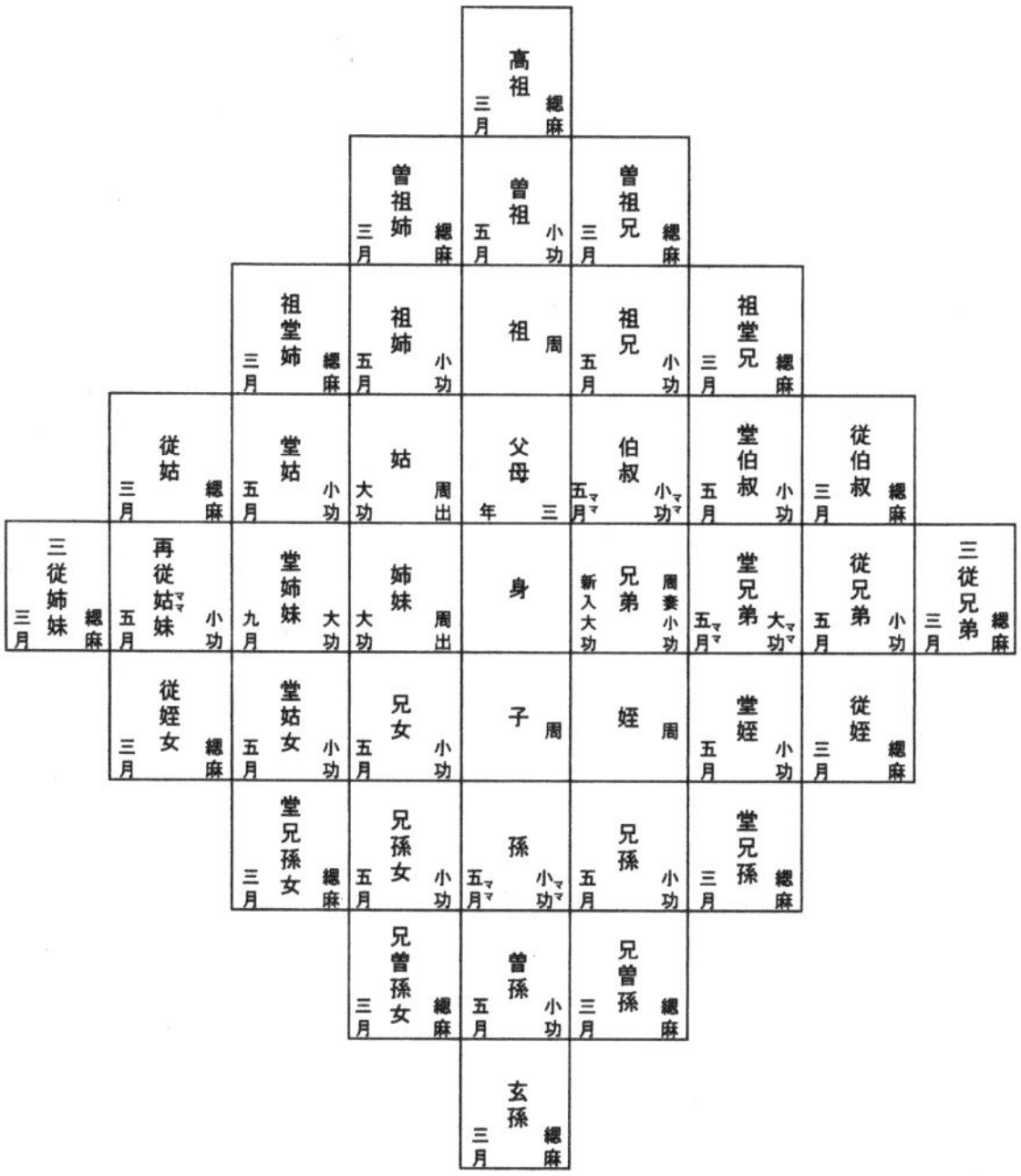

P3637 杜友晉『書儀鏡』より「内族服図」
自分（身）との間柄により服すべき喪を示した図

父母の死に際して用いられる用語の圧倒的な激しさが際立っていることがわかるであろう。父母の死に用いられる「毒」「罪」「罰」の語は、「伯叔姑兄姉弟妹」には用いられず、また「縻潰、貫徹骨髄、屠楚、屠裂、痛貫骨髄」という肉体的苦痛の表現も父母以外にはあまり用いられない（ただ「夫」の喪に「貫裂心髄」の語がみえる）。逆に、「伯叔姑兄姉弟妹」の項にみえる「悲」「咽」「傷」の語は「父母」には用いられず、父母の死にあたっては、「悲しい」とか「咽《むせ》ぶ」「傷《いた》む」という生易しい言葉はもはや用いられないことがわかる。

父母から授かった体をもつ子が、その父母を

亡くすということは我身を引き裂かれることであり、父母の死は子にとっては最大の罪悪である。書儀の凶書の凡例には「父を亡くした子を『至孝』と称す」とあることに象徴されるように、父母の喪に服することが孝子としての最大の務めなのである。孝の道を記した『孝経』の最終章は「喪親章」であり、「生事に愛敬《あいけい》し、死事に哀戚《あいせき》す。生民《せいみん》の本《もと》尽《つ》くせり。死生の義備われり。孝子の親に事《つか》うること終われり」の文で締めくくられる。父母の喪をつつがなく終えて、ようやく「孝」がまっとうされるのである。父母を亡くした孝子は、足掛け三年にわたり、日常生活とはきりはなされた過酷な喪の生活をおくる。父母への贖罪《しょくざい》をするかのように。

もうひとつ、「夫喪妻喪告答児女書」（趙書二〇〇）と題される、子供に父あるいは母の死を知らせる場合の手紙を見てみよう。

月日耶嬢告。不図凶禍、

汝父傾逝、悲慕摧割、不能自勝。念汝攀号擗踊、煩冤荼毒、何可堪忍。酷当奈何、痛当奈何。未即撫洩、更増悲塞。及書哽咽不次。耶嬢告。

汝父寝疾、冀憑霊祐、何図奄及凶禍。悲慟号慕、不自勝忍。念汝号天叩地、五内屠裂、凶禍分離、不得臨見、一朝孤露、至性難処。永痛奈何、甚痛奈何。猶寒、気力何似。吾悲懸可悉、念汝抑割、勿使吾憂。耶嬢告。

（月　日　父母告げる。突然の不幸により汝の父はみまかり、悲しみに胸が張り裂け、堪え切れません。思いますに、汝が号泣し擗踊し、荼毒の苦しみを味わい、いかに堪え難いことでしょう。その過酷さはいかんせん、その痛みはいかんせん。なぐさめもままならず、ますます悲しみに胸がふさがれます。書を致すに及んで、悲しみがこみ上げ言葉にも詰《つ》まります。不次。父母告げる。

汝の父は病に伏し、回復を願ってきましたが、なんとしたことか不幸なことになりました。悲しみに慟哭して、堪え切れません。汝が天に号泣し地を叩き、五臓も張り裂け、不幸な別れに、最後を見届けられず、一朝にして孤露《ころ》となってしまい、堪え難いことでしょう。この永い痛みをいかんせん、この激しい痛みをいかんせん。いまなお寒く、気力はいかがでしょうか。私の悲しみをよく理解して、汝はよく自分をおさえて、私を心配させないでください。（父母告げる。）

この場合、先の父母の死を兄弟に告げるものより、複雑になる。先の父の死を兄弟姉妹に告げる場合は、告げる人と告げられる人の喪は、どちらも父母の死ということで、同種の喪になるが、この場合、子供にとっては父母の死は三年の喪であり、妻にとっても夫の死はやはり三年の喪ではあるが、父母の喪は夫の喪より重い。夫にとっての妻の死は、一年の喪ではあるが。いずれにせよ、喪の軽いほうが、重いほうに告げる形となる。そこで、「汝念攀号擗踊、煩冤荼毒、何可堪忍」「念汝号天叩地、五内屠裂」という言い方になる。書儀では、服すべき喪の種類によって、用語や表現を規定することで、親疎、尊卑の秩序を認識させるのであり、書儀が礼制を実践する手引きとなっている。「喪」という「孝」の実践をつつがなく終えることが「孝子」に求められ、先の書の末尾の言葉「勿使吾憂」は、子として喪礼を全うせよというメッセージである。伯叔姑《おじおば》が自分の兄弟の死をその子供に伝える時の書（「兄弟姉妹喪告答姪及外甥書」趙書二〇五）にやはり「念汝抑割、以全礼制、勿使吾憂」とあり、そこではっきり「礼制を全うせよ」と記している。また、「舅姨喪告答舅姨之子書」（趙書二一一）にも「惟自抑割、以全礼制」の語が見えている。父母の喪に際しては、子は常に喪礼を全うすることが期待されているのである。

また、先の書に見られなかった「痛当奈何」という表現がある。これは、弔いにきた人が発する言葉で、『通典《つてん》』巻一三九の「反哭《はんこく》（埋葬を終えて家に帰ったときの儀式）」の項に、「其弔於庭者、称痛当奈何（庭で弔いをし、「この痛みはいかんせん」という）」という記述の中にみえる。

「奈何」――いかんせん

この「奈何」という言葉について、杜友晉書儀の凡例に次のようにある（趙書一八五）。

凡称奈何者、相解之語。旧儀云不孝奈何、酷罰奈何、乃自抑之詞、非為孝子語也。只可吊書称奈何、孝子可自為閑解。今重喪告答並刪之、改為罪苦。余凶書服制漸軽、依旧儀用奈何也。

（およそ「奈何」というのは「相解」の語である。旧儀では「不孝奈何」「酷罰奈何」というが、これは自制の言葉で、孝子の言葉にはふさわしくない。ただ、弔いの手紙には「奈何」を用いることはできるが、孝子は「閑解」をなすだけである。今、重喪の告答書ではこれをけずり、「罪苦」に改める。重喪以外の軽い喪の凶書では、旧儀にしたがい「奈何」を用いる。）

この文の内容にはいささかわかりにくい部分がある。この凡例と同類のものが「書儀鏡」の凡例にもみえ、それには次のようにある（趙書三五八）。先の引用と比べてみよう。

凡称奈何者、**相開解**語、旧儀云、不孝奈何、酷罰奈何、斯乃自抑之詞、非為**孝子痛結之語**、**只可以吊孝者称奈何**、**受吊者未宜自開解**。今重喪告答並刪改為罪苦。余凶書服軽得依旧儀。随李家書儀亦改此奈何、雖軽喪亦全除語。恐時或未尽依行、故闕疑、以待後識。

この「書儀鏡」の記述を参考にして解釈すれば、「奈何」即ち「どうしたらよいか」と問うことは、「開解（自分の気持ちを開きゆるめる）」の語で、自分を抑制することばであり、孝子の「痛結」の語としてはふさわしくなく、「吊孝者」つまり弔いをするものだけが「奈何」ということができるだけであるという。父母の死の痛みはどうしようもないことであり、その苦痛から解放される方法はないのであり、「奈何」と問う余地すらないのが、父母を亡くしたものの状態と書儀の編者は推測したのであろう。杜友晉書儀は、それ以前の「旧儀」の「奈何」の用法を改めたのである。「書儀鏡」では、さらに「李家書儀では軽喪《けいそう》の場合も「奈何」を省き、疑わしきは書かずにおくという方針であったのであろう」との一文を加えている。

姜伯勤《きょうはくきん》氏は唐代において吉凶書儀の編纂がさかんに行われたのは、唐代に「礼」の改正がしばしば行われたことに伴うものであったという（「唐礼与敦煌発見的書儀」『敦煌藝術宗教与礼教文明』北京、中国社会科学出版社、一九九六、所収）。姜氏によれば杜友晉書儀は「開元礼」に基づくものとしている。杜友晉以前の吉凶書儀で広く行われたものとして、『唐書』藝文志著録の「裴矩《はいく》・虞世南《ぐせいなん》　大唐書儀十巻」が挙げられるが、はたしてこれが先の凡例にいう「旧儀」であるかは実際のところ不明である。また、「李家書儀」についても、未詳であるが、杜友晉当時、種々の書儀が存在していたことがうかがわれる。

「告哀書」は、杜友晉書儀では「内族凶儀二十一首」「外族凶儀十七首」の標題のもとに様々な組み合わせで書簡の文例が載せられている。こうして、喪の知らせをうけた親族、姻族は他郷にあれば、喪《も》に奔《はし》る（「奔喪《ほんそう》」）のである。

敦煌の吉凶書儀の中で凶書の記述が残るものには、杜友晉の書儀や書儀鏡のほか、それ以降の晩唐期の書儀、唐末の河西地方で編纂された張敖《ちょうごう》の書儀などに見えているが、その用語には大差なく告哀書の体裁や言葉は変わっていない。

「四海吊書」――お悔やみの手紙

もし親戚や知人そしてその肉親の死を知らされたら、葬儀に行かねばならない。行けない場合は、お悔やみの手紙を出さなければならない。これは、友人としての当然の行いであり、社交のうえでも大切な礼儀である。

『顔氏家訓《がんしかくん》』風操篇《ふうそう》にいう。

江南凡遭重喪、若相知者、同在城邑、三日不弔則絶之。除喪、雖相遇則避之、怨其不己憫也。有故及道遙者、致書可也。無書亦如之。北俗則不爾。

（江南では父母の喪にあえば、互いに知り合いで同じ町に住むものは、三日のうちに弔いをしなかったら絶交される。喪があけて出会っても避けられてしまい、自分を憐れんでくれなかったことを怨まれる。何か事情がある時、また遠方にいる場合には、書を送ればよい。書をやらなければ、やはり同じようになる。北方の習慣ではそういうことはないのだが。）

敦煌書儀より時代は下るが、『司馬氏書儀《しばししょぎ》』巻九「父母亡荅人状」の注の中に弔書について、「凡遭父母喪、知旧不以書来弔問、是無相恤閔之心。於礼不当先発書、若不得已須至先発（およそ父母の喪に遭った時には、旧知の者は、書によって弔問《ちょうもん》しなければ憐れみの心がないとされる。礼においては先ず書を出すべきではなく、やむを得ず行けない場合に先ず書を出すのである）」とあり、本当にやむを得ない場合には先に弔書を出すが、本来なら先ず弔問をした上で、弔書を出すのが礼儀とされている。弔書は常に、社交の上で大切なものであったのである。

では、どのように書くのであろうか。

弔いの手紙について、杜友晋書義の「四海弔答書儀」の題目の下に「諸儀複書皆須両紙、今刪為一紙、頗為剪浮。但重叙亡人、兼申孝子哀情。参験古今、亦将通体。達者裁択、安敢執焉（諸儀では複書で皆二紙にすべきとあるが、今削って一紙とし、浮ついた部分を削ればよい。ただ、亡き人をしのんで、残された者の哀しみを汲めばよい。古今を勘案《かんあん》して、一般的例を示す。周知していれば取捨選択し、その通りでなくともよい）」（趙書二八八）とある。

「弔遭父母喪書」と題される父母を亡くしたものにおくる弔いの手紙をみてみよう（趙書二八八）。

月日　名頓首頓首。凶釁無常、

尊府君崩背、奄棄栄養、聞問驚惻、不能已已。惟攀慕号擗、五内屠裂。哀苦奈何、哀痛奈何。

尊府君年雖居高、冀延眉寿、何図奄遘凶舋、丁此荼毒。哀痛奈何、哀苦奈何。春初寒、惟動息支勝。ム疾弊少理、未由造慰。惨愴不次。姓名頓首頓首。

（　月　日　名頓首頓首。突然のご不幸により、ご尊父は逝去され、孝養を尽くせぬに及んだことをうかがい、驚き悲しみ言葉もありません。思いますに、名残惜しさに泣き乱れ、五臓は張り裂けんばかりのことと。ああこの哀苦は、この哀痛はいかんせん。ご尊父は年齢は高いとはいえ、長寿を願っておりましたが、なんとしたことか、ご不幸に遭い、荼毒にあたるに至ってしまいますとは。ああこの哀痛は、この哀苦はいかんせん。春まだ寒く、ご機嫌はいかがでしょうか。わたくしは病もすこし回復しましたが、悲しみを慰める言葉もありません。不次。姓名頓首頓首。）

この弔書もやはり凡例にしたがって文例を示したものであり、その凡例とは「父母の喪に遭う書では皆『　月　日名頓首頓首』といい、結尾は『謹奉疏慰、惨愴不次、名頓首頓首』という」「重喪では、『奉聞』『聞問』という」「父の弔いでは『尊父君』という」である。若干の語句の違いはあるが、おおむね凡例によっていることがわかる。弔いの手紙を出す人は、残された孝子をおもいやり「哀苦奈何」「哀痛奈何」を繰り返すしか言葉がないかのようである。父母を亡くした場合だけでなく、兄弟、姉妹、妻から甥姪《おいめい》、孫にいたるまですべて、「奈何」が用いられている。どうにもならないとわかっていることであるからこそ、「奈何」というしかないのである。

また、文中に「尊府君年雖居高」という表現がみえる。弔書では、亡くなった者の年齢により、この表現が異なり、唐末の河西地方で編纂された張敖の書儀の凡例では、「年雖居高」は七十歳以上でなくなった場合で、五十歳以上では「年未居高」二十歳以上では「盛年」の表現を使うことが教えられている。このことは、杜友晋の書儀には凡例として明文化されてはいないが、文例を見る限りそれにしたがっているようである。

弔いの手紙は喪の進行に従い何度かおくられる。杜友晉書儀では「弔小祥大祥及禫」「弔起服従政」の例が載っている。「小祥《しょうしょう》」は亡くなってからおよそ一年後の祭り、「大祥《だいしょう》」はおよそ二年後、「禫《たん》」は「大祥」の約一ヵ月後の喪明けの祭りである。「起服従政」というのは喪服を脱ぎ普段の服に戻って官職に戻ることである。

弔書については答書も載せてあり、先の「弔遭父母喪書」についての答書はなく「弔小祥大祥及禫」の後に載せてある答書には次のようにある（趙書三二六）。

孤子名頓首頓首。日月流速、荼毒如昨。奄及祥制、攀慕無及、触目号絶、不孝罪苦、永痛罪苦。春暄、惟　動静兼勝。辱書執対、倍増崩潰、扶力遣疏、荒繆不次。孤子姓名頓首頓首。

（孤子名頓首頓首。日月の流れは速く、荼毒の苦しみは昨日のことのようです。祥に及ぶも、思いはとどかず、泣き崩れ、不孝ものの罪苦は、永遠の罪の苦しみです。春あたたかく、ご健勝のことと思います。かたじけなくも書をいただき、返信するも、悲しみは増し、辛《から》くも書を致し、乱筆ご容赦ください。不次。孤子姓名頓首頓首。）

凡例では、「父を亡くしたものは『孤子』と自称する」「重喪にある人が書をおくるとき、『日月流速、荼毒如昨、頻遷時序』『不自死滅、苟延視息』という」「首尾には『頓首』、結びは『扶力白答、荒塞不次、名頓首頓首』とする」とある。語句の違いは少しあるが、やはり凡例に添った形になっている。

父母をなくした「孤子」は、人からは「至孝」「孝子」と呼ばれ、つねに「不孝罪苦、永痛罪苦」と叫ぶのである。

「弔孝《ちょうこう》」——おとむらい

書儀には、手紙の書き方のほか、口頭での挨拶についても記されている。凶儀についていえば、弔いの言葉（「口《こう》弔辞《ちょうじ》」）や弔いの作法（「口弔儀」）が書かれている。弔いの言葉を紹介する前に、どのように弔いの礼が行われるのかみてゆこう。

杜友晉の書儀には「弔孝」の作法について、はっきりとした記述は見えないので、張敖の書儀に「口弔儀」の凡例に記されているものをここに紹介しておく（趙書五八四）。

凡欲弔四海孝、不問軽重、先須修名紙、具ム郡姓名、即着白襴衫往。先令人将名紙入。孝子見名、復位哭。其名送安霊筵前箱子内、執事即出、引弔人於西階、徐行入堂。先於霊前哭三五声。合拝即拝、拝訖即弔孝子。

（およそ四海の弔いには、軽重を問わず、先ず「ム郡姓名」と書いた名紙《めいし》を用意し、白い襴衫《らんさん》を身につけて赴く。先ず人をやり名紙を届けさせる。孝子はその名をみて、自分のつくべき位置に戻り哭す。その名が霊の安置されている筵《しきもの》の前の箱の中に送られると、執事が出てきて、弔いの人を西階《せいかい》に導き、ゆっくり堂に入らせる。先ず霊前で三五声哭す。合拝《がっぱい》し即拝《そくはい》して、拝を終えると孝子を弔う。）

「蒼天」――天よ

弔いの時に哭声をあげる。その哭声はどのようなものであったのか。哭について『顔氏家訓』風操篇に次のような記述が見える。

礼間伝云、斬縗之哭、若往而不反。斉縗之哭、若往而反。大功之哭、三曲而偯、小功緦麻、哀容可也。此哀之発於声音也。孝経云、哭不偯。皆論哭有軽重質文之声也。礼以哭有言者為号。然則哭亦有辞也。江南喪哭、時有哀訴之言耳、山東重喪、則唯呼蒼天、期功以下、則唯呼痛深、便是号而不哭。

（『礼記』間伝《かんでん》に「斬縗《ざんさい》の哭はその人がもう二度とかえらないかのようになく。斉縗《しさい》の哭は行ってはまた帰ってくるかのようになく。大功《たいこう》の哭にはその声に節回しがあり余韻があり、小功《しょうこう》・緦麻《しま》は、哀しそうな様子であればよい。これは哀しみが声に現われ出たものである。『孝経』に「哭は余韻を残してはいけない」とある。みな、哭に軽重の質の違いがあることをいうものである。礼では哭に言葉があるのを「号」という。江南では喪の哭に時々哀訴《あいそ》の言葉があるが、山東の重喪では、ただ「蒼天」と叫び、一年以下の喪では「痛深」と叫ぶだけで、「号」はするが「哭」はしないのである。)

この山東の「蒼天」「痛深」の哭声が杜友晉の書儀に見えている。

杜友晉の書儀の「五服告哀書」の項目の下に次のようにある(趙書三二七)。

凡父亡哭称、罪逆蒼天、罪深蒼天。父在母亡哭称、罪深、父母倶亡云、罪逆蒼天、罪深蒼天。伯叔兄弟姉姑及姨舅弟妹男女哭称、痛深、舅姑亡称、罪深。

(およそ父が亡くなった時の哭は「罪逆蒼天、罪深蒼天」という。父が在り母が亡くなった時は「罪深」、父母がともに亡ければ「罪逆蒼天、罪深蒼天」という。おじおば兄弟姉妹、息子娘の時は「痛深」、舅《しゅうと》姑《しゅうとめ》の場合は「罪深」という。)

「口弔辞」——弔いの言葉

哭声をあげて拝をして弔いの言葉を述べる。

杜友晉の書儀では「内外族及四海弔答辞廿首」の標題のもとに、様々な弔答辞が載せられている。「廿首」とあるが、実際には書き漏らしがあるせいか、弔辞と答辞の九組十八首である。その最初の二組をここにあげる(趙書三三五)。

「弔遭父母初喪辞」

凶釁無恒、尊夫人崩背、惟攀慕号擗、荼毒難居。哀苦奈何、哀痛奈何。

(突然のご不幸に、ご尊母はみまかり、思いまするに、攀慕《はんぼ》しては号泣し地団駄を踏み、荼毒の苦しみに堪えがたきことでしょう。ああこの哀苦は、この哀痛はどうしたらよいのでしょう。）

答云、罪逆深重、不自死滅、上延亡考妣。攀慕無及、触目崩絶。酷罰罪苦、酷罰罪苦。

（答えて云うに、わたくしは罪深く、わが身を滅ぼさず、父母に及んでしまいました。攀慕するも思いはとどかず、目に触れるものすべては崩れ去るようです。ああ、なんという罰か、なんという罪苦でしょう。）

「弔後至祥禫已来経節辞」

日月流速、奄及祥制。孝感罔極、攀慕号擗。哀痛奈何、哀痛奈何。

（月日は早くも流れ去り、祥の祭りに及びました。孝子の悲しみは極まりなく、攀慕しては号泣し地団駄を踏んでいることでしょう。ああなんという哀痛、この哀痛をどうしたらよいのでしょう。）

答云、日月迅速、荼毒如昨。奄及経祥制、攀慕無及、触目崩潰。不自死滅、苟延視息。酷罰罪苦、酷罰罪苦。

（答えて云うに、月日のたつのはなんと速いことでしょう、荼毒の苦しみはほんの昨日のことのようです。祥の祭りになりますが、攀慕するも思いはとどかず、目に触れるものみな崩れ去ってゆくようです。わが身は死せず、いたずらに生き長らえています。ああなんという罰か、なんという罪苦でしょう。）

ここに見える言葉は、凶書で用いられる言葉とほとんど同じである。父母を亡くした孝子は「酷罰罪苦」と叫び、弔う者は、「哀痛奈何」を繰り返す。こうするしかなすすべがない。

「父亡称至孝」——父亡きを「至孝」と称す

敦煌の書儀の凶書、特に父母の死に関するものを紹介してきた。父母をなくした孝子は、つねに罪悪感にさいなまれている様子がわかるであろう。父母の死は子の罪であるという意識が、凶書を通じて教えられ、孝子のこの罪悪感こそが三年の「喪」を実践する原動力となっている。一方、「吊孝」するものは、「奈何」ということしかできない。

人々は肉親を亡くした深い悲しみを表現する言葉、そして、それを慰める言葉を、書儀に求める。凶書の文例を見ながら、表現できない悲しみを礼にのっとった型どおりの言葉の中で形にする。凶書の紋切り型の言葉は、孝子には罪悪感を、吊孝者には無力感を与えながら、「喪」という「孝」を実践させてゆくのである。

死のある日常風景の具象化
——梅堯臣の場合——

大西陽子

梅堯臣《ばいぎょうしん》（一〇〇二〜六〇）、字は聖兪《せいゆ》。宛陵《えんりょう》（現在の安徽省宣城）の出身で宛陵先生とも呼ばれる。叔父梅詢《ばいしゅん》が進士《しんじ》であったことから、彼の恩蔭《おんいん》によって起官する。その後科挙を受験するも落第し、そのため官僚としては不遇であったが、詩人としては任官当時から名を馳せていた。知遇にも恵まれ、天聖九年（一〇三一）、三十歳で河南主簿（洛陽の書記官）に転任した年、そこで留守（長官）銭惟演《せんいえん》の下、欧陽脩《おうようしゅう》や尹洙《いんしゅ》らと同僚となり、生涯に亘る理解者かつ支援者を得ることとなる。梅堯臣の詩は〈平淡〉をめざしたもので、師弟関係にある蘇軾《そしょく》や、南宋の陸游《りくゆう》らによって賞賛され、宋詩の新しい詩風を確立した功績者の一人に挙げられる。とりわけ日常生活の中に詩の題材を見出し、従来詩の主題となり得なかったものを敢えて取り上げ、鋭敏な視点を向けた作品を数多く残している。また妻の死後書かれた一連の〈悼亡詩〉も秀逸である。

詩へのこだわり　死へのこだわり

梅堯臣は自他ともに認める詩のエキスパートであった。宋代士大夫が一般的に詩文にまたがって多作であるのに対し、彼の詩文集『宛陵集』六十巻のうち、五十九巻までもが詩で占められ、残り一巻にわずかに十九篇の賦と記・序一篇ずつの散文作品があるに過ぎない。欧陽脩が「梅聖兪詩集序」で「其《そ》の文章を為《つく》るや、簡古《かんこ》にして純粋、苟《いや》しく

『呉郡名賢像賛（滄浪亭石刻拓本）』より

も世に説《よろこ》ばるるを求めず。世の人徒《いたず》らに其の詩を知るのみ。然れども時に賢愚と無く詩を語る者、必ず之を聖兪に求む。聖兪も亦た自ら其の志を得ざるを以て、詩に楽しみて之を発す。故に其の平生作る所、詩に於て尤《もつと》も多し」と述べているように、決して文章に見るべきものがなかったというのではないのだが、周囲の人が梅堯臣に詩を求め、自らのこだわりもまた詩にあったため、勢い詩を書くことが多くなったのであろう。彼は身の回りにある全てのものを詩という表現の場に具象化しようとしたのではとさえ思われるほどに、詩の題材を随所に求めていた。その執拗なまでの詩に対する執着は自らもまた認めるところである。

人間詩癖勝銭癖　　人間《じんかん》　詩癖は銭癖に勝る　　この世での私の詩への執着は金より強い

捜索肝脾過幾春　肝脾《かんぴ》を捜索して幾春を過ぎし　腹中をあれこれ捜し求めて　はや幾年
嚢橐無嫌貧似旧　嚢橐《のうたく》　貧しきこと旧に似たるを嫌《いと》う無く　財布の中は依然乏しくてもかまわない
風騒有喜句多新　風騒《ふうそう》　句に新しきこと多きを喜ぶあり　だが新しい詩句は多いほど嬉しい
……　（「詩癖」）

彼が今まで誰も詩の題材にしようともしなかった日常の生活の中の卑しきもの・疎まれているもの——農蚕具・古井戸・泥から果ては蚯蚓《みみず》・蜘蛛《くも》・蚊・鼠・蛆《うじ》といった小動物に至るまで——の本質を見逃すことなく詩の主題としたことはつとに有名である。そうした題材の特異さもさることながら、以下に詳述するように梅尭臣を語る上で避けて通ることのできない究極のテーマこそが〈死〉であったと言えよう。〈日常〉と〈死〉では一見正反対に位置するもののように見えなくもないが、詩人梅尭臣にとっては、日常の風景を描こうとすればするほど、そこに死の存在を見出さざるを得なかったのではないかと思われる。〈平淡〉と評されるその詩風から受ける印象とは裏腹に、〈死〉を凝視し具象化し続けた詩人であったと言えよう。

　梅尭臣の現存する詩は天聖九年（一〇三一）三十歳の頃に始まり、その詩作期間は北宋・仁宗治世とほぼ一致する。北宋のこの時期はまさに科挙出身の新興士大夫層が政治・学問・芸術のあらゆる分野で旗手となって理想を追求していた活気あふれる一時代であったと考えられる。そのような時代にあって、官僚エリートへの前途を半ば閉ざされていた「不第秀才」の梅尭臣は、自身の本分は詩にありと心得ていたのであろうか。後に欧陽脩がいみじくも「梅聖兪詩集序」で「詩の能く人を窮するに非ず、殆ど窮するものにして後工《たく》みなり」と彼を評したように、生涯貧困に苦しみながらも、また詩によって時代を動かす一翼を担っていたと言えよう。

　彼の生涯は、重要ポストにいなかったことが逆に幸いして、左遷や罷免《ひめん》などで辛酸を舐《な》める事はなかったが、貧困の苦しみに加えてたびたび家族・知人の死に見舞われ、決して平穏と呼べるものではなかった。彼が死を見つめる目はいやが上にも鋭敏に研ぎ澄まされていった。そんな彼の人生と詩作において一大転機となったのは最愛の妻謝氏の死である。何かにつけては悲しみを新たにし、悲嘆に暮れる日々が続いたことであろう。その死の悲しみをこそ梅堯臣は丹念にかつ執拗に詩に表白した。そして特筆すべきはそうした追悼の詩作が時に小動物にまで及んだことである。

死のある原風景——愛玩動物の死

梅堯臣が死にこだわった背景にはむろん家族の死・知人の死があったからに他ならないが、彼の詩人としての視点は動物の死を前にしても繊細さを発揮する。彼が死を見つめるきっかけは、むしろ様々な動物や、戦争や貧困で路上に重なり合うようにして死んでいった人びとの死にこそあったと言えるのではないだろうか。

彼が最初に目にした死は、動物のそれであったのかも知れない。愛玩動物の死、つまりは愛するものを喪う悲哀の作品化が、ほぼ初期の詩作段階から見られることは注目に値しよう。天聖九年（一〇三一）の「傷白鶏（白鶏を傷《いた》む）」は最初に動物の死を扱った作品である。この鶏は梅堯臣が庭で飼って可愛がっていたものであるが、ある日野良犬に銜《くわ》えていかれ頭を砕かれて死んでしまう。詩はその顚末と死への哀悼であり、さらにそこから人間の一生にまで思いを馳せて結びとしている。「斯《こ》の事 義は小なりと雖も、以て深理を推すを得たり（その出来事自体は取るに足らないが、そこから深い真理が導き出せる）」という詩句からも、死を身近に知覚するようになった出発点としての光景であったと推測できよう。

自 有 五 白 猫　　五白の猫を有して自《よ》り　　まだらの猫を飼ってからというもの
鼠 不 侵 我 書　　鼠は我が書を侵《おか》さず　　鼠が私の書物を嚙《かじ》ることがなくなった

今朝五白死　今朝　五白死せり　だが今朝猫は死んでしまった
祭與飯與魚　祭りて飯と魚とを與《あた》う　ご飯と魚を供えて葬ってやった
送之於中河　之を中河に送り　河の中ほどまで見送って
呪爾非爾疎　爾《なんじ》を呪するは爾の疎《うと》まるるに非ず　清めの呪《まじな》いをするのはお前を疎《うと》んじるためではない
……
世人重駆駕　世人は駆駕《くが》を重んじ　世間の人は早足や荷運びばかりを大事にし
謂不如馬驢　馬驢《ばろ》に如《し》かずと謂《い》う　馬やロバには及ばないと言っている
已矣莫復論　已《や》んぬるかな矣　復た論ずる莫かれ　まあいいだろう　もうこれ以上とやかく言うまい
為爾聊欷歔　爾《なんじ》が為《ため》に聊《いささ》か欷歔《ききょ》せん　お前のためにしばらく涙を流そう

（「祭猫（猫を祭る）」）

至和三年（一〇五六）に書かれたこの詩は、詩題の如くに祭文の体例を模した形の詩で、船旅の途上で死んだ愛猫を追悼したものである。生前愛猫が鼠を追い払ってくれた働きに対して賛美と愛情を以て弔いの辞としている。最後は猫の働きが馬やロバほどに評価されないことへの嘆きで結びとされているが、彼が動物を詩の題材にした場合、純粋に死の悲しみの中に埋没してしまうだけではなく、そこに象徴的意義を導き出していることが多い。この他、身近な動物の死に対して「哀鷓鴣《しゃこ》賦」（一〇三八）「傷馬」（一〇三九）「哀馬」（一〇五七）など数篇の追悼詩文を残しているが、いずれも純粋な哀悼に加えて、人間社会への何らかの寓意も込められているものばかりである。動物を哀悼する先例は六朝末期以降少しく散見するようである（後藤秋正著『中国中世の哀傷文学』研文出版）が、動物を見る独特の感性の鋭さは梅堯臣一流のものであろう。

動物の死をも視野に入れる彼は、また巷間で見かけた死者からも目を背けてはいない。自身も貧乏に苦しむ梅堯臣にとって、更なる貧苦に喘ぐ民が路上に野垂れ死ぬという壮絶な光景を目にして、悲憤を禁じ得なかったようである。社会派を思わせる諸作品の中でも死を真摯に取り上げている。康定元年（一〇四〇）に書かれた「汝墳貧女（汝墳《じょふん》の貧女）」には、路上に倒れ臥すように死んだ百余人もの屍を目のあたりにし、そこに泣きくずれている貧女の訴えを詩に残さずにはいられなかった詩人の目がある。「水次髑髏（水次の髑髏）」（一〇四四）もまた船着き場で白骨化した髑髏を目にして詠んだ、死のある光景の具象化である。これほど死に敏感であった梅堯臣だが、では最愛の妻の死をどう受け止め、そして作品化したのであろうか。

愛妻の死　そして　愛児の死

天聖五年（一〇二七）、二十六歳の梅堯臣は二十歳の謝濤《しゃとう》の娘と結婚する。婚姻によって初めて士大夫官僚層との関わりを持つようになるが、妻謝氏との生活は困窮の日々であった。妻とは十七年間その苦楽を共にし、その間子供にも恵まれるが、慶暦四年（一〇四四）七月七日に都汴京に向かう船旅の途中、江蘇省高郵《こうゆう》の三溝《さんこう》で死別する。そして不幸にも同月ほどなく次男十十《じゅうじゅう》も亡くしてしまう。この相次ぐ二人の死がもたらした喪失感を埋め合わせるかのように、彼の視点は家族へと向けられる。

梅堯臣は妻の死の直後に「悼亡《とうぼう》」三首を書きその死を慟哭している。

結髪為夫婦　　髪を結びて夫婦と為り　　適齢を迎えて夫婦となってから
於今十七年　　今に於《おい》て十七年　　今にいたるまで十七年間
相看猶不足　　相《あ》い看《み》れども猶《な》お足らず　　真近に見ていても飽き足りなかったのに

何況是長捐　何ぞ況《いわ》んや　是《か》くも長く捐《す》つるをや　ましてやこうして永遠の別れとなってしまっては
我鬢已多白　我が鬢《びん》は已《すで》に白きもの多し　私の髪には白髪も目立ってきた
此身寧久全　此の身　寧《いず》くんぞ久しく全からん　この私自身だっていつまでも生きられるものでない
終当與同穴　終《つい》に当《まさ》に與《とも》に穴を同じうすべし　最後には同じ墓穴に入ることになるはず
未死涙漣漣　未《いま》だ死せずして涙は漣漣《れんれん》たり　まだ死なずにいる私は涙がとめどなく流れ出る

（「悼亡」其一）

妻の死を悼む〈悼亡詩〉は西晉の潘岳《はんがく》を嚆矢として、六朝の江淹《こうえん》・沈約《しんやく》・庾信《ゆしん》や唐の韋応物《いおうぶつ》・元稹《げんじん》など数多くの詩人が継承発展させ、当時すでに一文学ジャンルとして確立したものであった。その体裁も概ね三首連作の形を採るのが通例である。梅堯臣自身も充分にその伝統を踏まえていればこそ、迷わず先例に倣って三首連作の悼亡詩を作った。梅堯臣にとってはこの時こそ詩にしなければという使命感にも近い激越な思いが奔出していたのであろう。この悼亡詩はさすがに感傷的で、日々を共に過ごした妻への哀惜と、喪失感と寂寞に苦しむ自身の姿が並行して描かれ、悲嘆にくれる作者の姿が浮き彫りにされている。

しかし悲劇はそれだけでは終わらず、悲しみの癒えないその月の内に、更に病弱であった次男十十が夭逝する。「涙」「秋日舟中有感（秋日　舟中にて感有り）」「書哀（悲しみを書す）」と立て続けに追悼の詩を書き、言い尽くせぬ悲しみを吐露している。「涙」に象徴されるようにこれらの詩は、自身の悲しみの感情の表白であり、モチーフは自身の内面にある。

平生眼中血　日夜自涓涓　平生眼中の血　日夜　自《おのづか》ら涓涓《けんけん》たり　（「涙」）
天乎余困甚　失偶涙滂沱　天や余が困《くる》しみ甚だし　偶《つれあい》を失いて涙滂沱《ぼうだ》たり　（「秋日舟中有感」）

天既喪我妻　又復喪我子　　天既《すで》に我が妻を喪《うしな》い　又た復た我が子を喪う

両眼雖未枯　片心将欲死　　両眼未《いま》だ枯れずと雖《いえど》も　片心将《まさ》に死せんと欲す

（「書哀」）

そこには衒《てら》うことなくあふれ出る悲しみの涙が描かれている。それと同時に鏡に写る自らの容貌に、老いと衰弱を発見して茫然自失となったのであろうか、苦しみや寂寞という言葉が口をついて出てきている。

紅顔将洗尽　白髪亦根連　　紅顔将《まさ》に洗い尽くされんとするに　白髪も亦た根連《こんれん》たり

（「涙」）

已覚愁容改　休将旧鑑磨　　已に覚《おぼ》ゆ愁容《しゅうよう》改まれるを　旧鑑を将《もっ》て磨くを休《や》めよ

（「秋日舟中有感」）

拊膺当問誰　憔悴鑑中鬼　　膺《むね》を拊《う》ちて当《まさ》に誰にか問うべし　憔悴《しょうすい》せり鑑中の鬼

（「書哀」）

悪老今逼衰　孤寂仍足悲　　老いを悪《にく》むも今衰え逼《せま》り　孤寂仍《な》お悲しむに足る

（「新冬傷逝呈李殿丞」（新冬　逝《ゆ》くを傷《いた》み李殿丞に呈す））

ともすると内面の悲哀にばかり向かいがちな描写は、時を経て、少しずつ残された家族のいる現実へも向けられるようになる。

児嬌従自哭　婢騃不能呵　　児は嬌《きょう》にして従いて自ら哭し　婢は騃《おろ》かなれども呵《しか》る能わず

（「秋日舟中有感」）

極論を畏れずに言えば、家族の死は人の生活あるいは人生を一瞬のうちに、〈日常〉から〈非日常〉の世界へと転換させるものであろう。しかし梅堯臣の場合、この〈死のある風景〉こそ現前としてある日常として見つめるべき現実であることを痛感したのであろう。冷静さを取り戻すにつれ、彼は意識的に家族の日々のなにげない風景を具《つぶ》さに描写するようになる。あたかも生前妻や家族の日常風景をあまり詩に留めなかったことへの遺恨を晴らすかのようである。生前に先妻を詠んだ詩には景祐二年（一〇三五）の初めて妻と別れて旅に発つ際の「往東流河口寄内（東流の河口に往《ゆ》きて内《つま》に寄す）」「代内寄（内《つま》に代わりて寄す）」、再会した同年大晦日の「除夕與家人飲（除夕 家人と飲む）」及び慶暦二年（一〇四二）元日の「歳日旅泊家人相與為寿（歳日 旅に泊《とま》り家人相《あ》い與《とも》に寿を為す）」などがあるが、これらは旅立ちの別れの場面や大晦日・元日という特別のいわば〈非日常〉の状況においてであった。つまり妻の〈日常〉は、妻の死後に書くより他なかったのである。それは〈妻のいた風景〉として、あるいはまた〈妻のいない風景〉として過去と現実の間を去来する。

梅堯臣はその後も折に触れて妻を哀惜する詩を書き続ける。それは二年後に再婚してからも続き、慶暦八年（一〇四八）高郵を通った折の作「八月二十二日廻過三溝（八月二十二日 廻《めぐ》りて三溝を過《よぎ》る）」に至るまで、継室への遠慮がありながらも四十首余りの妻子追悼のための詩を書いている。この最後の悼亡詩が書かれる直前に、継室との間に生まれた娘称称《しょうしょう》が一歳に満たないうちに天逝していることもまた看過できない。この間の再婚、子の誕生そして死亡という波乱に充ちた四年に亘る歳月の中での悼亡詩の分析は、新たなる妻のいる家族の存在を無視して語るわけにはいかないので、論を後に譲ることにし、再び先妻謝氏の死に話を戻すことにする。

墓誌銘へのこだわり

かように妻の死を詩に描き続けた梅堯臣であるが、妻の墓誌銘・祭文を自ら書こうとした痕跡はない。彼は墓誌銘の執筆を友人の欧陽脩に懇願《こんがん》している。中原健二氏論文（「詩人と妻――中唐士大夫の一断面」『中国文学報』第四七冊・「夫と妻のあいだ――宋人文人の場合」平凡社『中華文人の生活』）によれば夫が自ら妻の墓誌銘・祭文を書くのが共時的風潮となるのは中唐時期を転機とし、宋人に至っては妻を語ることはむしろ当然の意識であるという。では梅堯臣が追悼文としての墓誌銘を軽視したのかと言えば決してそうではない。墓誌銘も生前の妻を讃美するに相応《ふさわ》しい名文で残したいと思うのが自然の情愛であろうし、事実梅堯臣における固執ぶりも尋常ではない。いやむしろ墓誌銘の重要性を熟知するが故にこそ、当時すでに一流の名文家としての誉れ高かった親友欧陽脩に執筆を依頼したのであろう。墓誌銘は一年後に書き上げられるが、そこからはまた墓誌銘執筆を巡る面白いエピソードが窺われる。

欧陽脩による墓誌銘「南陽県君謝氏墓誌銘」の書き出しは以下のようである。

慶暦四年秋、予《よ》が友宛陵の梅聖兪 呉興より来たり、其の内《つま》を哭するの詩を出して悲しみて曰く、吾が妻謝氏亡《な》くなれり、と。我に丐《こ》うに銘を以てし、而して焉《これ》を葬らんとす。予未だ作るに暇《いとま》あらず。居ること一歳の中に、書は七八至る。未だ嘗て謝氏の銘を以て言を為《な》さずんばあらず。

慶暦四年（一〇四四）と言えば、欧陽脩がかの「朋党論」を上奏したことで物議を醸《かも》し、翌年には滁州《ちょしゅう》（安徽省滁《ちょ》県《けん》）の知事に左遷させられるという、欧陽脩にとっても人生を左右する事件のあった年である。そんな最中、梅堯臣は欧陽脩に自作の悼亡詩を手渡して墓誌銘を依頼するが、一年ほどは多忙で書けずにいたため、その間にたびたび手紙を書き寄こして催促してきたというのである。梅堯臣がこれほどまでに墓誌銘に執着する理由は、「謂《おも》うに惟だ文字のみ以てその不朽を著すべし。且つその平生尤《もっと》も文章の貴ぶべきものたるを知る」と墓誌銘中に述べられているように、亡き妻の生前の言行や人徳を世に知らしめる手段は言葉で残す他はなく、妻自身も文章の重要性を充分に理解していたからだという。だからこそ詩には人一倍自負のあった梅堯臣も、墓誌銘となると、知己でありかつ名実備わった古文家である欧陽脩にこそ是非とも書いてもらいたかったのであろう。

しかしこの「南陽県君謝氏墓誌銘」を一読すると、その特異な形式に目を見張る。何故なら文頭文末を除いたほぼ全文が梅堯臣自身の言葉を借りて書かれており、その内容はまさしく梅堯臣自身の意向によっているのが明白だからである。

我呉興《ごきょう》に官し、或いは外より酔いて帰れば、必ず問いて曰く、「今日孰《た》れと與《とも》に飲みて楽しめるか」と。其の賢者なるを聞けば則ち悦《よろこ》び、否《しか》らざれば則ち嘆じて曰く、「君の交わる所は皆一時の賢雋《けんしゅん》。豈《あに》其れ己《おのれ》を屈して之に下《くだ》らんや。惟《た》だ道徳を以てするのみ、故に合する者尤《もっと》も寡《すく》なし。今是《こ》の人と飲みて歓《たの》しむか」と。

私は呉興に赴任していたが、酔って帰宅することがあれば、（妻は）必ず「今日は誰と一緒に飲んで楽しんでいらしたのですか」と尋ねた。それが賢者であれば喜び、そうでなければ嘆いてこう言った。「あなたが交わっている方々は皆当代一流の俊才ばかりです。どうして自分から卑下してつまらない人とつきあうことがありましょう。ただ道義に照らしているからこそ、（友とするに）相応《ふさわ》しい相手が少ないのです。今こんな人と飲んできて楽しめたのですか」。

まさに夫婦の間でしか知り得ない夫ならではのいくつかの妻のエピソードが盛り込まれ、謝氏の賢妻ぶりを窺うことができる。これらの内容および形式から察するに、墓誌銘の記述の概要は梅堯臣自身が手紙の中などで草稿のような形で示唆されたとも考えられる。欧陽脩はそれを基に、敢えて梅堯臣の口で語らせる間接法を取り入れ、生前の妻の言行に臨場感を与えることに功を奏している。

宋代士大夫たちの選択

欧陽脩と梅堯臣は青年時代から三十年来の親交があり、その後出世の道は両極を歩むことになるものの、お互いを韓愈と孟郊の関係に比するほどの、官位を超えて終生尊敬しあった中である。欧陽脩が古文家として確固たる地位を得、一方の梅堯臣が宋代の詩風を築いたと称される背景には、お互いの存在がこの上なく影響しているであろうことは想像に難くない。ともに貧困家庭の出身であり、まだ若かりし頃文学を語り合ったこの二人は、またどちらも妻子に先立たれている点においても似通った境遇を有している。

では欧陽脩自身は自分の妻の死に対してはどのような形で追悼を著しているのであろうか。欧陽脩の最初の妻胥氏《しょし》は明道二年（一〇三三）三月、結婚後わずか二年ほどで十七歳にして亡くなっている。そのとき子供はまだ一月にも満たない嬰児である。そして更に翌年十二月に楊大雅の娘と再婚するものの、次の年景祐二年（一〇三五）九月には再び若干十八歳の妻を喪う。そして不幸にも宝元元年（一〇三八）には胥氏との間の子供もわずか五歳で亡くしている。こう見ると家族の死に見舞われること梅堯臣以上である。しかし彼の悼亡詩や追悼の意を表す文はさほど数多いとは言えない。他人に対しては多くの墓誌銘・祭文を残している欧陽脩が自分自身では妻の墓誌銘は書いていない。先妻の墓誌銘としては「胥氏夫人墓誌銘」（『欧陽文忠公集』巻六二）が、後妻の墓誌銘としては「楊夫人墓誌銘」（同巻六二）があるが、これらはいずれもそれぞれ前者が徐無党《じょむとう》、後者が焦千之《しょうせんし》という弟子に書かせたものである。

欧陽脩が得意とするはずの墓誌銘を自分自身で書かなかった理由として「胥氏夫人墓誌銘」には「修 既に胥公の知己なるを感じ、又た其の妻の不幸にして短命なるを哀れみ、二十年間の存亡の憂患に悲しむ可からざる者無きを顧《かえり》み、其の事を書きて以て銘せんと欲すれども、而れども哀しみて文する能《あた》わず」と悲しみのあまりに言葉に出来ない心情が語られている。また妻を悼む詩文も多くはないが、無論そのことが即妻を亡くした悲しみが梅堯臣に劣ることを意味するわけでは決してない。作品数は少ないながらも哀悼の念が凝集されているのが看取できる。

欧陽脩の悼亡詩としては「緑竹堂独飲（緑竹堂にて独り飲む）」が唯一とされるが、詞「浪淘沙《ろうとうさ》」でもまた悼亡の悲痛な思いを述べている。この詞は典故を多用する前述の詩に比べ、より家族への愛情が率直に吐露されている。詞は妻を亡くした直後、逝く春を惜しむ感傷と妻への惜別を重複させながら、悲哀を表現している。

聚散《しゅうさん》苦《はなは》だ匆々《そうそう》たり　此の恨み窮まり無し
今年の花は去年の紅なるに勝《まさ》れり
惜しむ可し　明年の花更《さら》に好《よ》かれども　誰と同《とも》にあるを知らん
（「浪淘沙」）

ただ散文に類するものとしては、墓誌銘や祭文こそ書いていないが、「述夢賦」が実質的な胥氏への追悼文と言えよう。その悲痛な思いの表白は、書き出しからこの上なく感傷的である。

夫《そ》れ君我を去りて而《しこう》して何《いづ》くにか之《ゆ》かん。時節逝《ゆ》くこと波の如《ごと》し。昔共に堂上に処《お》り、忽《たちま》ち独《ひと》り山阿《さんあ》に棄《す》てらる。嗚呼《ああ》、人は久しき生を羨《うらや》むも、生は久しかる可《べ》からず、死は其れ奈何《いかん》せん。死は復《ふく》す可からず、惟《た》だ以て哭《こく》す可し。

この賦もまた亡くなった直後に書かれただけに壮絶極まりないが、新婚にして亡くなったためか、あるいは一気に激越な感情を表出し尽くしてしまったのか、梅堯臣のように何年にも亙って悼亡の思いを作品化した形跡は見られない。継室楊氏の死に際しては、どうやら追悼の詩文は残されていないようである。

同年代で梅堯臣・欧陽脩とも交わりのあった蘇舜欽《そしゅんきん》もまた結婚後わずか五年にして妻を亡くしているが、こちらは自ら「亡妻鄭氏《ていし》墓誌銘」を書いている。彼は天聖八年（一〇三〇）二十三歳で妻鄭氏を娶《めと》るが、その妻鄭氏は妊娠中の落馬が原因で、出産こそするものの七日後の景祐二年（一〇三五）三月に帰らぬ人となる。まだわずか二十歳、蘇舜欽も二十八歳という年齢である。しかし詩においては、それより前に亡くなった父の死に言及した表現はあっても、妻の死を詠んだと覚しき詩は見あたらない。

同じく北宋の蘇軾は妻を悼む詩は作らず、死後十年も経ってから書いた詞「江城子《こうじょうし》」（副題「乙卯正月二十日夜記夢（乙卯正月二十日夜　夢を記す）」）一首をわずかに数えるのみであるが、墓誌銘については自身の手で「亡妻王氏墓誌銘」を書き残している。

　軾《しょく》客と外に言えば、君屏間《へいかん》に立ちて之を聴き、退けば必ず其の言を反覆して曰《いわ》く、某人や言えば輒《すなわ》ち両端を持し、惟だ子《し》が意の嚮《むか》う所なるのみ。子何ぞ是の人と言うを用いん、と。来たりて軾と親厚《しんこう》せんことを求むこと甚《はなは》だしき者有り。君曰く、恐らくは久しきこと能《あた》わざらん。其の人に与《くみ》すること鋭ければ、其の人を去ること必ずや速《すみ》やかならん、と。已《すで》にして果《は》たして然《しか》り。

　私（蘇軾）が外で客と話をしていると、妻はついたてのそばに立って耳を傾け、話し終わるとその会話を繰り返してこう言った。「誰それはどちらにでもとれるような話をし、ただあなたの意向を伺って同調しているだけです。あなたはどうしてこんな人と話をする必要がありましょうか」。また訪ねて来てしきりに私と親しくしようと求めてきた人がいた。すると妻は「たぶん長続きしないでしょう。しつこく仲間になりたがるような人は、去っていくのも早いでしょう」と言い、確かにそのとおりであった。

この妻の聡明さを語るエピソードなどは、この欧陽脩の「南陽県君謝氏墓誌銘」を範としたのではないかと思われるほどに類似している。蘇軾にとって欧陽脩は進士及第の年の知貢挙（試験長官）であり、梅堯臣もまた試験官の一人であったという関係性からしても首肯できよう。

　先述の中原氏は宋人が妻の死の哀悼を詩のみならず墓誌銘などの散文作品においても自ら進んで書くようになった点が注目に値すると述べている。妻子の墓誌銘を夫（父）自身が書く事例は古文家に多い。中唐の韓愈は自身の妻にこそ先立たれなかったが、夭逝した自分の娘の祭文（「祭女挐女文（女挐女《むすめだじょ》を祭る文）」）を書き、更には名もない人や女性などの祭文・墓誌銘を書いたパイオニアであり、同じく中唐の柳宗元は自身の妻の墓誌銘「亡妻弘農楊氏誌」とさらには我が子の「下殤女子墓塼記（下殤《かしょう》せし女子の墓塼《ぼせん》の記）」を書いている。また既に述べた元稹も、悼亡詩もさることながら併せて「祭亡妻韋氏文（亡妻韋氏を祭る文）」も書いている。それらの先例が宋人士大夫に少なからず影響を与えたことは言うまでもない。

悲哀の文学を得意とした人には同じような運命が待ち受けていたのであろうか。潘岳も元稹もそろって妻を亡くした直後に幼子を亡くし、そしてまた宋に入って梅堯臣・欧陽脩も然りという偶然の一致が見られる。梅堯臣がいやが上にも彼らの先行作品を念頭に置きつつ、より実感的な描写による悲哀の具象化に努めたことは想像に難くない。そして彼が追悼の表現形態として専ら詩を選び、しかも長期間に亙って繰り返し書いたことは、同時代の士大夫たちの中にあっては異彩を放っていると言えよう。

非日常の死から〈死のある日常風景〉へ

話を再び梅堯臣に戻し、その後書き続けられた〈死のある日常風景〉を、妻の死後の時間の経過と家族の変遷を考慮に入れながら検証してみたい。

梅堯臣は妻の死後にわかに家族の日常生活を詩に描き始めるようになる。しかしその描写の方法は時間の経過とともに変化が見られる。無論人間であるからには、悲しみを忘却してしまいたいという思いと、何時までも記憶に留めておきたいという思いの葛藤が常にあろう。ならば梅堯臣の作品中からはどのような変化を見出すことができようか。

既述のように、妻の死の直後に描かれた作品群では哀惜の念を直情的に表現していた。それが翌年の詩では、自分の周辺にも目を向け、現実を直視するまでになる。「正月十五夜出廻（正月十五夜 出《い》でて廻《めぐ》る）」では妻の死を境とする子供の姿の変貌ぶりの落差を象徴的に描写している。

去年與母出　学母施朱丹　　去年　母と出づるに　母を学びて朱丹《しゅたん》を施《ほどこ》せり

今母帰下泉　垢面衣少完　　今母　下泉《かせん》に帰し　垢面《こうめん》にして衣完《まった》きこと少なし

亡妻は妻ではなく母と称され、残された子供達（一男一女）にとっての母としての謝氏の不在の大きさが表象として描かれている。同年の作「史尉還烏程（史尉　烏程《うてい》に還る）」では、妻の死後、友人に金策までするほどに貧困を窮め、病人も絶えなかった家族の悲惨な光景を、包み隠さずに回顧している。

五月辞呉中　六月渡揚子　　五月　呉中《ごちゅう》を辞し　六月　揚子《ようし》を渡る
七月行喪妻　是月子又死　　七月　行きて妻を喪《うしな》い　是の月子も又死せり
買棺無槖金　助貸頼知己　　棺《かん》を買うに槖金《たくきん》無く　助貸《じょたい》　知己《ちき》に頼む
嬌児昼夜啼　幼女飲食止　　嬌児《けうじ》　昼夜なく啼き　幼女　飲食止《や》む
行路況炎蒸　悲哀満心耳　　行路　況〻《ますます》炎蒸《えんじょう》にして　悲哀　心耳《しんじ》に満つ
青銅不忍照　憔悴隣於鬼　　青銅　照らすに忍びず　憔悴《しょうすい》　鬼に隣す
八月至都下　小長疾未已　　八月　都下《とか》に至りて　小長《しょうちょう》疾《やまい》未だ已《や》まず
一婢復嗑然　老媼幾不起　　一婢《いちひ》　復た嗑《こう》（溘）然《ぜん》とし　老媼《ろうおう》　幾《ほとん》ど起《た》たず

また欧陽脩が八歳になる長女を亡くしたという知らせを耳にすると、さっそくに詩を作って同情の思いを寄せている。自分自身も悲しみの淵にあった梅堯臣にとって、友人の不幸はまたわがことのように痛切に感じたのであろう。

去年　我《われ》子と妻を喪《うしな》い　君《きみ》我が悲しみを聞き嘗《かつ》て眉を俛《ふ》す
今年　我　若《なんじ》が女《むすめ》を喪うを聞き　野岸《やがん》に孤坐《こざ》して還《かえ》って思いを増す
（「開封古城阻浅聞永叔喪女（開封の古城の阻浅《そせん》にて永叔《えいしゅく》女《むすめ》を喪うを聞く）」）

「七夕」で妻の死後ちょうど一年を迎えても、悼亡詩は減少するどころか数を増し、より一層喪失感を表白せずにはいられなかったようである。秋には季節の寂寥感とも相まって、「秋夜感懐（秋夜の感懐）」「夢感（夢に感ず）」「秋雁」など自身の寂寞と老いの実感への描写が目立ち、冬に入ると、思いは過去へタイムスリップし、〈妻がいた風景〉の追憶が断片的になされるようになる。「初冬夜坐憶桐城山行（初冬 夜坐《ざ》して桐城《とうじょう》の山行《さんこう》を憶《おも》ふ）」では「我昔《むかし》桐郷《とうきょう》に吏《り》たりしに、……」と十五年も以前に地方官に赴任する妻との旅途でのエピソードを回顧し、はたと妻のいない現実に立ち返り愕然《がくぜん》とする。

吾妻常有言　艱勤壮時業
安慕終日閒　笑媚看婦靨
自是甘努力　於今無所慴
老大官雖暇　失偶涙満睫
書之空自知　城上鼓三畳

吾が妻 常に言える有り　艱勤《かんきん》は壮時《そうじ》の業《ぎょう》なりと
安《いず》くんぞ慕《した》わん 終日の閒《かん》　笑媚《しょうび》 婦の靨《えくぼ》を看《み》る
是《これ》自《よ》り甘んじて努力し　今に於て慴《おそ》るる所無し
老大《ろうだい》にして官に暇《いとま》ありと雖《いえど》も　偶《つれあい》を失いて涙は睫《まつげ》に満つ
之《これ》を書きて空《むな》しく自《みずか》ら知る　城上 三畳《さんじょう》を鼓《こ》すを

翌慶暦六年（一〇四六）「元日」でも「昔風雪《ふうせつ》に遭《あ》いし時、……」とやはり四年前の浙江呉興に赴任する途次の元日の妻の姿を微細に書き留めている。

是時値新歳　慶拝乃唯内
草率具盤餐　約略施粉黛

是の時新歳《しんさい》に値《あ》うも　慶拝《けいはい》するは乃ち唯《た》だ内《つま》のみ
草率《さうそつ》に盤餐《ばんさん》を具《そな》え、約略《やくりやく》に粉黛《ふんたい》を施《ほどこ》す

「憶呉松江晩泊（呉松江に晩泊《とま》るを憶う）」でも「念《おも》う昔西に帰りし時」と妻の死んだ年の都汴京《べんけい》に向かう旅路を回想する。「憶将渡揚子江（将《まさ》に揚子江を渡らんとするを憶《おも》う）」では「今日同《とも》に来たらんことを念ふも、吾が妻已《すで》に土と為《な》れり」と妻との旅を思い描くも妻不在の現実に引き戻される。

そして一方でその回憶は昼となく夜となく「夢感（夢に感ず）」「不知夢（夢を知らず）」「夢覚（夢に覚ゆ）」「椹澗昼

夢（椹潤《じんかん》に昼夢む）」「霊樹鋪夕夢（霊樹鋪《れいじゅほ》に夕べ夢む）」「三月十四日汝州夢（三月十四日汝州にて夢む）」「夢観（夢に観《み》る）」など夢として追悼する。死後の未練を夢の形で描くことも、森山秀二氏（「梅堯臣の悼亡詩」『漢学研究』第二六号）が指摘するように、また元稹・韋応物を始めとした先行作品の例に倣ったものではあろうが、いずれの詩も、あたかも夢中での亡妻との蜜月のようでもあり、一連の夢日記といった作品群としても読みとれよう。

無論、過去や夢の世界に逃避するだけではなかった。眼前には残された家族があり、苦しい日々の生活が続いていた。彼はその現実から目をそらすことなく〈日常〉を描いた。「秀叔頭虱（秀叔《しゅうしゅく》が頭の虱《しらみ》）」は妻の死前後の長男秀叔の外見の変貌ぶりを通した悼亡詩ともとれるが、それはまさしくありのままの〈死のある日常風景〉の具象化であろう。

吾児久失恃　　吾が児《こ》　久しく恃《たの》むところを失い　　我が子は頼りの母を亡くしてからだいぶ経ち
髪括仍少櫛　　髪は括《くく》りて仍《な》お櫛《くし》けずること少なし　　髪は束ねたまま櫛を入れることも稀な状態
曾誰具湯沐　　曾《すなわ》ち誰か湯沐《とうもく》を具《そな》えん　　まして誰が風呂の用意を整えてくれよう
正爾多蟣虱　　正《まさ》に爾《しか》くして蟣虱《きしつ》多し　　そういうわけでシラミもたくさん湧いている

再婚　そして　再び愛娘の死

そして慶暦六年（一〇四六）、この年梅堯臣にとって更なる転機が訪れる。刁渭《ちょうい》の娘との再婚である。継室刁氏もまた機転の利く賢妻であったようである。この再婚が家族の平穏と自身の精神の回復をとりもどしたことは論をまたないであろう。

前日　新婚を為《な》し　今を喜び復た昔を悲しむ　　先日　新たに結婚し、今は嬉しいが昔もまた偲ばれる

閫中《こんちゅう》に事託《たく》する有り　月下に影隻《ひと》つなるを免る
呼ぶに慣れて猶《な》お口を誤り　往《さき》に似て頗《すこぶ》る心積れり
幸いに皆柔淑《じゅうしゅく》の姿なるは　稟賦《ひんぷ》誠に獲《う》る所なり

家の事は託せる人ができ、月下の影も独りではない
つい習慣で妻を呼び間違え、前妻同様に思い募る
幸いどちらも気だてがよいのは、まさしく天性か
（「新婚」）

前妻への思いは断ち切れないまでも、再婚相手の刁氏の存在は、少なくとも梅堯臣の心に生気を取り戻させている。事実それ以降はあれほど書き続けてきた悼亡詩の数は明らかに激減している。

その後書かれた悼亡詩としては「戊子正月二十六日夜夢（戊子正月二十六日　夜夢む）」「五月二十四日過高郵三溝（五月二十四日　高郵の三溝を過《よぎ》る）」「八月二十二日廻過三溝（八月二十二日　廻《めぐ》りて三溝を過る）」（以上　一〇四八）と詩題からも一目瞭然であるように、高郵つまり先妻謝氏が亡くなった縁《ゆかり》の場所など、特別な意味のある場面に限定されているのである。それは刁氏の父親刁紡《ちょうぼう》の配慮で、潤州に亡妻の棺を納めるべく、新妻を伴って汴京から潁州に向かう、許された弔いの旅ならではの詩作であった所以であろう。再婚はまた亡妻への愛情、死の悲しみを止揚すると同時に、未練を公言することをはばかる足枷でもある。妻の呼称をあえて「先妻南陽君」と変え、「新人の心を傷つけんことを恐れ、強《し》いて制して双眸《そうぼう》を揩《ぬぐ》う」（「五月二十四日過高郵三溝」）と自ら述べていることからも、梅堯臣の継室刁氏への優しい気遣いを見て取ることができよう。また「戊子正月二十六日夜夢」では「我再婚より来しかた、二年夢に入らず」と久しぶりに夢に現れた亡妻に悲しみを吐露している。しかし逆に言えば二年間妻の死を忘れていられたことはひとえに継室刁氏の存在のおかげなのである。

つまり梅堯臣の〈悼亡詩〉について言うならば、足掛け五年間の長期間に亘りながらもその大半が再婚までの二年間に集中しているわけである。それは前後して継室との生活が〈日常〉になり、詩作の対象が変化したことの裏返し

であろう。それ故にこそ継室刁氏を描く時、生きている今の何気ない〈日常〉こそがモチーフとなっている。あたかも詩でアルバムを残すような感覚であろうか。

目前両稚子　為慰豈異卿　　目前の両稚子　慰《なぐさ》めを為すは豈《あ》に卿《けい》と異ならんや
欲置一壺酒　且獨対婦傾　　一壺の酒を置き　且《しばら》くは独り婦に対《むか》いて傾《かたむ》けんと欲す
（「和道損欲雪與家人小児輩飲（道損《どうそん》の雪ふらんと欲し家人小児の輩らと飲むに和す）」）

我家少婦磨宝刀　　我が家の少婦　宝刀を磨《みが》かば
破鱗奮鬐如欲飛　　鱗を破り鬐《ひれ》を奮《ふる》いて飛ばさんと欲するが如《ごと》し
（「設膾示坐客（膾《なます》を設《もう》けて坐客《ざきゃく》に示す）」）

描かれているのはどこにでもある妻との幸せな晩酌風景であり、そしてお客の為に料理の腕を奮う愛妻の姿である。

では死の悲しみから脱却し得たのかというと、実はその間に新たなる不幸があったのである。慶暦七年十月七日に刁氏との間には称称という女児が生まれるのだが、その称称はほどなく病死する。誕生の喜びもつかの間、一歳に満たない翌年三月二十一日に夭逝《ようせい》してしまう。梅堯臣は再び追悼詩を書かなければならない状況に陥ってしまうのである。先に亡くなった次男十十の時とは異なり、今度は即座に伝統的哀悼の形式である三首連作の五言律詩「戊子三月二十一日殤小女称称三首（戊子三月二十一日小女称称を殤《うしな》う三首）」を書いている。

生汝父母喜　死汝父母傷　　汝《なんじ》を生みて父母喜び　汝を死なせて父母傷《いた》む　（第一首）
慈母眼中血　未乾同両乳　　慈母《じぼ》　眼中の血　未《いま》だ乾《かわ》かざること両《ふた》つの乳に同じ　（第二首）
高広五寸棺　埋此千歳恨　　高広　五寸の棺　此を埋《う》むるは千歳の恨みなり　（第三首）

既に先妻とその子を亡くして命の尊さを身を以て実感している矢先、新たなる命の誕生を大切にしたいと思っていた矢先の不幸である。これまで妻子の死に際しては散文作品を残してこなかった梅堯臣であるが、この称称の死に際しては、哀悼の詩に加えて「小女称称塼銘（小女称称の塼銘《せんめい》）」を自ら書いている。

之を痤《うづ》むるの曰、父母の情未《いま》だ忘るる能《あた》わず。故に之《これ》が塼《せん》を書くは、之を伝えて久しからんことを欲するに非《あら》ず、且《しばら》く以て其の悲しみを誌《しる》さんと云う。

この墓誌銘は、まだ口も利けず、歩きもできない嬰児の短い一生の記録として、誰に見せようというものでもなく、自身のために自ら書くことを選んだのであろう。

梅堯臣の不幸はこれだけにとどまるものではない。翌年の皇祐元年（一〇四九）の正月一日には父梅譲《ばいじょう》をも亡くしている。そして父の喪があけた二年後の皇祐五年には今度は母が亡くなり再び服喪のため帰省する。進士出身を授かり太常博士にまで官位を上げ、ようやく彼の貧窮の人生が上向きになってきた頃である。そして母の喪があけてから欧陽脩の推挙で国子監直講《こくしかんちょくこう》、科挙小試官となるなど、中央官僚士大夫の仲間入りをするようになる頃にはもう自身の晩年になってしまうのである。梅堯臣自身は嘉祐五年（一〇六〇）北宋の都汴京で流行っていた疫病のためその生涯を閉じる。その時見舞いや葬儀に駆けつけてきて道を埋め尽くしたのが皆朝廷の高級官僚達ばかりであったので、村人達は一体どんな名士が住んでいるのか訝ったほどだという（欧陽脩「梅聖兪墓誌銘」）。

彼は一生の内にかくも多くの死に遭遇してきた。本論では言及できなかったが、友人知人の死に際してもその都度《つど》詩で追悼の意を表している。こうして見てくると、梅堯臣の周辺には死が日常的に存在し、詩人の目は常に死を意識しながら詩作に反映させていたと見なしてもよいほど、死の影を見出し得るのである。

梅堯臣は死の悲哀を経験するごとに、死に対する視点を鋭敏に研ぎ澄ましてきた詩人である。それゆえにこそ彼は〈死のある風景〉を非日常としてではなく日常の中でとらえ、詩という表現の場に具象化することにこだわり続けたのではないだろうか。

守られた英雄――辛棄疾――

村越貴代美

辛棄疾《しんきしつ》（一一四〇～一二〇七）、字は幼安《ようあん》、号は稼軒《かけん》。北宋滅亡（一一二七）後に、歴城（今の山東省済南）に生まれる。代々官僚の家であったが、父を早く亡くし、祖父の辛賛《しんさん》に養育された。辛賛は宋都陥落後も南渡せず、金の県令・知府などを歴任しつつ、孫を教育。河北一帯の山川城郭を調査し、官庁・倉庫・廟の位置を記録させるなどした。祖父の死後、蜂起軍に参加。二十三歳で大軍を指揮して南下し、宋に帰属する。南宋で官僚となり、高宗・孝宗・光宗・寧宗の四代皇帝に仕えたが、金を攻めようとする主戦派の立場で、主和派と対立。讒言《ざんげん》により、四十二歳で官界を追われ、以後は隠居生活を余儀なくされた。詞に、愛国的なテーマを多く詠み、伝統的な詞風を一変させたとして、蘇軾《そしょく》とともに「豪放派」と称される。その作風は、勇壮にして悲哀に満ち、「愛国詞人」として、現在でも人気が高い。

虎は死して皮を奪わる

辛棄疾が六十八年の生涯を閉じたのは、寧宗の開禧三年（一二〇七）九月十日のことである。三～四年ほど前から身辺が再びあわただしくなって、この年の春には南宋の都臨安《りんあん》（今の浙江省杭州）で在京宮観の任を務めたりしたが、夏には隠居していた鉛山（江西省鉛山）に帰っていた。ところが八月に病床に臥し、「洞仙歌」一詞を作ったが、これが絶筆となった。

辛棄疾は臨終の際に、「賊を殺せ」と大声で何回か叫んだ、と伝えられる。家には遺産と言うべきものもなく、わずかに詩詞・奏議・雑著が残されただけであった、とも。

その亡骸は、鉛山の県南十五里、陽原山中に葬られ、特に四官が贈られた。

辛棄疾と交遊のあった人で、哀詩・祭文などが現存するのは、陸游《りくゆう》と項安世《こうあんせい》の二人だけである。陸游は「趙昌甫《ちょうしょうほ》に寄す」詩で、

君看幼安気如虎、　君よ看よ　幼安　気は虎の如きも、
一病遽已帰荒墟。　一たび病みて遽《にわ》かに已に荒墟に帰るを。

と嘆き、項安世は「辛幼安を祭る」文に、

人の生や、能《よ》く天下の憎しみを致せば、則ち其の死や、必ず天下の名を享《う》く。豈《あ》に天の生かす所、必ず死して後に美《ほ》めらる。蓋《けだ》し人の憎む所、必ず死して後に正されん。嗚呼《ああ》、哀しいかな。死は人の憎む所、公は乃ち此を以て栄と為す。予は公の愛する所、必《かならず》当我と与《くみ》して皆行す。旦暮に局《つどひ》して相ひ従ふは、固《もと》より予が心の愛する所、眠食を尚び以て生を偸み、公が行《たび》の待たざるを恨む。


と深い悲しみを記した。あれほどいつも何をするにも一緒だったのに、なぜ私を置いて一人で逝ってしまったのか、と。

項安世が歎いたように、その勇猛を「青兕《せいじ》（野牛に似た一角獣。犀の一種ともいう）」（義端《ぎたん》）あるいは「真虎」（陳亮《ちんりょう》）に例えられ、愛国の志と才略を「前身は諸葛《しょかつ》」（姜夔《きょうき》）と称された辛棄疾は、朝廷の主和派の憎しみを買い、弾劾されて、後半生は角を矯《た》め牙を折られた状態で、長く隠居生活を送った。死んでしまってようやく、人々に買った生前の憎しみは消え、金と徹底抗戦し、二十三歳の若さで大軍を率いて南帰した栄誉こそ、称えられるはずであった。

ところが、翌嘉定元年（一二〇八）、摂給事中の倪思《げいし》に「開辺に迎合す」と弾劾されて、「卹典《じゅってん》を奪わる」（歿後に追

贈された官爵を取り上げられる）という事態になった。「開辺」とは、韓侂冑《かんたくちゅう》が金を征伐しようとした政策を指している。その政策に、辛棄疾が軽率に関わったとして、非難されたのである。

韓侂冑は、光宗を退位させて寧宗を即位させることに尽力し、寧宗の皇后に甥の娘をつけて、宋室と深い関係を持った。慶元年間にいわゆる「慶元偽学の禁」（道学に対する弾圧）を行ない、辛棄疾と交流の深かった朱熹《しゅき》も弾圧された。慶元六年（一二〇〇）三月に朱熹が病歿した時、朝廷は「四方の偽徒」の葬送を禁止したが、辛棄疾は朱熹の退居していた武夷《ぶい》山に自ら赴き、追悼活動に参加し祭文を撰して哀悼を表した。

辛棄疾にとっては朋友を弾圧した韓侂冑であったが、嘉泰四年（一二〇四）正月に金との戦争を発動した時、辛棄疾は寧宗に召見されて、「金国は必ず乱れ、必ず亡びん。願わくは元老大臣に属して預《あらかじ》め応変の計を為さんことを」と述べ、韓侂冑を喜ばせた、というのである。四十二歳で官界を去って以来、途中三年ほど小官に就《つ》いた時期もあったが、再び弾劾されて長い隠居生活を送り、すでに六十四歳の春のことである。祖国奪回の夢は、二十年以上に及ぶ隠居生活でも、消えてはいなかったのだ。そして、四月に鎮江《ちんこう》知府に任じられると、戦いの準備に積極的に関わったという。

だが早くも翌年、開禧元年（一二〇五）三月、不適切な登用であったと責められて降格される。六月には「色を好み財を貪り、刑を淫りにし斂（賦税）を聚《あつ》む」と誹《そし》る者あって知隆興《りゅうこう》府に改められ、秋には憤然として鉛山に帰った。朝廷は、翌開禧二年五月に北伐を開始したものの、宋軍の敗色は濃厚で、韓侂冑が再び紹興《しょうこう》知府・両浙東路安撫使に任じようとしたが、辛棄疾はこれを固辞した。そして開禧三年、金との和議の動きがあり、一時、在京宮観などに任じられて臨安にいたが、八月に鉛山に帰り、病を得る。韓侂冑はなおも枢密都承旨として臨安に呼びよせようとしたが、辛棄疾は辞したまま、九月十日、鉛山で生涯を終えた。

それから約二カ月後の開禧三年十一月三日、韓侂冑は史彌遠《しびえん》らに暗殺される。史彌遠は韓侂冑に弾圧された道学者を優遇する政策を行ない、朱熹にも「文」の謚《おくりな》が与えられた。一方で、辛棄疾は韓侂冑に加担したとして「卹典を奪わる」ということになったのである。辛棄疾は金を滅ぼしたかっただけで、韓侂冑にはむしろ信頼を置いていなかったのに。

絶筆となった「洞仙歌」は、長い隠居生活の後に再び祖国奪回の夢にかけてみたもののすぐに敗れ去り、老境でありながら容易に情熱をたぎらせてしまう自分を自嘲するようである。

洞仙歌（丁卯八月、病中の作）

賢愚相去、　賢と愚の距離は、
算其間能幾？　どれほどの開きが有るのだろう。
差以毫釐繆千里。　ごく僅かな違いが、遠くかけ離れた誤りとなる。
細思量義利、　（『孟子』に説くように）義や利を仔細に考え、
舜跖之分、　舜《しゅん》と盗跖《とうせき》の違いが（結果としては）あったとしても、
孳孳者、等是鶏鳴而起。　せっせと努めること、いずれも鶏が鳴いてすぐ起きだすさまに変わりはなかったのに。

味甘終易壊、　（小人の交わりは）甘さを味わって最後には壊れやすく、
歳晩還知、　晩年になってまた分かったのが、
君子之交淡如水。　君子の交わりは水のように淡い、ということ。
一餉聚飛蚊、　いっとき楽しみを得て飛蚊の如きつまらぬ者を集めても、

其響如雷、　雷のようにうるさいだけ、
深自覚昨非今是。　深く自覚する、昨日までは過ちで今が正しいことを。
羨安楽窩中泰和湯、　羨むは、（邵雍《しょうよう》が）安楽窩《あんらくか》（寓居）で泰和湯《たいわとう》（酒）を、
更劇飲無過、　けっして痛飲して酒量を超えることなく、
半醺而已。　ほんのり酔っただけであること。

自分では一生、「舜」にならって義を果たそうとばかり励んできたつもりであるのに、人は利のみを追い求めて無《む》辜《こ》の民を虐殺した「盗跖」のような輩と責める。私が愚かで、どこかでほんの少し道をはずれてしまったために、今こうして千里もの隔たりになっているのだろうか、身を刻むようにして生きてきたのに。酒のような甘く濃厚な交わりは、しょせん成立し難く、最後は苦味に変わってしまう。あの邵雍が羨ましい……。とは言っても、辛棄疾にそうした生き方は、できたはずもないのだが。

名誉回復

辛棄疾は、あるいは長く生きすぎたかも知れない。朋友を見送るほうが多かった。朱熹もそうだし、「鵞湖《がこ》の会」を結んだ陳亮（号は龍川《りゅうせん》）は紹熙五年（一一九四）に逝き、詞の応酬をしていた劉過《りゅうか》（号は龍州《りゅうしゅう》）も開禧二年（一二〇六）に卒した。辛棄疾の死を悼んだ愛国詩人陸游《りくゆう》も、辛棄疾が「卹典を奪われ」た翌年、逝ってしまった。もし彼らが生き残っていてくれたら、死後も悪《あ》し様《ざま》に言われる辛棄疾を、どれほど哀しんだであろうか。

そして、六十数年の時が流れた。

咸淳七年（一二七一）十一月二十三日、鉛山に建てられた辛棄疾の祠《ほこら》を、謝枋得《しゃぼうとく》（字は畳山《じょうざん》、一二二六〜八九）が、同

志十数人と訪ねた。辛棄疾の曾孫辛徽《しんき》も同席していた。夜、祠堂の前で宿をとる一同に、不思議な出来事がおこった。堂上で不平をうめくような激しい大きな声がして、夜更けても止まないのである。そこで謝枋得が燭を秉《と》って明け方までかかって祭文を書くと、ようやく静まった、という。

謝枋得は「辛稼軒先生を祭る墓記」を書き上げると、朝廷に働きかけ、徳祐元年（一二七五）、辛棄疾に卒後六十八年めにして「忠敏」の諡が追贈されることになった。南宋が元に滅ぼされる祥興二年（一二七九）まで、あと四年というタイミングである。

謝枋得は「辛稼軒先生を祭る墓記」序に、漢の信陵君《しんりょうくん》と田横《でんおう》、蜀の諸葛亮《しょかつりょう》の三人を挙げて、彼らの墓や祠を詣でる理由を述べている。

信陵君は、食客三千人を集める賢者であったが、魏王が讒言を信じて用いなかったので、賓客と飲酒し、ついに酒に病んで死んだ。その塚を守るのは、「能く人と共にするを慕う」からである。田横は、斉王が捉えられた時に自立して王と称したが、漢の高帝が立ち、召されて徒五百人と洛陽に向かったものの、途中、北面して仕えるを潔しとせず、自尽した。供の五百人もみな殉死した。その墓を祭って嘆くのは、「その義高く能く士を得るに感ずる」ためである。諸葛亮は、魏を攻めて中原を復興しようとしたが、軍中で病死した。その武侯《ぶこう》祠に参拝して忘れないのは、「その中原を定めんとする志有りて願い遂げざるを思う」からである。

この三人の生き方と無念は、辛棄疾と重なるのだ。「大讎復《かえ》されず、大恥雪《そそ》がれず、平生の志願、百に一酬も無し。公に鬼神有らば豈に能く抑鬱すること無からんかな」。六十年ものあいだ祠堂で叫んで止まないのは、託することがあるからだろう。そこで謝枋得は、必ず君父にまみえて辛棄疾の冤罪を晴らし、「復官、還職、卹典、易名《えきめい》（死後に諡を賜る）し、後に録し、文伝を改正し、墓道碑を立て」「然る後に公の言行を書史に録し、万世に昭明にし、以て忠臣義士の大節有る者の勧めと為す」ことを誓い、祠堂の声を鎮めた。

祭文に曰く、

嗚呼、天地の間、一日として公論無かるべからず。公論明らかならざれば則ち人極立たず、人極立たざれば天地の心寄する所無し。本朝仁を以て国と為し、義を以て士夫に待す。南渡後の宰相に奇才遠略無く、苟且《かりそめ》たる心術を以て架漏《おろそか》なる規模を用ふ。紀綱・法度・治兵・理財に恃むべきもの無く、社稷《くに》を扶持するを恃む所の者は惟《た》だ士大夫一念の忠義のみ。此を以て比来《このごろ》忠義の第一人、生くれば其の志を行なふを得ず、没すれば一人として其の心を明らかにするもの無し。軀《み》を全うし妻子を保つの臣、時に乗じて抵瞞《あざむき》するの輩、乃ち苟《いやしく》も富貴たる者は、天下の疑に資す。此れ朝廷の一大過、天地の間の一大冤、志士・仁人の深く悲しみ至痛とする所なり。

公は大義に精忠たること、張忠献《ちょうちゅうけん》（浚《しゅん》）・岳武穆《がくぶぼく》（飛《ひ》）の下に在らず。一少年の書生にして、本朝を忘れず、二聖の帰らざるを痛み、八陵の祀られざるを閔《いた》み、中原子民の王化を行なわれざるを哀しみ、豪傑と結び、虜馘《とりこ》を斬り、中原を挈《たずさ》えて君父を還さんことを志す。公の志や亦た大なり。耿京《こうけい》孔（死？）し、公が家比者《ちかごろ》位無く、尤《もっと》も能く張安国《ちょうあんこく》を擒《とら》へて之を京師《みやこ》に帰す。人心天理有る者、此の事を聞き涕《なみだ》を流さざるものなし。公をして芸祖・太宗の時に生まれしむれば、必ず旬日にして宰相に取られん。入仕して五十年、朝に在りては老従官に過ぎず、外に在りては江南の一連帥に過ぎず。公没し、西北の忠義始めて絶望し、大讎必ず復されず、大恥必ず雪がれず、国勢は遠く東晉《しん》の下に在り。五十年、宰相と為る者、皆な君臣の大義を明らかにせず。責め無きか。

祭文にある耿京は、山東《さんとう》の農民蜂起軍の領袖で、辛棄疾も二十二歳で二千人を集めて身を寄せ、ともに国土を奪回するために戦った。掌書記を務めていた辛棄疾が、南宋の朝廷の支持を得るために留守をしていた間に、耿京は張安国の裏切りで殺された。それを知った辛棄疾は、五十人ほどの手勢で五万の軍中に乗り込んで張安国を捕虜とし、残された蜂起軍を組織して南下し、行在所《あんざいしょ》で捕虜を引き渡したのである。南宋の社会は驚嘆してこの若い民族の英雄を迎えたが、金との抗戦、しかも終始劣勢な戦いに倦んでいた朝廷は、江陰簽判《こういん》という八品の小官しか与えなかった。そしてその後も、具体的な戦術を掲げて金の討伐を主張する辛棄疾は、疎《うと》ましい存在でしかなかった。

辛棄疾は、民兵を組織してゲリラ的な戦闘を遂行するには勇猛果敢で、指導者としてのカリスマ性もあったのであろうが、国家という大きな枠組みの中で政治的な配慮もしつつ軍事力を発揮するには、かえってあまりに情熱的でロマンチックに過ぎたのかも知れない。だが謝枋得は、金に捉えられた二聖（徽宗《きそう》と欽宗《きんそう》）の棺も帰されず、八陵（徽宗・欽宗以前の北宋の八代皇帝の墓陵）を祀ることもできぬまま、公論も人極（無上の道）もなく、南渡して一時逃れの仮住まいのような脆弱な国しか作れない朝廷は、忠義のみに頼らざるを得ないはずであるのに、生前も死後も辛棄疾ほどの忠義を理解する者はついにいなかった、と歎くのである。

その人もまた

辛棄疾の無念はまた、謝枋得の無念でもあった。

そもそも謝枋得は、弋陽《よくよう》（江西省弋陽）の人。辛棄疾が隠居していた鉛山の西、三十キロほどしか離れていない。「辛稼軒先生を祭る墓記」序に、伯父がかつて辛棄疾の門弟で、五歳の時にその「遺風盛烈」な様子を聞かされた、とある。五歳と言えばまだ子供だが、理宗の紹定三年（一二三〇）、鉛山に西湖群賢堂が建てられ、辛棄疾が卒後二十三年めにして、郷賢十六人の一人として祀られた年である。伯父はそこで熱心に在りし日の辛棄疾の姿を語り、幼い謝枋得の心に印象深く刻まれたのであろう。

序にはまた、十六歳になると、辛棄疾を「前漢の人物なり」と認める父から、その奏議を教えられた、とある。辛棄疾の奏議は、乾道元年（一一六五）、辛棄疾二十六歳の時に上奏した「美芹十論」（『歴代名臣奏議』巻九四）、乾道六年（一一七〇）、辛棄疾三十一歳の作の「九議」（『稼軒集鈔存』巻二）などが、現存する。ともに、主和派の誤りを批判し、北伐した張浚《ちょうしゅん》の功績を称え、金と戦うべきであることを主張したものである。父はその兄と共に郷里で、辛棄疾の愛国と闘争の思想を学び、子に伝えていたのである。後に父の謝応琇《しゃおうしゅう》は、奸臣董槐《とうかい》に逆らい、弾劾されて死んでいる。

だが謝枋得が実際に同志と祠堂を訪れ、はじめて辛棄疾の像を見上げたのは、咸淳七年（一二七一）、すでに四十六歳になっていた。この年、謝枋得に何があったのか。

謝枋得も剛直な人で、理宗の景定五年（一二六四）に賈似道《かじどう》を「政柄を窃《ぬす》み、忠良を害し、国を誤まらせ民を毒す」と非難して流謫《るたく》されたが、三年で赦《ゆる》されて帰り、度宗の咸淳七年（一二七一）に元兵の攻撃が迫るのを受けて、周囲の志士を集めて辛棄疾の祠堂を訪ね、決起したのである。

謝枋得の「辛稼軒先生祠堂に同会する記」に、「吾が党、必ず稼軒の志を成す者有らん、此の会を忘るる毋《な》かれ」として記された同志の名は、「関大猷（子遠）、応君実（伯誠）、虞公著（寿翁）、南方の応得人、王済仲、胡子敬、雲晁、藍国挙、張海潜、顔子宗、呉志道、袁太初、林道安、周人傑（淑貞）、呉仁寿、李仁権、趙平民」の十七名。多くは史書に名を留めない義士である。

辛棄疾に「忠敏」の諡が追贈された恭帝の徳祐元年（一二七五）は、むしろ賈似道が流謫され、謝枋得が「正直」にして「義は色を形す」とされ、家郷で義兵を組織して元兵に対抗するよう命が下った時であった。楊時喬《ようじきょう》の「謝畳山先生祠堂記」には、当時、郷里の親族、昔からの門下生、古い友人、村の大衆まで、謝枋得の人柄と平生の教えを慕って、命を投げうって共に困難に立ち向かった、と記されている。

しかし謝枋得の戦いは敗れ、南宋も亡びて、謝枋得は終《つい》には元の都に連行され、絶食して果てた。享年、六十四歳。烈士を知る者もまた、烈士であったと言うべきであろうか。

元の王惲《おうき》が至元二十七年（一二九〇）に鉛山の南、陽原山中の辛棄疾の墓を訪れて、「稼軒先生の墓を過ぐ」詩五首を作った。その五首めに、

通暦縦令追削尽、　通暦のたとい追って削り尽くすとも、
畳山文是漢雲台。　畳山の文は是れ漢の雲台《うんだい》。

の句がある。たとえ古今に通じる暦書から再び辛棄疾の功績を削り去ってしまおうとする者が現れたとしても、謝枋得の祭文は、前世の功臣を追念して後漢に立てられた雲台のように、辛棄疾の本当の姿を後世に知らせるであろう、と。

愛国詞人として

謝枋得の祭文はしかし、南宋滅亡前夜にあって、元に抗戦する志士を決起させ鼓舞するために、郷里の英雄として辛棄疾を担ぎ上げたという感もなくはない。朝廷もまた、地方の義兵までかき集めて戦闘に駆り出すために、謝枋得の働きかけに応じて辛棄疾に謚を追贈した、ということも考えられる。祭文の前段も結びも、南宋の歴代の権力者たちに対する非難と、いよいよ己の身さえ全うできそうにない情勢になって、今度こそ大儀を明らかにせんことを迫るものではないか。

謝枋得は父から教えられた辛棄疾の奏議、そこに具体的に記された政策や軍事論に感服していたのかも知れない。だが、郷里の親戚・友人のみならず、村の大衆まで動員できたのは、個々の政策や戦略よりは、国を愛する心、その

ために命を賭けて戦う意気と意志に、人々が共感したためであったろう。辛棄疾のそうした愛国の情熱を記したのは、大量の残された詞である。謝枋得は逆に、ほとんど詞を残しておらず、いま『全宋詞』に一首を見るだけである。

辛棄疾は木版印刷が普及した南宋の人であり、詞集は生前すでに何種類か出版されていた。一方で詩文は、清代になって法式善《ほうしきぜん》が『全唐文』編纂に関わった折に『永楽大典』などから輯佚したが、『宋史』本伝などを見ても、当時まとめて集められた形跡はなく、手ごろな形で広く読者に供される状況ではなかったようである。謝枋得も、同郷でなければ辛棄疾の奏議に触れる機会があったかどうか。北宋末の詞人周邦彦《しゅうほうげん》は、亡国の天子徽宗《きそう》や奸臣蔡京《さいけい》との関係を問題視されて、南宋になって詩文が意図的に排除され、詞集しか残らなかった。同じような事情が、辛棄疾の場合にも想像される。

淳熙八年（一一八一）、四十二歳の冬、辛棄疾は「姦貪凶暴」にして「銭を泥沙の如く用い、人を草芥の如く殺す」と弾劾されて、任じられたばかりの両浙西路提点刑獄公事の職を解かれ、上饒《しょうじょう》での十年の隠居生活に入った。確かに、隠居生活とは言っても、上饒は当時、都の臨安からの交通の便もよく、士大夫が好んで居寓し、小さな邸宅が建ち並ぶ街であった。辛棄疾はその街の北側、湖を望む広大な土地に壮麗な邸宅を構え、敷地内の田畑を見下ろす屋敷を「稼軒」と名づけたのである。この屋敷は後に出火で焼失し、辛棄疾は鉛山へ転居して、最後は財産もなくわずかな著作のみを残して亡くなるのだが、若くして南帰し、後ろ盾もない身でこれほどの財を築くには、相応の行為や経過もあったのだろうか。他の時期にも、税金を過酷に取り立てて私腹を肥やしているとして、厳しい批判を受けている。もちろん政敵に弾劾されるのであるから、そうした批判を鵜呑みにすることはできないのだが、ともかく、世俗から隔絶した清廉な隠士のようなイメージを抱いてはいけないのかも知れない。

年が明けて、その辛棄疾のもとへ通い始めたのが、范開《はんかい》である。

范開は琴の妙手で、以後八年間、辛棄疾のもとで詞を学び、詩を応酬し酒を酌み交わしていたが、淳熙十六年（一一八九）二月に即位した光宗の求めに応じて、仕官することになった。范開は、北宋の徽宗時代に元祐党籍に入れられた范冲《はんちゅう》の子孫で、一族は宋室の南渡とともに南遷したのだが、ずっと無官でいたのである。

辛棄疾のもとを離れる前年の淳熙十五年（一一八八）、辛棄疾が四十九歳の時、范開は「親しく公より得し者」を中心に、百首ほどをまとめて『稼軒詞』として刊行していた。世に贋本が多く流布していて、「伝者の惑いを祓《はら》う」ことを願ったからであった。

『稼軒詞』の范開序には、「姦貪凶暴」にして「銭を泥沙の如く用い、人を草芥の如く殺す」と評された辛棄疾とは異なる、詞人としての姿が記されている。

　苟も之を嬉笑に得ざれば、則ち之を行楽に得《え》、之を行楽に得ざれば、則ち之を酔墨淋漓の際に得《う》。揮毫して未だ竟《お》えずして客争つて蔵《おさ》め去る。或は閑中石に書し、興来れば地に写し、亦た或は微《かすか》に吟じて録さず、漫《みだ》りに録して藁を焚く、以ての故に多く散逸す。

世間では、辛棄疾の詞風は北宋の蘇軾と似ているというが、このように意図しないで文を作る自然体が、まったくよく似ている、と范開は言う。

その一方で、「一世の豪」で「気節を以て自負し、功業を以て自ら許す」辛棄疾にとって詞とは、「陶写の具」（憂いを払う道具）でしかない。そのため、

　其の詞の体為《た》るや、洞庭の野に楽を張るが如く、首も無く尾も無く、故常《ならわし》を主とせず、又た春雲の空に浮ぶが如く、巻舒起滅して、随所に変態し、観るべからざるもの無し。他でも無し、意は詞を作るに在らずして、其の気の充つる所、之を蓄へて発する所、詞は自ら爾《ちか》からざる能《あた》はざるなり。其の間固《もと》より清かにして麗しく、婉にし

清乾隆年間重修辛棄疾墓（2002年１月於鉛山県永平郷陳家寨　陳海洋氏撮影）

て嫵媚《なまめき》たる有り。

心に納めきれない憂憤が清々しくも艶麗な作品となって自由闊達に表現されること、これこそが蘇軾にもない辛棄疾の独壇場であると言う。

後に、朱熹が病歿した慶元六年（一二〇〇）、辛棄疾六十一歳の年に、范開の編纂した『稼軒詞』を甲集として、それに続く乙・丙・丁集が刊行され、いわゆる四巻本『稼軒詞』が成立した。さらに増補した十二巻本（絶筆となった「洞仙歌（丁卯八月病中作）」が入っていることから、卒後の編纂とする説と、辛棄疾晩年の自訂本で、卒後に刊行されたとする説がある）の系統とあわせて、今日、辛棄疾の詞は、六百篇にのぼる作品を見ることができる。

南宋の朝廷には受け入れられなかった辛棄疾の愛国の情熱は、これらの作品に余すところなく記され、後世の人々に伝えられた。范開が辛棄疾と身近に接していて危惧したのは、贋本が多く出回ることによって本当の作品が伝わらないこと、つまりは「一世の豪」が詞に託した憂憤が、単に表現上の豪快さにすりかえられ、愛国の志そのものが贋物《にせもの》にされてしまうことであっただろう。政治的な生命を絶たれ、主義を主張する手段を失ってはいても、詞集の出版という形で、愛国の真情を後世に伝えることができた。

もとより辛棄疾は決して専業詞人として生きた人ではないし、南宋の范開もまた意図して新しいメディアを利用したのではなかったかも知れない。だが、詞は文学的な位置としては片隅にあるが故に、かえって思想的な弾圧を逃れ、辛棄疾は愛国詞人として生き残ることになったのである。『稼軒詞』こそ、辛棄疾の墓誌と呼んでもいいのではないだろうか。

最後に、辛棄疾の墓を訪れた元の張埜《ちょうや》の「水龍吟（辛稼軒の墓に酹《さけそそ》ぐ。分水嶺下に在りて）」を引いて、守られた英雄に哀悼の意を捧げよう。

嶺頭一片青山、	峰の頂きにひとつの青山、
可能埋得淩雲気。	埋まっているのは、雲をもしのいで高くそびえる気か。
遐方異域、	遠方の地、異民族の地域で、
当年滴尽、	当時、流され尽くしたのは、
英雄清涙。	英雄の清らかな涙。
星斗撑腸、	星の如く志が胸中に満ち、
雲煙盈紙、	雲のように言葉が紙に溢れ、
縦横遊戯。	縦横に戯れる。
謾人間留得、	みだりにこの世に留められた、
陽春白雪、	「陽春白雪」のような高尚な調べは、

千載下、無人継。
不見戟門華第、
見蕭蕭竹枯松悴。
問誰料理、
帯湖煙景、
瓢泉風味。
万里中原、
不堪回首、
人生如寄。
且臨風高唱、
逍遙旧曲、
為先生酔。

千年の後も、継ぐ人はいない。
儀仗の列なる門と華美なる邸宅は見えず、
ひっそりと竹が枯れ松が痩せているのが見えるばかり。
しつらえたのは誰だったか、（稼軒の）
帯湖《たいこ》の煙たなびく景色と、
瓢泉《ひょうせん》の味わいと。
万里の中原は、
振り返るに堪えず、
人生は仮住まいのよう。
しばらくは風に吹かれながら高歌吟唱し、
なつかしい詞曲を口ずさみながら逍遙して、
先生のために酔うことにしよう。

南宋儒者林希逸の死生観

——儒・道・仏混合の思想——

王 廸

林希逸《りんきいつ》は南宋紹熙《しょうき》四年（一一九三）生まれ、字は粛翁《しゅくおう》、淵翁《えんおう》、号は鬳斎《けんさい》、竹渓《ちくけい》又は献機《けんき》、福建路《ふくけんろ》福清県《ふくしんけん》漁渓《ぎょけい》の人、端平《たんぺい》二年（一二三五）の進士である。平海軍節度官《へいかいぐんせつどかん》を勤めたことがあり、淳祐《じゅんゆう》年間、秘書省正字《ひしょしょうせいじ》にうつったが、景定《けいてい》四年（一二六三）、司農少卿《しのうしょうけい》になり、官位は考功員外郎《こうこういんがいろう》に至った。林希逸は絵も詩もたいへん巧みであり、著書に『老子鬳斎《ろうしけんさい》口義《くぎ》』、『荘子鬳斎口義《そうじけんさいくぎ》』、『列子鬳斎口義《れっしけんさいくぎ》』、『考工記解《こうこうきかい》』、『竹渓鬳斎十一稿続集《ちくけいけんさいじゅういちこうぞくしゅう》』などが現存する。林希逸には、逸失したものを除いて、死者を悼む挽詩が一巻四十四篇、死者を哀痛する祭文が一巻九篇、死者の事蹟を叙する墓誌とその後に附する韻文、いわゆる墓誌銘が二巻十八篇、そして死者の一生の履歴を記述する行状（行述）が二巻三篇ある。

林希逸は南宋の名臣劉克荘《りゅうこくそう》や賈似道《かじどう》に評価される名文章家であった。しかし、清代の紀昀《きいん》などの『四庫全書《しこぜんしょ》』の編纂官に、

詩にも宗門語が多く、王士禛《おうしてい》の『居易録《きょいろく》』に誹《そし》られているが、南宋の遺集の流伝《るでん》はますます少なくなって来たため、その詩文はすべてが劉克荘の評価するほどではないにしても、なお前人の流儀《りゅうぎ》を失っていない。

と評されたように、清の詩人王士禛に詩文は禅語が多いと咎められたこともある。時代の相違かもしれないが、清代の文人の観点から見れば、林希逸の文章は同時代の人々の称賛するほどのものではなかったということになる。また、

『四庫提要』は林希逸を「道学《どうがく》で一世に名あり」と述べている。彼は儒者であるが、厳密に言えば、理学者《りがくしゃ》でありながら、老荘・禅学にも大変詳しく、嘗て有名な三子口義《さんしくぎ》（『老子鬳斎口義』、『荘子鬳斎口義』、『列子鬳斎口義』）を著した学者なのである。このことは彼の学問の淵源から考えて見れば、それほど理解し難いことではない。

まず、林希逸の生きていた時代背景から見て行きたい。理学は南宋の時に最盛期を迎え、林希逸の生存していた時代にすでに理宗の朝廷に推奨され、当時の官学にもなっていた。理学は表向きは道・仏を批判しながら、ひそかに道家や仏学の理論も取入れた学問であり、後に、理学は宋学とも言われている。また、この時期は禅学の全盛期でもあった。次に、林希逸の師事から見てみると、彼の師は陳藻《ちんそう》（楽軒《らくけん》）であるが、その師事関係の系統から見れば、彼の学統は北宋の道学提唱者程頤《ていい》（伊川《いせん》）に遡ることができる（程頤――尹焞《いんとん》（和靖《わせい》）――陸景端《りくけいたん》（子正《しせい》）――林光朝《りんこうちょう》（艾軒《がいけん》）――林亦之《りんえきし》（網山《もうざん》）――陳藻）。陳藻は嘗て希逸に「仏書は我が書を証するのに最も良いのだ」（『荘子鬳斎口義』外篇駢拇《べんぼ》第八）と告げた。だから、彼の文章の中にしばしば道家の用語や禅語が交えられていることも無理はない。以上を綜合して考えて見れば、林希逸は儒道禅混合思想者と見ることができる。

南宋人の死者への思い

林希逸は文章家として南宋ですでに有名になっていたので、彼に墓誌銘を求めに来る者も少なくなかった。このように墓誌銘を名家に依頼するのは、遺族が優れた文章によって、死者を偲《しの》ぶ心、子の親に対する孝心や弟子たちの師への敬愛の念を懇切《こんせつ》に表したいと考えたからである。例えば、「梁秘閣墓誌銘《りょうひかくぼしめい》」に、

咸淳《かんじゅん》四年（一二六八）十二月二十八日に秘閣梁公は九十一歳で亡くなり、私は遠くまで弔うことができず、手紙を書いて梁公の死を哀しんだ。その遺族から返事の手紙が来た。こう書いている。――数年前、父は墓を作り、

棺桶を買い、葬式の需要品は全部揃った。又予め遺言してこう言った。銘を作るなら、必ず竹渓に書いてもらうようにと。我々兄弟は父の死の悲しみに耐えられず、朝晩ひつぎを守りながら号泣した。そのとき、親族が陰陽の説を私に告げ、埋葬する良い期日を選ぶことは難しく、この春を越えたら、期日はますます延びてしまい、これでは親孝行ではない、と言った。我々兄弟たちは哀しみ懼れている。又、相談して、必ず銘を得てから埋葬し、銘を得なければ、埋葬しない方がましだと話し合った。けれども、このまま私たちが死んだら、何の面目があって父にまみえようか。期日が迫って来ている、ああ、どうしよう――私はこれを読んで悲しくて辞退することができなかった。

無求備斎抛日本寛文四年刊本
景印『老子鬳斎口義』所収林希逸像
早稲田大学図書館（特別資料室）蔵本

とあるように、遺族が墓誌銘を得られなければ親孝行はできず、将来自分が死んだら父親に会う面目がないと、希逸に切実に求めている様子が述べられている。

又、「鼓山《こさん》愚谷《ぐこく》仏慧《ぶつけい》禅師《ぜんし》塔銘《とうめい》」には、

禅師が亡くなって三年経ち、その門人九峰《きゅうほう》某は私に銘を求めに来て、悲しみいたみながら、こう言った、私は師に報いるものがなく、師のために銘を得ることができなかったら、私は（弟）子ではない、と。

と、銘を求め得なかったら、師恩に報いることができないと記す。同様の記述は墓誌銘の随処に見え、「銘を作らなければ、子ではない」（「永嘉《えいか》林国輔《りんこくほ》墓誌銘」）、「銘を得られなければ、葬らない」（「宋《そう》知《ち》県《けん》通直《つうちょく》陳公《ちんこう》墓誌銘」）などと記されている。このように、南宋の人々は旧来中国の孝行・報恩の行為の一つとして墓誌銘を重視する風潮を受け継ぎ、さらにそれを強めているのである。

そして、「宋竜《そうりょう》図《と》閣学《かくがく》士《し》贈《ぞう》銀青《ぎんせい》光禄《こうろく》大《たい》夫《ふ》侍《じ》読《どく》尚《しょう》書《しょ》後村《こうそん》劉《りゅう》公状《こうじょう》」には、当時の人々が死者を哀痛する様相が次のように描かれている。

大夫、士人はみな涙を流して弔い、棺に納める前に死者の枕もとで号泣する者もあるし、棺桶に納めてから、ひつぎを撫でて号泣する者もある。哀しみを尽くさない人はいなかった。

このように、林希逸の墓誌銘の多くには、死者を悼む人々の様子や墓誌銘を書くに至った経緯が具体的、克明に記される。それは、上述のごとく当時の人々の墓誌銘に対する強い関心の反映に違いないが、希逸の書く墓誌銘のきわだった特色と言えるのである。

死者に哭する礼

従来、中国の習俗として、死者に対して哀しみを表す「哭《こく》（号泣）」は欠くべからざるものとされている。これは南宋のみならず、古く先秦時代から行われてきた習慣であった。例えば、『荘子』内篇養生主《ようせいしゅ》に次のような寓話がある。

老聃《ろうたん》が死んだ。老聃の友人秦失《しんしつ》が弔《とむら》いに行って、型どおり三度の号泣をしただけで出てきた。弟子が「あのかたは先生の友人ではなかったのか」と聞いた。彼が「そうだよ」と返事をするとまた、「あんなに型どおりの弔いで良いのだろうか」と聞いた。秦失はこう返事をした、「いいんだ。前から私は彼は優れた人物と思っていたが、いま、そうでないことがやっと分かった。先程、私が弔いに行った時、老人たちはまるで自分の子を亡くしたように号泣し、若者はまるで自分の母親を亡くしたように号泣しているのを見た。彼らがここに集ってきたのは、言う必要もないのに悔やみの言葉を言い、悲しく泣く必要がないのに泣かずにいられないようなものがいるからだ。これは自然の道理からはずれ、人の実情にそむき、私たちが天からさずかっている命を忘れているものだ（後略）。

道家の理を理解している秦失でさえ「三度の号泣」の礼を尽くさなければならなかったのである。『荘子』大宗師にある魯国の人「孟孫才《もうそんさい》」の物語にも類似した話が見られる。

顔回《がんかい》が孔子にたずねた。「孟孫才は彼の母親が亡くなったとき、声をあげて泣いたが、涙を流さず、心から悲しむこともなく、喪に服しても哀悼の表情が見られませんでした。この三つの重要なことが欠けているのに、善く喪に服したことで魯の国中に評判になっています。もともとその実がないのに、虚名を得たものではないでしょうか。私はとても不思議に思っています」と。すると、孔子は答えた。「孟孫氏は本当によく喪に服したのだ。彼は礼を知る人より遙かに立派にやったのだ。喪礼は簡略にしようと思ってもなかなか簡略にすることができない。けれど、彼はこのことを成し遂げたのだ。（中略）孟孫氏はただひとり本当に目覚めた人で、彼はただ喪儀に他人が声をあげて哭泣の礼を行う時に、その通りに声をあげて泣いただけだ。だから自然にあのようになったのだ」（後略）。

この文章から荘子の生きた時代には、喪礼に三つの行いが必要とされていたことが分かる。それは、声をあげて泣き涙を流すこと、心から死者に対して悲しむこと、そして喪に服し哀悼《あいとう》の真情を示すことである。荘子が描く孟孫才は、道家的な自然の理を弁えている人物ではあるが、やはり喪礼の儀式に従わなければならないのである。これに対して林希逸は、号泣の礼を尽くすことはもとより、形だけの喪礼よりも、人間の本能的感情を重要視した。『荘子鬳斎口義』外篇至楽第十八において、彼は次の禅僧大慧宗杲《だいえそうこう》と李漢老《りかんろう》（李邴《りへい》）との問答を特にとりあげて、大慧の答えに極めて見識があると褒め称えている。

李漢老は子が死んだので号泣し、このことについて「情を忘れられないことは、恐らく道に近づいていないことではないだろうか」と大慧に聞いた。大慧は「子が死んだら、泣かない人は山犬や狼のようなものである」と答えた。

ここからも林希逸が死者に対する哀痛は人間本来の心情をそのまま表現すべきだと考えていることが理解できる。

人間の死生について

それでは、林希逸は人間の死生に対して如何なる考えを抱いていたのであろうか。このことは、彼の『荘子鬳斎口義』から窺うことができる。

『荘子鬳斎口義』内篇徳充符第五に「死生亦大矣」一語を「この五文字は『荘子』中の主要テーマの一つであり、仏教の大蔵経《だいぞうきょう》もこの五文字から出ており、死生こそ最も重大である」と解説している。

『荘子』至楽に有名な「荘子鼓盆《そうしこぼん》」の物語がある。

荘子の妻が亡くなった。恵子《けいし》が弔いに行った時、荘子がちょうど足をくずしてあぐらをかき、盆を叩きながら歌をうたっていた。恵子はこの様子を見て、こう言った。「夫婦ともに暮らし、あなたのために子育てをして来て、いま年老いて亡くなったのではないか。泣かないのはまだしものこと、盆を叩いて歌うことはひど過ぎるのではないか」。すると、荘子は答えた。「そうではない。妻が死んだばかりの時、私だって胸がつまるほど哀しかった。

しかし、考えてみると、人はもともと生命がなかっただけではなく、形もない。それだけではなく、形を形成する気さえなかった。それは、ものがあるようでないような混沌《こんとん》の状態の中で混じり合い、気が生じ、気が変化して形になり、そして、形が変化して生となったのだ。いま、又変化して死に帰って行くのだ。このような変化は、春夏秋冬四季のめぐりと同じなのではないか。人が静かにこの巨大な天地の部屋で眠ろうとしているのに、私がそれに向かって泣きわめいたりしたら、われながら生命の道理が分からないと思われる。だから、泣くのをやめたのだ」。

つまり、道家的聖人（至人《しじん》）は生死を超えるというよりは、人間の生死は必然的で、春夏秋冬や昼夜の巡りと同様に、人間には避けられない自然の法則であると認識しているのである。

これについて、林希逸は次のように説く。

「形が変化して、生となる」とは、まず形があってから動《うご》き回《めぐ》り始めることで、仏教のいわゆる「動転《どうてん》は風《ふう》に帰《き》す」である。これが即ち、「生」ということである。（『荘子鬳斎口義』外篇至楽第十八）

「動転は風に帰す」は禅経典『円覚経《えんがくきょう》』にある言葉である。『円覚経』は人間の生死は次のように述べている。

我々の今の身体《からだ》は、地・水・火・風の四つの元素から合成されたものである。いわゆる髪・毛・爪・歯・皮・肉・筋・骨・髄・脳・垢・色はみな地に帰し、唾液・鼻水・膿や血・つば・よだれなどの分泌液、痰や涙及び精気・糞や尿などの排泄物はみな水に帰し、暖かい気は火に帰し、動き巡るのは風に帰するのである。この四つの元素が分離したら、我々今の虚妄《きよもう》の身体は一体どこにあるか。つまり、この身体は所詮ないものであり、それは四つの元素が和合したもので、実は幻が変化したものと同じのである。

『金剛経《こんごうきょう》』にはさらに「凡そあらゆる形は、みな虚妄である」と述べている。仏教では人間の身体は地・水・火・

風の合成したもので、この四つの元素が分離したら、どこにも存在しないまぼろしのようなものだとする。すなわち、人間の「死」はこの四つの元素が分離したのに過ぎず、虚妄でしかないと考えているのである。

前述のごとく、林希逸は荘子のいう「生」については『円覚経』の言葉で解釈しているが、一方、「死」については、「四季の巡りは生もあれば、必ず死もある。荘子はこの一文において死生一貫の理を発明したのである」（『荘子鬳斎口義』外篇至楽第十八）と説く。同様に、前述の寓話「秦失哭老聃」にも類似した解説が見える。

> 上にすでに秦失の一段を物語り、ここで死生の理を発明して、この一篇をしめくくる。それは、自然の理を人々に知らしめ、死生に心を動かさなければ、しかる後に生を養う事ができると考えたからである。

儒家的な考えでは、『礼記《らいき》』祭義《さいぎ》に「死者に事《つか》うること、生に事うるが如くにす」とあり、死者を悼《いた》み、死者を祭る行為は最善の孝行であり、報恩であるとするのである。老荘の思想を学ぶ林希逸はそれにいささか異を唱えているように見える。例えば、『荘子』徳充符《とくじゅうふ》に見える孔子の言葉――子豚が死んだ母豚の死骸《しがい》をすて逃げ出しました。それは、母豚が自分をかえりみず、自分と違ったものになったからです。だから、子豚が愛するのは母親の形ではなく、その形を動かす内面的精神を愛しているのです――について、彼は次のように述べている。

> 形を動かす内面的精神という説は、名教《めいきょう》から測《はか》れば、とても罪のある言葉である。これがどうして、古人が「死者につかうることは、生につかうるが如くにす」という親の死をいたみかなしむ意味になるのだろうか。

この一見、批判とも見えることがらについて、林希逸はそれは文章を弄《もてあそ》ぶ荘子独特の表現であると説明する。前述の「荘子鼓盆」についても、荘子は人々に心の迷いや執着を悟らせるために、「鼓盆」のような度を過ぎた行いをしただけであり、荘子も実は「聖門の学は孝慕《こうぼ》を尽くす」という道理を知るものだけが、世の中を是正し、世俗を忌み嫌ったために、この言論を打ち出したのであると解釈するのである。

結局のところ、人の生死について、林希逸は『荘子』の思想を仏理で説き、儒家の考えに反しているように見えるが、彼にとっては、荘子は道理を誇張して、文章を弄んだだけで、荘子も儒家も孝慕の重視に関しては等しいと見ていた。

死者への哀悼

前述のような死生観を抱いていた林希逸は、死者に対してどのような心情で悼んだのであろうか。彼には四十四篇の挽詩と九篇の祭文があるが、それらにおいても儒・道・仏混合の思想家である彼の特色を見て取ることができる。

林希逸の死に対する哀しみを表すキーワードは「夢」と「仙」である。

劉克荘《りゆうこくそう》（一一八七～一二六九）の死を悼んで作った「挽後村五首」（『竹渓鬳斎十一稿続集』巻十九）の第一首に、

九十非為寿　たとい九十歳まで生きても、それを長寿というのは誤り、
天胡奪此翁　それなのに天はどうしてこの翁《おう》の命を奪ったのか。
両朝名法従　二朝にわたって優れた法律の従者であったし、
一世大宗工　一世の大宗《たいそう》として詩にたくみであった。
集本家家有　翁の詩集はどの家々にも必ず有り、
嚢封字字忠　上奏文はすべての文字に忠義の心があふれている。
老竜雖異寵　老竜《ろうりよう》たる翁はことのほか天子の寵愛《ちようあい》を受けたけれども、
堪嘆夢俄空　だが、その夢が突如空しいものとなったのをいくら嘆《なげ》いても嘆ききれない。

と、たとえ九十歳であっても長寿とは言えないのに、なぜ天がこの老先生劉後村を奪ってしまうのか。二朝に仕えた

劉後村の一生のことと、その特に皇帝に寵愛を受けていたことがまるで夢のようにたちまち消えてしまう儚《はかな》さを詠《うた》う。

また、第三首には次のように詠う。

古来皆有死　昔から人はみな死を避けられない、
身豈解千年　肉体はどうして千年も存在し得ようか。
縦使能仙去　人はたとい昇仙して世を去ることができても、
何如以集伝　詩集でその名が後世に伝わるのは、まれなこと。
騎鯨烏石外　烏石《うせき》（福建省莆田県東北）のかなたで鯨にのって過ごし、
下馬釣磯辺　釣磯《ちょうき》のほとりで馬から下りて隠棲《いんせい》した。
忍使斯文喪　翁の学問を滅びさせてしまうことなどどうしてできようか、
憑誰問老天　誰に頼って天に問いただし、この悲しみを癒《いや》したらよいのか。

詩句中の「仙去」とは逝去を意味することはよく知られているが、後述のように、林希逸にとってそれは単に息絶えて死ぬことではなく、別世界の仙人に昇化《しょうか》することであった。このような「夢」と「仙」という表現は他の挽詩にもしばしば見られる。

例えば、「陳所斎《ちんしょさい》」の

三文堂上墨猶鮮　三文堂上では陳所斎の墨跡《ぼくせき》がまだ鮮《あざ》やかに残っており、
別幾何時哭此仙　別れてどれくらいの時が過ぎたというのか、この仙を哭すことになろうとは。

「趙《ちょう》大資《たいし》無《む》惰《だ》先生《せんせい》」に、

回首摘文今夢断　振り返りつつ無惰先生の文を開いて見れば、いまは夢も途絶えてしまい、

長懐知己涙沾巾　いつまでも知己を懐かしみつつ、流れる涙が巾《きん》を濡《ぬ》らす。

また、「劉殿講大卿範《りゅうてんこうたいけいはん》」には、

柯山仙窟宅　柯山《かざん》にある劉範の仙窟の宅では、

笙鶴定相迎　きっと笙《しょう》の音につれて鶴が迎えにくるだろう。

などがある。

祭文（『竹渓鬳斎十一稿続集』巻二十）にも、「梁秘閣応庚《りょうひかくおうこう》」に、

忽得君訃、哀哉。斯人遽爾仙去。

突然君の訃報が届いた、なんと哀しいことか。この人はにわかに仙去したのだ。

とあり、「後村劉尚書」に、

公来瑞世、公去飛仙。

公は瑞世の御世《みよ》に生まれ、世を去る時は飛仙となられた。

「前高安林県尉」に、

人世空花、短長皆夢。

人の世はあだ花、命の長短はすべて夢まぼろし。

「後坡林吏部祭文《こうはりんりぶさいぶん》」に、

人世匆匆　人の世は匆匆《そうそう》に過ぎ、

千載一夢　千年も一つの夢のよう。

雖則云然　たとえそうだとしても、

奈何不痛　どうして悲しまずにはいられようか。

とあるのがそれである。

『荘子』の哲理に精通する林希逸は、人生は夢のようなものと分かってはいても、親友の「死」に対する心の悼みは夢だけではわりきれない。いや、前述した彼の死生観から見れば、寧ろ悲しみ苦しむ方が相応しいのではないか。

挽詩「鄭子誠《ていしせい》」に、

人間夢先破　人間《じんかん》の夢はまず破れるもの、

周蝶果如何　荘周《そうしゅう》か胡蝶か、はたしてどちらなのか。

とある。この「荘周が胡蝶を夢見る」物語を借りて表現する文は、「後坡林吏部祭文」にも見える。

私にとって林公との情は兄弟のようなものであり、林公は私と別れて上京した際、私の所を通り、一夜を過ごした。別れて行ってから三年になるが、いつも必ず手紙をくれていた。だが、近時の手紙の墨はまだ湿《しめ》っているのに、二人は急に冥土《めいど》と現世に別れ別れになってしまった。林公は私が注解した『南華真経《なんげしんきょう》』をとても気に入り、ただ好きだっただけではなく、本当にその内容を理解していた。常に荘子の「物化《ぶっか》」を語り、激賞したのだ。林公は今どこに行ったか、胡蝶になったのか、荘周になったのか。林公を思うたびに気が狂って大声で叫びたくなってしまう。ひつぎを載せる車は既に戻ってきたが、病気が弔いに行くことを妨げている。この心情を述べるに、酒を共としながら、一字書くたびに一つ嘆《た》め息《いき》をついている。たとえお墓の宿草《しゅくそう》が枯れて押し切られて秣《まぐさ》になったとしてもこの悲しみは止まらない。（筆者注：『礼記』檀弓にあるように、宿草とは草が一年経ったら根が古くなるものである。友人の死を哀しみ泣くのは一年を期間としている。墓の草の根が古くなったらもう泣かないことにする。）

林希逸は上述のように、しばしば「生」を「夢」、「死」を「仙去」と表現している。その根底には『荘子』死生観と一致するものがあった。そのことは『荘子鬳斎口義』内篇大宗師第六の「死生」の注釈に「生がほんの暫くの間であることが分かれば、死といっても、本当に死んでしまうわけではない」と述べていることからも窺うことができる。しかし、理屈の上ではそう分かっていても、悲しみの感情は抑えようがなかったに違いない。否、林希逸の思想からすれば、むしろ抑えるべきではなかったのである。

おわりに

以上、南宋の人々の死者に対する思いと共に、林希逸自身の死生観及び死者に対する哀悼の心情を検討して来た。墓誌銘を死者にささげることが孝行・報恩のための必須の行為であったのであるが、それを生死の区別を無意味とする『荘子』のよき理解者であった林希逸に依頼する者が多かったとは、いささか皮肉めいている。しかしながら、上述のように、林希逸の死生観は人間の本能的な自然の感情を重視することにあったので、彼の中では少しも矛盾することなく統一されていたのであろう。

墓銘を書く山陽先生と拙堂先生

直井文子

山陽外史《さんようがいし》と号した人、名は頼襄《らいのぼる》、字《あざな》は初め子賛《しさん》、後に子成《しせい》と称し、幼時の通称は、久太郎《ひさたろう》であった。安永九年（一七八〇）に大坂で生まれ、父・頼春水が安芸《あき》の浅野藩儒に登用されたのに伴い、広島城下に移り育つ。二十一歳の秋に脱藩し、連れ戻されて幽閉・軟禁され、廃嫡《はいちゃく》となる。この時に自ら憐二《れんじ》と改称し、また改亭・悔亭などとも号した。三十歳の年の末、備後神辺《びんごかんなべ》の菅茶山《かんちゃざん》に引き取られるが、文化八年（一八一一）に三十二歳で上京し、私塾を開いた。以後は羅井《らい》徳太郎《とくたろう》と名乗り、比較的安定した生活を築く。文政五年（一八二二）正月にまた、頼久太郎に戻り、読み方をキウタロウに改めた。三十六峰外史とも号す。著書『日本外史』は、文政十一年に松平定信の題辞を受けるなどして全国に知れわたる。諸国の名士と交わり、好評悪評両極端のうちに、歴史家、詩文家としての地位を確立し、天保三年（一八三二）、五十三歳で京に病没する。

拙堂と号した斎藤正謙《せいけん》（又は謙）は、字が有終、通称徳蔵《とくぞう》で、山陽が江戸に遊学した寛政九年（一七九七）、藤堂藩の江戸藩邸に生まれた。藩校有造館《ゆうぞうかん》創建時に句読師に抜擢され、二十四歳の文政三年（一八二〇）、伊勢の津に移住する。藩主の侍読《じどく》を兼ね、教職の地位が上がると共に藩内の地位も昇り、一時、郡奉行《こおりぶぎょう》として実務に当たったが、再び藩校に戻り、督学として学政を総べ、六十三歳で致仕した。退隠後は拙翁とも呼ばれたが、他に鉄研学人などの号もある。四方の藩主の知遇を受け、諸士と交わり、藩の金策の為に京との間を周旋したとも言われる。慶応元年（一八六五）津の郊外の茶臼《ちゃうす》山の山荘で病没する。

忘年の「朋友」

明治十四年（一八八一）刊『拙堂文集』に、編者である中内樸堂《なかうちぼくどう》（一八二三～八二）が書き載せた「拙堂先生小伝」に拠れば、拙堂が津へ移った後、京に出掛け、ちょうど遊学していた津藩士・野田某の導きにより、山陽に面会した。山陽は、初め拙堂を書生視していたが、その文を見ると大いに驚き、拙堂を座に招き、朋友の礼を以て遇した。野田某はそれまで拙堂を軽んじていたが、この様子を見て恥じ入ったと云う。この逸話は有名であったらしい。拙堂の御子孫の齋藤正和氏の著『斎藤拙堂伝』が一九九三年、三重県良書出版会から刊行された。これが現在、拙堂に関する一番詳しい評伝であろう。同氏はこの時の野田某を、浅野松洞著『三重先賢伝』（玄玄社、一九三一年刊、東洋書院、一九八一年刊）に載る野田竹渓とみて間違いないとされる。

木崎好尚編著『頼山陽全書』（頼山陽遺蹟顕彰会、一九三一～三二年刊）の内の『［頼山陽］全伝』（以下『全伝』と略称）の中には、この拙堂との初会見の記事が見当たらない。文政九年、拙堂が『京華游録』（中内樸堂編、一八九二年刊『拙堂紀行文詩』所収）に、頼氏を訪問した事を記し、『全伝』でもそれが拙堂の初出になると思われる。しかしだからといって、山陽が拙堂をあまり意識していなかったことにはならない。その後、拙堂の『梅谿遊記《ばいけいゆうき》』を山陽は刪潤し、自らの月ヶ瀬遊覧の詩も付した（後に諸家の詩も付け加えられて『月瀬紀勝《つきがせげつらい》』として嘉永三年に刊行される）。『拙堂文話』には序文を書き、拙堂がまた京へ出て来た時には歓待している。前記の逸話に加えて、これらの書で拙堂は有名になったと言える。斎藤家には、山陽の添削の施された拙堂の原稿が十数編残っているそうである。中村真一郎氏著『頼山陽とその時代』（中央公論社、一九七一年刊）の「諸国の知友」の中でも拙堂が紹介されている。

拙堂と山陽との交流のさまは、前掲『斎藤拙堂伝』で正和氏が第二十章に「山陽外史」と題してまとめられている。実質的な詩文の遣《や》り取《と》りは、そう頻繁とは言えない。しかし山陽の拙堂に対する懇切な評や、その言葉遣いのどれ一つを取っても、山陽は十七歳年下の拙堂に、まさに「とも」として接していたことがわかる。

その山陽が亡くなった時、拙堂は「奉哭山陽先生」を書いて嘆き悲しんだ。これは『拙堂文集』には収められず、『全伝』下巻九一六頁、諸家の追悼文を集めた箇処に採録されている。

悲風来自西方。此夕忽得訃音至。君記玉楼白雲郷。人間擅名三十載。巨鯨跋浪翻碧海。人之云死誰不哀。我最悲痛神魂駭。憶昔樽前共論文。謬以我文比過秦。我実幺麼何得此。生我者父母知我者君。平生願君作龍我則蛇。攀鱗附尾凌高旻。此願未了人已亡。如瞽失相意悵悵。長歌唱罷仰首見。天上奎星黯失光。

物悲しい秋風が西から吹いて来て、今晩、にわかに訃報《ふほう》が届きました。あなたは唐の李賀《りが》のように、天帝の仙境で白玉楼を記す為に召されましたが、この世で名声を独占して数十年、まるで大きな鯨が波に乗り、青い海に身を翻《ひるがえ》すかのように雄大でした。あなたの死に悲しまない者はないでしょうが、中でも私は最もいたく悲しみ、たましいが驚き乱れました。思い起こせば昔、酒樽を前に文を論じ、私などの文を、なんと賈誼《かぎ》の過秦論になぞらえてくださいました。私のようなごく小さい者が、どうしてそれに匹敵し得るでしょうか。私を生んでくれたのは両親ですが、私を本当に理解してくれたのは、あなたです。あなたが龍となり私が蛇となり、その鱗《うろこ》によじ登り尾に附し、高い空をこえることを、いつも願っておりました。この願いがかなわぬうちに、あなたは亡くなってしまいました。盲人が介添えを失ったようで、残念でたまりません。長い歌を気が静まるまでうたい、ふと見上げれば、文をつかさどる奎星《けいせい》が、暗くなっています。

山陽は、例えば父の友人で自己の師でもある菅茶山が、逃げた己をやがて許し、若輩の自分に詩の添削を依頼するなど、弟子としてよりももっと温かく、才を認めて遇してくれたように、拙堂に限らず、年齢による分け隔てなく、才能や見込みのある者には「朋友之礼」をもって対したのであろう。家法として、門人はじめ誰にでも詩文稿の字の

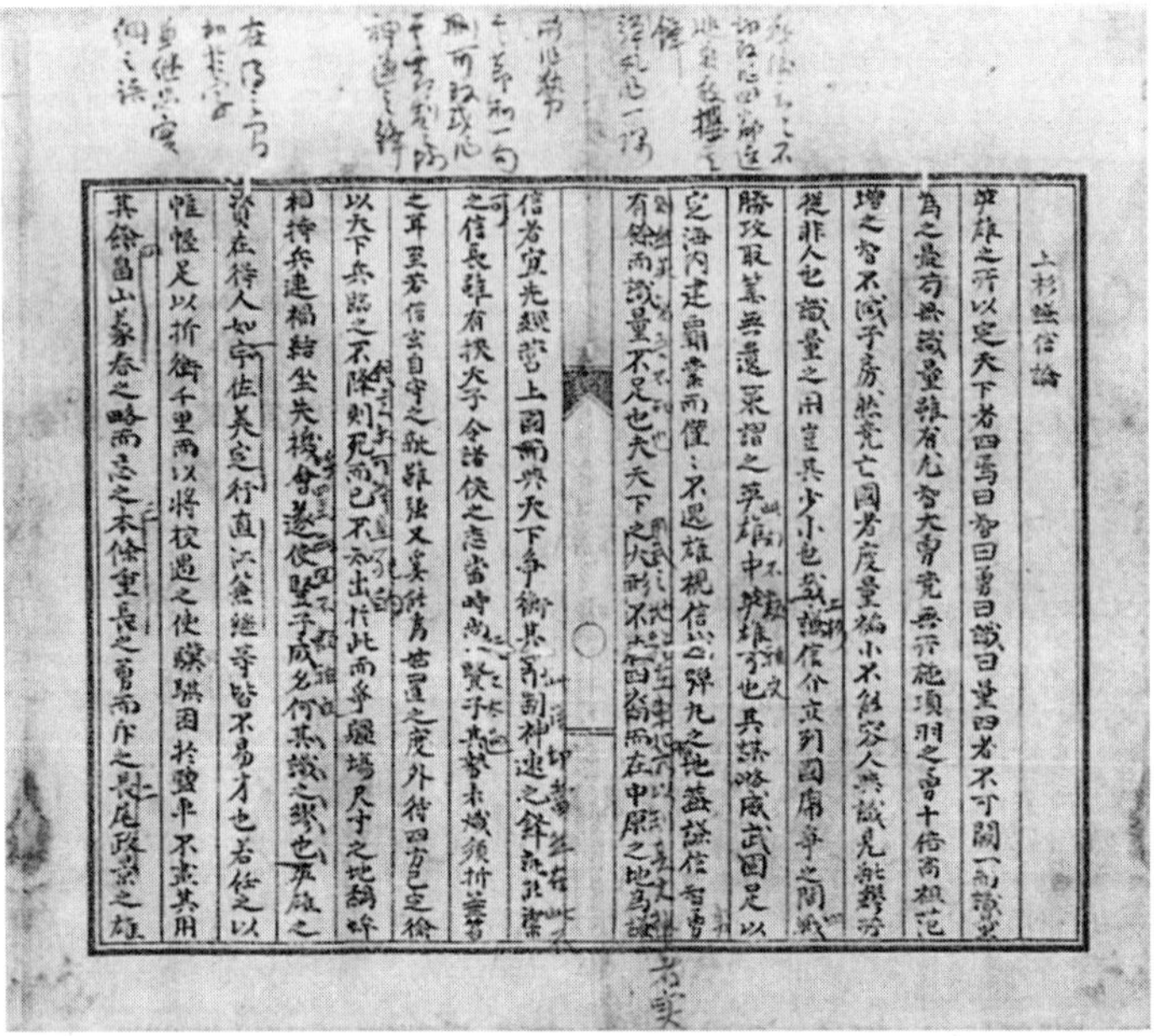

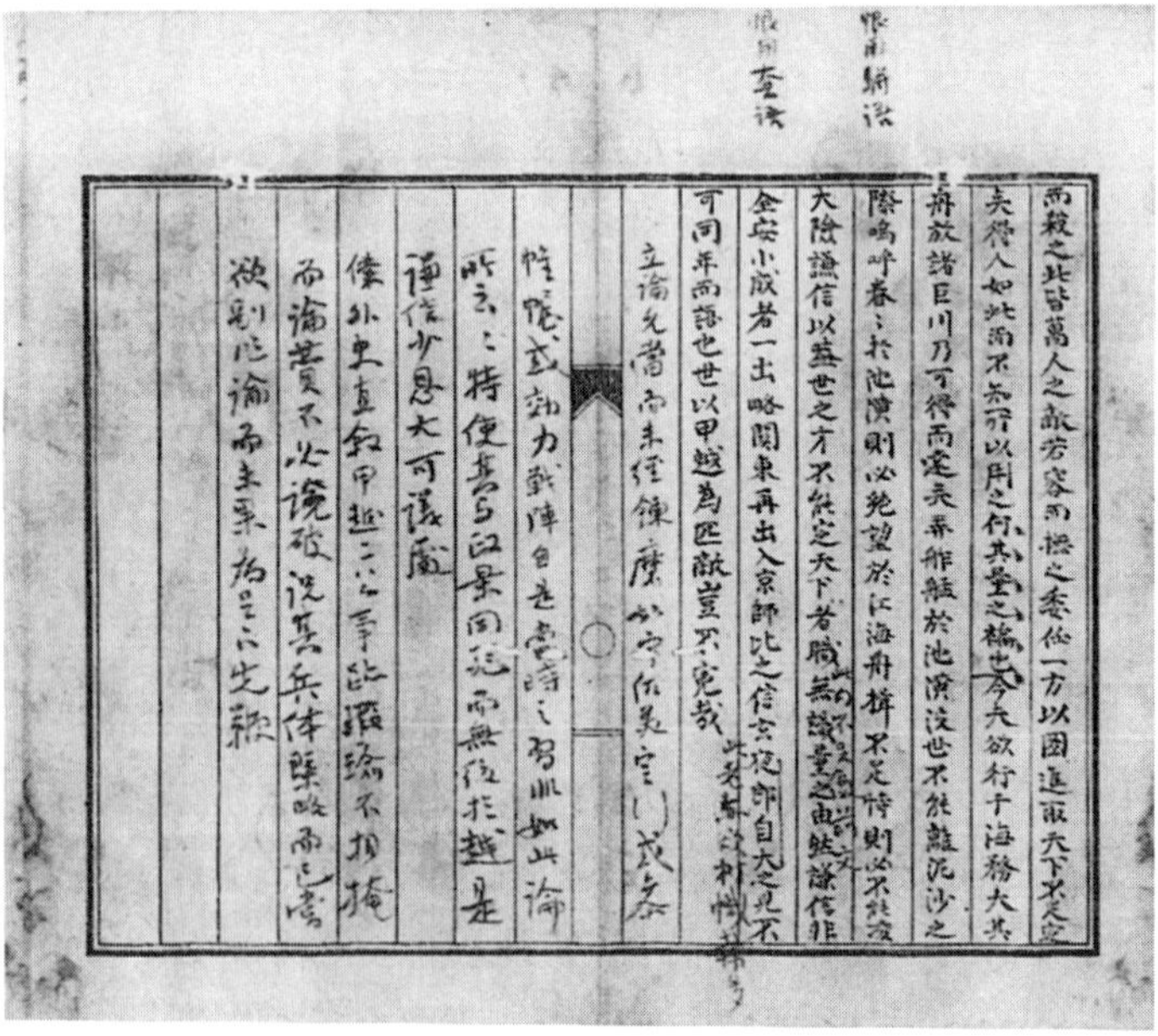

拙堂の「上杉謙信論」の草稿に、山陽が朱で添削を加えたもので、齋藤正和氏所蔵。のち、『拙堂文集』巻四に収められた定稿では、山陽に従って改めたところと、もとのままの部分、更に書き換えたらしい部分がある。後評で山陽は、『日本外史』の他に、謙信・信玄論を著そうと思っていたが、拙堂に先を越された、と述べている。

修正を相談したと云う（『全伝』上五八三頁）。

拙堂にとっては、自己の文章を前漢の名家・賈誼の「過秦論」になぞらえて認めてもらえたことがこの上なく嬉しく、手紙にも書いている（『拙堂文集』巻二「与頼山陽書」）。「管鮑《かんぽう》の交わり」のような知己《ちき》と思い、己を引き立ててくれた山陽の死に、「光を失った」と悲嘆にくれるのである。

山陽先生「豈《あ》に能《よ》く之《これ》を致《いた》さんや」

山陽の文を読んだ後に拙堂の文を読むと、どうも物足りない印象を受ける。逆に、拙堂の文を読んだ後に山陽の文を読むと、どこか、こってりしたものを感じる。山陽の書いた墓誌銘の類は、拙堂に比べれば少ない。その立場が異なるので当然である。『全書』の『〔頼山陽〕文集』で拾ってみると、二十篇ほどになる（全て漢文）。

その最も早いものは、「伊東孟翼墓志」で、文化五年（一八〇八）、山陽二十九歳、軟禁は解かれたが、なすこともなく鬱鬱《うつうつ》ふらふらとしていた時の作である（『文集』一四三頁）。

豊後《ぶんご》の館（館林）萬里、来たりて襄に謂ひて曰はく。吾が友伊東生、名は宣、字は孟翼《もうよく》、通称三英、筑前秋月の医員為《た》り。学を好み詩を善くす。吾と同じく広島に寓す。文化四年丁卯四月二十二日を以て病み終はる。年二十四。城南の妙慶院に葬る。今、其の墓を建つるに、君我が為に之に題せよ。佗日《たじつ》其の国の人の来たり問ふ者をして之を識るべからしむるなり、と。襄聞く萬里は貧生にして、傭書《ようしょ》（やとわれて筆耕する）し自《みずか》ら給す。而うして其の周歳に得る所、尽く捐《す》てて以て此の挙を為すと云ふ。生の平素朋友に信ぜらるること有るに非ずんば、則ち豈に能く之を致さんや。

これではほとんど萬里の行為を讃えることになってしまう。気持ちはわかるのであるが、このような正直なところが、後に父・春水の行状を草した時、藩の忌避《きひ》に触れて、削られることになったのであろう。

頼春水（一七四六〜一八一六）は文化十三年二月十九日に没し、三十七歳の山陽は、三月十二日に「先府君春水先生行状」を脱稿する。非常に長く、当然詳しい。春水の幼い頃の交友関係から、藩主の信頼が厚く、藩儒として確固たる地位を築き上げた過程が、本人の上書や藩校の掲示といった具体的な文章を交え、滔滔《とうとう》と語られている。そして遺訓を掲げ、家庭でも謹厳であった父親像を、余すところなく描き尽くしている。これを基に、昌平黌《しょうへいこう》の儒官古賀精里（一七五〇〜一八一七）が春水の墓銘（『春水遺稿』巻一、『事実文編』四八）を撰述した。精里にとっては絶筆となったらしく、翌文化十四年五月三日に亡くなっているが、その中に「癸卯（天明三年）秋。江戸に赴く。世子（浅野斉賢《あさのなりかた》）に伴読す。嘗て缾《へい》（花瓶）に麦茎を挿して進むるを見るに因り、穀は民の天、玩に供すべからざるを言ふ。其の約を納むる（誠を尽くして説く）こと此れに類す」という箇処がある。これは「行状」の初稿の「嘗て進見するに因り、世子の燕室《えんしつ》（休息する部屋）に、缾に麦茎を挿して進むるを見る。穀は民命の係る所、玩物と為すべからざるを言ふ。其の物に触れ約を納む。概《おおむ》ね此の類なり」という一節を採ったものである。これが藩から、「君主の徳を損なうことになる」と難ぜられた。もう一箇所、藩主の戯《たわむ》れを咎《とが》められた部分もあり、碑文は精里の書いた通りに刻されたのにも拘《かか》わらず、麦茎の方は書き直させられ、戯れの方は伏せ字にされたことが、『文集』二九四頁の木崎氏注に指摘されている。後年、広島で後継ぎになっている息子の聿庵《いつあん》に手紙を出し、「行状」を改めて「麦茎を挿して以て献ずる者有るを見て」とし、麦の茎を瓶《かめ》に挿したのは公子ではなくて臣下であるとの文意で、不都合なかろうとの旨を、関係者に説かせている。しかし結局通らず、刊本『春水遺稿』の末尾に付されている「行状」には、「其の游戯玩好に因り、物に触れ約を納む」となっており、精里の文も、ここだけ直されている。

山陽が韻文の「銘」をつけた作をみてゆくと、彼は、その銘文中でも「翁は」「叟《そう》は」「吾は」などの語を用い、呼びかける形をとっていることが、圧倒的に多い。一種の評価のような書き方ではなく、あくまでもその人に語って弔う文なのである。前の散文のところでは、ほとんど必ずと言って良いほど、故人と自分との関係を詳述する。知らない人であれば、書くことになった経緯を記し、前述のように、本人より他の人を称揚することになってもかまわないのである。ひとえに、自分に好意を寄せてくれる人を大切にした、山陽らしい特徴である。

変わったところでは「箕浦東伯墓銘《みのうらとうはくぼめい》」（『文集』二四一頁）がある。文化十年、三十四歳の作で、かつて仮寓していた菅茶山の門人の佐谷恵甫から、その父親の墓銘を頼まれたものである。茶山先生や、その他にも相応《ふさわ》しい人がいるのに、と山陽は辞退しようとする。しかし以前、その人の大切にしていた宝剣に銘を書く約束をしていて果たせなかった為、その刀に銘するつもりで、書いたのである。

　百錬の鉄、工精にして器珍し。妖を截《た》ち邪を断つ。以て身を防ぐべし。室を脱して飛ぶ。至る所に光を吐く。鄭《てい》刀の地を遷《うつ》りて良ならざるが如きに非ず。中道にして鋒《ほう》折れ、化して黄泉《こうせん》《よみ》に帰す。乃ち沈埋《ちんまい》せらるると雖も、其の気は天を衝《つ》く。

「鄭刀」は、『周礼』の冬官、考工記に、鄭の国の刀、宋国の斤、魯《ろ》国の削（小刀。木を削って字を書く）、呉・越の剣はどれも名品であるが、その材となる鉄を他の地へ移して作っても、良いものができない、土地の気がそうさせるのである、と書かれていることを踏まえる。東伯の剣はそうではなく、どこに在ってもすばらしいと、刀剣になぞらえて東伯を称えている。名文と思われるが、こういう方法は、山陽の銘文には稀である。又、菅茶山や頼春水の代わりに撰述した作もあるが、そこでも茶山や春水が死者に話しかけているように書いている。

山陽は秦漢の古文を推重し、自分で編集した『古文典刑』があり、その規範を定めた「古文典刑凡例十四則」（『文集』二二八頁）がある。が、そこには墓誌銘や碑文については書かれていない。また『日本外史』などの伝と論賛という形式とも、明らかに違う意識で書かれている。

『全伝』上六七二頁に五弓雪窓《ごきゅうせっそう》（一八二三〜八六）の『雪窓清話《せいわ》』（明治十二年稿、漢文）が抄録されている。その「邦儒碑碣《ひけつ》無可参攷《さんこう》之文」で雪窓は、「山陽のような鴻儒《こうじゅ》で文章上手でも、在野の身であったので、王侯士大夫が碑伝を彼に頼むことがあまりなかった。残念である」と云う。実際、山陽が、地位の高い人の為に書いた墓誌銘等をもっと見たいものである。京に出て自由人となり、社会的身分によらない、個人と個人とのつながりを大切にした山陽の生き方が、個人の碑文・墓銘の類にそのまま表されているに違いない。それは彼の詩や、『日本外史』の地の文とも通じる。文それ自体は正直に切切と、時には激情をもって訴えかけ、読む者の琴線に響くのが、彼の様式であり、魅力なのである。

拙堂先生「選びて其の材を取らん」

『拙堂文集』は、編者の斟酌《しんしゃく》に拠り、同種の文群の内がほぼ製作年代順に配列されている。巻五に誌銘三十二篇があり、墓銘・墓誌銘・墓碑銘・墓碣銘といったものがまとめられている。第一篇は、津藩の番頭（家老に次ぐ地位）であった藤堂高基、第二首目は国老（家老。『事実文編』は「老中」に作る）兼国校（藩校）総教であった藤堂光寛の墓誌銘である。文政七年と八年とに亡くなっており、それから間もなく書かれたならば、拙堂が藩校講官となり、やがて新藩主の侍読《じどく》を兼ねた頃の作になる。そこには自分がこの文を書くことについて何も書かれていない。そのような作が何篇かあるが、おそらく、立場上、おのずと頼まれることになったのであろう。形式に則り、死者の諱《いみな》・字《あざな》・号・通称、先祖の出自や行跡、系譜、本人の経歴、学問系統、人と為《な》りなど、知る限りを誠実に記しているものと思われる。

もともと墓誌銘の類《たぐい》は、亡くなった人の子孫や弟子が書いたその「行状」なり「行実」なりを基にし、序文に当たる散文の部分を書き、最後に韻文の銘で締めくくる。前の文章部分には、刻む石の大きさや、もとの「行状」等の分量も関係するであろう。しかし、その為、作者の思いは、後ろの銘の処に重点があると言えよう。そこで第一篇の銘文を見ると、百九十二文字とかなり長いが、「轟《ごう》たる彼の叡嶽《えいがく》」など、美辞麗句がやや目立っている。第二篇も「君をば古人に比すれば、維れ鄭の子産《しさん》（公孫僑《こうそんきょう》）」など、褒めよう、という方に筆が向いてしまっているような気味がある。

第三篇「岸氏碣銘」は、序に当たる前文が二百九十四字、銘文が三十二字と比較的短い。この人は女性で、その息子の高橋知周から文を頼まれたとある。文政十一年十二月没。拙堂は一昨年から、督学の補佐のような地位に昇っている。三十二歳のこの年は『拙堂文話』の草稿を、江戸の古賀侗庵《こがとうあん》に見せている頃。文は「気―勢い」を大事にして書くべきとの持論を既に立てている。しかし岸氏のように、あまり熟知していない人への作品では、前の部分はひとおり、あっさりと書かれている。銘の方は、それでも「節有り、行有り、ああ貞婦」というように、やや気取った感があるが、少ないながらも心のこもった書き方をしている。

第十七篇は、その息子の知周自身の墓銘である。彼は巻五「江村墾荒碑《えむらこんこうひ》」の中にも郡奉行として名が出ており、実務に力を発揮した人であったらしい。嘉永五年二月の没後、拙堂は五十六歳、督学として文武の学制を統率している。三百五十八字の前文に銘は五十六字。知周の学は、本居氏（宣長）に淵源があり、世間の儒者の説をあまり喜ばなかった。しかし拙堂とは気心が合い、とても喜んでいた。この作は彼の遺言で求められたと云う。銘の全文を書き下す。

和漢、道を同じくするも、東西宜しきを異にす。或ひは同じく或ひは異なれり。偏倚《へんい》（かたよっていて正しくない）

なれば則《すなわ》ち乖《そむ》く。和ならず漢ならず、調適《ちょうてき》（おだやかにととのえる）すれば則ち諧《かな》ふ。和歌は雅と雖《いえど》も、何の設施《せっし》（考えて行うこと）か有らん。漢学は迂《う》（まわりくどい）と雖も、豈に葑菲《ほうひ》（一部は役に立つこと）無からん。律令格式は周官の遺なり。他石も玉を攻《みが》くべし。選びて其の材を取らん。

母の岸氏への銘は、「ああ賢母」など、他人から見て称賛する言葉であった。しかし知周への銘は、彼の平生の学問の姿勢をよく理解し、本人に代わってそれを述べている。同時にまた、拙堂自身が理想的に自分もかくあらんと考えた、心情の吐露のようでもある。拙堂は「和魂漢才」の語を好んでいた。

第九篇「平松子敬墓銘」は、僚友・平松楽斎に、長子の遺髪を郷里に埋めて石碑に由来を刻す為の記を頼まれての作である。子敬は実戦的剣術を志して上達し、江戸藩邸でにわかに病没した。藩主がその死を悼んで侍読の土井有恪《どいゆうかく》に文を書かせ、江戸の墓に表した後であるので、こちらはいくらか私的なもの、という感覚があったのであろうか。事実を淡淡と述べてから、「子敬、容貌温和。人或ひは之を凌犯《りょうはん》せしも、未《いま》だ嘗《かつ》て相ひ抗せず。殆《ほとん》ど怯懦者《きょうだしゃ》（いくじなし）に類す。独《ひと》り其の剣を学ぶや、毅然《きぜん》として撓《たわ》まず。悍然勇往《かんぜんゆうおう》し、其の平生に類せず。頗《すこぶ》る乃祖《だいそ》の遺風有り。惜しいかな、其の進むを見て其の止《とど》まるを見ざるなり」と、親しみを込めて嘆いているのである。終わりの部分は『論語』子罕《しかん》編にある、孔子が顔淵《がんえん》を評した言葉である。『大学』の「止まるを知りて后、定まる有り（然るべき処に止まることを悟れば、一定の真理を得られる）」という至善の境地に至るまでを見られなかった、と言うのであろう。その銘は、「芸《げい》は必ずしも高からずとも、唯だ其れ志せ。苟《いやしく》も其の所を得ば、何ぞ死を恤《うれ》へん」と云う。これも本人の気持ちを代弁しているかのようである。

第十篇「故飯高郡大里正三谷翁墓銘」は、前の文が比較的長い（七百七十一字）。これは隣国紀伊で、伊勢との国境に近い村の大里正の墓銘を、その甥《おい》から頼まれたものであり、三分の二ほどは、その甥御《おいご》の言葉を記した形になっている。拙堂は、「余、翁と半面の識も無し。意頗る之を難じ、即応せず」と渋っている。しかしその甥に泣きつかれ、自分の郡奉行としての経験を思い出し、翁の生き方が孔子の道にかなっていると考え、拒めない、と思い直すのである。銘文は三十二字で、甥の孝行を称し、翁を「良・循《りょうじゅん》」と讃えている。「良循」は「循良」で、「法律に善良に従い、よく民を治める下役」の意味であろう。このように、津藩内の身分ある人でない人物への作は、前文においても自分との係わりを述べ、自身に引き付けて書き、第一・二篇目のような身分ある人への作よりも、感傷深く仕上がっている。

『文集』はこの誌銘の群に続けて、墓表六篇を配列している。こちらは最後の銘文が無い為か、その人物との関係の親疎《しんそ》が正直にあらわれているようである。旧知の山木眉山《やまきびざん》や石川竹厓《いしかわちくがい》への作には全篇に情愛が込められている。議論を闘わせた友人の眉山には「ああ哀し」と結び、拙堂の前に督学であった竹厓へは、自分が私諡《しし》を贈りたいという話も書かれている。また「山田金平墓表」では、先頃、宴席で見かけた時は普段通りであったのに、急に逝《ゆ》くとは……という感慨もある。それらに比べ、第五首の「故大横目中西君墓表」など、自分との関係が述べられていない作品は、津藩で身分があった人にも拘わらず、あっさりと書かれている。

この他、巻六に「弔今川義元文」がある。これは桶狭間の碑の近くを通り、義元が、大家の長でありながら小敵を侮り、自ら災いを招いたことを憐れんでいる。そして「公を弔《とむら》ひて及ばず。書して以て後昆《こうこん》を警《いまし》む」と結ぶ。つまり子孫への戒めとしているのである。

続けて「祭忠烈藤堂君文」がある。これは督学として型通りの文を書いている。が、霊前に捧げる為、後半の韻文も、その人に直接呼びかけるように、「君亡くしては。民將《は》た安《いず》くにか恃《たの》まん。ああ哀しいかな」と言う。

しかし拙堂が死に目にあえず、悲しくて悲しくてつい自分で書いてしまったのが、「先考如山府君壙《こう》志」であろう。

巻六の雑著八篇に入れられているが、「雑著」と呼ぶのは不適当な趣がある。そこには実に立派な父親像が描かれており、拙堂の亡き父への限りない哀惜《あいせき》の念が伝わってくる。父・正修は貧しく下級役人の職にあったが、困窮する友の為に借金を背負い続け、自分は独学せざるを得なかったが息子の拙堂の教育に努め、拙堂が出世すれば自分の俸禄は辞退し、学問だけでなく民を救う良い政治を担うようにと願い、木訥《ぼくとつ》に誠を尽くす人であったらしい。古い知り合いから、清篤院知止居士《せいとくいんちしこじ》の諡《おくりな》を贈られ、拙堂は涙してそれに従うと云う。またこの文には十七回忌の追記がある。学問で昇進できたことは父に見てもらえたが、郡奉行として民事に励むところは見てもらえなかった、父の地位がその徳に適わず、本人の日ごろの抱負を実行に移せなかったのは惜しいと、涙を拭って拙堂は重ねて書いた。

この作の天保元年（文政十三年から改元）、『拙堂文話』が上梓され、山陽との交流も深まっている。拙堂は何故、慣習に従って自身は「行状」を書き、然るべき人に「墓誌銘」執筆を委嘱《いしょく》しなかったのであろうか。父の身分が低かったからというのは当たるまい。何よりも、母親亡き後、「厳父にして慈母の恩有る」父の軌跡を、他人のように客観的に「行実」に書き表すに忍びず、また「墓誌銘」の型式にもとらわれたくなくて、自ら筆を執って「壙志」としたのであろう。正和氏も『斎藤拙堂伝』六、世貧廉貞《せいひんれんてい》の項でこの文を取り上げ、家系から書き起こされ、「この親子をみるとき、本当にこの父にしてこの子ありという感を深くする」と感動されている。

広島藩儒坂井虎山は、頼春水に学問を受けた頃、山陽の絶賛を受けた。また拙堂と親しかった為、彼が亡くなった時に、拙堂が墓誌銘を依頼され、「亡友阪《ママ》井公実墓銘」ができた（誌銘第十二篇）。その中で拙堂は、同じく五十三歳で亡くなり、同郷同士と言える虎山と山陽とを、才人としてよく似ていると書いた。銘文でも二人を並べて讃え、早《そう》逝《せい》を惜しんだところ、虎山の門人たちの反対にあい、その墓碑銘は明治になるまで刻されなかったという。拙堂にとっては二人ともかけがえの無い知己と思われ、景仰《けいぎょう》の念、止まなかったので、つい形式も何も取り払って、思うままに書いてしまったのであろう。

また拙堂は高山彦九郎をいたく気に入り、巻六にある「高山彦九郎伝」を書いた。そして山陽も同じく彼の伝を書いているが、自分の方が先に書いたと述べている。更に柴野栗山《しばのりつざん》の序があることも知っていたが、また「高山彦九郎招魂墓銘」（誌銘第十一篇）も書くのである。これは彦九郎の墓を江戸の谷中に建てようとした、間中禎卿《まなかていけい》（号は雲飄《うんぱん》、字は楨卿か）という慷慨《こうがい》の士が、拙堂に乞うたものである。私的なものなので、前文はそのいきさつと、彦九郎への関心の深さとを述べる。この銘文は、「乱世に攘臂《じょうひ》（腕まくりして力を尽くす）するは、必ずしも乱世を救はず。治日に扼腕《やくわん》（腕を抑えて意気込む）するは、或ひは治を裨《たす》くべし。邪《じゃ》を距《へだ》て妄《もう》を斥《しりぞ》け、大義を指陳す。名正しく言順なり。天地に位を得、赫赫《かくかく》として上に在り。日月墜《お》ちず」と、独白としても通じるほど、感情移入しているのがわかる。

正式に銘文を付けるべき作品では、前文は事実に忠実に、あっさりと記し、銘の方に力を入れる。これはまるで史伝の文と論賛のような感じがするが、拙堂の様式であったに違いない。論賛は、明らかに他人を評価する姿勢がある。しかし本人の言葉のような銘文は、読む人にいつまでも故人からの訴えかけがある。受けた遺族はさぞ心に響いたことであろう。

ある程度社会的身分のあった人に対しては、型にはまった墓誌銘を書かざるを得ない。その中で特に、まるで自分の思いを述べているような銘文を捧げた人こそは、数少ない、拙堂が真から理解し得たと感じていた人なのではないか。文字数の多寡ではない。その内容、書き方なのである。苦労して津藩に就職し、拙堂を知己としていた園田君《そのだくん》秉《ちょう》の墓銘（誌銘第十六篇）の銘文は、「好爵《こうしゃく》（立派な地位）之《これ》を縻《つな》ぐも顧みず。決然として中流に勇退す。何ぞ必ずしも朝著《ちょうちゃく》（官吏の列）に之れ上らん。陪臺《ばいたい》（しもべ）も亦た求むる由有り」と、後に幕府儒官の職を辞退した、拙堂の気概を見るようである。

例外的に、他藩でかなりの地位に在った人、しかも面識が無いのに、やや本人の独語風の銘がある。美作《みまさか》の津山藩に仕えていた上原燮《うえはらしょう》（克士）に父の為に請われた、「津山故大番頭格小姓頭上原君墓誌銘」である（誌銘第二十二篇）。ほとんど「行実」による文で占められており、その亡くなった人を拙堂は知らない。しかし燮のことは十数年識っているので、彼の人柄から、その父親の訓育が偲ばれる。そこで書いた銘文は、「身すら且つ有らず。豈に敢て力を惜しまんや。政に従ひ独り賢なり。労瘁《ろうすい》して職に殉ず。新田の竁《せい》（塚穴）、美しきかな邱原《きゅうげん》。維《こ》れ亀は墨食（墨で書いた跡のとおりに割れ目ができる）す。爰《ここ》に始めて安きに就く」と云う。こちらは拙堂自身の身の上とはまだ一致しないし、自己を「賢」と言うのは抵抗がありそうであるが、前の作品と共に、やはり死者になぞらえて自分の哲学を述べているとしか考えられない。これこそ拙堂の墓誌銘の真骨頂である。

共通項は袁枚？

清の詩人、袁枚《えんばい》（一七一六～九七）は字を子才、号を簡斎または随園と称した。前述『雪窓清話』に「拙堂先師論袁子才文」という逸話がある。雪窓が『事実文編』を編したことに、少なからず影響したであろう。昨今の書生は、碑伝等を読まない、しかし、文で世に伝わるものは、碑伝である、そして、「独り随園の碑伝のみは、行文明快、能く人の叙する能はざる所を叙し、精彩赫奕《かくえき》（光り輝く）として、紀実の能事を極めたり（国会図書館所蔵写本に拠る、後略）」と云う。

拙堂は、『拙堂文話』巻一で、袁子才の『随園詩話』は盛んに世に行われ、好書とされているが、その言葉は「頗る淫靡《いんび》（みだら）」というなど、袁枚の説を批判することが多い。しかし、巻二では、袁枚が人を以て言を廃さなかったことを褒めてもいる。拙堂自身もそうなのであろう。その是是非非の態度で推奨した、袁枚の「碑伝」の文は、どのようであろうか。

『小倉山房文集』で彼の碑伝や墓誌銘等を見てゆく。すると、少なくとも「墓誌銘」に関しては、拙堂が、私的に書いた作品の方、つまり、どちらかと言えば山陽風の諸作と、より近い感がある。頼まれもしないのに人の墓碑銘をよく作ったと非難される袁枚ではあるが、その類の文章は、温情に満ちあふれている。「ああ」などの感嘆詞や、具体的な情景描写、言葉などをちりばめ、必ず故人と自分とを引き付ける。「銘」の部分にも「吾」を入れて、呼びかけるように書く。「袁母韓孺《じゅ》人墓志銘」（巻二十六）などは、銘の韻文の中にも「母曰はく」が出てくるのである。思うままを自由に詩にした、性霊派の面目が、この類の文体にも表されていると言えよう。もし拙堂の文章で、他に似ているものがあるとすれば、その「行文明快」な点で、紀行文の一群と言えるであろう。

山陽も、袁枚の「碑伝書柬《ひでんしょかん》」を褒めているのが興味深い（拙堂は袁枚の「書柬」には注目しなかったらしい）。「書倉山文鈔後」（『文集』〔山陽先生書後〕一一八頁）では、

袁倉山。此の方に在りては其の詩を譁称《かしょう》（褒め騒ぐ）す。而うして文は実に詩の上に出づること数級。序記論は時習（時勢の習わし）を免れずと雖も、碑伝書柬に至りては、其の叙写辯駁《べんばく》（順序よく述べたり不合理を論難したりすること）、皆生色有り。』然るに吾嘗て疑ふ、当時の名人の碑板、其の手に倩《せい》（頼む）せざる無きに似る。何ぞや。後に王蘭泉（昶《ちょう》）の詩話を閲するに、知る渠《かれ》、倩を待たずして作り、以て人目に襮《はく》せるのみと。其の文佳なりと雖も、其の人薄なるべきこと此の如し。

と言う。同じ王昶の文を見て、拙堂と山陽とで反応が逆になっているのが面白い。

また「書随園詩話後」（同右一一六頁）や、「書倉山詩鈔後」（同右、一八頁）、「今才調集序」（『文集』五九九頁）で、袁枚は沈徳潜と名を争う為に、四方の吟詠を網羅しただけで、あてにならない、沈徳潜は奇ではないが雅があり、後学

に範たるに足る、袁は軽薄浮蕩《ふとう》でひどい、などと非難する。

山陽は、人から袁枚に似ていると言われ、気性が似ているから反撥《はんぱつ》するのであろうとも評された。二人とも自由人として生きることを選び、特に女性の弟子を蓄えたことでも、山陽は世間には、自ら袁枚になぞらえているように思われていたらしい。しかし、彼がそうしたとはとても考えられない。第一に、山陽が京に出たばかりで、まだ詩名も高くなく、京都の儒者につまはじきにされている頃、いち早く彼の詩才に目をつけ、『五山堂詩話』に掲載したのが、菊地五山（一七七二〜一八五五）と大窪詩仏（一七六七〜一八三七）とである。その内の詩仏の号は、『随園詩話』の「詩仏歌」から採ったといい、彼こそが「日本の袁随園」を自認していたのである。山陽は彼と五山との引き立てで有名になる糸口をつかんだようなもので、詩仏が晩年、零落してからも、恩を忘れずに交際している。その彼の向こうを張って、自分が袁枚を気取ろうとは、千に一つも考えまい。第二に、山陽には歴史家としての自負があった。どんなに生活が似ていようとも、性格が似ていると内心では感じていたとしても、自分は軽薄な詩人ではない。人の行き方を著し世に問う、史家であるとの誇りを持していたのである。山陽とすれば、どうせなぞらえるなら風流という点で、蘇東坡《そとうば》にして欲しかったのではなかろうか。文化十一年二月十六日附の篠崎小竹への手紙（『全伝』上三四二頁）で、当時内縁の妻を王朝雲（蘇軾《そしょく》の正妻ではないが、流謫《るたく》の地にも従った）に譬えたこともあった。

結局、袁枚の碑伝の文は、二人が認める共通項になりそうで、実際にはならなかったのである。

手向ける山陽、弔う拙堂、そして二人は

『頼山陽書翰集』（徳富猪一郎・木崎愛吉・光吉元次郎編、民友社、一九二七年刊、一九二九年『続編』刊）の諸処に、山陽が、清人の詩文集を、八方手を尽くして求めた記事が出てくる。『小倉山房文鈔』もその内に入っている（下巻九三一

頁)。和刻本『清百家絶句』『浙西六家詩評』の出版にも関係した。『山陽遺稿詩』には「夜読清諸人詩、戯賦」の詩もある。『書後題跋』にも清人の文についての意見が多い。角田九華《つのだきゅうか》(一七八四〜一八五五)が山陽の文を、清朝の人に近いと評したと云う。拙堂も『拙堂文話』正続十六巻で、清人の詩文への博覧ぶりを窺わせる。

二人とも、その頃、多くの才人がそうであったように、大納言日野資愛《ひのすけなる》の庇護《ひご》を受け、化政文化の華やかな頃から幕末の動乱期の前に活躍した。一方は束縛《そくばく》を厭《いと》い、市井の野人として生きることを選び、もう一方は、望んでつかめた立場で最大限に力を発揮することを志した。境遇の異なる二人は、そう度度《たびたび》は会えなかったが、お互いに知己を実感し、深い心の交流を持てた。

若気の至りで人から排斥されることの多かった山陽は、近づいてくれた人びとに情が深く、それをそのまま墓銘に激越に表現した。多くの人に愛情を注いだ拙堂は、また接する人びとをよく視て見極め、墓銘、特に銘という韻文の中に卓抜な眼識を織り込んだ。それは彼が壮年以後に詩作に力をいれたことども、関係するに違いない。

共通するのは、後進の教育に非常に熱心であったことと、舶来の書物を貪るように読んでいったことであろう。そのことに、江戸後期の知識人の、一種の枯渇感を垣間見るのである。

〔付記〕山陽の墓誌銘は、これまであまり話題にならず、京都東山の長楽寺にある墓碑は「山陽頼先生之墓」の隷書七文字のようである。拙堂の墓碑銘は、その晩年の弟子の三島中洲(一八三〇〜一九一九)が書いた「拙堂斎藤先生墓碑銘」(『中洲文稿』第四集巻二所収)がある。しかしこの文は、「拙堂先生小伝」を基礎にしており、現在、津公園内の頌徳碑に刻まれているが、墓碑にはなっていない。

☆本稿執筆にあたり、両家の御子孫の方方に多大な御示教を賜りました。厚く御礼申し上げます。

石に哀悼を刻す——于右任と郷里——

加藤三由紀

于右任《うゆうじん》（一八七九～一九六四）、国民党の元老《げんろう》、民国期を代表する能書家のひとりで、堂々たる体躯に長い髭をたくわえたその姿は、美髭公《びぜんこう》の称にふさわしい。生まれは陝西省三原、名は伯循、字は誘人。辛亥革命前夜、中国革命同盟会に入り、上海で新聞出版事業を興し、ジャーナリストとして活動、言論界に革命派の拠点をつくった。中華民国成立後、孫文と行動をともにする。一九一八年から一九二六年までに、陝西で二度兵を率いて北洋軍閥と戦ったが、理想の権力を陝西にうち立てることは、ついにかなわなかった。軍資金の調達よりも、うち続く旱魃に苦しむ農民に同情し、教育と灌漑事業の推進に力を注いだ于右任は、軍隊を率いるタイプではなかったのかもしれない。一九三一年、監察院院長に任じられ、台湾で病死するまで三十三年余りを勤めた。国民党からはもとより、共産党からも統一中国を願い続けた愛国者として称揚される。かつてはメディアを通した発言力の高さに元老記者との異名をとったが、今日では、その書とともに詩詞も愛好され、書家、詩人として関心が寄せられている。

于右任と墓誌銘

清末から民国の戦乱の世を生きた于右任であれば、撰した墓誌、書丹した墓誌はかなりの数にのぼる。うち、于右任の郷里、陝西にゆかりのある人々の墓誌・墓表を主とする二十一種が『于右任書墓誌墓表選輯』（陝西省地方誌編纂委員会編、三秦出版社一九八五年）に影印された。撰者には蔡元培《さいげんばい》、章炳麟《しょうへいりん》、柳亜子《りゅうあし》らの名がみえるが、半数は于右任の撰である。その石摺りは、いずれも極めて精緻で美しい。書体は、楷書のほかに行書、草書、隷書とさまざまで、素人目にも石をうがつ筆触がつたわり、いかにも古碑収集につとめた能書家らしい。少年時代からともに学び革命に投じた友を悼む『周君石笙墓誌銘』は、あふれる悲しみを草書であらわす。『秋先烈紀念碑記』（蔡元培記、碑は秋瑾《しゅうきん》絶命の地に建てられた）は、楷書に隷書の筆法がとけこんだ逸品として評価が高い。

その撰したものの多くは、墓誌銘として整った形式をもつ。表題、姓氏、諱、字、籍里、世系に続けて、故人の業績やひととなりをつづり、卒年、葬年、葬地、親族の名を記したのち、哀悼の銘をうち、日付を付す。撰者、書者は日付の前、もしくは表題の左下に記されている。誌石のいくつかは、刻石者の名を左片隅にそえる。

亡き人の行いをたたえ、その死をおしみ、その人がこの世に生きたあかしを石に刻む。故人とともに墓中に収める墓誌石をつくることで、先に逝った者への哀悼をしめし、自らの慰めともする。清末に学を修めた知識人にとって、それはごく自然なとむらいのかたちであっただろう。墓誌の定石に則って血縁、地縁のつながりのなかに故人をおくことも、極貧の幼少年期に縁者の助けで読書の機会を得た于右任には、抵抗のないものだったに違いない。

于右任にとって、死は常に身近なものだった。二十六歳、会試受験直前に、清朝に反旗をひるがえす言動が禍し清朝に追われる身となり、上海に亡命する。上海でも仮名を使い、過激な新聞を発行して投獄にあう。革命前夜、ともに筆を執った楊篤生《ようとくせい》が留学先のロンドンで自殺する。民国成立後まもなく、宋教仁《そうきょうじん》が暗殺された時には、その場にいあわせた。四十歳から四十九歳、陝西の地で自ら軍を率いて闘った二度の戦役では、辛亥革命前からの同志や若き有為の将の死に、次々と立ち会うことになる。反軍閥を掲げる陝西靖国軍《せいこくぐん》の将、董振五《とうしんご》は、敵の策謀に命を落とし、靖国軍の去就をめぐって于右任と鋭く対立した胡景翼《こけいよく》は、戦場での傷が命取りとなった。監察院長就任後は、配下の監察委員楊仁天《ようじんてん》（この人も陝西での二度の戦役を戦っている）を日本軍の重慶爆撃で亡くしている。

ともに身命を賭して戦い、先に逝った志士たちをとむらう哀悼の詩文や墓誌は、その数だけをみても、記者、言論人としての著述にならぶ重みがある。しかも、それらを通して読めば于右任の半生がたどれるほどに、故人の足跡は撰者のそれに重ねられている。死と隣り合わせの日々にあって、死者は自分であったかもしれない。亡き人をとむらいながら、自分の生き方を見つめなおしていたのだろうか。

石に刻むことは、永遠を象徴する。死者の名と行いを永久に残すとむらいのかたちが、永遠の生を希求してやまない人間に癒しをもたらすのは、ほとんど自明のことだろうが、于右任の撰した墓誌銘、とりわけ二十世紀前半の、戦禍と天災とにみまわれた中国西北の地に結ばれたものは、あれだけの墓誌銘を書かずにはいられなかった切実さの深みに、見る者を誘う。

以下、于右任が残さなければ忘却されたであろう郷里の人々を悼んだ石刻を拾っていきたい。

石に生を刻む——虎を従えた馬上の女傑

その人の行いを記す墓誌銘は、時に、死を哀しむ以上に潑剌とした生の記録にもなる。『佩蘭女士墓誌銘《はいらん》』は于右任の「あっぱれ」という賞賛が聞こえてくるような作、四百字ほどの楷書の墓誌銘である。

佩蘭は羅蘭《ららん》ともいい、四川広漢に生まれ、大荔《だいれい》の張氏に養育されたが、本来の姓は羅であろう。十四の歳に蒲《ほ》

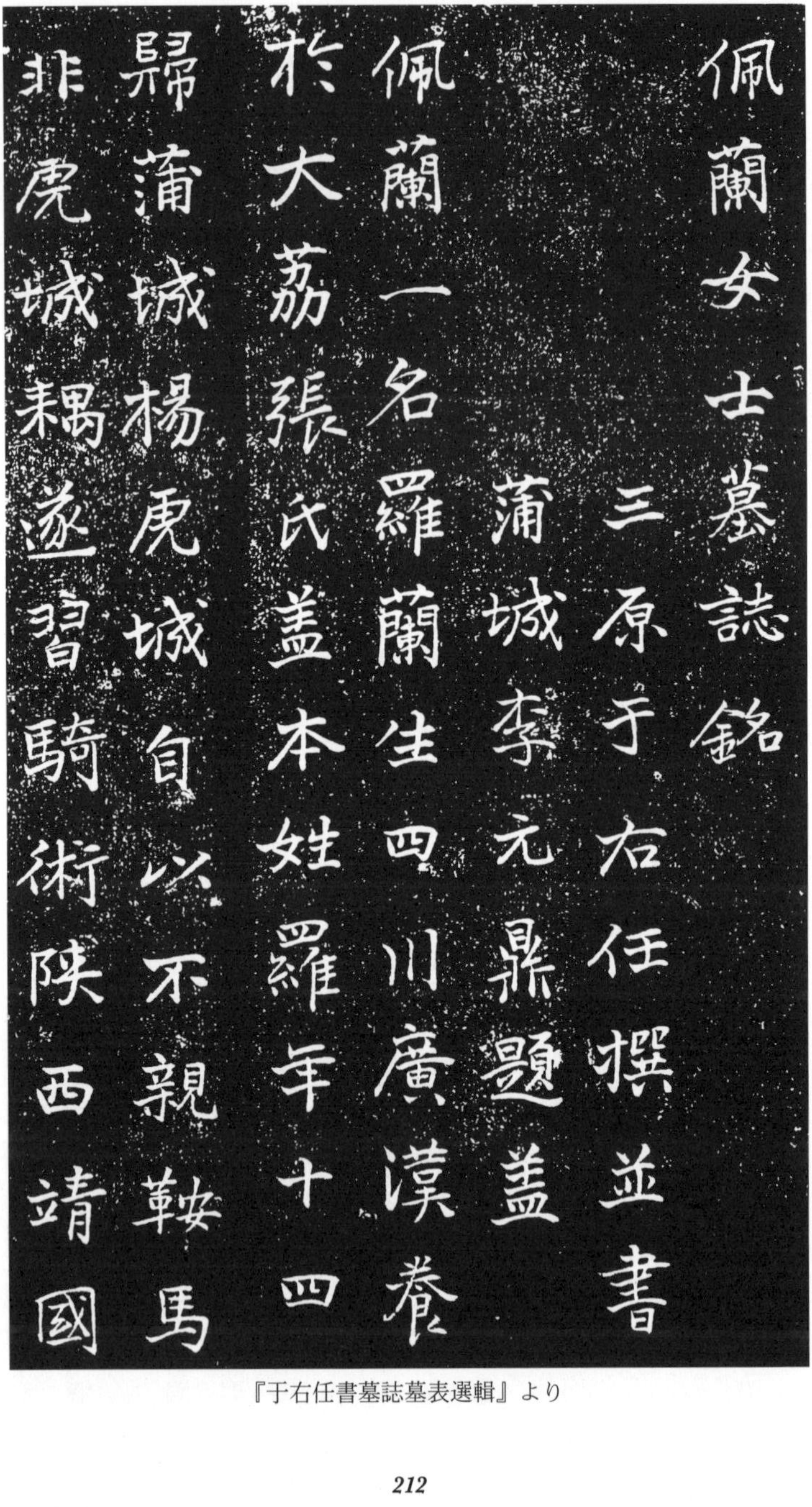
佩蘭女士墓誌銘
三原于右任撰並書
蒲城李元鼎題蓋
佩蘭一名羅蘭生四川廣漢養
於大荔張氏蓋本姓羅年十四
歸蒲城楊虎城自以不親鞍馬
非虎城耦遂習騎術陝西靖國
『于右任書墓誌墓表選輯』より

城《じょう》の楊虎城《ようこじょう》に嫁ぎ、鞍馬に親しまなければ虎城の妻とはいえないと思い、馬術を学んだ。陝西靖国軍が解体すると、虎城の軍は武功を守備し、衆を恃《たの》む敵兵数万に臨んだ。佩蘭は陥落しようとしている城にあって負傷した将卒を見舞い、士気がすこぶる揚がった。虎城はしばしば立ち去るよう勧めたが、その都度、士気をくじくことを恐れて辞した。いざ戦いとなれば、馬にまたがり堡塁を見回り、やめるよう諌める者には、こう言った。「前方には戦士が数千人、私だけに砲火が当たるというのか」。その後、虎城が退却して陝北にむかうと、佩蘭はともにゆくことを願った、時局は激しく動き、虎城は状況によって移ってゆくであろうからと。民国十五年、虎城は兵を率いて楡中から渭河をわたり、李虎臣《りこしん》、衛総成《えいそうせい》ら諸将とともに長安を守ること八ヶ月にして、敵を退けた。長安城の囲みが解けるや、天地はすっかり様相を変え、西北革命の根拠地が定まったが、策を決するにはまず佩蘭の言があったのである。この時すでに佩蘭は病んでおり、三原の東里に残っていたが、民国十五年十二月逝去、二十四歳であった。息子は拯民《じょうみん》、娘は拯坤《じょうしん》。十六年四月八日東里に葬る。虎城はいま国民軍聯軍第十路総司令の任にある。これに銘していう、「革命を賛襄《さんじょう》し、心力つきて止む。囲まれし城を望み望みて、憂傷して死す。鞍馬の生前、まことに奇女子。霊芬《れいふん》一たび閟《と》ずるも、永く青史を懐う」。

中華民国十六年四月八日

ここに描かれた佩蘭に、内助の功という言葉は当たらない。猛将楊虎城（一八九三〜一九四九）とともに戦う革命の戦士である。『佩蘭女士墓誌銘』という表題は、姓も肩書きも含まない。某夫人某氏ではない、佩蘭というひとりの人を示すこの表題こそ、この墓誌銘にふさわしかろう。

文中に撰者は顔を出さないが、佩蘭が楊虎城に嫁した一九一六年から、一九二六年に病死するまでの十年間は、まさに于右任が二度にわたり陝西で兵を率いた時期に重なる。

楊虎城と于右任との関わりは深い。楊は、のちに西安事変でその名が知れわたる。「張漢卿（張学良《ちょうがくりょう》）は若いが、楊虎城は于先生の部下、こんなことをしでかすとは、思ってもみなかった」という蔣介石の言葉が、于右任の秘書であり『右任詩存』（一九三五年）に註をほどこした王陸一《おうりくいつ》からの伝聞として残されている。蔣介石の恨みをかい、暗殺された楊虎城を悼む文を、于右任は残していないようである。

于右任は自前の軍をもたなかった。その于右任を二度の戦役で最後まで支えたのが、楊虎城だった。

貧しい農家に生まれた楊虎城は、葬式互助組合から発展した中秋会の頭目になった。中秋会は次第に武装集団となり、辛亥革命後も官府に追われ、自前の武装集団を率いて、袁世凱《えんせいがい》配下にあった陝西将軍を倒す戦いに参加し、討伐に成功して陝西陸軍に編入した。新たに陝西督軍に就任した陳樹藩《ちんじゅはん》は北洋軍閥に隷属したので、楊虎城の率いる軍は、更にそれを倒すべく蜂起した靖国軍に加わった。陝西の地に強力な軍はなく、求心力を欠いた靖国軍は、一九一八年、西北の地に声望の高い于右任を総司令に迎えた。于右任は、かの地に北洋軍閥打倒の先鞭をつけようとしたが、旱魃にあえぐ陝西では軍資金のめどが立たず、一九二一年、靖国軍の大部分が軍閥に吸収され、陝西靖国軍司令部は解体する。軍閥と戦う前に天災との戦いがあったのである。

この時、軍閥による懐柔に応じず靖国軍の旗を守ったのが楊虎城だった。軍閥打倒を貫こうとした于右任は進退窮まり、楊虎城を頼って武功へゆく。戦いのさなか、馬に乗り堡塁を見回ったという佩蘭の姿を、于右任はその目で見ていたのだろうか。佩蘭はこのころ身重であったという。

ついに一九二二年、壊滅を恐れた于右任は撤退を決め、陝西を去り、楊虎城は陝北へ退いた。

佩蘭は願い通り、楊虎城と行をともにした。のちの楊虎城側近の手になる『楊虎城伝』は、陝北の地で散り散りになろうとする人心をまとめようと佩蘭が心を配ったことを記録している（米暫沈『楊虎城伝』陝西人民出版社一九七九年、米暫沈、米鶴都整理『楊虎城将軍伝』中国文史出版社一九八六年は、ともに佩蘭を培蘭とする）。

陝西での二度目の戦役は、それから四年後の一九二六年だった。国民軍を組織していた馮玉章《ふうぎょくしょう》が下野し、直隷派軍閥配下の劉鎮華《りゅうちんか》が国民軍二軍の主力部隊を破って西安へ進撃した。北京にいた于右任は電報を打ち、西安を守備する国民軍の将、李虎臣の援軍に楊虎城をさし向けた。李虎臣は刀客から身を起こした将である。

刀客とは、関中渭河両岸で、関山刀子《クワンシャンタオズ》と呼ばれる長さ一メートル幅六センチほどの鋭利な刀を携えた無頼漢をいう。清代、山西の塩や湖南の茶葉には高額の税が課せられ、運搬にも通過税をむしり取られたので、商家は刀客を護送に雇った。刀客は次第に徒党を組むようになり、辛亥革命では革命軍に合流したものも多い。さきに陝西靖国軍の行く末を左右した実力者、胡景翼が清末から意識的に彼らと交流していたことが、章炳麟の撰した『胡景翼伝』にみえる。

さて、于右任は李大釗《りたいしょう》の依頼を受けてソ連へ出国、モスクワにいた馮玉章に帰国を促し、馮玉章とともに国民連軍を率いて西安へ急行した。その経緯は、ゴビ砂漠での冒険譚もふくめて通訳を務めた馬文彦《ばぶんげん》の記録に詳しいが、ここでは立ち入らない。一九二六年十一月の末、ようやく西安の包囲が解ける。

「策を決するにはまず佩蘭の言があった」と佩蘭の墓誌に于右任は記すが、二度目の戦いの時に佩蘭がどのような役割を演じたのか、いまでは知るよしもない。だが、西安が解放されて間もなく亡くなった佩蘭の、早すぎる死を痛切に惜しんだであろうことは、想像に難くない。

于右任が佩蘭に贈ったという挽聯が二首伝わっている。

一首は、「これ楊虎夫人、まさに戦馬を習うべし。革命女子たれば、沙場に死するに等し」というもので、墓誌の記述に沿っている。

もう一首には、「霊あらば我が為に楊虎を促せ、多難に君を思い木蘭《もくらん》を悼む」とある。こちらは、西安城解放後まもなくして楊虎城が行方をくらませたことが背景になっている。

包囲された西安城内にどれだけの人がいたのか、正確な数はわからない。攻め込んできたのが陝西人の仇敵である河南人の軍であったため、近郊の人々がひどく恐れて西安城に逃げ込み、ふだんならば十万人余りだった城内の人口は、何倍にもふくれあがった。そこに兵士が加わり、食料は底をついた。包囲が解けるまでに、軍民あわせて五万人に上る餓死者、凍死者が出た。馮玉章の配下が入城したとき、楊虎城軍の将兵は飢えて立つこともかなわず、座したまま迎えたという。

軍民の遺骨はそれぞれ西安城内に造られた革命公園に埋葬され、その二つの墓所は負土墳《ふどふん》とよばれた。死者のために盛大な祭りをいとなんだおり、楊虎城は、「生も千古、死も千古、功は三秦に満ち、怨みは三秦に満つ」とうたって哀悼と自責の念をあらわし、しばらくして軍務を放棄し姿を隠してしまった。三秦（陝西）の地に満ちる怨みに堪えかねたのだろうか。陝西の実力者として君臨しようとした馮玉章に暗殺されることを恐れたのだともいわれる。その居所をつきとめた于右任と馮玉章は、帰還を促す手紙を送る。楊虎城が西安へ戻ったのは、一九二七年二月九日。佩蘭の葬儀はその後まもなく行われている。

墓誌は、もとより遺族の求めに応じて記される私的なものだが、于右任が意を注いだのは家名をあげるために故人を称揚することではなかった。墓が一個人のものであるからには、それは時によって、親族が遠方にかすみ、他でもないその人だけの生を刻んだものとなり、私的というよりは個人的なものにもなりうる。ある志向をもった人間の眼をとおして故人の記憶すべき行いが選ばれればなおのこと、亡き人はひとりの人として立ち現れてくる。『佩蘭女士墓誌銘』はそんな墓誌のひとつであり、そこに表現されたのは、短い時を行動的に自らの意志を貫いて生ききった人間への賞賛と共感であった。

石に死を刻む――名も無き人の死を悼む

二度の戦役で、于右任は膨大な数の人の死にあう。西安防衛戦のあと、援軍を出した村のなかには、村出身の死者を祭りその名を碑文に刻したところもあったというが、犠牲者の多くは、この世にその名を留めぬまま葬られたに違いない。その人々を紀念する于右任撰の碑文がいくつか残されている。

西安防衛戦の直後に民衆の墓と将卒の墓、二つの負土墳が造られたことは先に述べたが、そこにはそれぞれ碑が建てられた。

『囲城之役西安負土墳殉難人民碑辞』

長安の民、革命のために守り、長安の城、革命のために有り。犠牲を以て解放を求め、人群を鎖鈕より脱せしむるを得たり。世まさにこれとともに飢疲し、長き囲いのすでに久しきを御《おさ》む。白日を青天にのぞみ、幽霊を不朽に慰めん。

『西安負土墳陣亡将士碑哀辞』

民族の戦士、ここに戦い、ここに守る、汝が骨をここに葬る。世界平らかならず、決然として掃蕩《そうとう》す。民生困窮す、たれかこの状をなす。主義を以て垣墉《えんよう》となし、精誠を以て甲仗《こうじょう》となす。碧血《へきけつ》黄花、冢上に繁華す。革命は成功し、永壮を歌わん。

西安ではたびたび殉難者の慰霊祭が開かれたようだが、戦役から十七年後の一九四三年、『無名英烈紀念碑』が建てられた。

民国六年、陝西靖国軍興こり、河北に苦戦して、時は四載を逾《こ》ゆ。民国十五年に及び、西安囲まれ、万衆争いて援け、孤城に死守す。この両役中、将士の行陣に死し、人民の鋒鏑《たくほう》に死し、事に勤むる者の敵に死し、城と非命とに死する者、人の多くは吾が党の英、才は四方の選を尽くせり！記載ありといえども、未だ周詳なる能わず、因って断石を立て、永く紀念に資す。哀哀たり堕泪《だるい》の碑、巍巍《ぎぎ》たり負土の塚、幽明隔つといえども、方寸睽《そむ》くこと無し！深恩報い難し、国家民族の復興を期せん；大節いよいよ光《かがや》き、哲嗣聞孫《てつしぶんそん》の蔚起《うつき》を視ん！伏して昭鑑を祈す、来者これに式せよ！

この碑を建てることになったいきさつはわからない。はや一九一七年、西安防衛戦の前だが、于右任は『辛亥革命以来陝西死難諸烈士紀念碑』を撰している。一九四二年に付した自注に、一九一七年、紀念碑を建てようと文を撰したが、碑の建立を約した同志たちが次々と犠牲になったので、ついに願いはかなわなかったとあり、殉難者全体を祭る紀念碑建立が宿願であったことをうかがわせる。なお、『追憶陝西靖国軍（十首）』（一九四五年作）では、「豊碑文豪を慕う為といえども、凶歳父老を安んじ難し」とうたい、一九四三年に病死した志士、王陸一のために碑を建てようという動きがあったが、飢饉であったのでやめさせたと自ら注記している。

西安城解放直後の辞文が革命に殉じた功をたたえるのに対して、十七年後の碑辞は、文中の「非命」という語が示すとおり、天寿を全うせぬ不条理な死を悼むことにより比重がかけられている。

戦争の最大の犠牲者が武器を持たない民であることはいうまでもない。兵士も、刀客の例にあるように、もとはといえば食いつめた農民である。みながみな志に身命を賭したわけではなかろう。この人たちはなぜ死ななければならなかったのか。碑の文言は、その人々も英雄烈士として紀念し、戦争犠牲者の不条理な死に意味を与え、生者の未来につなぐことで、死者を祭ろうとする。無意味な死にたいしてこのように意味を充填する紀念行為が、当時のかの地でどのような役割を果したのか、明らかにする用意はないが、すくなくともこのころの于右任は、往時の死者に不条理を感じ、生の足跡を残すすべもない人々の不条理な死を不条理なままに受け止めることができなかったに違いない。その死の意味づけなしには、戦いを率いた自己の生の軌跡を肯定することも難しかったのではなかろうか。

西安防衛戦のなかで亡くなった民間人を悼んで撰した『長安孫《そん》公善述《ぜんじゅつ》墓表』（一九三四年撰）に、于右任はこう記す。「城中、人々の惨状は、筆舌に尽くしがたい。だが西北の大局は革命という大業の完成へと関わるので、いささかも譲ることはできなかった」。孫公善は、楊虎城配下の軍官の家族として西安城内に入り、飢える人々を目のあたりにしつつ、病に力つきたのであるから、その死の意味を語るには、適切な表現かもしれない。だが、それ以上に、撰者自身を納得させるために記した言葉と解しては、現代的解釈にすぎるだろうか。

さて、『于右任書墓誌墓表選輯』の説明によれば、この碑は西安革命公園に建てられていたという。影印でみる限り、碑石としてはめずらしく碑文に句読点や感嘆符を付している。書体は草書である。

于右任の書家として、教育者として、そして政治家としての仕事のひとつに、『標準草書』がある。「読みやすく、書きやすく、正確で、美しい」漢字の筆記体の範を草書に求め、歴代の草聖の遺蹟からこの四項目をみたす文字を選び出し、漢字簡略化の方向を示した。この碑文も標準草書の書法に則って書かれている。于右任はこの年、一九四三年の八月、「標準草書と建国」と題する講演をしているが、標準草書を中国が強国となるための利器と考えていた。『無名英烈紀念碑』に、句読点を付した標準草書が選ばれたのは、抗日戦争のさなか、さまざまな人が集う公園に建てられる国民革命の犠牲者を紀念した碑文であることを考えてのことであろう。

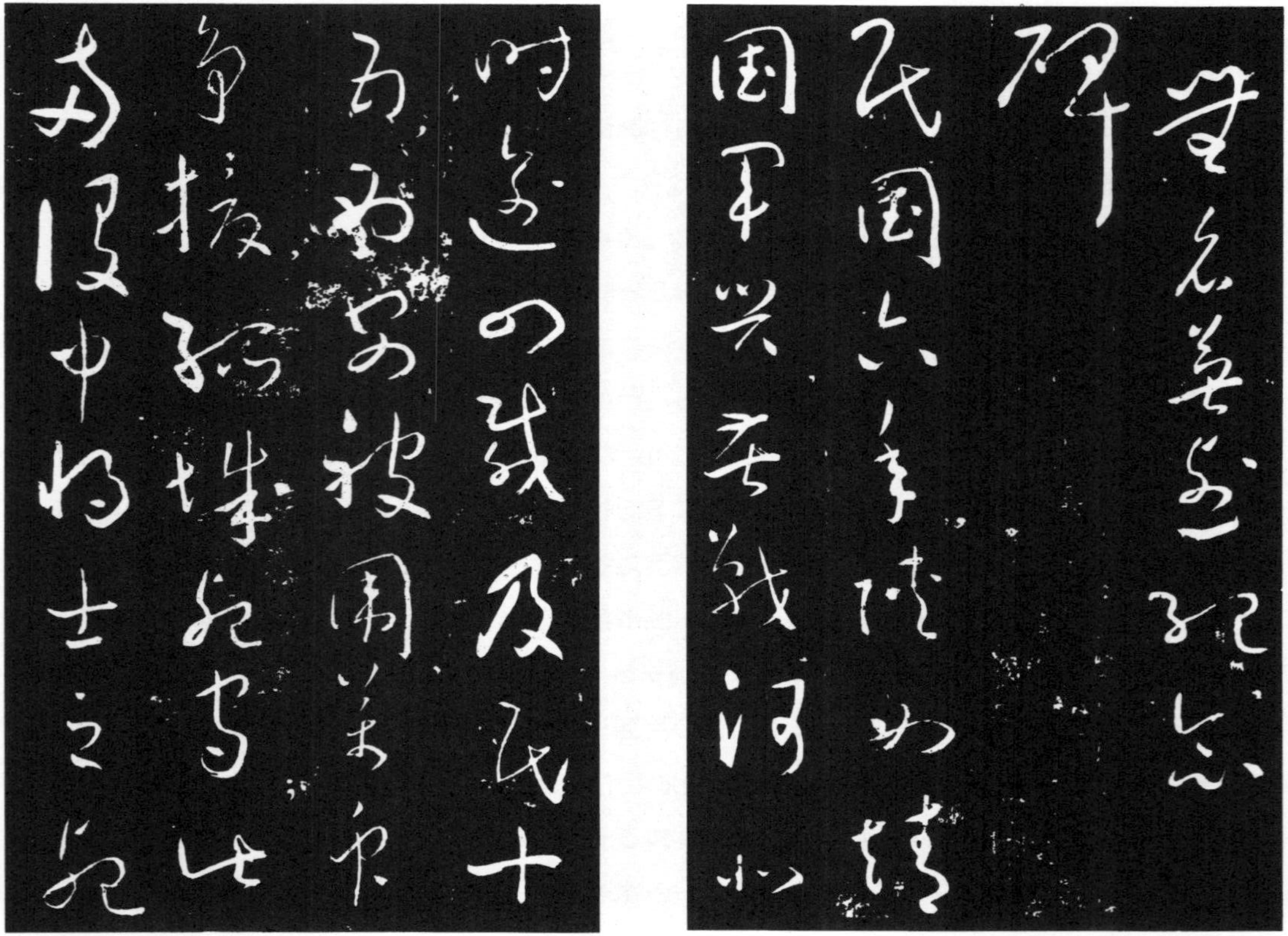

『于右任書墓誌墓表選輯』より

石なき墓誌銘――懐かしき郷里の人々

西安の包囲を解いてのち、一九二七年に、于右任は伯母の房氏を埋葬している。房氏は于右任が三歳の時に病死した母に代わって彼を養育した育ての親で、一九二四年に七十歳の高齢で亡くなった。訃報を広州でき、その数ヶ月後に上海で『先伯母房太夫人行述』をしたためたが、葬儀は于右任が郷里に戻るのを待ってとりおこなわれた。

葬儀に届いた挽聯は千首余り、なかには西安防衛戦のために派遣されたソ連の軍事顧問によるロシア語の挽聯も含まれていた。それを民治学校（于右任が経費を負担して郷里に設立した学校）、街、家に飾った。葬儀の時、于右任は麻の喪服をまとい、霊前に跪き、礼を尽くし、『先伯母房太夫人行述』を読み上げさせた。埋葬の後、墓門に墓誌石刻を埋めた。墓誌は土地の名家の手になり、篆蓋は呉昌碩《ごしょうせき》によるものだったという。

墓誌は目にしていないが、『先伯母房太夫人行述』は二千五百字ほどの文で、内容は、のちに青年時代までの生い立ちを白話で綴った『牧羊児自述』（一九三九年、恩師馬相伯の追悼文として記す）の前半部分と重なる部分が多い。伯母の言葉、村人の言葉が多く引かれ、伯母のひととなりを鮮やかに伝えている。

伯母は毎年、寒食には必ず彼をつれて墓参し、母の墓の前では必ず哭して祈らせた。母が幼いころ、戦禍と天災で荒廃した耕地をすてた家族とともに流浪し、途中歩けなくって一度は捨て置かれたという話を伯母からきいたのも、墓参の帰りであった。陝西軍総司令として郷里の三原にあった四年間、伯母の近くに暮らした于右任は、そのころの伯母の言葉をいくつか行述に記している。一九二〇年冬、伯母の誕生日を祝う会を準備していたところ、伯母は、「陝西は戦乱で散り散りになり、天災に人禍で、安らかな日とてない、私ひとりの祝いをして何になる」といってやめさせた。ついに総司令部が瓦解し、于右任はいとまごいに伯母の家を訪れた。子供のころ、それで顔を洗った木のボールを目にした于右任に、伯母はこんな言葉を与える。「この物はおまえより年上、おまえの伯父が江西から持ち帰ったもの、私につきそって、清き水で今生を清めてくれる。人生何事も、困難に屈せず節操を守って当たらなければならないが、物を使うのも同じこと、木も鉄のようになるのです」。

むろん行述であるから石には刻さなかったが、三十数年の時を経て台北で再び書写、その墨跡は于右任晩年の草書の代表作のひとつとされている。

一九二九年、陝西は未曾有の大飢饉にみまわれていた。旱魃のために三年続きで収穫はなく、一面不毛の地となり、子を売る「人市」がたち、餓死者を葬る万人坑がいくつも掘られた。飢えた人々は墓を盗掘し、自分の子孫に掘り返される墓もあった。房太夫人の墓も盗掘にあった。その知らせをうけた于右任は、盗掘者を追うなと電報を打ち、ほどなくして郷里を訪れ墓参し、「斗口村掃墓雑詩」六首をつくって、母、伯母、叔父、父をうたった。伯母をよんだところを引いておく。「塚をあばくも原情また憐れむべし、恩に報いるに黄泉を慰めるすべ無し。関西の赤地に人は相い食み、白首の孤児墓に哭す年」。

一九四四年、蔣介石と衝突した于右任は監察院院長の要職をほうりだして、成都郊外にこもった。この時、鬼籍に入った郷里の友人二十名ほどに小伝を記している。その序文で小伝執筆の意図を于右任はこう説明する。

ここ百年余りの間、学問や才能を生かしきれずに、その名を知られることもなく困窮のうちに世を去った者は数多いが、とりわけ北方では顕著であるとして、三十年前、同郷の同志、茹懐西《じょかいせい》が北京で病死したときに作った詩をひく。

「九原いうなかれ人情薄しと、老友声を呑んで紙銭を送る」。

小伝は、先に逝った者たちに手向けた紙銭であった。

二十余名のなかには、師や学友のほか、一風変わった人々も選ばれている。

辛亥革命前に、弁髪をほどいたざんばら髪の于右任を写真に撮った董《とう》君、名はわからないので目に病があったことから于右任は董眼と記しているが、その小伝には、初めて写真術をならい、義和団事件前後にしばしば上海へゆき、写真器材の運搬販売を名目に、実際には書物雑誌も多く運び入れたことが記されている。上海へ印刷技術を学びにゆき、自ら「新工人」と称して于右任最初の詩集『半哭半笑楼詩草《はんこくはんしょうろうしそう》』（一九〇二年）を鉛印した孟益民《もうえきみん》、小学家として陝西に名を馳せた朱仏光《しゅふつこう》から西学の教えを受け、「しがない職人にすぎません」といいながら石油開削の試験を繰り返し、病をえてなお工場で亡くなった由天章《ゆうてんしょう》など、旧友の事績を二百字ほどにまとめていく。

小伝の最後、于右任はこんな感想を漏らす。

　成都郊外の寓廬に病臥して、無理をしてこれを書いたが、文ができてみれば病もなおっていた。長年の鬱積もからりと晴れた。文中の旧友たちが、すぐそば近くにいるようで、詩を作り歌を歌い酒を飲んでいるようだ。「一郷の善士あれば、一国の善士あり」。中国が古い皮を脱ぎ捨てようとするとき、これらの人々が、一郷の善士にすぎないわけがなかろう。悲しいかな。

蔣介石への怒りは、于右任同郷の士が誣告により銃殺されたことが発端であった。小伝にその人の名こそあげはしないが、懐かしき人々への紙銭は、彼へのとむらいであったのかもしれない。

その人を失った悲しみや喪失感を表すと同時に、革命の成功に向けて進む歴史の道程に故人の事績を記して死者をとむらい、自らを癒す。死者は先祖の国へ入るのでも、転生するのでもなく、生者の未来へむかう道に記憶されることで、慰められるかのようだ。生者の未来が死者の安息の地となるのであれば、人々の墓誌銘を綴ることが、これからまた道を進もうとしている自分への励ましになる。亡き人の足跡を留めることに意を注ぐ墓誌を書き続けたことが、そのような生者と死者の関わりの感覚を生んだとはいえないだろうか。

悲しいモニュメント

娘婿の屈武《くつぶ》（一八九八～一九九二、一九四九年以降共産党に投じ中国国民党革命委員会名誉主席などを務めた）を介して周恩来と間接的に連絡があった于右任の、政治的な動きを追い、その胸の内を忖度するのは容易ではない。引退後に帰郷して余生を送る準備もしていたようだが、一九四九年に于右任は台湾へ渡り、台湾で生涯を閉じる。

于右任その人には、台湾海峡に臨む海抜七百メートルの山に墓園が造られた。墓道には石牌坊が建てられ、墓は百三十段の石段を登った更にその上にあるという。墓碑「監察院長于公右任之墓」は蔣介石の書、「于故院長墓表」は張群《ちょうぐん》（一八八九～一九九〇、国民党元老の一人で蔣介石の腹心）の撰。

死の二年前、于右任は日記に遺言めいた言葉を残していた。「私は百年後、玉山もしくは阿里山の樹木多き高所に葬ってほしい、いつも大陸を望めるように」。

同じ週の予定表にはこんな書きつけをしている。「遠く遠きはこれいずくの郷、これ我が故郷。我が故郷は中国大陸。大陸を得ざれば、故郷にもどること能わず。大陸よ、いつの日にか光復せん」。

更にその十日ほどあとには、明け方に歌を作っている。その手跡のとおりに記載したという『于右任詩集』（劉永平編、団結出版社一九九六年）から引く。「我を高山の上に葬れ、我が大陸を望まん。大陸見るべからず、ただ痛哭あるのみ。／天蒼蒼、野茫茫、山の上、国に殤あり。／（天明にこの歌を作る）我を高山の上に葬れ、我が故郷を望まん。故郷見るべからず、永《とこし》えに忘るること能わず」。

この一首に感じた人々が義捐金を集め、一九六七年、海抜四千メートルに近い高峰玉山に胸像が築かれた。義捐金を募って台湾島の最高峰に統一中国を希求した愛国者の胸像を建てる、それが極めて政治的なコメモレイションであることは、いうまでもない。

もっとも、これは愛国の歌というよりは、自らを悼んだ望郷の歌であろう。樹木とて育たぬ、強風吹きすさぶ四千メートルの高峰に、ぽつねんと胸像を建てられることを、于右任は果たして望んだのだろうか。一九九五年、胸像は何者かによって毀損されたという。

ヒロイン探しの誘惑、あるいはその超越
——聞一多の哀悼詩をめぐって——

栗山千香子

聞一多《ぶんいった》（一八九九〜一九四六）は、長江中流の北岸域、湖北省浠水県巴河鎮に生まれた。一九一二年に北京の清華学校（アメリカへの留学生派遣費用にあてることを条件に義和団事件の賠償金の一部がアメリカから返還されることになったのをうけて開校された、留学生養成のための教育機関。清華大学の前身）中等科に入学、高等科三年の一九一九年秋に新詩の創作を始め、二一年秋には梁実秋等と清華文学社を結成している。二二年夏に卒業してアメリカへ留学、シカゴ美術学院、コロラド大学等で美術や英米詩を学びながら、意欲的に詩作を行った。二五年夏に帰国し、二六年四月、徐志摩や清華出身の詩友等と『晨報副刊・詩鐫《しせん》』を創刊、新詩にもリズムと形式（格律）が必要であると主張し、作品上で実践して、新詩界に旋風を巻き起こした。二八年三月に創刊された月刊『新月』の初期の編集にも携わるが、この頃から次第に詩作から遠ざかり、古典研究に専念するようになる。武漢大学、青島大学、清華大学を経て、抗日戦争中は昆明の西南聯合大学で教育と研究を続けるが、四四年には中国民主同盟に参加、政治的発言も多くなる。四六年七月十五日、李公僕暗殺を糾弾する集会で演説した帰り道、自らも暗殺者の銃弾に倒れるという最期だった。

聞一多は、新詩が成熟した詩的言語として自立するための方法に最も自覚的であった詩人の一人である。詩人として活躍した期間は長くはないが、中国で新詩が誕生して間もない一九二〇年代に、その作品と理論が果たした役割は大きい。詩集に『紅燭《こうしょく》（赤い蠟燭）』（泰東図書局、一九二三年九月）、『死水《しすい》（よどみ）』（新月書店、一九二八年一月）がある。殊に『死水』は、聞一多の詩業の集大成であるとともに、一九二〇年代の中国詩の一つの頂点を示す詩集として、詩人たちに大きな影響を与えてきた。

その『死水』には、詩集名からしてすでに「死」のイメージが付与されているが、実際に作品のモチーフとしても繰り返し「死」がとりあげられている。その多くは、死の中に永遠の愛や美を求めるロマン派的唯美思想の影響を受けたものであり、したがって扱われるのも観念的な概念としての死であるが、現実的な死に向き合い、その死を悼む詩も三篇収められている。そしてこれまで、これら三篇の詩は聞一多の夭折した愛娘への哀悼詩であるという〝定説〟が、しばしば語られてきた。

〝夭折した少女〟と長女の夭折

『死水』に収められている三篇の哀悼詩とは、「也許――葬歌（もしかしたら――挽歌）」（以下「也許」と略）、「忘掉她（忘れようあの娘《こ》を）」、「我要回来（帰りたかった）」である。それぞれ『死水』二十八篇中の第九、十、十六番目の詩として収録されている。このうち「忘掉她」については、聞一多の最初の評伝である史靖『聞一多的道路』（上海生活書店、一九四七年七月）や、清華学校時代からアメリカ留学中および帰国後を通じての詩友である梁実秋の著書『談聞一多』（台湾・伝記文学出版社、一九六七年一月）等によって、早くから長女立瑛への哀悼詩であることが伝えられてきたが、「也許」「我要回来」についてもそのような紹介がなされるのは、建国後停滞していた〝新月派〟の作家や作品に関する研究が再び盛んになる一九七〇年代末から八〇年代のことのようである。例えば、王康『聞一多伝』（香港・三聯書店、一九七九年十二月）では「也許」「忘掉她」の二篇を聞一多の長女への哀悼詩として（一〇八～一一〇頁）、劉烜『聞一多評伝』（北京大学出版社、一九八三年七月）では「忘掉她」を長女への哀悼詩として（一八二頁）、また「也許」をその可能性を持つ詩として（一七〇～一七二頁）、魯非・凡尼『聞一多作品欣賞』（広西人民出版社、一九八二年一月、一〇三頁）や李元洛「詩魂在東方」（『外国文学欣賞』一九八四年第二期）では、「也許」「忘掉她」「我要回来」の三篇を長女への哀悼詩として解説している。新しい評伝や解説が堰をきったように書かれる中で、検証が追いつかぬままに先行してしまった〝定説〟と言うことができるだろう。中でも「也許」は、聞一多の代表作の一つとして広く知られているがゆえに、「也許」＝夭折した愛娘への哀悼詩、という仮説も広く語られ、いつしかなかば〝伝説〟化していったようである。

聞一多の長女立瑛は一九二六年の冬（年末）に四歳で亡くなっている。三篇の詩が収められている詩集『死水』の出版はその約一年後の一九二八年一月であるから、これらの詩を立瑛への哀悼詩と考えても一見時間上の矛盾はないように思われる。「忘掉她」には前述のように、史靖や梁実秋等同時代人の証言もある。聞一多の長女の夭折という確かな事実が存在し、また、当時の聞一多の創作状況をよく知る詩友等の証言はリアリティと重みを持つため、読者はいったんその事実と証言を知ってしまうと、これらの詩は夭折した愛娘のために書かれた哀悼詩であると性急に結論づけようとする誘惑から、なかなか自由になることができなくなってしまう。

アメリカ留学まもない頃の聞一多。
シカゴ美術館前で。

しかし、作者はどこにもそのようなことを記してはいない。確かに三篇のうち「也許」には、「葬歌（挽歌）」と副題が付されて哀悼詩であることが明示されており、「也許」「我要回来」には詩中に少女の夭折を暗示する言葉がみられる。しかし、これらの詩についての作者自身のそれ以上のメッセージは存在せず、制作時期等背景を確定できる十分な資料もない。むしろ後述するように、『聞一多集外集』（孫敦恒編、教育科学出版社、一九八九年九月）の出版に至って、少なくとも「也許」については、長女立瑛への哀悼詩

詩集『死水』。黒を基調とした表紙（左）と見返しの画（右）はいずれも聞一多自身による。

であることを否定せざるを得ない事実が確認できるようになり、そのことを指摘する文章も書かれている（山風「聞一多『也許』発表的年代与思想」、『中国現代文学研究叢刊』一九九一年第一期）。しかしこの頃にはすでに、そのような声もかき消されてしまうほどに、夭折した少女＝長女立瑛説は〝定説〟化してしまっており、その後も十分な検証のなされないままに〝定説〟はなお語られ続けているようである[1]。

本稿では、これらの詩は夭折した聞一多の長女立瑛を悼んだ詩なのか否かを改めて検証しながら、三篇の詩を読み解いていきたいと思う。その上で、そのようなヒロイン探しの誘惑に罠がありはしないかと反問しつつ、誘惑を超えたところにこれらの詩の新しい読み方の可能性を探ってみたいと考える。

聞一多についての伝記的事項は、特に記さない限り次の二種の年譜による。（1）季鎮淮編「聞一多先生年譜」、一九四八年開明書店版『聞一多全集』所収。改訂版が「朱自清先生年譜」と共に『聞朱年譜』（清華大学出版社、一九八六年八月）として出版されている。一九九三年湖北人民出版社版『聞一多全集』にも収録。（2）聞黎明、侯菊坤編『聞一多年譜長編』（湖北人民出版社、一九九四年七月）。季鎮淮編年譜の基礎の上に、より詳細かつ正確な年譜として編まれた。またテキストは、特に記さない限り一九四八年開明書店版『聞一多全集』による。日本語訳は拙訳による。

ヒロイン探しの誘惑——哀悼詩とその周辺

（一）「也許——葬歌（もしかしたら——挽歌）」

三篇の詩の中でも、夭折した少女に優しく語りかけるような「也許」は、深い悲しみの中に静かな美しさを湛えた詩として最も広く読まれてきた。

也許你真是哭得太累，　　もしかしたら本当に泣き疲れたのかもしれないね
也許，也許你要睡一睡，　　もしかしたら少し眠りたいのかもしれないね
那麼叫夜鷹不要咳嗽，　　それなら夜鷹には咳をさせまい
蛙不要号，蝙蝠不要飛。　　蛙には鳴かせまい　蝙蝠には羽ばたかせまい

不許陽光撥你的眼簾，　　お日さまが瞼を払うのも許すまい
不許清風刷上你的眉，　　そよ風が眉を撫でるのも許すまい
無論誰都不能驚醒你，　　誰にも君の眠りを覚まさせはしない
撐一傘松蔭庇護你睡。　　松の木陰の傘をさしかけ君の眠りを護ってあげよう

也許你聽這蚯蚓翻泥，　　もしかしたら蚯蚓がもぐるのが聞こえるかもしれないね

聴這小草的根鬚吸水，
也許你聴着這般音楽
比那咒罵的人声更美；

那麼你先把眼皮閉緊，
我就讓你睡，我讓你睡，
我把黄土軽軽蓋着你，
我叫紙銭児緩緩的飛。

小さな草の根が水を吸うのが聞こえるかもしれないね
もしかしたらこのような調べは
人の罵り声よりもずっと美しく響くかもしれないね

それならしっかり目を閉じてごらん
このまま私が眠らせてあげるから
黄土《つち》をそっと君にかぶせて
紙銭をふわりと舞い上がらせて

すでに述べたとおり、この詩は広く愛された詩であるがゆえに、聞一多の夭折した長女立瑛を悼んだ詩として読まれることもまた多かった。夭折した少女を優しく守るように、あるいは少女の死を自らに納得させるように語りかけられるこの詩が、立瑛の夭折の約一年後に『死水』に収められて発表されているのだから、この詩が立瑛への哀悼詩として読まれるのも、無理からぬことかもしれない。

しかし、この少女はどうやら立瑛ではないようだ。というのは、立瑛が夭折するより前に「薤露《かいろ》詞（為一個苦命的夭折少女而作）（薤露詞〈不幸にして夭折した少女のために作る〉）」（以下「薤露詞」と略）という哀悼詩が発表されており、二篇を比べてみれば、「薤露詞」が「也許」の原型であることが明らかだからである。

「薤露詞」は、聞一多がアメリカ留学から帰国する直前の一九二五年三月二十七日『清華周刊』文芸増刊第九期に発表され、帰国直後の同年七月三日『京報副刊』第一九七期に、楽府題である「薤露」ではなく、より口語的で詩の中でも印象的に使われている「也許」を用いて、「也許（為一個苦命的夭折少女而作）」と改題され再掲載された。詩中の語句および符号にも小さな異同がある。そして、一九二八年一月『死水』所収時に、副題から〝夭折した少女〟が消えて「也許（葬歌）」となり、語句にも比較的大きな修正が加えられ、六聯から四聯の詩に書き改められた。その後、『聞一多全集』（一九四八年、開明書店版）所収時には、作者が生前に施した修正[2]に拠って小さな修正が加えられてはいるが、基本は『死水』版の「也許」にある。ここでは、初出である『清華周刊』版「薤露詞」と、大きな変更が加えられてその後の基本となった『死水』版「也許」を比較してみよう。

薤露詞（為一個苦命的夭折少女而作）

也許黄泉要鞠育你，
也許白蟻要保護你。
造物底聖旨既然如此，
就讓他如此，讓他如此！（第一聯）

也許你是哭得太累，
也許，也許你要安睡。
那麼讓蒼鷺不要咳嗽，
蛙不要啼，蝙蝠不要飛；（第二聯）

也許（葬歌）

也許你真是哭得太累，
也許也許你要睡一睡，
那麼叫蒼鷺不要咳嗽，
蛙不要号，蝙蝠不要飛　（第一聯）

也不要讓星星瞥眼，
也不要讓蜘蛛章糸——
一切的都該讓你酣眠，
一切的都応該服從你！（第三聯）

也許這荒山的風露
真能安慰你，休息你；
我讓你休息，讓你休息，
我吩咐山霊別驚動你！（第四聯）

也許聽着蚯蚓翻泥，
聽細草底根兒吸水——
也許聽着這般的音楽
比那咒罵的人声更美；（第五聯）

那麼你把眼皮閉緊，
我就讓你睡，讓你睡。

不許陽光攢你的眼簾，
不許清風刷上你的眉，
無論誰都不許驚醒你，
我吩咐山霊保護你睡（第二聯）

也許你聽着蚯蚓翻泥，
聽那細草的根兒吸水，
也許你聽這般的音楽
比那咒罵的人声更美；（第三聯）

那麼你先把眼皮閉緊，
我就讓你睡，我讓你睡，

我把黄土軽軽蓋着你，
我叫紙銭兒緩緩的飛。　（第四聯）

我把黄土軽軽蓋着你，
我叫紙銭兒緩緩的飛。　（第六聯）

「薤露詞」では、第一聯で「黄泉」「造物主的聖旨」など、「私」や「あなた」の意思を超えた存在、抗いがたい運命が語られるが、「也許」ではこの聯がそっくり削除されている。「也許」第一聯は「薤露詞」第二聯をほぼそのまま用いている。「也許」第二聯は、「薤露詞」の第三聯と第四聯のイメージを継承しつつ、凝縮した表現に書き改められている。「也許」第三聯は「薤露詞」の第五聯を、「也許」第四聯は「薤露詞」第六聯をほぼそのまま用いている。このように二篇を比べてみれば、「薤露詞」が「也許」の原型であることは疑いようがない。

「薤露詞」は一九四八年開明書店版『聞一多全集』には収録されておらず、一九八九年に出版された『聞一多集外集』によって広く知られるところとなった。その後、一九九三年湖北人民出版社版『聞一多全集』には収められている。しかし前述のように、その後もなお「也許」＝立瑛への哀悼詩という〝伝説〟は消え去っていないようである。

ところで、「薤露詞」が「也許」の原型であり、したがって〝夭折した少女〟が立瑛でないとすれば、いったい誰を悼んだ詩なのだろうか。残念ながらこれ以上のことを検証するための資料は見当たらない。ここでは、あくまでも一つの可能性として、類推を試みてみたいと思う。

聞一多には、『死水』の前に第一詩集『紅燭』があるが、実はそれよりも前に、新詩十五篇を収めた『真我集』という未刊行の手稿集がある（『聞一多集外集』、および一九九三年湖北人民出版社版『聞一多全集』所収）。この『真我集』の第三篇に、「読沈尹黙「小妹」！　想起我的妹来了也作一首（沈尹黙の「妹」を読み、わが妹を思い出して一篇作る）」と題した散文詩がある。まだ新詩を書きはじめて間もない頃の習作であるこの詩は、作品の成熟度は高いとは言えないが、死後の永遠を信じるロマン派的色彩を漂わせながら、妹（詩題では「我的妹」、詩中では「十五妹」）の死に接したときの「私」の思いと「母」の動揺を、素直な言葉で伝えている。

中国では実の兄弟姉妹のほか、従兄弟、従姉妹も含めて、「排行」に拠って、同世代で何番目かの兄弟あるいは姉妹として呼び合う伝統がある。したがって、「十五妹」というのは、同世代の女子では十五番目に生まれ、聞一多よりは年下の実の妹あるいは従妹ということになる。ちなみに聞一多は、五人兄弟の三番目だが、排行では十一番目になる。姉妹、従姉妹については家譜『聞氏宗譜』（『聞一多年譜長編』に一部採録）にも記載がなく、「十五妹」の生年、姓名等は不明だが、聞一多の清華学校時代の日記『儀老日記』（『聞一多集外集』、および一九九三年湖北人民出版社版『聞一多全集』所収）によると、一九一九年二月三日、「三哥」（三兄、聞一多の二番目の実兄聞家騄を指す）からの手紙で、十五妹の死を知ったことが記されている。郷里の妹の孝行ぶり、利発さを思い出し、また年をとった両親の不幸を慮る内容である。また、当時ともに清華学校に学んでいた「八哥」（八兄、聞一多の従兄聞家璽を指す）に妹の訃報を告げると、自身の母を亡くしたばかりだった八哥は、重なる悲しみのために号泣したとある。そして、二人で向き合って嗚咽のあまり顔もあげられなかったと記されている。実の兄の手紙で訃報を知り、両親を慮っていることから、十五妹は実の妹である可能性が極めて高いと言えるだろう。

同日記から十五妹は一九一九年の初めに亡くなったと思われ、聞一多はおそらくその年の秋に前述の散文詩「読沈尹黙『小妹』！　想起我的妹来了也作一首」を書いたと考えられる。[3]「也許」の原型詩「薤露詞」が発表されたのは一九二五年三月であるから、十五妹の死からは六年の月日がたっている。「也許」が十五妹への哀悼詩であると結論づけるのは性急にすぎるかもしれないが、「也許」の中には、かつて十五妹を失ったときの悲しみが、あるいは十五妹への哀悼詩を書いたときの想いが、少なからず込められていると考えることは可能だろう。

（二）「忘掉她（忘れようあの娘《こ》を）」

「忘掉她」は、恋愛詩のような甘美な抒情に包まれた詩である。実際、愛する女性との別離を歌う失恋の詩として読まれることも少なくなかった。今村与志雄訳「思いきりましょうあの女《ひと》を」（『中国現代文学選集・詩・民謡集』平凡社、一九六二年十一月、所収）も、そのような解釈に基づくものであろう。しかし前述のように、史靖や梁実秋等の記述によって、夭折した長女立瑛への哀悼詩との読みが〝定説〟となっている。

忘掉她，像一朵忘掉的花，——　　忘れようあの娘を、忘れられた一輪の花のように——
　那朝霞在花瓣上，　　　　　　　花弁にかかる朝靄
　那花心的一縷香——　　　　　　花芯にただよう香り——
忘掉她，像一朵忘掉的花！　　　　忘れようあの娘を、忘れられた一輪の花のように！

忘掉她，像一朵忘掉的花！　　　　忘れようあの娘を、忘れられた一輪の花のように！
　像春風裏一齣夢，　　　　　　　春風によぎる夢のように
　像夢裏的一声鐘，　　　　　　　夢にひびく鐘の音のように
忘掉她，像一朵忘掉的花！　　　　忘れようあの娘を、忘れられた一輪の花のように！
忘掉她，像一朵忘掉的花！　　　　忘れようあの娘を、忘れられた一輪の花のように！

聴蟋蟀唱得多好，
看墓草長得多高；
忘掉她像一朶忘掉的花！
忘掉她，像一朶忘掉的花！
她已経忘記了你，
她什麼都記不起；
忘掉她像一朶忘掉的花！
忘掉她，像一朶忘掉的花！
年華那朋友真好，
他明天就教你老；
忘掉她像一朶忘掉的花！
忘掉她，像一朶忘掉的花！
如果是有人要問，
就説没有那個人；
忘掉她像一朶忘掉的花！

こおろぎは美しい声で歌い
お墓の草は高く生い茂る
忘れようあの娘を、忘れられた一輪の花のように！
忘れようあの娘を、忘れられた一輪の花のように！
あの娘はもうおまえを覚えていない
あの娘はもう何も思い出すことはない
忘れようあの娘を、忘れられた一輪の花のように！
忘れようあの娘を、忘れられた一輪の花のように！
歳月という友はありがたいもの
明日には年をとらせてくれるのだから
忘れようあの娘を、忘れられた一輪の花のように！
忘れようあの娘を、忘れられた一輪の花のように！
もしも誰かに聞かれたら
そんな娘はいないと言おう
忘れようあの娘を、忘れられた一輪の花のように！

忘掉她像一朵忘掉的花!
　像春風裏一齣夢,
　　像夢裏的一声鐘,
忘掉她像一朵忘掉的花!

忘れようあの娘を、忘れられた一輪の花のように!
　春風によぎる夢のように
　　夢にひびく鐘の音のように
忘れようあの娘を、忘れられた一輪の花のように!

第三聯「聴蟋蟀唱得多好(こおろぎは美しい声で歌い)/看墓草長得多高(お墓の草は高く生い茂る)」では、忘れようとしている女性が墓に眠っていること、つまり別離は死によるものであることが暗示されており、愛する女性への哀悼の詩であると解釈するのが妥当だろう。ただし、その女性が夭折した少女と限定できるような言葉はない。

ところでこの詩はまた、西南聯合大学で聞一多に親しく接した薛誠之の論文「聞一多和外国詩歌」(『外国文学研究』一九七九年第三期、『聞一多研究叢刊』第一集、武漢大学出版社、一九八九年四月、所収)によって、あるアメリカ詩の影響を受けて書かれたものであることが明らかにされている。重要な証言であるので引用しておこう。

おそらく一九四四年の冬のこと、私は聞一多先生と、授業の合間、家に戻る道すがら、詩の選定、翻訳、創作の問題について話し合った。(中略)先生は続いて、アメリカで詩を学んでいた頃、現代女性詩人ティーズデイルの詩が好きだったと語った。娘立瑛を悼んだ「忘掉她」は、そのティーズデイルの“Let It Be Forgotten”の影響を受けて書かれたものだ。原詩は先生もはっきりとは覚えておらず、全部をそらんじることはできなかった。暗唱してくれたのは“Time is a kind friend, he will make us old”のフレーズだったと思う。

一九四八年、私は現代英米詩を講義することになり、あるアンソロジーで偶然にこの詩に出会い、聞一多先生の「忘掉她」の由来をはじめて知った。アメリカのある詩歌史には、ティーズデイルのこの詩は作者の名と共に永遠に伝えられていくだろうと記述されている。（傍点引用者）

「忘掉她」がティーズデイルの詩の影響を受けたことは聞一多自身によって語られ、後に薛誠之が確認したものであることがわかる。なお、傍点部分「娘立瑛を悼んだ」というのが聞一多自身の言葉なのかどうか、この文章からは判断できない。もし、それが聞一多自身の言葉であるとすれば、「忘掉她」が娘への哀悼詩であることを裏付ける証言となるが、おそらくは、従来からの定説を受けた薛誠之の言葉と思われる。

Sara Teasdale（セアラ　ティーズデイル、1884–1933）は聞一多とほぼ同時代のアメリカの女性詩人で、素朴で甘美な抒情詩を多く書いており、*Rivers to the Sea*（1915）、*Love Songs*（1917）（ピューリッツァー特別賞受賞）、*Flame and Shadow*（1920）等の詩集がある。裕福な家庭に生まれたが、健康には恵まれず、また繊細な感情の持ち主で、神経を患い自殺している。"Let It Be Forgotten" は *Flame and Shadow* に収められており、薛誠之も記しているように、彼女の作品の中でも比較的広く読まれた詩のようである。薛誠之が確認したアンソロジーと詩歌史については未詳だが、筆者が確認した一九三〇年代の英米詩のアンソロジーおよび一九四〇年代のアメリカ詩歌史にも、Sara Teasdale の代表作の一つとして収録されている。（Louis Untrermeyer, *Modern American Poetry and Modern British Poetry*, N.Y. 1936, 312 / Horace Gregory and Marya Zaturenska, *A History of American Poetry 1900–1940*, N.Y. Harcourt, Brace and Company, Ink. 1942, 103）

郵便はがき

料金受取人払

麹町局承認

7948

差出有効期間
平成21年11月
30日まで
（切手不要）

1028790

102

東京都千代田区
飯田橋二－五－四

汲古書院

行

通信欄

購入者カード

このたびは本書をお買い求め下さりありがとうございました。今後の出版の資料と、刊行ご案内のためおそれ入りますが、下記ご記入の上、折り返しお送り下さるようお願いいたします。

書　名
ご芳名
ご住所 TEL　　　　〒
ご勤務先
ご購入方法　①　直接　②　書店経由
本書についてのご意見をお寄せ下さい
今後どんなものをご希望ですか

Let it be forgotten, as a flower is forgotten,
　Forgotten as a fire that once was singing gold,
Let it be forgotten for ever and ever,
　Time is a kind friend, he will make us old.

If anyone asks, say it was forgotten
　Long and long ago,
As a flower, as a fire, as a hushed footfall
　In a long-forgotten snow.

わずか八行の詩の中にforgottenが六回繰り返されている。「忘れよう」と繰り返すたびに忘れきれない思いが溢れ出すようなこのリフレインは、「忘掉她」の中でも効果的に用いられている。そして、「忘掉她」で各聯の第一行と第四行に繰り返される「忘掉她像一朵忘掉的花（忘れようあの娘を、忘れられた一輪の花のように）」は、この詩の第一行“Let it be forgotten, as a flower is forgotten,”から導かれたものであることがわかる。また、「忘掉她」第五聯では「年華那朋友真好／明天就教你老（歳月という友はありがたいもの／明日には年をとらせてくれるのだから）」、第六聯では「如果是有人要問／就説没有那個人（もしも誰かに聞かれたら／そんな娘はいないと言おう）」と歌われるが、これも、それぞれこの詩の第四行、第五行をそのまま受けていることがわかる。

一方「忘掉她」では、この詩で使われている“a fire that once was singing gold”“a hushed footfall / In a long-forgotten snow" に換えて、「朝霞在花瓣上（花弁にかかる朝靄）」、「花心的一縷香（花芯にただよう香り）」、「春風裏一齣夢（春風によぎる夢）」、「夢裏的一声鐘（夢にひびく鐘の音）」等の語を用いており、美しくかすかなもの、消えゆくものの中に、命のはかなさを表現することに成功している。

ところで、この詩はもともと A. Mary F. Robinson の詩 "Rispetto II"（Rispètto リスペットは八行または六行からなる俗謡の恋歌）の影響を受けて書かれたものらしい（Carol B. Schoen, *Sara Teasdale*, Twayne Publishers, 1986, 111–113)。

Let us forget we love each other much,
　Let us forget we ever had to part,
Let us forget that any look or touch,
　Once let in either to the other's heart.

Only we'll sit upon the daisied grass
　And hear the larks and see the swallows pass;
Only we'll live awhile, as children play,
　Without to-morrow, without yesterday.

"Let It Be Forgotten" には特に哀悼詩と限定できる材料は見当たらず、影響を受けたというこの詩と併せみても、恋人との別離の悲しみを歌った詩として読むのが自然と思われる。「忘掉她」が哀悼詩でありながら悲哀よりも甘美な抒情が勝るのも、このような恋愛詩の影響を受けて書かれたことを知れば納得がゆくだろう。

(三)「我要回来(私は帰りたかった)」

「我要回来」は四聯構成、時間の推移に従って書かれ、物語性がある。おまえの瞳が輝いていたころ「我要回来(私は帰りたかった)」(第一聯)。おまえの笑い声が鈴の音のようだったころ「我没回来(私は帰っていなかった)」(第二聯)。冷たい手がおまえを連れ去ろうとしていた時、「我該回来(私は帰って来るべきだった)」(第三聯)。そして「我回来了(私は帰って来た)」、しかしおまえは永遠の眠りについていた(第四聯)。

　　我要回来，
乗你的拳頭像蘭花未放，
乗你的柔髪和柔絲一様，
乗你的眼睛裏燃着霊光，
　　我要回来。

　　我没回来，
乗你的脚步像風中盪槳，
乗你的心霊像痴蠅打窓，

　　私は帰りたかった
おまえの掌が蘭の花のようにまだつぼんでいた時に
おまえの髪がやわらかな絹糸のようだった時に
おまえの瞳の奥に光が輝いていた時に
　　私は帰りたかった

　　私は帰っていなかった
おまえの歩みが風の中で櫓をこぐようだった時に
おまえの鼓動が迷った蠅が窓にぶつかるように弾んでいた時に

乗你笑声裏有銀的鈴鐺，
　我没回来。
おまえの笑い声の中に銀の鈴の音が揺れていた時に
　私は帰っていなかった

　我該回来，
乗你的眼睛裏一陣昏迷，
乗一口陰風把残燈吹熄，
乗一隻冷手来掇走了你，
　我該回来。
　私は帰って来るべきだった
おまえの瞳が光を失いさまよっていた時に
生臭い風が最後のあかりを吹き消そうとしていた時に
冷たい手がおまえを連れ去ろうとしていた時に
　私は帰って来るべきだった

　我回来了，
乗流螢打着灯籠照着你，
乗你的耳辺悲啼着莎鶏，
乗你睡着了含一口沙泥，
　我回来了。
　私は帰って来た
飛び交う螢の焜灯におまえが照らしだされてから
おまえの耳元ではたおり虫が悲しげになきはじめてから
おまえが眠りにつき、口に砂を含んでしまってから
　私は帰って来た

聞一多はアメリカから帰国した一九二五年の秋、徐志摩の紹介で北京芸術専門学校（中央美術学院の前身）の教務長の職を得て赴任し、翌一九二六年の初めには妻高孝貞（のち高真と改名）と長女立瑛もよんで北京に居を構える。しかし、教務長という職務にも学校の管理体質にも納得できず、その年の夏に妻子を連れて湖北省浠水県に帰省したまま、

その後北京には戻らなかった。同年秋、友人の潘光旦を上海に訪ね、潘の紹介で、呉淞の国立政治大学の訓導長の職につく。

聞一多が浠水を発つ頃には立瑛はすでに病にふせっていたが、聞一多は求職のために立瑛のもとを離れざるをえず、職を得てからも新しい仕事についたばかりで帰省することもままならなかった。その後立瑛の病状は悪化し亡くなってしまったが、聞家では、聞一多の仕事に影響することを心配して、立瑛の死をすぐには知らせなかったらしい。その後、妻高孝真が手紙で知らせると、聞一多は急ぎ帰省し、家の門をくぐらずにまっすぐ立瑛の墓に向かったという。「我要回来」には、哀悼詩であることを明示するような副題もなく、長女立瑛への哀悼詩であることを裏付けるような証言もない。しかし、幼い少女の生命が終わろうとしている時に駆けつけることのできなかった無念と自責の思いが伝わってくるようなこの詩を、父聞一多と娘立瑛の物語から離れて読むことも、また困難なことのように思われる。

ヒロイン探しの誘惑を超えて

聞一多の三篇の詩「也許」「忘掉她」「我要回来」を、夭折した聞一多の長女立瑛を悼んだ詩なのか否か、というヒロイン探しの誘惑にかられつつ読んできた。ヒロイン探しの結果だけを言えば、「也許」は立瑛への哀悼詩であるという〝伝説〟は否定せざるを得ず、「忘掉她」「我要回来」には立瑛への哀悼詩の可能性は存在するが、断定するだけの客観的材料には乏しい、ということになるだろう。

それぞれの結果についてもう少し言い添えるならば、「也許」については、立瑛が亡くなる前に「也許」の原型である「薤露詞」が発表されていることが、立瑛ヒロイン説を否定する根拠であることは前述した通りだが、ここで改めて、六聯の「薤露詞」から四聯の「也許」へと書き改めて詩集『死水』に収めた時点（一九二八年一月）に焦点を合わせて考えてみれば、その時にはすでに立瑛を失っていた聞一多が、そこに娘への思いを込めたことを否定する理由もない。「也許」の原型「薤露詞」に夭折した妹（十五妹）への思いが込められていると類推することがもし可能ならば、同様に、『死水』に収められた「也許」には立瑛への思いが込められていると類推することもまた可能だろう。その意味では、「也許」を立瑛への哀悼詩として読むことが、まったくの誤りとは言えないかもしれない。

「忘掉她」については、史靖や梁実秋等の記述から、立瑛への哀悼詩との読みが〝定説〟となっていること、しかしそれらの記述を前提とせずにこの詩を読んだなら、夭折した少女への哀悼詩というよりは、恋人への哀悼詩あるいは恋愛詩との印象が強いことを述べたが、史靖や梁実秋等の記述にも根拠が示されているわけではない。ならばそれらの記述は確かな客観的事実に基づくものなのか、との疑問を提出することも可能かもしれない。また、この詩がアメリカの現代詩人 Sara Teasdale の“Let It Be Forgotten”の影響を受けて書かれたことと、「忘掉她」の中に悲哀よりも甘美が勝る抒情が流れていることとの関連性も述べたが、愛娘の死という痛ましい現実と、留学中に親しんだ甘美な恋愛詩との結びつきには、やや違和感を覚えないわけでもない。

「我要回来」には「也許」や「忘掉她」のような検証のための資料が乏しいが、物語性を備えたこの詩は、むしろ三篇の中では最も事実に寄り添って読むことが可能な作品であり、まさに長女立瑛を失った時の父聞一多の状況と心境が投影された詩として読むことが可能であることを述べた。しかし、そのような読み手の期待を保証してくれるような手掛かりは見当たらない。娘への哀悼詩として読まれることの最も多かった「也許」が、直接には娘への哀悼詩でないことが検証で明らかになったように、思い込みには誤読という危険が存在することも忘れてはならないだろう。また、例えば注1に示したような哀悼詩以外の読みの可能性も、排除することはできない。

三篇の詩のヒロインの謎は、解き明かそうとすればするほど、むしろますます深まっていくようにも思われる。それにしても、聞一多はなぜ、これら三篇の詩の背景をどこにも記さなかったのだろうか。そのことがヒロイン探しを困難にさせ、あるいは逆にヒロイン探しの誘惑を引き起こしているとも言えよう。詩題から見る限り、聞一多はむしろこれらの詩の背景を記すことを意図的に避けているようでもある。「也許」では、はじめ付されていた副題「為一個苦命的夭折少女而作（不幸にして夭折した少女のために作る）」が「葬歌（挽歌）」と書換えられて〝夭折した少女〟が消され、「忘掉她」「我要回来」には、そのような副題さえ付されていない。あるいは聞一多は、これらの詩が特定の誰かを悼んだ詩として読まれることを望んでいなかったのだろうか。ここで、聞一多のこれらの詩へのスタンス、あるいは哀悼詩そのものへのスタンスを問わなければならないだろう。

聞一多がその生涯において、身近な人物のための哀悼詩であることを明らかにして書いた唯一の新詩は、前述した散文詩「読沈尹黙「小妹」！　想起我的妹来了也作一首」、すなわち新詩を書きはじめて間もない頃に書いた妹（十五妹）への哀悼詩のみである。その後本格的な詩作を始めてからは、そのような詩を書いていない。共に新詩の理想を追求し、その実験の舞台となった『晨報副刊・詩鐫』の創刊と運営に携わった詩人たちのうち、徐志摩、朱湘、劉夢葦、楊世恩はいずれも若くしてこの世を去っているが、その誰のためにも哀悼詩を書いていないことも、思えばやや意外な事実である。あるいは聞一多は、特定の誰かのための哀悼詩というものを、死者の生を記念する哀悼詩という形式を疑っていたのかもしれない。

そして聞一多はこの三篇の詩を、特定の誰かへの哀悼詩として書いたというよりは、特定の誰かへの哀悼の思いを、「夭折した少女への（あるいは恋人への、あるいは娘への）哀悼詩」という形式の中に昇華させるという方法を、意識的に選択したのではないだろうか。そこから立ち上がってくる個人の経験を超えた言葉こそが、読者（そのとき、作者自身も一人の読者である）がそれぞれに抱く親しい人への哀悼の思いに響くかもしれない。親しい人の死を悼むという行為について、あるいは死そのものについての本質的な思索に呼応するかもしれない。三篇の哀悼詩には、そのような思いが託されていたのではないだろうか。そしてそれはまた、伝統的な哀悼詩の形式を超越したところに、近代的な哀悼詩のスタイルを探ろうという批評的な試みでもあったはずだ。新詩にふさわしい、あるいは新詩にこそ可能な近代的な哀悼の言語形式への探求心が、従来の哀悼詩の枠を超えたところに、それぞれにスタイルの異なるこれら三篇の詩を生み出したのではないだろうか。

注

（1）一九九〇年代に入っても、例えば王富仁編『聞一多名作欣賞』（中国和平出版社、一九九三年六月）は「也許」「忘掉她」の二篇を長女の哀悼詩として（三四四〜三四六頁・閻延文、三四七〜三五二頁・李怡）、唐鴻棣『詩人聞一多的世界』（学林出版社、一九九六年十月）は「也許」「忘掉她」「我要回来」の三篇を長女立瑛の哀悼詩として（六八〜七〇頁）解説している。なお前者は、「我要回来」については、愛する者への、ひいては祖国への思慕を歌った詩として解釈している（三七一〜三七四頁・閻延文）。「我要回来」の前後の詩および詩集『死水』の配列の意味との関連に着目するとき、そのような解釈の可能性を排除することもできないと考えるが、この点についてはまた機会を設けて検証してみたいと思う。

（2）『現代詩鈔』（聞一多の編集による中国現代詩のアンソロジー。未刊行。『聞一多全集』所収）編集の際に聞一多自身が施した修正を指す。

（3）『真我集』の十五篇には制作月日のみが記され、制作年は未詳。この詩には十一月十六日と記されている。孫党伯「関於整理聞一多遺詩『真我集』的説明」（『聞一多研究叢刊』第一集、武漢大学出版社、一九八九年四月、所収）は、沈尹默の詩の発表年月等を根拠として、聞一多のこの詩を一九一九年十一月十六日制作と推定している。

死者を抱き続けるために

――馮至の「秋心に」四首をめぐって――

佐藤普美子

馮至《ふうし》（一九〇五～九三）は本名馮承植《ふうしようしょく》、河北県涿《たく》県に生まれる。一九二三年、北京大学独文科に入学。二五年に楊晦《ようかい》、陳煒謨《ちんいぼ》、陳翔鶴《ちんしようかく》らと沈鐘《ちんしよう》社を結成し、雑誌『沈鐘』を拠点に創作及び翻訳活動を行った。詩集に『昨日の歌』（二七年）、『北遊及び其他』（二九年）がある。三〇年からドイツ・ハイデルベルグ大学に留学。リルケをはじめ、キルケゴール、ニーチェ、ヤスパースの哲学に親しむ。三五年に同大で博士号取得後、帰国。上海同済大学教授を経て、抗戦期間中は昆明の西南聯合大学で教鞭を執った。この時期は詩集『十四行集』（一九四二年）、中篇小説『伍子胥《ごししよ》』（一九四六年）、散文集『山水』（一九四七年）等の創作の他に、ゲーテ、杜甫に関する学術研究にも力を注ぎ、生涯で最も豊かな成果をあげた。近年、『十四行集』は四〇年代中国モダニズム詩の先鞭をつけたものとして、また当時としては異色の実存主義的色彩を帯びた詩篇として再評価が進んでいる。本稿の副題にある「秋心」は、馮至の友人で散文家梁遇春《りようぐんしゆん》（一九〇四～三二）の筆名。梁は福建省福州出身。二八年、北京大学卒業後、上海暨南《きなん》大学、北京大学の図書館に勤務。散文集『春醪《しゆんろう》集』（一九三〇年）『涙と笑』（一九三四年）で、英国の随筆の影響を受けた独特の散文により新境地を切り開いた。

新詩の中の死者を悼む詩

二十世紀中国新詩の中で、死者を悼む詩というのはどのくらいあるだろうか。一般に人の死、とりわけ身近な親しい者の死は抒情の源泉として最も詩に採られやすいモティーフだと思われがちだが、戦争や政治的事件の犠牲者全体

ドイツ・ハイデルベルグ、1930

（総体）に捧げられた鎮魂歌の類を別にすれば、特定の一個人の死をモティーフにした新詩は意外にもそれほど多くはない。一方、旧詩においては、古詩の中の「挽歌」はもちろん、近体詩以降は類書の中に「悲悼」「傷悼」「哀傷」などの部立が見られるように、個人の死を悼む詩はある程度まとまって存在している。現代でも魯迅の死者追悼の旧詩や周作人の挽聯など、個人の死を悼み悲しむ旧詩は決して珍しいものではない。このことは、旧詩が公には新詩に五四新文化運動の理念を担う役割と地位を取って代わられたものの、実際にはオケージョナルポエムとして類型化しつつも、個人的感慨を托すのに相応しい詩型として根強い力を持ちつづけてきたことと関わっている。

それでは新詩は死者を悼むのに不向き、言い換えれば、哀悼の情を表現する形式が新詩では未成熟ということだろうか。仮にそうだとすれば、死者を悼む表現がまだ類型化していないということで、この意味では、類型化を忌避する新詩の理念によく合致している。しかし、本当に類型化していないといえるのだろうか。さほど多くはない死者を悼む新詩だが、あえて言えば大きく二つの型に分けられるように思う。一つは新詩草創期から現在にいたるまで一貫して見られるもので、様々な悲痛な思いや、不当な死をもたらしたものへの徹底した憤怒・憎悪といった激しい感情を溢れるままに直叙するやり方。これは対象の死の直後、残された者の真新しい悲しみと喪失感を止揚するためには有効だろう。あるいは、死後ある程度の時間を経ていれば、故人の人柄や共有した時間を回想し、懐旧の情をしみじみと綴る場合もある。いずれにせよ、それらは人情に照らして「自然」であるがゆえに「真実性」を保証されることにもなる。もう一つは特に新月派や象徴派と目される二〇～三〇年代の詩人たちが試みた方法で、死者を祭る玲瓏な空間（異境）を構築し、死者の永遠化をはかるもので、いわば言葉の祭壇に死者を安置し、生者の悲しみを昇華しようとする、詩ならではの方法である。ここでは死者は現実世界に生きる生者とは別次元に存在する、永遠に届かぬ美しいものと化せられ、生者の喪失感はいっそう深められ、その感覚は研ぎ澄まされることになる。しかし、以上の異なって見える二つの型も、実はともにある種の感傷性を避けがたいという点では共通している。聞一多《ぶんいった》が夭折した娘をうたったとされる「あの娘を忘れよう（忘掉她）」（一九二六年）や、飛行機事故で亡くなった徐志摩《じょしま》の追悼記念号『詩刊』第四期（一九三二年七月）に寄せられた新月派詩人らの追悼の詩十二首などは、新詩ならではの「感傷の形式化」といえるかもしれない。

それではこれらとは異なる方法で死者を悼む新詩は、果たしてこれまで存在しなかっただろうか。最近、戴望舒《たいぼうじょ》の短詩「蕭紅の墓前に吟ず（蕭紅墓畔口占）」（一九四四年）について、詩人で気鋭の評論家臧棣《ぞうてい》（一九六四～）がそのエッセイの中で、次のように述べた一節が目を引いた。

> 類型上はこの詩は悼亡詩の伝統に倣ってはいるが、詩人と追悼される者の関係は作家間の敬慕に過ぎない。そのため同詩は悼亡詩の基本的情景の助けを借りてはいるが、同時に典型的悼亡詩の図式からは急速に逸脱し、転じて人生の奥義を探るものになっている。同詩の基本設定は一人の男が一人の女の墓前で彼の悲しみを抒べるものである。哀悼の対象に対して詩人は過剰な言辞を弄してはいない、例えば伝統的悼亡詩のように死者の人品や風貌を大げさに言い立てることはしていない。……同詩は悼亡詩の伝統の型からは大きく逸脱し始め、人の命運、生と死の関係および自身の生命の意義の覚醒という内包を語ることに向かっているのである。
>
> （臧棣「すぐれた詩はどれほど短かくてもかまわない（一首偉大的詩　可以有多短）」『読書』二〇〇一年第十二期）

そもそも臧棣のこの文章の主旨は、戴望舒の詩の言語を未成熟だと「個人的趣味」に基づいて断じた余光中《よこうちゅう》（一九二八〜）の批評のありかたに異議を唱えることにあるのだが、先に引用した部分は、はからずも死者を悼む伝統的スタイルを取る新詩の中に、実は伝統的悼亡詩から大きく変質した、いわば現代性を備えているものがあることを指摘している点で興味深い。

おそらく、新詩の中にそれまでにない型の死者を悼む詩が生まれてくるのは四〇年代に入ってからである。生と死の関連について、初めて哲学的な論考を深めた新詩（集）としてすでに評価を得ている馮至の『十四行集』（一九四二年）は、その嚆矢とすべきだろう。しかし、同詩集初版の「付録」に収められた「秋心に（給秋心）」四首が、その存在はもちろんのこと、特定の個人を悼む詩としては独特の視点を持ち、新詩に現代性をもたらす契機をはらんでいること、また二十七篇の一連のソネットに先んじて、その論考を促した作品であることについてはあまり知られていない。後者の点については、わずかに、孫玉石がこの四首の初出（一九三七年、後述）を取り上げ「意味内容の特徴と芸術表現の追求等の面で、四年後に書かれる『十四行集』所収の多くの詩作の全体的芸術傾向と美学的特徴を予告している」（『中国現代主義詩潮史論』北京大学出版社、一九九九年三月）という指摘があるだけである。本稿はこの四首（初出ではなく、より完成度の高い『十四行集』初版所収のテクストを用いた）の紹介と分析を通して、詩人馮至が死者および死の問題とどのように向き合い、新詩にいかなる現代性をもたらしたのかを考えてみたい。

夭折の友を悼む詩——「秋心に」四首

馮至が文革終息後出版した自選集『馮至詩選』（一九八〇年八月、四川人民出版社）には「亡き友梁遇春に（給亡友梁遇春）」と題する二首が収められている。これらが最初に発表されたのは一九三七年七月一日の『文学雑誌』（一巻三期）

梁遇春（右）と、1930年

上海、1937年初

で、その時のタイトルは「幾人かの死去した友に（給幾個死去的朋友）」全四首であった（『馮至詩選』が収録するのはその中の第一首と第三首）。後に、これらがソネット二十七篇を収める『十四行集』初版（一九四二年五月、桂林明日社）の「付録」に収録された時には「秋心に」四首と改められ、再版（一九四九年）では四首共に収録されなかった（因みに近年刊行された『馮至全集』一九九九年十二月、河北教育出版社、第一巻の『十四行集』は再版本を底本にしているため、この四首を見ることはできない）。

初出時のタイトルからすれば、四首は梁遇春一人に捧げたものではなく、おそらく彼を含む複数の亡き友人たちにあてたものだと思われる。しかし、その後、収録される際にはタイトルに必ず彼の名前が入っていること、さらに馮至が八〇年代に書いた回想文「梁遇春を語る（談梁遇春）」（『新文学史料』一九八四年第一期）の中で、彼自身が三七年の雑誌初出時のタイトルを「秋心に」であると記憶違いをしていることから見ても、少なくとも亡くなった友人の中でもとりわけ夭折の文学者梁遇春を意識して書かれた作品であることはほぼ間違いがない。

さて馮至が友人梁遇春に捧げた詩四首には次のような特色が

ある。第一に、死者を悼む新詩の中であまり例を見ない、連作の形式をとる点である。これは一つのテーマをめぐって哲学的思索を深める傾向の詩であることを意味している。第二に、この詩は梁遇春の死後五年を経て初めて書かれ、さらにその五年後にはタイトルと字句の一部を変えて『十四行集』初版に収録され、再版には収録されなかったものの、再び八〇年代のアンソロジーに二首採られている。このことは、馮至の、梁遇春とこの詩への思い入れの強さを表すもので、彼にとって特別な意味を持つ作品の一つと考えられよう。第三に同詩は死者を悼む多くの詩と異なり、生者自身の悲しみや懐かしさ等の強い感情を表現することはせず、死者と生者の関係に焦点が当てられている点が目を引く。以下にこの四首を掲げておこう。

給秋心（四首）

（一）

我如今知道，死和老年人
並没有什麼密切的関聯；
在冬天，我們不必区分
昼夜，昼夜都是一般疏淡；
反而是那些黒髪朱唇
時時潜伏着死的預感；
你像是一個燦爛的春
沈在夜裏，寧静而陰暗。

秋心に（四首）

僕は今知る、死と老人に
何ら密接な関わりはないと。
冬に、僕たちは昼夜を分かつ必要
がない。昼夜はともに同じく暗澹。
むしろあれら黒髪の赤き唇こそが
しばしば死の予感を潜ませている。
君はまるで光り輝く春のように
夜の中に沈む、ひそやかにそして暗く。

（二）

我們当初従遠方聚集
到一座城裏，好像只有
一個祖母，同一祖父的
血液在我們身内週流。
如今無論在任何一地
我們的聚集都不会再有，
我只覚得在我的血裏
還流着我們共同的血球。

（三）

我曾経草草認識許多人，
我時時想一一地尋找：
有的是偶然在一座樹林
同路走過僻静的小道，
有的同車談過一次心，
有的同席間問過名号：
你可是也参入了他們
生疏的隊中，譲我尋找？

（四）

僕たちは初め遠方から
一つの町に集まってきた、まるでただ
一人の祖母と同じ祖父の
血液が僕たちの体内を周流するように。
今いかなる地であろうとも
僕たちが集まることはもうないだろう。
僕はただこの血の中に
僕たち共通の血球が還流するのを感じている。

僕はかって多くの人と知りあった、
僕はいつも一人一人探したくなる。
ある人とは偶然林の中で
人気のない静かな小道をともに歩いた、
ある人とは乗り合わせた車中で打ちとけ語りあい、
ある人とは居合わせた席で名前を尋ねあった。
だが君もその見知らぬ隊列に
加わり、僕に探させるのだろうか？

我見過一個生疏的死者，
我従他的面上，領悟了死亡：
像在他郷的村荘風雨初過，
我来到時只剰下一片月光——
月光顫動着在那児叙説
過去風雨裏一切的景像。
你的死覚是這般的静黙。
静黙得像我遠方的故郷。

僕は一人の見知らぬ死者を見たことがある、
僕はその顔から、死の意味を知った。
まるで他郷の村を風雨が通り過ぎたばかりのように、
僕が来た時にはただ一面の月光が残されているだけ——
月光が震えながらそこで物語るのは
過ぎ去った風雨の中のあらゆる光景。
君の死はこんなにも静かに黙している。
静かに黙して僕の遠方の故郷のようだ。

形式的には四首共に八行から成り、韻脚構造は比較的単純な交韻式（ａｂａｂ）である。基本的に、各首に現れる第二人称は死者を、第一人称は生者を指しているものと考えて考察をすすめてみたい。

第一首は、冬と春のイメージを用いて、一般にそう思われているように、老人（冬）と死が関わりを持つのでなく、むしろ青年（春）が死と密接な関わりを持つことを示唆する。なぜなら、異なる二者であって初めて関わりが問題になるのであり、昼夜が共に生気を失っている冬では、生と死の区別は意味を持たない。むしろ全てが生命力に満ちているように見える春が、暗く静かな夜を内包していることから、生は常に死を内包し、死もまた生の契機をはらんでいるとする発想がここにはある。それは死が生の終点にあるという線状的な生死観を脱する契機にもなっている。また、静寂の暗闇に潜んで姿を現さない死者を生者は何とかして理性で捉えようとする。両者のこうした関係は、「沈む（沈在）」と「知る（知道）」という動詞の示す行為に対応している。「知る」ことは生者の、死者に向かう最初のレベルにある行為といってよい。詩中使用される語彙は主に時間に関するもので、夭折した梁遇春の、時間的には短かった生を、線状的時間の観念に縛られず、生死が相互に内包関係を作り出していると発想するところから、その死の意味を捉えなおす点に特色が認められる。

第二首は全四首中、第二人称が一度も使われていない唯一のものだが、これは第一人称複数形が「你」を含んでいる、つまり生者が死者を含んで「僕たち（我們）」としていると考えるべきだろう。詩の前半では両者が互いに引き寄せ合う関係を動詞「集る（聚集）」が端的に表すが、そうした行為が実現不可能になったことをいう後半部でも、生者はその身体のうちに死者と「共通の血球」が「還流する」のを感知するのである。祖母、祖父、血液、血球など、血や身体に関わるイメージが中心となり、生者と死者の一体感がやや観念的にではあるが強調されている。

第三首は、死者と生者の関係を出会いと別れの視点から捉えている。死者は「見知らぬ」隊列の中に「加わった」とし、生者は彼らを忘れえず「探す」のである。「探す（尋找）」という動詞は詩中二度使われているが、これは生者が死者を忘れずに追い求めようとする、つまり死者を思い出のかなたに押しやるのではなく、常に近づき関わり続けようとする意志的行為を表している。それは生きている時に、ふとした機縁で「出会い」「ともに道を歩き」「打ちとけて語り合い」「名前を尋ねる」行為よりも、もっと濃密な関係を志向する行為だといってもよい。なお、「見知らぬ（生疏）」という形容詞は第四首にも出てくるが、後の『十四行集』でも重要な意味を担う語である。「見知らぬ、あるいはなじみの薄い」他者からこそ、私たちは「探し出す」ものを持っているということだろう。

第四首は初めの二行に端的に表現されているように、生者は死者から何をどうくみとるかという問いが示されている。「見知らぬ」死者の顔（表情）から、生者はその死の「意味を知る」。他郷、故郷、月光という中国古典詩歌の普遍的なイメージが、それぞれ死者の時空、生者の時空、死者の残していった捉えがたく、しかし全てを浮かび上がらせる空気の波動というものを象徴している。特に物言わぬ死者を、過ぎ去った風雨の中の全ての光景を無言のまま物語る月光に比するのは独特である。最後の二行は、死者は沈黙していても生者がその地に赴き、一面に降り注ぐ月光の中に立つ時、その地はもはや他郷の村ではなく、遠方の故郷として生者の時空に属するものになるという認識を示している。古典詩歌の中でしばしば「月（光）」は、異なる時空に存在する二者を結びつける働きを果たすが、この詩でもそうした伝統的イメージを継承しつつ、現代的哲理性が賦与されているといえるだろう。

以上、簡単に見てきたが、これらの四首はいずれも死者と生者の関わりかた――生者の世界にいかに死者を存在させるかという模索を含めた、生死の関連をいくつかの視点から捉え直そうとするものである。すでに述べたように、一般的に詩において人の死を悼む時、喪失感に基づく強烈な悲しみ、あるいは故人と共有した時間への懐かしさを感傷過多にならずに表現することは難しい。ある程度時間を経た場合でも、悲しみの感情は抑制されるかもしれないが、生者は死者の死を記憶以上のものとして受けとめる認識は新詩の中ではほとんど表現されてこなかったといえる。無論、それはそうした認識そのものが未形成であったということでもある。しかし、この四首は死者を生者の身体と意識の一部と化していく意志的な行為を、「知る（知道）」→「感じる（覚得）」→「探す（尋找）」→「わかる（領悟）」というキーになる動詞に托しつつ、生死をめぐる新たな認識を順次展開しているとみなせるのではないだろうか。

さらにこれらの詩篇を特徴付けているのは、身近な友人の死という最も哀切な個人の体験、死という最も深遠な哲学的なテーマにも関わらず、何の変哲もない素朴なイメージと平易な語法を淡々と用いてそれを表現することに成功している点である。詩中使われているのは、人や自然物などある空間を占めるイメージが中心になっているが、こうした物のイメージよりも、むしろ行為意象（動詞）がそれらを統合する重要な役割を果たしている点に注目すべきだろう。馮至が「一つの寂しさは一つの島（一個寂寞是一座島）」（ソネット第五首）とうたうように、寂しさの塊である孤単の人間存在は、他者との分離と抱擁をくりかえしながら、つまりは行為によって真実の存在に変容していくのだということを、彼は日常的動詞を異化することで表現している。私たちから何ら特別の感覚を引き出さなくなってしまっているこうした動詞が、馮至の詩の中では行為意象となって新たな生命を与えられて甦り、暖かな哲理をもたらしている点――それは『十四行集』の諸篇を支える言語の魅力でもある。

『十四行集』に見える〈他者〉との交流

ここで馮至のソネット二十七首の中からこれら四首のテーマをより深化させたと思われる詩篇をいくつか見てみたい。ゲーテに献じた第十三首には、ゲーテの〈蛻変論《ぜいへん》〉に啓発されて馮至が獲得した、死に対する新たな視角――死は単なる喪失ではなく、変化しかも再生への契機をはらむ変容だとする認識――が見える。「秋心に」第一首では、生気溢れる春に対してそれが内包する夜（死）を感じ取れることをうたっていたが、死の中に生を、生の中に死を見ること、異質もしくは一見対極にあるものが実は相互に内包する関係にあり、補完し合っていることを見る生死観はここに至ってさらに補強されている。

「秋心に」第二首でいささか観念的に表現されていた、体内に流れる「共通の血」の意味は、生まれたばかりの子犬をモチーフにしたソネット第二十三首の中で、子犬に光と暖かさを与える母犬とそれを深く記憶している子犬との関係を通して生き生きと形象化されている。以下に全篇を掲げておこう。

接連落了半月的雨，　半月続けて雨が降る、
你們自従降生以来，　おまえたちは生まれてこのかた
就只知道潮湿陰鬱。　湿り気と陰鬱だけしか知らない。

一天雨雲忽然散開，
太陽光照滿了墻壁，
我看見你們的母親
把你們銜到陽光裏，
讓你們用你們全身

第一次領受光和暖，
日落了，銜你們回去。
你們不会有記憶，

但是這一次的経験
会融入将来的吠声，
你們在深夜吠出光明。

ある日雨雲は忽然と散らばり消えた、
太陽の光は壁いっぱいに満ちている、
僕は見た、おまえたちの母親が
おまえたちを陽光の中まで銜《くわ》えていき、
おまえたちの全身に

初めての光と温もりを浴びさせて、
日が落ちると、銜え戻っていくのを。
おまえたちは覚えていないだろう、

だがこの経験は
未来の吠え声に溶け込んでいるはず、
おまえたちは深夜に光明を吠え出す。

ここに表現されているのは、たとえ親が子に注ぐ本能的な愛情というような常套的解釈を含み得るとしても、はるかにそれを超えたものである。一つの世代は前の世代から、愛情によってもたらされたある「経験」を受け取っている。それはたとえ目に見えず、記憶になくとも、暗くじめじめとした世界に生まれ落ちて後、「初めて」全身に浴びたことのある「光と暖かさ」のように決定的なものとして精神の形成に作用する。暗闇の中で光を求めて吠える犬の身体は間違いなく「光と温もり」を覚えているのである。先の第二首でいう「共通の血」すなわち人から人へと受け継がれていくものは、実は「血」という名の、身体に刻まれた「経験」といってもよい。ここではそれが多少の物語性を帯びつつも、何処にでもありそうな日常の一齣として描き出されているのだが、こうした日常の中にこそ日々の平凡な行為の意味を深く探ろうとする「物を見る」詩人の姿勢がうかがわれる。母犬が陽光の下に子犬を連れ出し、また連れ戻してくる行為を表す「銜える」という動詞がここでは愛情と労苦に満ちたものとして何と美しく響いてくることだろう。

人との出会いと別れを捉えた「秋心に」第三首は、私たちが私たち以外の多くの人々に自身の存在を負っていることをうたった、ソネット第十七首を想起させる。「私たちの心の原野」に刻まれた「曲がりくねった小道の一本一本」は、「大半が行方知れず」の行人によって踏み出された、生命に満ちた道だとして、その「歩み」を「荒らさず」心に刻み付けることを同ソネットでは誓い祈る。また第二十首では、「夢の中に生き生きと現れる」多くの顔や声が、「親しいか見知らぬかを問わず」、多くの生命を「融合した結果、花開き、実を結んだ」ものではないかと自らに問いかける。

最終ソネット第二十七首は、無形の水に形を与える瓶と秋風に揺れ動く旗をモチーフにした冒頭連に続いて「捉えがたきもの」を形あるものに、特に言葉に捉えようとする行為が詩創作であることをほのめかしたものである。詩中四回も使用されている「遠方」という語は、「秋心に」第四首を想起させる。そこでは、死者がかつて存在した時空は「月光」という捉えがたきものになり、それは生者にとって「遠方の故郷」となって、生ある限り死者の時空を喚起しつづけるものになっている。無論、ソネット第二十七首でいう「捉えがたきもの」は死者の時空を指すだけにとどまらず、広く他者なるもの（自然を含む）を指している。こうした認識を獲得するためには、自分自身の身近な生死に関わる体験とともに、まず友人の死に対して感傷に流れることなく、生と死の関連について思索を深めることが必要だったのだと思われる。この意味で「秋心に」全四首は、ソネット二十七篇を成立させる哲学的思索――〈他者〉との交流――の基盤になる、記念すべき習作群だったと位置付けてよいのかもしれない。

〈反感傷〉の姿勢――「詩は経験である」（リルケ）

同時代の詩人・評論家に「平凡な日常の中に哲理を見出す」（朱自清）「沈思の詩」（李広田）と評された馮至の『十四行集』は、生と死、自然を含む他者との関係性をテーマとする一連の哲理詩であるが、決して現実から遊離した抽象的思考ではない。それは執筆当時の四〇年代、彼は生涯で最も多く社会時評や文化批評を著し、その現実的関心と問題意識を率直に表していることからもうかがわれる。それらが繰り返し形を変えて指摘しているのは、集体だけが問題にされる抗戦期にあって、個人の内面がないがしろにされているがために生じる様々ないびつな社会現象である。

例えば馮至は「現在の文学翻訳界を論ず（論現在的文学翻訳界）」（一九四四・四・二十、昆明『中央日報・星期評論』）の中で、抗戦以来、外国文学の紹介が無選別、無目的になされていることを批判している。欧米で流行する書に盲目的に追随し、十九世紀ロマン派の文学（特に詩歌）が常に西洋の文学を代表しているかのように翻訳されることに異議を唱えている。なぜなら革命の時代の要求に合っていたロマン主義も、その反抗精神や情感を尊ぶ感傷主義が強調されすぎると、中国の古い文人気質や趣味に合致してしまい、今の文学修養者が持つべき忍耐や思索といった精神活動を粗略にしてしまうからだという。異文化は自分たちにないもの、なじみの薄いものだからこそ我々の視野を開くことが出来、「自分を糾し、自分を啓発」できるものなのに、ただ自分たちの嗜好に投合するものを受容しようとするのは、民族の惰性を助長するだけだと厳しく指摘する。

また、中国では真の個人主義が未成熟であることを嘆じた「幼稚と老衰（幼稚与衰老）」（一九四四・四・三十、『生活導報』）では、現代の西洋人が感情を抑制し、適当な時が来るまでそれを表出しないことで情感を深めているのに対して、中国では「気まま」や「自制心がないこと」が「率直さ」や「至情の流露」と誤解されていて、その一方では世故に長けた老人のように、単純な思想を回りくどいものにしているため、思想も情感も浮薄で衰えたものになり、この百年間、創造的文明が育ってこなかったと分析している。

四〇年代の馮至の文章にはいずれにもこうした自己省察の姿勢があり、個人の内面が成熟するためには、安易な激情吐露に走らず、粘り強く思考し、誠実に仕事をすべきことをそれらは淡々と訴えている。これは彼が三〇年代前半ドイツに留学し、リルケをはじめキルケゴール、ニーチェ、ヤスパースの哲学に触れていたことと無縁ではない。中でもリルケについては北京大学在学中からすでに興味は持っていたものの、ドイツ留学後三一年頃からは本格的に学び、決定的影響を受けることになる。しかも当初は詩よりもむしろ書信集『若き詩人に与える手紙』（一九二九年）や小説『ブリッゲ随筆』（一九一〇年、邦訳題『マルテの手記』）に大きな啓発を受けたことを、回想文「外来の養分（外来的養分）」（『外国文学研究』一九八七年第二期）の中で馮至は語っている。留学中から主に翻訳を通してリルケの紹介が積極的になされている事実は、その啓発の大きさを端的に示している（前者の抄訳はまず一九三一年十月『華北日報』副刊に掲載され、その後、三八年七月にはリルケの散文「山水を論ず（論山水）」を附して長沙商務印書館から単行本で刊行された。翌三九年には再版も出ている。一方、後者の抄訳を馮至は二〇年代半ばから加わっていた同人誌『沈鐘』半月刊の第十四期〈一九三二年十月〉と第三二期〈一九三四年一月〉に留学先から寄稿している）。

「外来の養分」の中で馮至はリルケとの出会いを自分の欠点に気付かせてくれる友人を得たことにたとえている。

二〇年代北京大学在学中から彼は晩唐詩詞の他、ドイツロマン派のノヴァーリスやティークらの濃厚な神秘性や幻想性に強く惹かれていたというが、一九三〇年廃名とともに雑誌『駱駝草』を創刊する頃には、創作上の行き詰まり（後に馮至自身はこれを「危機」とよんでいる）を自覚していた。そういう時に出会ったリルケの言葉は、それまでなじんでいた西洋ロマン派の文学とは全く異質なものとして、馮至に決定的な影響を与えることになったという。特に彼を啓発したのは、リルケの詩と生活に関わる言葉である。中でも次の言葉はそれまでの彼の詩作の姿勢を覆す決定的な意味をもつことになった。揺さぶりをかけたのは「詩は一般に考えられているように感情ではない（感情なら人はとっくに有り余るほど持っている）。詩は経験なのだ」「ただ一行の詩句を書くにも、既に多くの町、多くの人々、多くの物を見ていなければならぬ」という部分である。

　馮至は新詩草創期より支配的であった抒情のスタイル、すなわち激情を吐露したり、華麗な措辞を弄して朦朧としたムードを醸し出したり、あるいは感覚の細部へ過度に執着するというスタイルに纏わる「感傷性」にはどこか資質的になじめなかったのかもしれない。憂愁を抱いて内向するタイプの詩人馮至にとって、リルケの「詩は経験である」という言葉に表現された認識は、彼にじっくりと人や物そして生活を凝視させる「沈黙」の時が必要であることを確信させたのだろう。そしてリルケがロダンの仕事から学んだように、芸術家の「ものを観る」――事物本来の姿を覆い隠している因襲や偏見を捨てて、謙虚に真剣に「観る」ことでものの実質を発見する――〈反感傷〉的姿勢こそが、馮至のその後つまり四〇年代以降の創作を支える根本理念に、また、ある種の倫理性を帯びた希求となっていくことになる。

　実は、「詩は経験である」というリルケの言葉は、詩は経験豊かな人間の中から生まれる表現だという単純な意味にはとどまらない。モーリス・ブランショ（一九〇七〜）はこの詩句を「経験とはここでは存在との接触を、この接触におけるおのれ自身の更新を意味している」(『文学空間』一九五五年)と解釈している。こうしたより深遠な解釈から見たときでも、馮至の『十四行集』はリルケのこの言葉を体現したものだと見なせる。なぜなら、同ソネットは一切の他者との交わりによって絶えず自己を更新し、真の自己になっていこうとする精神こそを体現したものに他ならないからだ。

馮至の、約五年間の留学生活を含む三〇年代には、詩数首とリルケ、ニーチェ、キルケゴールの翻訳が数篇あるだけで、彼のおよそ七十年にわたる創作生活の中ではブランクいわば「沈黙」期といってもよい。しかし、おそらくこの約十年間の「沈黙」の時間がなければ、四〇年代の深い思索の跡を残す詩歌、散文、小説などの創作や、ゲーテ、杜甫に関する優れた学術研究は生まれなかっただろう。そしてこの重要な「沈黙」期の数少ない創作の中でも、一九三七年に初めて書かれた(後の詩題)「秋心に」四首は、生と死の関連をめぐる哲学的詩想を素朴な形で展開している点で、『十四行集』のソネット二十七首に結実していく芽を胚胎した貴重な作品である。と同時に、その哲理性は生者が死者を悼むことの意味を大きく転換させ、つまりは新詩に現代性をもたらした記念碑的作品と見なすことができるのではないだろうか。

一人の友人の死から、死者と生者の関わりを模索する新詩はそう多くはない。一般的には親しい者の死を大いなる喪失と捉えて悲嘆に暮れるか、あるいは思い出の一つとして時々引き出しては往事を懐かしみ感傷に浸ることになるのだろう。しかし馮至は、死者を常に生者の側に引き寄せ、自らの体内に抱き続けるための思索を、「秋心に」全四首を通して試みたといえるだろう。散文「梁遇春を語る」の方はいわば墓誌銘にあたるが、そちらもつとめて感傷を排除して、その人柄と文学の特色を語り伝えようとしている。

一九三〇年代前半の詩壇といえば、上海では左連の下にあった中国詩歌会がプロレタリア詩歌を標榜する一方、北京では新月派の卞之琳（一九一〇〜二〇〇〇）をはじめとする何人かの詩人たちによるエリオットの詩論「伝統と個人の才能」（一九二〇年）や長詩「荒地」（一九二二年）などの翻訳紹介を通して、単なる抒情表現ではない、批評精神を持つ現代詩のあり方が共有されるようになっていた（このあたりの事情は張潔宇の「〈荒原〉与〈古城〉――三〇年代北平詩壇対《荒原》的接受和借鑑」『中国現代文学研究叢刊』二〇〇〇第一期、「三十年代北平現代主義詩壇的集聚」『新文学史料』二〇〇〇年第四期〉に詳しい）。もはや新詩は草創期のように、五四新文化運動の公的イデオロギーを普及させる役割を担うだけでないのはもちろん、「真実性」を保証する告白型の激情の吐露でもなく、また華麗な詞藻により微細な感覚に潜行するだけでもない、思考する現代詩のあり方が少数の詩人たちによって確実に模索されつつあったのである。

馮至はこの時ドイツにあって、やはり現代詩の規範をリルケに見出したといえるだろう。生死をめぐる哲学的詩想の多くをリルケに負っていることは確かであるし、例えばリルケの「ドゥイノの悲歌」（一九二三年）にも見られる、西洋のエレジー（悲歌）という形式が持つ一般的展開（「哀悼」→「哲学的論考」→「慰撫」の三つの段落）に示唆されるところもあったであろう。しかし彼の新詩の歴史に打ち立てた独創性と現代性は、こうした生死をめぐる哲学的考察というテーマにのみあるのではない。むしろそれらがきわめて自然な口語と普遍的な伝統的イメージを用いた平易な表現であるにもかかわらず、なぜかその内包する世界の深淵が読者を引き込み、〈存在〉の問題に向き合わせるという点にこそある。それを解き明かすにはおそらく馮至の言葉の秘密にさらに迫らなくてはならないだろう。

追悼された暗殺死

西野由希子

一九三〇年代、中国上海に「中国新感覚派」と呼ばれた作家たちがいた。劉吶鷗《りゅうとつおう》（本名劉燦波。一九〇〇〜四〇）、施《し》蟄存《ちつそん》（本名施青萍。一九〇五〜）、杜衡《とこう》（本名戴克崇。一九〇七〜六四）、戴望舒《たいぼうじょ》（本名戴夢鷗。一九〇五〜五〇）、穆時《ぼくじ》英《えい》（本名穆時英。一九一二〜四〇）らで、施が編集者をつとめた雑誌『現代』（三二〜三五。上海現代書局）に主として作品を発表したことから「現代派」とも呼ばれる。穆を除く四人は中高、大学時代からの文学仲間で、西洋や日本の文学——特にいわゆるモダニズム文学に大きな影響をうけて創作を開始した。やがて施は小説家及び編集者として、戴は詩人として文壇に影響を与える存在となり、杜は主に評論活動を行って左翼作家たちとの論争で知られることとなった。それぞれ活躍したジャンルも違い、作風も異なるが、さまざまなタイプの文学が現れながらやがて左翼文学が主流となっていった三〇年代前半に、共通の文学的志向をもち、人間関係の上でもつながりの濃かった彼らをグループとしてみる見方が現在では定着している。この中で穆時英は他の四人より少し若く、一歩あとから文壇に登場したのだが、彼の小説は日本の新感覚派と強い影響関係がみられ、新鮮な文体で「新感覚派の旗手」と評された。

『文学界』の「穆時英氏追悼」

一九四〇年九月に発行された文藝春秋社の雑誌『文学界』七巻九号は、「穆時英氏追悼」の特集に十五ページを割いている。はじめに穆の死の状況を伝える手紙が掲載され、横光利一「穆時英氏の死」、片岡鉄兵「憂鬱な美しい顔」、阿部知二「回想」、草野心平「穆時英氏のこと」、今日出海「穆君の不慮の死をいたむ」の五本の追悼文が続く。執筆

穆時英

者の顔ぶれといい、かなり大きな扱いと見えるだろう。それだけではない。そもそも穆の死は日本のいくつかの新聞で報じられ、阿部知二はその記事にショックを受けて「都新聞」に文章を寄稿した。「回想」はそれに加筆したものであるとの付記がある。同様に片岡鉄兵も報道の翌日には東京朝日新聞のコラム「槍騎兵」に穆の死について書いている。同じ『文学界』の七月号では「六号雑記」という短いエッセイ欄で林房雄が、八月号の同欄で武田麟太郎、編集後記で河上徹太郎がそれぞれ穆を追想している。菊池寛も『文藝春秋』八月号の「話の屑籠」に哀悼の辞を寄せた。このように追悼された穆時英と日本の作家たちの間にどのような交流があったのか。享年二十八歳の中国の作家を日本の作家たちはどう見て、その死をどのように悼んだのだろうか。

中国新感覚派の誕生

穆時英は一九一二年、浙江省慈渓の裕福な家庭に生まれた。父と共に上海へ出て中学で学ぶころから文学を好むようになり、読書に励んだ。光華大学に進学後は外国の新しい文学流派への関心が強まり、日本の新感覚派の小説も熱心に読んだという。

これより前、少し年上の劉、施、杜、戴は震旦大学で学びながら、青年作家としての修行をはじめていた。二八年、前年に戴望舒が北京で親交をもった馮雪峰《ふうせっぽう》が上海へやって来る。「雪峰が持ってきたのは全て日本の書物で、昇曙夢、森鷗外、石川啄木などがあった。……雪峰はホイットマンとサンドバーグの詩を誉め、日本とソ連の現代詩も似たような道をたどっていると言った」（施蟄存「最後一個老朋友——馮雪峰」『新文学史料』八三年二期所載）。彼らは馮に刺激され、彼のアドバイスを参考に翻訳や創作に取り組む。しばらくすると劉が日本から戻ってくる。「劉吶鷗は多くの日本で出版された新しい文芸書を持ってきた。当時の日本の文壇の新しい傾向の作品、横光利一や川端康成、谷崎潤一郎らの小説もあったし、文学史や文芸理論の方面では未来主義、表現主義、シュールレアリスムに関するものと、史的唯物論の観点を用いた文芸論著、文芸ニュースがあった」(同上)。馮雪峰といえば左翼作家の代表的存在、他方、劉、杜などは国民党に荷担した作家と、のちの道のりから見れば対極の存在と考えがちだが、思想的に別れる前の時期、当時の文学青年たちは豊かで人間的な交流の時間を持っていた。それは三〇年代の作家たちの間に表面だけでは汲みとれない重層的で愛憎もつれあう人間地図を織り成していくこととなった。

台湾で生まれ、東京で育った劉は日本語も堪能であり、施たちに日本の文壇の新しい動きを伝えたのだが、施の回想によれば、劉は各作品や流派の質的な違いにはあまり頓着せず新しいということ自体にとびついているように見えた。同時にこのころすでに映画に強い関心をもっていて、ドイツ、アメリカ、ソ連などの映画を見ては演出の新しい手法について熱っぽく語ったりもしていた。劉は仲間たちと第一線書店、水沫書店というふたつの出版社をはじめ、第一線書店から横光利一、片岡鉄兵、池谷信三郎ら日本の新感覚派の作品七篇を訳した『色情文化』(二八年)を出版、水沫書店からは『新文芸』という月刊文芸誌の刊行を始めた。この時期は資金面からも劉が仲間をひっぱっていたようだ。特に彼らが「中国新感覚派」と呼ばれるようになった背景には以上のような、劉による日本新感覚派の紹介という仕事があった。穆時英が大学時代に熱心に読んだ日本の新感覚派の小説というのもこの劉訳のことだ。穆はそれを手本にして自分でも小説を書き始める。

施蟄存もこの時期に自分の作風を固めつつあった。このころ書かれた小説からは彼が創作の上であれこれ模索していた様子や、選択的に新しい文芸思潮や表現手法を受容していった過程が見てとれる。のちの作品まで含めての評価になるが、施蟄存の小説には直接的に日本の新感覚派の影響は見られない。彼の作品の主眼は心理描写にあり、人間の心のひだや生活の中のちょっとした怪奇を巧みに描き出すところに特徴がある。また、戴望舒はさまざまな詩に触発されながらも一貫してフランスの象徴派の詩に惹かれていた。しかし作風の微妙な違いがあったとしても、雑誌『新文芸』などに発表される彼らの作品に共通していた新しい感覚、新しい表現の試みは先輩の作家や評論家たち、中国の若い読者たちの注目を集めた。三一年十月二十六日、評論家楼適夷《ろうてきい》の書いた「施蟄存の新感覚主義」（『文芸新聞』三三期）によって、彼らは「新感覚派」と呼ばれるようになる。

作家としての穆時英

日本の新感覚派に学んだ穆時英も『新文芸』に注目していた一人だった。彼は自分の作品を『新文芸』に寄せ、編集を担当していた施蟄存に認められて、文壇にデビューする。

『新文芸』一巻六号（三〇年二月）に「咱們的世界」、二巻一号（同年三月）に「黒旋風」が掲載され、二巻二号（同年四月）には二九年五月に執筆されていた彼の処女作「獄嘯」も載った。そして「南北極」が『小説月報』二二巻一号に発表されると、穆時英の作品は一躍人々の目に触れることになった。

穆時英はそれから三二年までの足かけ五年の間に、四十数篇の小説を書いた。三二年一月には湖風書局から短篇八篇を収めた『南北極』、翌三三年に現代書局から『公墓』、三四年同じ現代書局から『白金的女体塑像』、三五年五月、良友図書公司から『聖処女的感情』と全部で四冊の小説集も出版している。彼の活動は小説の創作に限られているが、新鮮な作風によって「鬼才」「中国新感覚派の旗手」と言われた。

例えば彼の代表作のひとつ「上海的狐歩舞（上海のフォックストロット）」（『現代』二巻一期、三二年十一月原載。『中国

現代文学珠玉選　小説2』二〇〇〇年、二玄社刊に西野訳所収）を見ると、劉吶鷗が試みていたフラッシュバック、クローズアップ、モンタージュなど映画の技法を小説文体にいかす表現手法、独白や「意識の流れ」など施蟄存が得意とした人間の心理を描き出す技法も巧みにとりいれられている。さらに

ごうっと吼える声がして、一本のアーク灯の光が水平線の向こうから伸びてきた。線路ががんがん鳴り響き、枕木はムカデのように光の筋の中を前へ前へと這って行く。電柱は見えたかと思うと、たちまち暗闇に隠れ、「上海特別快速」が腹を突き出して、だ、だ、だ、フォックストロットのリズムで、夜光の珠を口に含み、龍のように駆け去る、弧線の上を。

（前掲『中国現代文学珠玉選』西野訳）

といった、列車を擬人化し、独特の擬音語を用いた表現は、日本の新感覚派に学んだものと言える。この作品はタイトルに「上海のフォックストロット　ある断片」とあるとおり、パートナーを替えながらリズムに乗って踊るフォックストロットダンスを思わせる構成になっている。場面や言葉の繰り返しをうまく多用して、上海のある夜の退廃的なダンスパーティ、裏町の娼婦、労働者が働く工事現場などの光景を切り取って見せる。冒頭の「上海。地獄の上に造られた天国」という言葉が末尾でリフレインされる。

二度の訪日

しかし穆は三三年以降、小説創作から離れる。また政治的には国民党へ近寄っていき、三七年には国民党の図書雑誌審査委員もつとめる。その後、二年ほど香港へ行って『星島日報』の編集に携り、三九年秋、上海に戻って汪精衛政権下の新聞『国民日報』などの総編集となった。（穆時英の創作と政治的選択を論じた鈴木将久氏「裏切りの政治学――中国モダニスト穆時英の選択」、『モダニズムの越境』第二分冊、二〇〇二年、人文書院、はこの間の事情についても詳しく扱ってい

る）穆時英がはじめて日本へやって来たのは、上海に戻ってわずか一週間というあわただしい中でのことである。肩書きは南京政府の芸術科長、このときのことを今日出海「穆君の不慮の死をいたむ」は次のように書いている。

昨年秋、興亜院のM氏が中国の映画人を数名連れて、文芸会館を訪ねて来られた。丁度、菊池寛氏が西住戦車長伝を執筆して、奥の座敷に居られたのを幸ひ、簡単な茶会を催すことが出来た。一行中の穆時英君は映画代表に混じつて来た唯一の作家なので、撮影所めぐりをするよりも、一人でも日本の作家に会つて帰りたいといふ希望を容れて、M氏が僕のところへ連れて来たのである。（中略）菊池氏の取計らひで、では一夕日本の作家だけで歓迎会をするから、時間を都合するやうにと言ふと、彼は子供のやうに喜んで、横光利一、片岡鉄兵、林房雄……とかねて翻訳によつて知つてゐる名前を書き初めた。（中略）さてその翌日大阪ビルに彼を囲んで、横光利一、尾崎士郎、片岡鉄兵、林房雄、菊地寛、久米正雄外数氏が集つて歓談を交えた。また席を変えて築地で寛いだ二次会まで開いた。

横光利一「穆時英氏の死」によれば、この時、横光は穆時英から最初にいきなり、日本の新感覚派は今どんなになっているかという質問を受けた。横光はこの問いへどう答えたものか戸惑い困惑したと書き、雑誌『知性』八月号（河出書房）に掲載された穆の作品「黒牡丹」（加藤淑郎訳。谷川徹三の付記がある）を紹介して哀悼の気持ちに代えている。

二度目の訪日は翌四〇年の五月、政府答礼使節団の一員としてで、新聞界を代表して参加していた。この時も忙しいスケジュールの中、日本の文学者たちが一行をねぎらうという食事の集まりがあり、林房雄、松崎啓次、武田麟太郎、河上徹太郎、阿部知二、草野心平、今日出海らと会っている。中国側は褚民誼《ちょみんぎ》、林柏生《りんはくせい》らがいた。穆は河上と阿部の間の席で彼らと英語で歓談した。

穆時英が亡くなるのはこの訪日から帰国してすぐの六月二十八日のことだ。『文学界』が掲載した「手紙（現地報告）」、上海興亜院文化部調査官増谷達之輔の七月二日付け今日出海あて書信は、まだ日の明るい夕方六時二十分、上海三馬路の国民新聞社を出て人力車に乗ったところを撃たれ、胸と腹に各一発を受けて即死だった、と知らせている。犯人については、まだわからないが「重慶側の暗殺団にやられたと云ふ説、そうは考へられない節もあると云ふ説、色々ありますが」、「重慶側の刺客かも知れません。或は他の方面から重慶側のテロ団を利用してやらせたのかもしれません」と述べている。

はじめに紹介したように、穆時英暗殺の記事を新聞で見た何人かの文学者はショックを受け、阿部知二などはわざわざ今を訪ねて夜遅くまで語りあったと言う。数人はすぐに文章にも書いた。『文学界』が九月号で「穆時英氏追悼」の特集を組むことにしたのは八月号ですでに武田麟太郎が書いているように「暗殺された当夜の昂奮した松崎が上海からよこした手紙」に「何かの形で彼を知つてゐる作家で追悼してくれ」というはたらきかけがあったことも理由かもしれない。この松崎とは穆の二度目の訪日の際、食事会にも同席していた映画プロデューサー松崎啓次のことだろう。松崎啓次は東宝から中国に派遣されたのち、文学から映画の世界に移って脚本執筆や監督などをしていた劉吶鷗と親しくなり、三八年には光明影業公司で「椿姫」など四本の映画を共同制作している。興行的にも成功した「椿姫」は東宝に送られて日本でも公開されており、日本の中国における映画工作の最も早い例と言われている。その後、劉と松崎の親交は深まり、三九年、日本軍が川喜多長政を最高責任者に中華電影を設立すると、劉吶鷗は文化映画の制作部次長という役職についた。穆と松崎を引き合わせたのは劉であった。そして以上でもわかるように松崎は当時日中の文化工作に深く関わっていた人物だった。

追悼文と日中文化交流

あらためて『文学界』の穆時英追悼文を見てみる。

横光利一と同じ新感覚派作家の片岡鉄兵も、穆が彼らの作品をよく読み、経歴などを知っていたことに驚いている。

はじめて日本に来た時「あなたがピヱヌカン、チヱピンか」と、懐かしさうに手を握つた彼の、やゝ長みがゝつた、美しい憂鬱な顔が、斯うしてペンを執つてゐると彷彿として泛んで来る。

しかし追悼文で穆の作品に触れてその才能あるいは可能性を惜しもうという姿勢のある横光と違い、片岡は「作家としての穆さんに、どの程度の才能があるかは、彼の作品の翻訳が無いので私には未知数に属する。が、今の場合、私にはそんなことは殆ど問題ではなかった」と書く。では穆時英の死をなぜ悼み嘆くのか。第一に、僅かな時間だが、直接見た人であること。第二に、英語でだが日本の作家と対等に話ができた人だったこと。第三に、それほどのインテリが抗日陣営からその反対の立場に移行して来たことの重大さ、そしてその人が国民党によって暗殺されたことを悼むのである。これでは作家としての交流があったとも、作家どうし仲間の死を悼んでいるとも言えない。穆時英という人を追悼しているとさえも言えない。片岡の手を握って愛読した作家に直接会えた喜びを表した穆のほうがまだ文学者の顔を見せている。

草野心平の追悼文も同様である。草野は慶應大学を卒業後、広州・嶺南大学に留学して以来、中国と日本の文学界をつなぐ夢を追った人で、林柏生とは古い友人であった。五月の使節団の行動のかなりの日程につきあい、箱根へバスに乗って移動し、いっしょに宿泊した。しかし穆を特別に紹介されたわけでもなく、ほとんど話もせず、作家穆時英が暗殺によって死んだことを知ってはじめてあの青年と思い出したのだと書いている。「自分と穆氏は別にこれといふ話もしなかつた」「作家としての氏については自分は何も知らぬ」と言いながら、死んだからといふ意味ではなく、穆氏とのほんの一寸した交渉も何か懐かしい。それは氏の人柄によるものだと思はれる。情熱を内蔵しての小麦色の沈潜した顔、澄んだ大きな瞳と、ゆったりした鎌型の眉。あの顔は色んなものを舐めて来た現代中国青年を風貌する。自分が今、氏の顔を思ひ出して哀悼切なるものあるのもみんなその事によつてのやうな気持が自分ではする。

と追想する。一方通行の哀しみにひたっている。それにしてもほかに思い起こすことがらが少ないから表情や顔立ちの記述になるという面もあるかもしれないが、会った作家たちは穆の謙虚で落ち着いた態度や表情に好感を持ち、しっかりして頼もしいという印象をもった点で一致しているようだ。それだけ強い印象を残したのだと言える。上海の歓楽街を派手に遊び歩いてはそれをモダンな作品に描いていたかつての青年作家にこのときまでにどんな変化があったからなのか、短い邂逅で日本の作家たちはどこまで穆を理解したと言えるのか。

もっとも多く会話をかわしたと思われる阿部知二と今日出海の追悼は、前の三人よりも具体的な会話の内容に即している部分が多い。だが紹介される会話の中身は創作談や文学談義ではなく、これからの日中の協力ということに集約される。さらには阿部は

身を挺してこの難局に当らうとするやうな若い知識人が、どこにでもころがつてゐるというわけではあるまい。穆君の凶死を悼み、その損失の大きさを痛感しないで居られぬ。

とも言っており、これもまた文学者の死を悼む言葉とは言えそうにない。

以上のように『文学界』の「穆時英氏追悼」は、日本の文学に影響を受け、あこがれを持ち続けた青年作家であり文化人である穆時英との交流を追憶し、その死を悼むものとしてはあまりにもさびしいものと言わざるをえない。彼らの一部は実は儀礼的もしくは政治的配慮で気の進まないまま穆との交流に参加し、追悼に応じたのかもしれないと

思いたくなる。だがそうでないとすればここに見られる日中の作家の交流はいかにも粗雑であり、日本の作家たちは一方的に自分たちの側の思いを穆時英という人物に投影することに終始している。少なくとも追悼文からは作家どうしが向き合ったときに生まれる心のつながりや連帯感は読み取れない。日中の文学交流史にはこのようなさびしく貧しい交流もあったのである。

穆時英の死の謎、そしてもうひとつの暗殺死

増谷の手紙ではまだわからないとされた穆時英を暗殺した犯人について、一般には重慶すなわち国民党の手によるものと考えていたようだ。今が「唯日本を二度訪れて、我々と会したゞけで既に生命を落さなければならぬ」と書いたように、日本に協力的であったことが原因であると思われ、だからこそ作家たちは原因をつくった日本の作家の一人として追悼をしたのである。そして中国でも同じような見方をしていた。

しかしそこにはさらに隠された事情があった。現在では、香港で『掌故』月刊に発表された康裔《こうえい》の文章等によって、穆時英は国民党の指示に従って汪精衛政権下の職につき、その上で日本に協力したのであり、いわゆる二重スパイであったというのがほぼ定説となっている。穆時英は国民党のためにひそかに働いていながら、それを知らされていなかった国民党軍部の手で暗殺されたのであり、彼の死はいわば二重スパイの悲劇ということになる。これが事実だったとすれば、穆時英は日本のことをどう見ていたのか、日本で実現した作家たちとの対面をどのように感じていたのか、より考えてみる必要があるだろう。そして一般に観察力や洞察力に優れているだろう作家たちが一致して強く印象付けられた穆時英の落ち着いてしっかりした態度、憂いを帯びた表情は、実は彼らが全く予想していなかった穆の別の姿から来ていたものかもしれないのである。

最後に、穆の死に続くもうひとつの死に触れておこう。穆時英の死からわずか三カ月後、劉吶鷗もまた暗殺により命を落とす。穆のあとを継いで『国民新聞』の総編集、つまりトップの席についたばかりだった。九月三日、松崎啓次や中国の映画関係者たちとの会食のあと、劉は一足先に二階の部屋を出る。

階段を急ぎ足でおりるところを、階下の入り口に近いテーブルにいた中国服の客がその劉をめがけて拳銃を乱射して、素早く逃走した。全く瞬間の出来事であり、松崎の著書『上海人文記』には「『殺られた』『殺られた』たしかに、二声、劉君が叫んだ。然も日本語で。その声は力がこもって普段の元気な劉君の声と少しも違わなかった」と述べられている。

（辻久一『中華電影史話』八七年　凱風社）

ここで引用されている松崎の『上海人文記――映画プロデューサーの手帖から』（四一年　高山書院）は劉の追悼にかなりのページを割いている。劉との出会い、映画製作をめぐって議論した日々、亡くなったときの詳細な状況。松崎は確かに日本軍と関わって映画による文化工作の一部を担った人だが、ていねいに回想しながら「苦い言葉で批判し合へる友達は、さうたくさんあるものではない。僕に取つて、君はその数少ない友人の一人であつたのに」と嘆く文章はともかくも心からの悲しみに満ちている。そして松崎は、日本植民地下の台湾出身であり日本で育った劉が、自分のアイデンティティに悩みをかかえていたことも書いている。「私がかうして今日以後、日本の為に骨身を惜まず働いたとして、日本の人が娘を妻にして呉れる等と云ふ事を考へられるだらうか」。劉にとって松崎はこんな哀しみもうちあけられる存在だった。

劉吶鷗の死について菊池寛は『文藝春秋』十月号の「話の屑籠」で「親日の文化中国人が、次々に倒れて行くことは、痛嘆に堪えないものがある」。と書いた。しかしその嘆きの意味、追悼の深さは、ともに映画を作り、劉と親しくつきあった松崎啓次の哀悼とは異なっていること、まして複雑な背景を抱えて死んだ中国の文学者の思いとまじわっていないことは明白であろう。

「身は先んじて死す」

平石淑子

蕭紅《しょうこう》（一九一一～四二）は中国黒龍江省《こくりゅうこうしょう》哈爾濱《はるびん》郊外の呼蘭《こらん》に生まれる。生家は没落しかけていたとはいえ、当地ではまだかなり大きな地主で、父親は教育家で地元の名士であった。哈爾濱の女学校で学んだ後、親が一方的に決めた結婚を嫌って家を出た蕭紅は、新進の作家蕭軍《しょうぐん》と出会い、結婚。「満洲国」建国後間もない哈爾濱で作家活動を始めるが、抗日的な活動によって身の危険を感じたために夫と共に東北を離れる。青島《ちんたお》で書いた「生死場《せいしじょう》」が魯迅《ろじん》の目にとまり、上《しゃん》海《はい》で蕭軍と共に抗日作家としての評価を得、将来を嘱望される。一九三六年には東京に半年滞在したこともある。日中戦争勃発後、各地を転々とする中で蕭軍と離婚、東北出身の若い作家、端木蕻良《たんぼくこうりょう》と再婚する。端木と共に戦火を避けて香《ほん》港《こん》に行くが、体調を崩したまま、間もなく太平洋戦争が勃発し、日本の占領下、三十一歳の若さでこの世を去る。豊かな感性に彩られた作品の数々は、絵画的とも、西欧的とも評され、今日でも多くの読者に支持されている。

一九五七年香港浅水湾《せんすいわん》

一九五七年七月二十二日、作家葉霊鳳《ようれいほう》は香港市政局の職員と共に、香港島南の海水浴場、浅水湾の土を掘り返していた。探しているのは十五年前にこの地に埋葬された蕭紅の遺骨だが、歳月は当初立てられた三尺の木の墓標も、そこに植えられたはずの木も、全て失わせていた。唯一頼りとなる当時の写真は葉霊鳳自身が撮ったものだったが、その時同行した詩人、戴望舒《たいぼうじょ》も既にこの世の人ではない。

蕭紅生家（現蕭紅記念館）前の蕭紅像

十時から開始された作業だったが、午後三時、ようやく黒い陶器の瓶が姿を現わした。中には焼き切れていない顎の骨のようなものと布の燃えかすがあった。

およそ十日後の八月三日十時、香港文芸界の人々により簡単な送別会が開かれた。会場には蕭紅の像が飾られ、香港政府から贈られた明るい褐色の木箱に収められた遺骨が花に囲まれて置かれた。広く通知は出さなかったが、六十余名が参加、その後深圳《しんせん》まで遺骨を送る代表に数十名が同行した。

深圳では中国作家協会広州《こうしゅう》分会が組織した「蕭紅同志遷葬委員会」のメンバーが出迎えたが、中には彼女の夫であった端木蕻良の姿もあった。蕭紅の死後香港を離れた端木はその時北京《ぺきん》にいたが、折りしも胡風《こふう》（詩人、批評家）に対する批判の嵐のただ中に、彼と親交のあった端木も立たされていた。そういった時期に広州作家協会から蕭紅の遺骨を改葬したいという手紙を受け取ったのである。そもそものきっかけは、浅水湾に建つホテルが蕭紅の墓地のあたりを海水浴場として整備しようとしたことだった。ここはもともと墓地として認められた場所ではなく、端木が当時特別の許可を得て遺骨の一部を埋葬したのである。墓が失われようとしている、というニュースはたちまち香港の文化人たちの間に広まり、改葬の声がにわかに高まったのだった。八月十五日午後、しかるべき儀式を経て、遺骨は広州郊外の銀河公墓《ぎんがこうぼ》に納められた。

一九四二年香港

蕭紅が端木と共に香港に入ったのは一九四〇年一月十九日のことである。一九三八年上海陥落後、戦火を避けて武《ぶ》漢《かん》、重慶《じゆうけい》などを転々とした末の南下であった。しかし香港に来て間もなく蕭紅は体調を崩し、蕭紅の弟の友人で、やはり東北出身の作家駱賓基《らくひんき》が十一月に九龍《きゆうりゆう》の家に彼女を訪ねた時には、既に立つこともできないほど衰弱していた。その後駱賓基は蕭紅の死まで、蕭紅夫婦と他の誰よりも濃密な時間を持つこととなった。当時のことを駱賓基は「蕭紅小伝《しようこうしようでん》」（一九四六年）に記録しているが、それと端木側の記録との間には大小の食い違いが数多く見られる。それは主として互いの感情的なもつれに起因した当人同士しか知り得ないことがらであると推測され、検証は難しい。ここでは紙幅の制限もあることから、必要でない限りそのいちいちには触れないで話をすすめる。

十一月中旬、ついに入院した蕭紅は、〈時代文学《じだいぶんがく》〉に連載中の「馬伯楽《ばはくらく》」第二部（第一部は一九四〇年一月、重慶大時代書局より出版）の中断を決意。下旬には一旦退院したものの病状は好転しないまま、太平洋戦争が勃発する。十二月八日のその日の朝、香港の啓徳《けいとく》空港は日本の空爆に遭い、午前中には九龍から香港島への海上交通は完全に封鎖された。危険を感じた端木と友人たちは、人々が寝静まる三時すぎを待って、蕭紅を于毅夫《うきふ》（東北救亡協会香港分会の責任者）が用意した漁船に乗せ、香港島に運んだ。時代書局が担架を用意し、蕭紅はまず周鯨文《しゆうげいぶん》（前東北大学校長）の半《はん》山《ざん》の別荘に入り、更にその日のうちに香港島の各処を転々としたあげく、夕暮れ前にようやく市街地の中心にある思《し》豪大酒店《ごうだいしゆてん》に落ち着くことになった。しかし数日後にはこのホテルも爆撃に遭い、結局蕭紅は再び各処を転々とし、最終的に時代書店の職員宿舎に落ち着くこととなる。

年が明けた一月十二日、蕭紅は跑馬地《ほうばち(パオマーディ)》の養和《ようわ》病院に移る。名のある作家ということで院長が自ら診察し、喉の腫瘍切除の必要があるとの診断を下したが、実はこれが誤診であったことが事後に判明する。手術に難色を示す端木を押し切るように、蕭紅が自ら承諾書にサインをした。

十八日、手術のために声を失った蕭紅の意志で、彼女は瑪麗《マリー》病院に移される。一月二十一日、ずっと彼女に付き添っていた駱賓基は、四十四日ぶりに身の回りの物を取りに九龍の自宅に戻るが、そこには略奪の痕跡が残されているだけだった。翌朝香港に戻ると、瑪麗病院は既に日本陸軍に接収され、ようやく探し当てた聖士提反《セントステファン》女校の赤十字の臨時病院で、蕭紅が明け方六時に意識不明になったことを知る。亡くなったのはその日の昼十一時のことだった。

蕭紅の死後、端木は写真屋に遺容を撮影させ、髪を一束切り取った。当時は合葬が原則だったが、香港政府の埋葬関係の責任者馬超棟《ばちようとう》が幸い蕭紅の読者で、破格の処置が取られた。馬はまず端木に小椋という日本人記者を紹介、彼を通じて日本軍政府から死亡証明書を発行してもらい、蕭紅を荼毘《だび》に付す手続きをとった。その頃、死体には服を着せず、男女も分けず、一括して死体運搬車に載せて埋葬場所に運んでいたが、馬は毛布で蕭紅の遺体を包んだ上、運搬車の特別の場所に他と区別して安置、日本人の火葬場で荼毘に付した。蕭紅の海辺に埋めて欲しいという希望により、端木は骨董の陶器の壺を二つ買い（この時買ったのは白い壺だと端木は言っており、葉霊鳳の墓地改葬時の記述とは異なる）、遺骨を分けた上で一つを浅水湾に、もう一つを最期の地、聖士提反女校の木の下に埋めた。

その後、駱賓基は一月二十五日に香港を離れ、マカオを経て三月、桂林《けいりん》にたどり着く。端木は二月、日本の「白銀丸」に乗って広州に向かうが、広州湾がすでに日本軍の支配下にあったため迂回し、マカオから上陸、同じく三月に桂林に到着している。端木は、「白銀丸」には駱賓基ともう一人の友人も乗っていた、と言うが、駱賓基はそのことには一切触れていない。

一九四二年延安

蕭紅の死は友人たちの間に徐々に伝えられ、大きな衝撃が広がっていった。許広平《きょこうへい》（魯迅夫人）は前年十二月に日本の憲兵に逮捕され、三月に釈放されて初めて、端木が香港を離れる直前に書いた手紙を読んだ。そこには蕭紅が死んで香港に埋葬したこと、ついては魯迅の友人の内山完造《うちやまかんぞう》に墓地の保護を依頼したいことが書かれてあった。しかし許広平はそれを黙殺した。蕭紅が抗日作家であることで日本人の内山に迷惑が及ぶことを恐れたためであった。

青島時代の友人で上海での当初の苦楽も共にした梅林《ばいりん》はその頃重慶にいた。彼は姚逢子《ようほうし》（詩人）の家で魯彦《ろげん》（作家）からの手紙を見る。それには「蕭紅が香港で死んだらしい」と書いてあった。

　この女性作家の死に対し、銃後では追悼の文章が何篇か書かれたほかは、某所で追悼会が開かれただけであった。桂林から来た友人の話では、桂林の作家たちは蕭紅のために記念会を開こうとしていたが、ある人のところにほとんど「縁日の出し物」のような、ひどく仰々しく胡散《うさん》臭い「蕭紅記念委員会」の草稿が送られてきた。皆はそれを回覧してすっかり気勢をそがれてしまったということだ。

（「憶蕭紅《しょうこうをおもう》」一九四二年春）

当時桂林には香港を脱出した文化人が次々と到着しているが、中には蕭紅と親交の深かった人々も多い。例えば茅《ぼう》盾《じゅん》（作家、批評家）は三月九日に到着、四月五日の田漢《でんかん》（劇作家）の四十四歳の誕生祝賀会の出席者の中には香港〈大公報《だいこうほう》〉副刊主編であった楊剛《ようごう》の名前も見える。三月七日に香港から到着した胡風はその回想録に、駱賓基とは桂林で初めて会ったこと、彼が蕭紅の最期を看取った者として当時の状況を克明に語ってくれたことを記している。更に胡風は、やや後に駱賓基がロマン・ロラン、ケーテ・コルヴィッツ、スメドレーらの名も発起人に連ねた「蕭紅記念会」のプランを持ってきたが、胡風の冷淡な態度に不満を抱いたようだったとも記している。胡風はその企画が浮ついたもののように感じたといい、結局記念会は成立しなかったと書いているが、これは梅林の記録とも一致する。

駱賓基とその他の人々との間には、蕭紅の死に関して当初から若干の温度差があったようだ。

梅林が言う「某所」とは恐らく延安《えんあん》であろう。五月一日午後二時、延安の文抗作家倶楽部《ぶんこうさつかくらぶ》で蕭紅追悼会が開かれた。延安の各文化団体及び主な作家たちおよそ五十名が参加した。会場には蕭紅の画像が掲げられ、まず司会の女性作家丁玲《ていれい》が開会の辞を、続いて前夫蕭軍が蕭紅の生涯と著作を紹介し、哈爾濱時代からの古い友人である舒群《じよぐん》（作家）を含む何人かが発言したが、その中で周文《しゆうぶん》（作家）が、「人は生きているときには常に多くのわだかまりがあるが、死んで初めて全てよくなるような、生前と死後とで異なる扱いは、まず文芸界から排除すべきだ」と、意味ありげな発言をしていることは気にかかる。

それに関連して、この会に先立って書かれた丁玲の追悼文がある。

現在のこの世に生まれ、生前はもちろん全ての仕事に対してその力を発揮し得ていても、死は本人にとってやはり莫大な損失だ。なぜならこの世には死者を辱《はずかし》めるというならいがあるから。これよりあなたの言葉や作品は更に歪曲《わいきよく》され、貶《おとし》められることになろう。まだ死んでもいない胡風ですら誰かに裏切り者だと証明されたらしい。とすれば死んでしまった人に対しては、当然、賄賂《わいろ》を贈ってまでこういった恥知らずの人々に証明してもらう必要もない。魯迅先生の阿Qはすでにあの御用文人たちに歪曲した解釈をされている。ならば「生死場」の運命についても、そういった災難を幸いにも免れ得るという保証があるわけではない。生前、あなたは香港へ追われて行かざるを得なかった。しかし死後に更に様々の、振り払うことのできない蔑み《さげすみ》が待っていることを、あなたには知る術《すべ》もないのだ。あなたと一緒だった友人たちにも、危険を脱して帰国した後にもまだ監視され、あるいは処分を受けるという前途が待っている。こういったやからは一体どこまで追い詰めたら気が済むのか、私にはさっぱりわからない。猫は鼠を食べる前に、必ずそれを弄《もてあそ》んで自分の慰《なぐさ》みにするが、このような残酷さはあらゆる殺戮《さつりく》に比しても更に憎むべきであり、壊滅《かいめつ》させなければならない。

（「風雨中憶蕭紅《ふううのなかしょうこうをおもう》」一九四二年四月二十五日）

丁玲や周文の激しい批判の矛先はどこに向けられているのだろうか。

この追悼会の後、丁玲、蕭軍、舒群が主催する文芸団体、文芸月会《ぶんげいげつかい》は、会報〈文芸月報《ぶんげいげっぽう》〉第十五期（一九四二年六月十五日）を「蕭紅記念特集号」とし、蕭紅の短編「手《て》」と、何人かの友人たちの文章を掲載している。その中にやはり蕭紅の古い友人である東北の女性作家、白朗《はくろう》の文章がある。白朗は、上海に出てきて以降の蕭紅が、その名声の高まりに反比例するように憂鬱《ゆううつ》の度合いを深めていったことを指摘し、戦火は確かに彼女の死を早めた要因の一つかもしれないが、その主たる原因ではない、とする。「なぜなら、彼女の病気は憂鬱の蓄積の結果であると思うから」。

私が（蕭）紅と知り合ったのは、彼女が（蕭）軍と結ばれて間もなくか、あるいは恋に落ちた頃だった。あの日の射さない小さな部屋に行くといつも、和《なご》やかな幸せを感じたものだ。彼らがひからびたパンをかじっている姿しか見たことはなかったけれど、その顔に、極度の貧困に打ちのめされた苦しみや憂いを見たことはなかった。……私は徐々にこういう結論に達していった。彼らの幸福や楽しみは共同の事業と真摯《しんし》な愛情の上に成り立ったもので、貧困によって左右されるようなものでは絶対にないのだと。

……

一年後、私たちは幸いにも上海で再会し、生活を共にすることができた。全ては変わっていないように見えた。

……

この頃の紅は、顔は青白く病的だった。精神的にも昔のように楽しくはなさそうで、憂鬱の芽が一本、彼女の心に芽生え始めたように見えた。二ヶ月の共同生活の中で、私は紅の幸福で満たされたあの杯がすでに傾き始め

ている と感じた。

……

予想した不幸がとうとう起こってしまった。幸福の杯は打ち砕かれ、紅と軍は決然と袂《たもと》を分かった。伝わる所では、紅は結局それまであまり好いてはいなかった人物を愛するようになったということだ。

（「遙祭《ようさい》」一九四二年四月十日）

「それまであまり好いてはいなかった人物」とは端木を指す。白朗はまた蕭紅が蕭軍との別離の後、蕭軍の子を産むためにしばらく重慶の自分たちの家に身を寄せていたときのことを回想する。この時の蕭紅は自分の殻に閉じこもり、イライラして怒りっぽくなっていたという。

あるとき、彼女はそんな様子のままで、私にこう言った。

「貧しい生活にはうんざりしたわ、私はできるだけ楽しみを追求する」。

こういった事全《すべ》てが、私には普通でないように見えた。私はいぶかしく思った。なぜ彼女はあらゆる事に報復したいという気持ちを持つようになってしまったのだろう。彼女の新しい生活が幸せでなかったからかもしれない。それならば、間違いなく、彼女と軍との別離は、彼女にとって薬では癒《いや》せない傷になっていたということだ。

彼女は語りたがらなかったし、私も彼女の隠された悲しみに触れるのはたまらなかった。私たちが最後の別れの握手をしたとき、彼女は初めて寂しそうにこう言った。

「莉《り》（白朗の本名）、あなたがずっと幸せでありますように」

「私もあなたがずっと幸せであるよう祈っている」

「私が？」彼女は驚いたように聞き返し、それから苦笑いを浮かべた。「私が幸せになるですって。莉、遠い未来の光景はもう私の目の前に見えているわ。私は孤独で憂鬱なまま一生を終わるのよ！」

この言葉は今でもまだ寂しく私の耳に残り、悲しい記憶となっている。今、紅はすでに地下に眠っている。彼女が生と決別した時は、果たして彼女の予言通りだったのだろうか。私は知る由《よし》もないし、聞きたくても術《すべ》がない！

（「遙祭」）

蕭紅をよく知る白朗が、彼女の夭逝《ようせい》の要因の一つとして、抗日戦争によって余儀《よぎ》なくされた苦難の放浪生活のほかにその結婚生活における不幸をあげたことは、蕭紅の生涯、あるいは蕭紅の作品に対する後の人々の印象、あるいは理解に大きな影響力を持つこととなる。

次いで、やはり蕭紅と重慶で共同生活の経験を持つ緑川英子《みどりかわえいこ》（本名は長谷川テル。中国で抗日活動を行った日本人エスペランティスト）は、白朗よりも更に明瞭に、蕭紅の憂鬱の原因を「男性上位の封建的遺産」と断言する。

彼女と蕭軍の結婚は、当初は彼女を導き、励まして創作の道を歩き始める契機を与えたのかもしれない。そもそも、それぞれにすべきことを持った男女の結合は、単に一足す一は二になるというようなものではない。一足す一が三か四になるように発展していくことこそが理想に違いない。ところが彼らの場合は、一足す一が次第に二以下になっていった。しかもその負の部分は、常に蕭紅だけが負わされた。それはもちろんそれぞれが性格的に持っていた矛盾と食い違いによるものであったのだろうけれど、火に油を注いだのはやはり男性上位の封建的遺産だった。

（「憶蕭紅《しょうこうをおもう》」一九四二年七月六日）

また羅蓀《らそん》（作家、批評家）と駱賓基もそれぞれ関連する文章を書いている。羅蓀は武昌《ぶしょう》大爆撃の翌日、蕭紅が馮乃《ふうだい》超《ちょう》（作家）夫人と共に彼の家に避難してきたときのことを回想する。蕭紅は煙草《たばこ》を手に、将来の計画や夢について生き生きと話す。が、その興奮の中に疲労の色が隠されていることを、彼は見逃さない。

間もなく彼女はT君（端木）と一緒に香港に行ってしまった。

太平洋戦争勃発後、蕭紅は香港で病死した。彼女の才能は十分に発揮されることはなく、しかも彼女の理想は実現を見なかった。詩人の魂、崇高で清らかな心は、戦乱という時代と苦難のために埋没させられてしまったのだ。

（「憶蕭紅《しょうこうをおもう》」一九四二年）

そして駱賓基は、蕭紅の生涯にわたる孤独と寂寞を強調しつつ、彼女が文学界に果たした貢献の大きさを称える。

……彼女は孤独な生活の中から中国の文学に一筋の春の光をもたらした——青草が芽吹き、緑陰《りょくいん》が道を覆《おお》い、大地は生命《いのち》の愛に満ち、喜びがあふれ、中国の文学は、空を覆った黒雲の間に覗《のぞ》く青空の、その隙間《すきま》から差し込む一筋の朝日の温《ぬく》もりを浴びた向日葵《ひまわり》のようだった。

……

だが蕭紅自身は、山腹に湧き出す渓流のようだ。底が見えるほどに澄んで、両岸の初春の緑を映し出している。雲の影も一つ二つ、青い空や田野には太陽の光があふれている。渓流はその姿のほとんどを緑陰に隠し、寂しく流れ、流れてゆく……だが物音一つ聞こえはしない。実際、水面にそよ風が立てる波紋のほかには何もない。

蕭紅はこんなふうに命の流れに身を任せ、寂しく流れていったが、彼女が人々に与えたものは温もりだった。渓流が人類に美を与えてくれるのに等しく。

（「蕭紅逝世四月感《しょうこうせいきよ四かげつにかんず》」一九四二年五月）

二人の女性作家と同時期に書かれた二人の男性作家の追悼には「男性上位の封建的遺産」という観点はなく、また後の駱賓基の「T君（端木）」に対する激しい非難もこの段階ではまだ現れていない。

やや時間を置いて、上海時代からの友人で、重慶では端木と共に復旦大学《ふくたんだいがく》で教鞭《きょうべん》をとり、宿舎も隣同士だったという靳以《きんい》が、蕭紅の二度の結婚生活について次のように書いている。

だが私の知っている彼女の生活は一向によくなることはなかった。……

ある時期、彼女とあのDと呼ばれていた人（端木）は小さな家に同居していたが、窓には全部紙が貼られていた。そのDという人は、何から何まで芸術家然としていた。髪を長くのばし、暗くなるとすぐに床に入り、朝は十二時に起きてきて、食事をするとまた一眠りする。炎天下をあちこち走り回るのは彼女だ。起伏のある山の中の街《みち》を上ったり下ったりして友人を訪ね歩くのも彼女だ。食事の仕度《したく》をするのも服を縫うのも彼女。朝は彼が起きてこないので腹をすかせたまま待っているのも彼女だ。またある時、彼は四川《しせん》の跳ねっ返りの女中を殴ってもめごとを起こしたことがあったが、それをとりなしたのも彼女だった。

……

彼女とDが同居していたのは、人生の途上で歩くことに疲れ果て、休みたいと思った時期だったのだろう、安らかな生活が欲しかったのだろう。こんな自己中心的な人に出会うなど思ってもいなかったに違いない。……彼は彼女を見下していた。女性を男性の付属物だと思っているようだった。彼女がどうして安らかに過ごせるだろう。どうして病を体から引き離すことができるだろう。以前Sという人（蕭軍）は絶えず彼女に身体的な苦しみを与えた。教養のない人たちと同じように妻を殴ったのだ。

あるときのこと、皆は蕭紅の目が青く腫れているのに気づいたが、彼女はこう言い訳をした。

「私の不注意なの、昨日転んでしまったの」

「転んだだって、恥知らずめ」その時彼女の傍《そば》に座っていたSが得意気《とくいげ》に言った。「俺が昨日酒を飲んで、酒の勢いで一発お見舞いして、目に青あざを作ってやったんだ！」

彼はそう言いながら、堅く握った拳《こぶし》をふりまわして威張《いば》って見せた。私たちは誰も何も言わなかった。この恥は我々男性がそれぞれに負わなければならないと思っていた。……
私が知っている彼女の生涯はこういった苦痛で満ちていた。今彼女はその苦痛をこの世に残し、ひとりでそっと行ってしまった。この苦しみはより重くあの二人の男性に残されねばなるまい。だが彼らは彼女のために心から泣くだろうか。

（「悼蕭紅和満江《しょうこうとまんこうをいたむ》」）

蕭紅の不幸の原因、死の要因の一つが彼女の結婚生活にあったという見方が、彼女の周辺にいた人々の証言により徐々にクローズアップされていく。

一九四六年重慶

蕭紅の死から四年後の一九四六年一月二十二日、国民党《こくみんとう》統治区域（国統区《こくとうく》）の中心重慶で、ようやく大々的に蕭紅の追悼集会が開かれた。主催は東北文化協会《とうほくぶんかきょうかい》で、駱賓基によれば当時国統区唯一の盛大な会であったという。参加したのは郭沫若《かくまつじゃく》（作家）、茅盾、馮雪峰《ふうせつほう》、胡風ら、八十名から九十名で（駱賓基の娘、張小欣《ちょうしょうきん》の「駱賓基年表」によれば参加者はおよそ五十名）、周鯨文が「蕭紅の一生は、暗黒の勢力に反抗する一生であった。彼女はまず封建的な家庭から逃げ出し、それから作品の中で、日本帝国主義の中国侵略に反対した」と述べ、また郭沫若が「旧社会に妥協《だきょう》しなかった蕭紅女史は人民の作家である」と述べ、更に茅盾が「蕭紅女史の死は病気によるものといわれるが、むしろ現在の社会に生きるあらゆる作家が共通して遭遇している困難さと不自由さの中で死んだといってよい」と述べた。胡風もこの席で講演しているが、彼のトーンはその他の人々とは異なっている。彼はまず蕭紅の晩年を人民や生活から離脱していったとし、それは自己の創作の道を破壊に導くものだと批判、彼女を記念するためにはそういった真実をこそ語るべきであると主張した。これを聞いた駱賓基がひどく立腹したということを胡風は後に人づてに聞くが、この会の実現のために奔走した駱賓基の努力は評価しつつも、胡風は、彼が蕭紅をあまりにも理想的な人物として美化しようとしていると非難している。

これを期に、親しい友人たちによって更にいくつかの回想録が書かれた。中でも注目されるのは聶紺弩《じようこんど》（詩人、作家）の「在西安《せいあんにて》」（一九四六年一月二十日）である。蕭軍と蕭紅の別離のいきさつを記した聶紺弩のこの文章は以後多くの人々に引用され、蕭紅の不幸の重要な裏づけとされた。「飛ぶんだ、蕭紅！金色の羽の大鵬《たいほう》のように、高く、遠く、空を翔《か》けるんだ」という聶紺弩の言葉に蕭紅はこう答えたとそこには書かれている。「女性の空は低いもの、翼《つばさ》は弱いもの、それに周《まわ》りにぶら下がっているものの重いこと！……私は飛ぼうとしている、でもわかっている……落ちるだろうって」。そして更にこう語ったという。

「私は蕭軍が好き、今でもまだ好き。彼は優《すぐ》れた小説家だし、思想の上では同志だし、一緒に苦しい中を頑張ってきたのだから。でも彼の妻でいることは苦しすぎる。あなたたち男性はどうして癇癪《かんしやく》持ちなの。どうして自分の女房を癇癪のはけ口にするの。どうして自分の女房に忠実でいられないの。もうずっと長い事、屈辱《くつじよく》に耐《た》えていたのよ……」

一方の蕭軍は、離婚後、聶紺弩に蕭紅のことを託し、こう言ったと記《しる》されている。

「彼女はまっすぐで、純粋で、意地っ張りで、才能がある。僕は彼女を愛している。でも彼女は妻になる人じゃない。とりわけ僕の妻になる人じゃない」

……

私はそれを聞いてしばらく呆然としていた。せめて彼らの生活がすばらしいものであったことを望んでいたのだ。またその時はまだ蕭軍の方に別れたい気持ちがあるのだと思っていた。今日蕭紅が自分の屈辱を訴えるのを聞いて初めて、彼女も蕭軍と同じだったのだということがわかった。

同じ日の〈新華月報《しんかげっぽう》〉には駱賓基の文章も掲載された。彼は蕭紅が生家を飛び出したことを、生家が地主であったこと、直接の原因が因襲的な婚姻にあったとされることを根拠に、「封建勢力への反抗」と評価し、結果として彼女はその闘争に勝利をおさめたとする。そして蕭軍との出会いを「頑強な旧社会に対して戦いを挑む二つの戦闘力の結合」であり、「彼らの闘争の力はたちまち融合して一体とな」り、「輝かしい共同戦線」が成立した、とする。間もなく二人は哈爾濱からの「撤退《てったい》を余儀なくされた」が、しかしその結果彼らが「祖国の革命の大本営《だいほんえい》である上海」に至り魯迅と出会ったことは、「孤立した戦闘力と主力が合流する事であり、またそれは必ず合流しなければならなかった」ものであると評価する。だがこの二つの戦闘力は間もなく分裂の日を迎えたのだ。

この時、作家蕭紅は社会における別の力の脅威《きょうい》を感じていた。それは男性を中心とみなす力だった。それは以前から存在していたが、この時になってはじめて正体を現してきたのである。……自分がその力の付属物とされていることに気づいたとき、作家蕭紅は、敢然《かんぜん》と抵抗した。ただ頭で考えるだけでなく、歴史に挑戦しようとしたのだ。そこに孤立が待っていたのは、例えば頭の硬い日和見《ひよりみ》主義者たちの、「社会が解放されてから、女性の解放を話し合おう」というような言説《げんせつ》があったからである。しかし蕭紅先生は耐えることも、待つこともできなかった。彼女はその行動において、勇敢にも抵抗を始めたのである。

……

だがこの戦いに、作家蕭紅は敗北した。弱者がまさにその弱さのために。頑強な（反動的な）社会勢力に対する真っ向からの戦いの中では、彼（蕭軍）も同様に弱者ではあったが、歴史的な意味において彼は有利だった。しかも同じ封建社会を立脚点《りっきゃくてん》としていたために、その弱者が一人の孤立した女性と向き合ったとき、自ら強者を任じることとなったのである。

こうして、作家蕭紅は過去を、歩いてきた道筋を振り返った。彼女は「回憶魯迅先生《ろじんせんせいのおもいで》」を書いた後に「呼蘭河《こらんが》伝《でん》」を書いたが、これは彼女の思想の突進力が転換期に来たことを示すものである。

（「蕭紅小論《しょうこうしょうろん》——紀念蕭紅逝世四周年《しょうこうせいきょ四しゅうねんをきねんして》」一九四六年一月二十二日）

これまで蕭紅の人となりや人生に関して、比較的抽象的な叙述に終始していた駱賓基の文調が変化し、蕭紅の不幸を封建制への果敢な抵抗の結果もたらされたものであると結論づけていることが注目される。

蕭紅の後期の作品に対する評価はまちまちである。例えば胡風が「蕭紅逝世四周年記念会」で蕭紅の晩年の作品を人民や生活から離脱するものであると批判したことはすでに述べた。しかし彼がまた一九四一年に香港で蕭紅と再会したときの印象を次のように記しているところからすれば、そういったことの主たる原因が蕭紅の作家としての資質にあるのでなく、専ら彼女を苦しめていた外在的な圧力にある、と考えていたことがわかる。

彼女の暮らし向きもその精神状態も何もかもが生気《せいき》のない病弱な白さとして私には映った。……私は思わず深いため息をつかずにはいられなかった。「北方の人々の生への執着心と死との格闘」を描き、「読者に強靭《きょうじん》さと格闘する力を与えることのできる」作者を、陳腐《ちんぷ》な勢力の代表者たちがこんな状態にまで突き落としてしまい、精神の「健全さ」——「明るさと新鮮さ」というものを完全にかき消し、しぼませてしまったのだ。

（「胡風回憶録」一九八八年）

駱賓基や胡風のこういった蕭紅観には、蕭紅が晩年に書いた長編小説「呼蘭河伝」（一九四〇年、香港〈星島日報《せいとうにっぽう》・星《せい》座《ざ》〉に連載後、四二年に桂林で出版）の影響が強く現われていると思われる。自身の幼年時代を回顧する形で書かれたこの小説には、後に茅盾が序文（一九四六年八月上海）を書いている。茅盾は蕭紅の晩年（香港時代）を知る人物の一人であるが、彼は「寂寞《せきばく》」という言葉をキーワードとしてこの作品を評している。

生活に甘い希望を抱きながら幾度となく「幻滅《げんめつ》」を味わわされた人は寂寞の人だ。自分の能力に自信を持ち自分の仕事に対しても遠大な計画を持っていたのに、生活の苦《にが》い酒が彼女をふさぎ込ませてしまった。そしてそのために更に苦しみ焦燥感《しょうそうかん》がつのっていけば、その寂寞が倍加《ばいか》するのは当然のことだ。このような心に寂寞を抱いた人が、自分の命の灯火《ともしび》が今まさに燃え尽きようとしていることを、そのために全てが「挽回《ばんかい》」できなくなったということを悟った時、その寂寞の悲哀《ひあい》は言語に尽くし難いものであったに違いない。このような寂寞の中の死は私の心の重い荷物にもなり、忘れたいと望みながらあっさり忘れてしまうことも忍びなく、またそうすることもできずにいる。だからこそ、私は浅水湾に行ってみようと思いつつ、本心に背《そむ》いてついに何度もそれを回避してきたのだ。

……

当時彼女は香港でほとんど「蟄居《ちっきょ》」生活を送っていたといっていい。一九四〇年前後の大きな歴史のうねりの中で、蕭紅のように人生に理想を持ち暗黒の勢力と戦ってきた人が悄然《しょうぜん》として「蟄居」するということはいささか不可解である。彼女のある女友達が以前彼女の「消極性」と苦しみの理由を分析し、「感情」の面で再三傷ついたことが、この理知にあふれた心を持つ女性詩人を狭い私生活の枠《わく》の中に縛り付けてしまい（しかもこの枠は、彼女が呪詛《じゅそ》しつつもその従属性に拘束《こうそく》されたまま、毅然《きぜん》として抜け出すことができなかったものである）、生と死がせめぎあいを繰り広げる広大な世界から完全に隔絶《かくぜつ》させてしまった、と語ったことがある。

（『呼蘭河伝《こらんがでん》』序《じょ》）

茅盾は彼女の「寂寞」がこの小説全体に大きく影を落としていることは彼女の死と同様に非常に惜しまれることだ、

と書いているが、この論調も前掲の胡風のそれに近い。

更にこれに続いて駱賓基の『蕭紅小伝』が出版された。「矜持《きょうじ》」というキーワードを軸に紡ぎ出された、一人の若い女性の、波瀾《はらん》に富んだはかなくも哀《かな》しい人生の物語によって、薄幸《はっこう》の女性作家蕭紅のイメージはほぼゆるぎないものとして、人々の記憶に刻印されることとなった。

「半生《はんせい》尽《こと》く白眼冷遇《はくがんれいぐう》に遭《あ》い、身は先んじて死す、甘んじず、甘んじず」

駱賓基「蕭紅小伝」によれば、一九四二年一月十八日、瑪麗病院に移った蕭紅が、翌日の夜の十二時にC君（駱賓基）に筆を要求し書きつけたのが右の言葉である、という。これが真に蕭紅の言葉なのか、「蕭紅小伝」やそれが依った「呼蘭河伝」がどこまで「史実」に忠実なのか、確かめる術《すべ》はすでにない。にもかかわらず、蕭紅という一人の女性の像は、それらの記述をよりどころとしてその死後ずっと、人々の中に確かなものとして生き続けてきた。それには以下のような理由が考えられる。

「生死場」の新鮮で強烈なインパクトにより、抗日作家としての彼女への期待は大いに高まったのだった。が、その作風が人々の期待から遊離を始めたと感じるや、一方でその作家としての才能を認めればこそ、説得的な解釈が求められたのは、蕭紅に対する期待の大きさを示すと同時に、抗日文学の貧困をも示すものであったのかもしれない。そしてそこに彼女が生家を棄てた契機と二度の結婚生活が必ずしも順調ではなかったことが想起され、本来自覚的、先進的な女性であった彼女の前途を閉ざした（抗日的作品を書かなかった）ことには、歴史的、社会的な男女の問題が深く関わっているという結論に達したことも、歴史的、社会的状況に鑑みれば理解できなくもない。しかしそれは果たして蕭紅という一人の優れた作家を正当に評価したことになるのだろうか。

かつて中国でイプセンの「人形の家」が新しい女性の生き方を示唆するものとして話題を呼んだとき、魯迅は主人公のノラにその反抗を支える現実的基盤がないことを危惧し、いたずらに夢に踊らされる危うさを指摘したのであった（「ノラは家を出てからどうなったか」一九二三年十二月二十六日）。どのような経緯があったのかわからないが、家を出た後、父親の決めた婚約者と一時は同居し、妊娠までした後置き去りにされ、万事窮した蕭紅の姿は、まさに家を出たノラの惨めなその後であった。その窮地を救った蕭軍の行動は高く評価され、新しい革命勢力の結合と称えられたが、一方でそれは弱い女を強い男が救うという、歴史的な封建美学に通じてもいた。だからこそ、婚約者との同棲、妊娠についても、蕭紅の自主性の有無は全く問題にされず、蕭軍との別離の原因も蕭軍（男性）の封建性に一方的に帰され、その後の蕭紅の生涯がいよいよ紆余曲折に富んだものとなったことを彼女の女性としての同情すべき弱さによって説明しようとした。それによって、才能を認められ、優れた作品を残した蕭紅は成功したノラかもしれない、といった可能性は問題にされず、旧美学の中でのアイドル的存在として人々の中に生き続けていくことを余儀なくされたのである。そのために駱賓基が果たした役割は実に大きかったと言わなければなるまい。駱賓基の姿勢に終始批判的であった胡風が、蕭紅をあくまでも一人の作家として評価しようとした態度には敬意を表したい。しかしながら彼の蕭紅に対する評価は、あくまでも「抗日」という部分に偏っており、そのために例えば「呼蘭河伝」に見える文化批評的、社会批評的側面を評価することができなかった。その面では胡風も駱賓基と同様であったと言えよう。しかしそれを駱賓基は蕭紅の不幸に起因する作風の変化と捉え、「呼蘭河伝」を完全な自伝であると解釈し、それに基づいて「蕭紅小伝」を書いた。そして更に、それを読む人々の中に、天高く舞い上がったノラが力尽き、翼を折って落下するさまに涙したいという無意識の期待があったことが、「蕭紅の悲劇」を助長することに大きく貢献したし、その期待は、今もなおまちがいなく存在する。魯迅は「人生で最も苦しいのは、夢が醒めて行くべき道のないことです、夢を見ている人は幸せです。行くべき道が見出せぬのなら、その人を起こしてはならない、これが一番大事なことであります」（「ノラは家を出てからどうなったか」）と述べているが、この講演を行った十余年後、短期間ではあったが上海でほとんど毎日のように蕭紅と接した魯迅は、折にふれ、蕭紅に、自分を見失うなと諭している。作家として自立した蕭紅は、すでに行く先のないノラでも、行くべき道を見出せない夢見る人でもなかったのだ。そのように見ていくとき、次の魯迅の言葉は、今日に至るまでの蕭紅に対する人々の態度を適確に予言したものと言い得よう。

しかし、これまでの話はノラを普通の人間と考えて話したことでありまして、かりに、彼女がとても変わっていて自分から勇んで犠牲になるというのであれば、また話は別であります。我々には犠牲をすすめる権利はありませんが、人が犠牲になるのをとめる権利もありません。ましてや、世の中には進んで犠牲になり、進んで苦しみを受けようとする人間だっておるのですから。……

ただ、この犠牲になることの快適さは、個人にのみ属することであり、志士たちが社会のためにと言っているのとは、無関係であります。大衆――とりわけ中国の大衆は――永遠に芝居の観客であります。犠牲が登場して、悲壮な演技をすれば彼らは悲劇を見たことになり、おどおどと演ずれば彼らは喜劇を見たことになるわけです。

（「ノラは家を出てからどうなったか」）

一九九二年十月三十一日、蕭紅の生まれ故郷呼蘭で、蕭紅の記念碑と墓の落成式が行われた。墓に納められたのは、端木が五十年の間保管していた蕭紅の頭髪であった。蕭紅は今、彼女の流転《るてん》の人生を象徴するかのように、香港、広州、呼蘭の三つの地に眠っている。

蕭珊、弔いえぬひと
——巴金『随想録』にみる追悼の形——

河村昌子

巴金（一九〇四〜）：はきん、パーチン。本名李堯棠《りぎょうとう》、字は芾甘《はいかん》。四川省成都出身。五四新文化運動の影響を受け、アナキズムに傾倒するようになる。一九二〇年代にはアナキズムの論客として活躍した。一九二三年、中国アナキズムの退潮とともにフランスに留学する。これは思想亡命と言われている。フランスで処女作『滅亡』を書き、自費出版しようとしたが、友人の計らいで有力文芸誌『小説月報』に掲載される。幸運な作家デビューをとげた巴金は二九年に帰国。三一年から上海の大型紙『時報』に連載した『家』によって、一躍ベストセラー作家となった。その後も「愛情三部曲」『火』三部曲」『憩園』『寒夜』といった作品を次々と発表し、とりわけ青年層に絶大な影響を与えた。中華人民共和国建国後は大陸にとどまる。建国後から文化大革命までの活動は旺盛とは言えず、朝鮮戦争のルポルタージュが代表作である。文化大革命後に『随想録』を発表し、復活をとげた。

「死」を受けとめる作家

巴金という作家を考える上で、彼が幼少期から身近な人々の「死」を多く体験したことは見逃しえないとは、巴金研究においてつとに指摘されるところである。一九〇四年生まれの巴金が二十世紀を生き抜いたその道のりの決して平坦でないことは、改めて中国近代史を振り返ってみるまでもないが、「死」との関わりという点から見て、彼はこれまで一世紀ほどの生涯で実に多くの家族、友人を見送っている。

まず一九一四年、九歳の時、生母陳淑芬《ちんしゅくふん》が突然病没した。巴金はこの母を「愛」を教えてくれた先生と呼び、折に触れて母に言及し、恋慕の情を隠さずにいる。年末には母の後を追うように、上の姉堯楨《ぎょうてい》が結核で亡くなった。堯楨は巴金と次兄堯林《ぎょうりん》の世話係であったため、巴金はこの姉によくなついていた。姉がしだいにやせ細って弱ってゆき死を迎えた様は、巴金に強烈な印象を残した。三年後の一九一七年、今度は父李道河《りどうか》をジフテリアで失う。この年のジフテリアは猛威をふるって同居の従兄弟二人も亡くなった。また同年、下の妹も亡くなり、これら近親者の死は幼い巴金の心に暗い影を落とした。

また、作家巴金の名を不動のものにした小説『家』(開明書店一九三三/飯塚朗訳、岩波文庫一九五六)は、四川省成都《しせんせいと》の旧家に生まれ育った巴金自身の体験に基づいて書かれた、自伝的要素を持つフィクションだが、執筆の陰には長兄堯牧《ぎょうぼく》の自殺という不幸があり、兄の死がこの封建的家制度を告発する小説を書き上げるひとつの推進力になったことはよく知られている。堯牧は、父亡き後の李家を経済的に支え、巴金に生家を離れて学問をし、さらにフランスへ留学する機会を与えた。巴金から李一族を題材にした小説を書きたいという構想を告げられると大いに喜び、重ねて巴金を励まして執筆を促していた。やがて上海の大型紙『時報《じほう》』に小説を連載する機会を得て、巴金はこの構想を実行に移す。ちょうど『時報』紙上で連載が開始した翌日、まさに長兄についての章を書き進めていた時、兄の死を知らせる電報が届いたのである。経済的な負債を苦にしての服毒自殺だった。

堯牧の死後は、次兄堯林が李家の大黒柱の役回りを引き受けた。堯林は独り身を通して切り詰めた暮らしをしながら親族を養った。一方で巴金は、自身の政治信条を貫き、文筆活動に専心した。堯林は日本占領下の上海で暮らすうちに健康を害し、終戦直後に亡くなった。

日中戦争中には友人の死にも多く接している。中には日本占領下の上海で憲兵に捕らえられ、失跡した散文家陸蠡《りくれい》（一九〇八～四二）のような、日中戦争の直接の犠牲者もいた。これらの友人を追悼した文章は、文集『懐念《かいねん》』（開明書店一九四七）に集められている。また、小説『火』第三部（開明書店一九四五）は、戦時中に病没した友人の雑誌編集者林憾盧《りんかんろ》（?～一九四三）を悼んで書かれたものである。身近な友人たちの死という体験は、巴金が日中戦争を問題化する際のひとつの重要な立脚点になっている。

幼少期に近親者が次々とこの世を去っていったことは、二十世紀初頭という時代を考えれば特殊な体験とは言い切れないかもしれない。しかし巴金は、これら近親者や、また時代ゆえに悲劇的な最期を迎えた友人たちの死を、重みのあるものとして受け止めた。人の「死」は、陰に陽に巴金の文学活動と交錯しているのである。

追悼の書『随想録《ずいそうろく》』

さて、作家としての巴金の評価は、およそ次の二点に集約されるだろう。即ちひとつには、『家』を始め、封建的諸制度にあらがい理想を追求する若者を描いた作品群によって、中国の青年層に絶大な影響を与えたこと、もうひとつは、文化大革命後に発表した全五冊からなる随筆集『随想録』（香港三聯書店一九七九～八六／石上韶訳、筑摩書房一九八二～八八）で、文化大革命の総括に取り組み、知識人としての自らの責任を追求するという稀有な視点を提出し、世界的な評価を博したことである。

『随想録』の題材は、社会批評から旅行記、身近な出来事、孫娘の話など多岐にわたっているが、話題の赴くまま亡くなった友人、家族に言及することが多く、追悼文の体裁を持つ文章は全百五十篇のうち二十篇余りになる。これらの文章は、文革が故人にふるった暴力の痕跡を、巴金自身それにどう関わっていたか具体的に示しつつ、丹念にすくい上げているものがほとんどである。故人への想いを通して文革をとらえる、言い換えれば故人を弔ってゆくことで文革を総括してゆくというスタンスは、『随想録』のひとつの要と言ってよい。

巴金の『随想録』は、一九七八年十二月十七日から一九八六年九月二十八日まで、約八年にわたって香港の左派系有力紙『大公報《だいこうほう》』に掲載された。第五篇目が「懐念蕭珊《しょうさん》」という、文革中に亡くなった妻蕭珊を悼んだ文章である（一九七九年二月二日〜二月五日掲載）。連載開始から約半年後の『大公報』には、「友人同士顔を合わせるとしょっちゅう『随想録』の話になる。あの十数篇の文章は、国内外で多くの読者の注意を引き、好評を博している。とりわけ「懐念蕭珊」はどれだけの人の心を震撼させ、打ちのめしたことだろう」（唐瓊、一九七九年五月二十四日）とある。早くから印象深い文章として評価されていたことが知れる。また、七九年七月二十二日の『大公報』は、七九年度のノーベル文学賞が巴金に授与される可能性は高いと報じている。『随想録』の執筆開始から一年も経っておらず、「懐念蕭珊」がこのような評価を引き出す重要な役割を担ったことは間違いないだろう。

「懐念蕭珊」の末尾に記された日付を見ると「一月十六日脱稿」とあり、一見『随想録』を書き始めてから執筆されたように見える。しかし冒頭には、「今日は蕭珊が亡くなって六周年の記念日だ」とあり、文字通りに解すればこの日は一九七八年八月十三日である。また第四節にも、「六年だけではない、この短い文章を書き始めてから今までに、また半年が過ぎてしまった」とある。つまり巴金は筆を執ったものの、なかなか書き果せなかったのである。

『随想録』の第一篇は「談『望郷』」、これは日本映画『サンダカン八番娼館・望郷』（熊井啓監督、一九七四）が中国での上映に際して一部カットされた件について、若者の見識を信頼すべきだと説いた、あまり長くない文章である。文末に十二月一日と記されており、執筆日は「懐念蕭珊」の書き起こしよりもかなり遅い。巴金は蕭珊が亡くなってすぐに文章を書こうと試みており、蕭珊の追悼文はいずれ書かれるべきものではあった。が、執筆開始時期を重視して、巴金は「懐念蕭珊」によって『随想録』という文革総括の大著を書き始めたと言っても、あながち誤りではなかろう。

そこで以下、「懐念蕭珊」と、『随想録』に収められたもうひとつの蕭珊追悼文である「再憶蕭珊」(『随想録』第百二〇篇、『大公報』一九八四年四月八日)の二篇を主に取り上げ、巴金が妻の「死」を如何に受けとめたか、その諸相を追ってゆくことにする。

蕭珊の死

「懐念蕭珊」によれば、蕭珊の死に至る経緯はこうである。

一九六六年八月に文化大革命が始まると、蕭珊はまもなく体調を崩した。一九七二年には、いよいよ抜き差しならない状態になる。実は腸癌を患っていたのだが、文革中のことで医者にかかるのが難しく、適切な処置ができなかったのだ。ようやく親戚のコネでレントゲンを撮り、腸癌だと分かる。その後友人のつてをたどって入院できた時には、すでに亡くなる三週間前になっていた。

蕭珊が入院する直前頃、巴金は、幹部の再教育機関である「五・七幹部学校」から休暇で家に帰っていた。巴金は蕭珊の病状が重いのを見て取り、休暇の延長を願い出る。しかし「工宣隊」のリーダーは許可を出さず、「医者でもないのに家に居て何の役に立つんだ」「家に居たのでは改造に良くない」と言うばかりだった。やむなく「五・七幹部学校」に戻った巴金は、家族と連絡を取る術がなく、まして蕭珊の病状も分からず、いたたまれない日々を過ごしていた。六日目になって、たまたま市内で会議が開かれるので家へ戻ると、蕭珊は翌日中山医院の肝癌病棟に入院する運びになっていた。

その晩、蕭珊が「私見られないわ」と言うので、巴金は何を見られないのかと尋ねた。すると蕭珊は「あなたが解放されるのを私見られないわ」と答えたという。

蕭珊の病気が末期症状であることが「工宣隊」のリーダーに知れ、また病人の身の回りの世話一切を家族が行わねばならなかったため、巴金は蕭珊に付き添うことを許される。すでに癌の手術ができる状態ではなかった。まもなく蕭珊は腸閉塞を起こし、やむなく手術に踏み切る。手術への同意を求められた蕭珊は、眼いっぱいに涙をためて「私たちもうお別れですね」と言った。

手術から五日後、巴金が所用で家に戻っていた合間に蕭珊は亡くなる。巴金が病院に駆けつけた時には、蕭珊の遺体はすでに霊安室に移されており、白いシーツにくるまれて顔を見ることさえできなかった。

最後に付き添っていた蕭珊の従妹の話では、蕭珊は亡くなる直前「お医者様を呼んで来てちょうだい」と言い、医者を呼んだものの何の用事もなく、その後眠るように亡くなったという。巴金は、蕭珊が末期に口にした言葉は、「お医者様を呼んで」ではなく「李先生を呼んで来てちょうだい」だったに違いないと述べている。医者を意味する中国語の「医生」と、蕭珊がふだん用いていたという巴金の呼称「李先生」は、韻が重なるところがあり、その可能性はあるかもしれない。

三日後、蕭珊は龍華《りゅうか》火葬場で荼毘《だび》に付され、告別式が営まれた。蕭珊自身の友人は一人も参列しなかった。巴金の側も努めて知らせなかったが、巴金が七年近く批判の対象にされているためにほかならなかった。

蕭珊の悲劇的な死は、このように文革と分かちがたく結びついている。巴金にとって文革の悲劇そのものだと言っても過言ではなく、蕭珊の死を如何に語るかは、文革を如何にとらえるかという命題へのひとつの答えと見なせよう。

巴金と蕭珊の出会い

巴金は愛妻蕭珊とどのように知り合い結ばれたのだろうか。ここで、巴金と蕭珊の知人である彭新琪《ほうしんき》が書いた「巴金的《の》夫人蕭珊」「巴金蕭珊之恋」（『巴金的世界――親情・友情・愛情』寧夏人民出版社一九九七）等によって、蕭珊の家庭背景から、二人の出会い、結婚後の家庭生活まで、蕭珊の生涯をたどってみよう。

蕭珊、本名陳蘊珍《ちんうんちん》、幼名長春《ちょうしゅん》。生年は一九一七年と思われる。巴金は、蕭珊は自分より十三歳年下だと述べており、巴金の生年が一九〇四年であることから、蕭珊は一九一七年生まれということになる。巴金は蕭珊が亡くなるまで彼女に年齢を尋ねたことがなく、死後蕭珊の従妹から正確なところを聞き知ったという。娘の李《り》小林《しょうりん》も、巴金と蕭珊の往復書簡集『家書《かしょ》』（浙江文芸出版社一九九四）の後記で、「私は母親の誕生日さえよく知らない」「母は私たち皆の誕生日をよく覚えていて、〝文革〟中のいちばん辛い時期でも、ささやかなお祝いをしてくれたが、母が自分のために誕生日を祝った記憶はないし、私たちも母のために誕生日を祝おうとはまったく思い至らなかった」と述べており、蕭珊の生年月日はつまびらかでないようだ。『中国現代文学作者筆名録』（湖南文芸出版社一九八八）は一九二一年一月四日生まれとしているが、根拠は不明である。

蕭珊の父は、上海のある食品工場の株主で、南市に一軒喫茶店も持っていた。蕭珊はいわば資本家令嬢である。母は五四新文化運動の影響を受けた、開けた思想の持ち主で、文学芸術にも通じていた。弟が一人あり、新四軍に参加している。

蕭珊と巴金の出会いは一九三六年のこと。蕭珊は一九三五年頃から、巴金作品の一読者として巴金に手紙を書き始めていた。やがて巴金に相談事を持ちかけ、直接会うことになった。次頁に掲げた愛らしい写真は、初対面に際し、巴金が間違いなく自分を見分けられるようにと蕭珊が送ったポートレートとメモである。「私の敬愛する先生へ　紀

念に　阿雯《あぶん》　一九三六・八」という文字が見える。署名を阿雯としたのはペンネームのつもりだったのだろうか。この時蕭珊は上海愛国女子中学の学生だった。

彼女の相談事とは、「母は開明的なのだが父が封建的な人なので、家を出て自立したい」という、いかにも巴金作品の読者が持ちかけそうな内容だった。巴金は少女の軽挙妄動をいさめ、勉学に精を出すよう忠告した。これをきっかけに蕭珊はしばしば巴金を訪ねるようになった。

巴金は総じて読者を重視する作家だが、とりわけ蕭珊と出会った時期はその傾向が顕著だった。読者から寄せられる手紙には全て返事を書き、読者と直接会って交流することも多かったという。この時期に出版された公開書簡集『短簡《たんかん》』（良友図書印刷公司一九三七）は、巴金が読者に宛てて書いた書簡を集めたもので、巴金と読者の交流の一端をうかがわせてくれる。蕭珊の手紙に対する巴金の返信も『短簡』に収められているとのことだが、当時はあまりに多くの読者と交流していたため、どの一通が蕭珊宛てのものか現在ではもう分からないという。蕭珊と巴金の出会いの一幕からは、読者を大切にする作家と、作家に深い信頼を寄せる一ファンの、微笑ましいような交流の様子がかいま見えよう。

二人の交流が、巴金にとって当初多くの読者との交流に埋没するものであったにせよ、蕭珊には大きな感激であったろうことは想像に難くない。こんなエピソードがある。

蕭珊が巴金の友人であることを知った愛国女学の友人たちは、巴金が学校で講演をしてくれるよう話をつけてほしいと蕭珊に頼んだ。蕭珊は巴金が公衆の面前で話すのが得意でないことを知っていたので拒んでいた。が、友人たちは再三要求し、彼女はやむなく別の作家に渡りをつけると請け合った。こうして李健吾《りけんご》（一九〇六〜八二、作家、文芸批評家）が講演に出かけたが、同行した巴金は学生たちに見つけられてしまう。巴金は結局スピーチをさせられ、「私は四川人です。四川人は話がうまいのですが、私は話ができません」と語って拍手喝采を浴びた。このような人気作家と友人関係にあるとは、蕭珊はどれだけ誇らしかったろうか。

婚約から結婚へ

一九三七年、蕭珊は巴金の励ましによって書き上げた処女作を発表する。この頃までに二人の関係は、将来的に同棲や結婚を考えたものにまで発展していた模様である。蕭珊の処女作は、「在傷兵医院中」という、戦地病院をボランティアで訪れた自身の体験を、恋人とおぼしき人物宛ての書簡体で短くまとめた報告文である。署名は慧珠《けいしゅ》、巴金が編集に携わっていた文学雑誌『烽火《ほうか》』第九期に掲載された。その後も蕭珊は、巴金と関わりの深い雑誌『宇宙風《うちゅうふう》』などに抗戦期を通じて散文を寄稿するが、結局著作家として大成するには至らなかった。戦地病院での体験など、むしろ巴金の長編小説『火』第一部（開明書店一九四〇）に反映されており、彼女の経験や感性は、自身の著作活動より巴金の作品の中で活かされ、昇華されたと言ってよいだろう。

二人は、知り合って二年目の一九三八年に婚約する。蕭珊の母が巴金を呼び出し、当事者の二人を含めて三人で食事をし、二人の交際を認めたのだった。

二人はすぐには結婚せず、巴金は蕭珊に大学進学を優先するよう勧める。日中戦争が始まり、それまでは次兄の堯林が生家の家計を担ってくれていたのが、送金が不可能になり、巴金が負担せざるを得なくなったこと、また巴金が編集に携わっていた文化生活出版社が内地を転々とせざるを得なくなったことなど、巴金には簡単に結婚に踏み切れない理由があった。桂林《けいりん》で一年近く部屋を分けて同居したのち、蕭珊は一九三九年西南聯合大学外文系の試読生になり、翌年歴史系に転科する。しかし一九四一年、学業半ばで巴金のもとへ赴き、再び同居生活を始める。蕭珊の西南聯合大学での経験は、巴金が『火』第三部を執筆する際に役立てられた。

結局二人は八年の交際を経て、一九四四年五月に結婚する。結婚に際しては宴席は設けず、ささやかな新婚旅行に出かけ、巴金の継母と蕭珊の父の名前で通知を出したのみだった。しかも当時蕭珊の母はすでに亡く、父は戦争のために破産して上海から郷里の寧波《ねいは》にもどっていたが、戦時下のことで連絡する術もなかった。

戦勝を重慶《じゅうけい》で迎えた二人は、上海に戻り居を定める。蕭珊は、一九四五年に長女小林《しょうりん》、一九五〇年に長男小棠《しょうとう》を出産する。一九五〇年から巴金の継母と異母妹が同居するようになり、一九五五年からは巴金の実の妹も同居するようになる。蕭珊自身も実家の父親を上海に呼び寄せる。更に二人は、友人の馬宗融《ばそうゆう》（一八九二、一八九五？一八八二？～一九四九、作家）、羅淑《らしゅく》（一九〇三～三八、作家）夫妻の遺児を引き取って世話をしていた。巴金一家は大所帯になり、蕭珊は主婦として大いに才を発揮した。日々の生活のやりくりから、四川に住む巴金の長兄の遺児たちの教育費まで、家庭の切り盛りは全て蕭珊にまかされていた。中華人民共和国成立後の巴金は、従軍作家として朝鮮戦争の地に赴いたり、文芸工作者として多くの会議、国際会議に出席、ベトナム戦争中のベトナムも訪問するなど多忙を極め、家には不在がちだった。そういう中で蕭珊は家庭を守り、巴金を支えたのである。

また一方で蕭珊は社会参加も心がけていた。一九五〇年代初頭に夜間学校へ通ってロシア語を学び、翻訳活動を始めた。訳書には、ツルゲーネフの『アーシャ』（『阿細亜』平明出版社一九五三、英訳からの翻訳）、『初恋』（平明出版社一九五四）、『不思議な話』（『奇怪的故事』平明出版社一九五四）、プーシキンの『ベールキン物語』（『別爾金小説集』平明出版社一九五四）などがある。また一九六〇年代初頭からは、ボランティアで雑誌『上海文学』の編集を手伝った。

やがて文化大革命が始まり、巴金は批判の対象にされる。蕭珊も、作家協会に正式に所属して働いていたのではないにもかかわらず、『上海文学』の編集業務との関わりで、「老作家にばかり執筆を依頼していた、巴金のスパイだ」と批判された。一九七二年八月十三日に五十五歳で没した経緯については、先に述べたとおりである。

ファースト・リーダーとして

一九六〇年十月、巴金が小説執筆のため故郷の成都に長期滞在していた頃、蕭珊は巴金宛ての手紙でこう書いている。


小説の書き具合はいかがですか？『解放軍文芸』に寄稿した原稿はもう送ってくれたのでしょう？あなたの最初の読者になれないので、私は失望しています。長年あなたが小説を書けばいつも私が最初に読んできたので、もう習慣になってしまっているのです。

（一九六〇年十月十七日）


かつてファンとして巴金を訪ねた頃と変わらず、読者として巴金に語りかけている。当時と異なるのは、彼女が巴金のファースト・リーダー、作家に対して最も影響力を発揮できる読者になっていることだろう。

巴金の妻という立場は当然、彼女を巴金の生活に深く関わらせてもいる。この当時中国は食糧事情が悪く、上海に残った蕭珊たち家族は、巴金に必要な食券を送るため、三食すべて主食をおかゆにしなければならないような状況だった。またこの間、同居していた巴金の継母が亡くなるが、蕭珊は容態の悪化を一切知らせず、継母が亡くなってから電報を打ち、また長文の手紙を書いて、巴金の気持ちをかき乱さないよう病状を知らせなかったのだと釈明して、詫びている。巴金は結局葬儀、埋葬などの差配を全て蕭珊にまかせ、成都に留まって執筆を続けた。蕭珊は、巴金を極力日常の雑事から遠ざけ、執筆活動に専念させようと心を砕いたのである。

そもそも巴金作品の熱烈な読者であった少女が、縁あって作家自身と結ばれた。その関係性は、おそらく蕭珊という女性の生涯を貫いていたのだろう。彼女は良き読者として巴金との結婚生活を営んだ。巴金のファースト・リーダーであることは、喜びであり誇りだった。

巴金は「懐念蕭珊」の中で、蕭珊の著訳活動に対し、一見厳しいとも受け取れる屈折した評価を下している。

私が彼女と知り合った時、彼女は二十歳にもなっておらず、私は彼女の成長に対して当然大きな責任を負っていた。（中略）私は彼女と三十年あまり一緒に暮らしたが、彼女をよく手助けしたとは言えない。彼女は私より才能があったが、刻苦勉励の精神には欠けていた。私は彼女が訳したプーシキン、ツルゲーネフの小説を読むのがとても好きだ。適訳というわけではなく、プーシキン、ツルゲーネフの風格とも違うが、かえって創造的な文学作品になっており、これらを読むのは私の喜びである。彼女は自分の生活を変えようと、家庭の主婦にはなるまいとしていたが、苦労をし、耐える勇気には乏しかった。

蕭珊の一生を振り返れば、彼女自身がどれほど著作家、翻訳家を目指していたかは定かでない。しかし巴金は、年長者の責任という言い方で、蕭珊が著作家、翻訳家として必ずしも大成しなかったことへの負い目を表白している。この負い目はやがて、二人の関係に対する苦い心情へと連なってゆくように思われる。

巴金は言う。

彼女は本当なら生き残ってよかったのだ。もし「黒老K」の「くそ女房」でなかったら。一言で言えば、私が彼女を巻き添えにし、死に追いやったのだ。

文革は、最も近しい読者という、作家巴金との関係性において規定されていた蕭珊の生き方を、無惨にもてあそんだ。巴金は蕭珊の死に自身との連関を認め、深い悔恨にとらわれている。これをただ単に愛妻の死ゆえと言うだけではおそらく足りない。問題は文筆家としての巴金自身に関わっている。

墓は作らず

蕭珊は亡くなって三日後に荼毘に付された。火葬の前に、巴金は最後の記念撮影をした。骨壺は三年間保管室に預けたあと自宅に引き取った。墓地に埋葬せず、寝室のタンスの上に骨壺を置き、共に暮らすことにしたのである。枕元に蕭珊の訳書を並べ、マントルピースには写真も飾った。そうすると蕭珊が今でも一緒にいると感じられるので、きちんと埋葬するよう勧める人もあったが、聞き入れなかったという。

巴金が蕭珊の墓を建立しなかったのには、いくつか背景があると考えられる。

巴金の継母は一九六〇年に上海で亡くなり、万国公墓《ばんこくこうぼ》（現在の宋慶齢陵園《そうけいれいりょうえん》）に埋葬された。墓地には石灰の用意がなく、棺の搬送も請け負わないので、一般の個人はなす術がなく、葬儀全般を取り仕切っていた蕭珊は途方に暮れた。結局親しい友人の作家孔羅蓀《こうらそん》（一九一二〜九六）が作家協会の事務方にかけあい、万事を手配してくれたという。この件から察せられるのは、故人を埋葬するには公的機関の助けが必要だということだ。文革中に蕭珊の遺骨を埋葬するのはほとんど不可能だったろう。

また、亡くなった妻の墓を建立しなかった例は、作家の兪平白《ゆへいはく》（一九〇〇〜九〇）にもある。あるいは憶測だが現代中国では送葬の形態を遺族の裁量で決定する部分が大きいのかもしれない。

これら外在的な事情のほかに、巴金の個人的な経験も考慮したい。次兄李堯林が亡くなった際、巴金は虹橋《ホンチアオ》公墓を兄の安息の地に選んだ。やがて兄の訳書の印税が貯まると大理石の碑を建て、開かれた本を刻み、「さらば、永久にさらば」と記した。再び印税が貯まると、今度は墓前に石の花瓶をしつらえた。巴金はこの墓を兄の「本当の家」と見なしていた。しかし虹橋公墓は文革中に荒らされ、兄の墓は無くなってしまったのである。墓への思い入れを奪い去るに充分な事情だろう。

更に巴金は、蕭珊の追悼会を行うことも拒否している。一九七九年一月十九日の楊静如《ようせいじょ》（一九一九〜）宛ての書簡で巴金はこう述べている。

> それから後いくつか。一つ、蘊珍に追悼会を開いてやる必要はありません。これまでにも打診してくる人があり、決めろと言われましたが同意しませんでした。私は形式主義は主張しません。二つ、「懐念蕭珊」という九千字ほどの文章を書きました。まず香港の新聞に発表し、それから広東の出版物に載せるつもりです。私が彼女のために「名誉回復（原文「平反」）」をします。

形式主義への批判が見られるが、巴金はこの頃文革中に亡くなった友人の追悼会に多く出席しており、追悼会というスタイルそのものへの批判とは解せない。重視すべきは、巴金が「懐念蕭珊」という文章の執筆自体を蕭珊を弔う行為と見なしていることだろう。巴金はこう語っている。

> これが彼女の最後だ、しかしこれは決して彼女の最後ではない。彼女の最後は私の最後につながるのだ。（中略）私が永遠に眼を閉じたら、私の遺骨と彼女の遺骨を混ぜてほしい。

巴金は自身の生の中で死者を生かそうとしている。弔いの拒否こそが、巴金が選択した、妻であり最も忠実な読者である人の弔いの形なのだ。

文革の悪夢

さて「懐念蕭珊」は、先にも述べたように一九七八年八月に書き始められ一九七九年一月に完成した。それからほぼ五年の歳月が流れた一九八四年一月二十一日、巴金は再び蕭珊を語る文章を執筆する。「再憶蕭珊」である。「懐念蕭珊」から「再憶蕭珊」に至るおよそ五年の間に、中国は大きく変貌した。七八年末には鄧小平《とうしょうへい》が主流派となり、中国はいわゆる「改革開放」の道を歩み始める。文革については、八〇年十一月に「四人組」裁判が行われ、八一年六月十一期六中全会での「歴史決議」採択により公式に否定される。八二年十一月には新憲法が採択され、政治的におよそ決着がついた形になる。同時に中国は、世界の中の中国としてしだいに存在感を増していた。八四年の『大公報』はユニバーシアードを北京へ誘致する話題で賑わっており、文革の傷痕も生々しい七八年とは隔世の感がある。

だが政治情勢とはうらはらに、巴金が文革のくびきから解き放たれることはなかった。このような急激な変転が、様々な局面、ひいては個々人の内面にきしみを生じさせるだろうことは必然とも言える。一九八二年頃から巴金は健康を害し、精神もいきおい影響を受け、文革の記憶にひどくさいなまれるようになる。

まず八二年の年始に風邪をひき、これがこじれて半年ほど体調がすぐれなかった。次に背中のできものが化膿して手術をする。経過は順調だったが、ひどい不眠に悩まされるようになる。巴金はこの不眠症状を「文化大革命が残した後遺症」だと分析している。年の暮れも近づいた十一月には左大腿骨を骨折し、約七ヶ月の入院生活を余儀なくされる。巴金はここでもまた、悪夢にうなされる夜を幾晩も過ごす。文革の亡霊に悩まされたのである。夢と現実を混同したり、夜中に叫び声をあげたりするほどで、ついには「終わりの時」について思いをめぐらせるようにさえなった。八三年十月からは、今度はパーキンソン病のため再び入院する。八四年の年明けはその病床で迎えた。

この間巴金はしかし、いささかペースを落としながらも病を押して、一篇また一篇と『随想録』を書きついだ。パーキンソン病を患ってからは、手のふるえのため原稿の執筆がいよいよ困難になったが、創作意欲は衰えなかった。八三年十一月二十九日に巴金はこう記している。

今日私は八十歳の誕生日を病院で迎えた。残された日々は多くなく、いっそう大切にせねばなるまい。一字でも多く書き、一字でも多く残そう。

（随想録第一一〇篇「我的名字」）

このような状況の中で「再憶蕭珊」は書かれた。

すすり泣く遺骨

「再憶蕭珊」の書き出しはこうである。

昨晩夢で蕭珊に会った。彼女は私の手を握って言った。「どうしてこんなふうになってしまったの？」私は彼女を慰めて「私は大丈夫だよ」と言った。彼女は泣き出した。私は心が苦しかった。と、目が覚めた。目覚めた巴金は蕭珊の泣き声を追う。耳鳴りがひどくなる。そっと蕭珊の名を呼んでみる。目を閉じるといくつもの情景が現れた。

蕭珊が寝室で「やりきれないことがあるなら私には隠さないで。お腹にため込んではだめよ」と言ったこと。蕭珊が病室で「あなたと離ればなれになりたくない。私がいなかったら誰があなたの面倒をみるの？」と眼を潤ませたこと。霊安室で、シーツにくるまれた蕭珊にすがり、心の中で「ここにいるよ」と呼びかけたこと。いつも帰宅すると、笑顔と思いやりに満ちた声が出迎えてくれるような気がするのだが、門に足を踏み入れても庭木が目に入るだけである。玄関前の石段から振り返ると、蕭珊が最後に家を後にした日の情景がありありと浮かぶ。孫娘の姿を見られなかった蕭珊を思うと、巴金は哀れでならない。

そして文章はこう続く。

蕭珊のあの澄んだ笑い声を、私は夢の中でさえ聞くことができない。（中略）私はあの見果てぬ夢から逃れられない。いつも眼いっぱいに涙をためて！いつも額に「川」の字の皺をよせ、心配そうな顔をして！いつも繰り返し、限りない気遣いをたたえた忠告をする！まるで私がお腹いっぱいに不満をためて、彼女に隠しているかのように、まるで私が泥沼で転んで抜け出せずにいるかのように、まるで私がまた地面に転がされ、誰かに踏みつけにされているかのように。……毎晩毎夜、私には聞こえる、骨壺の中で彼女が小さく呼びかけるのが、彼女が低く泣き声をたてるのが。

十二年前に亡くなった蕭珊は、まだ泣いている。笑顔を見せない。「懐念蕭珊」を書いて「平反」を済ませてやったはずなのに、巴金の夢に現れすすり泣くのである。

先に述べたように、「懐念蕭珊」を書くことは巴金にとって蕭珊を弔う儀式だった。本来続くべきだった蕭珊の生を自分が代わって生きると決意したことで、巴金は蕭珊の死に一応の決着をつけた。このような決意は他の文革の犠牲者にも向けられている。無念を残したまま亡くなった友人たちに代わって生き抜くとは、巴金が『随想録』でたびたび語る言葉である。巴金は初めこうやって文革の体験を整理しようとしたのだろう。

しかし弔ったはずの妻の遺骨は、五年の時を経て巴金に語りかけてきた。それも哀しげなすすり泣きの声で。弔いえない何が、日々を文筆に捧げ、誠心誠意生きる彼をなお追いつめるのだろうか。

他者の記憶を語りつぐ

文化大革命が終わり、四人組が打倒されると、中国の文壇には文革の悲劇を被害者の側から告発した、いわゆる「傷痕文学《しょうこんぶんがく》」が数多く出現した。巴金はこの「傷痕文学」について、「少し以前に『傷痕』のような小説に不満を抱く人があり、これを〝傷痕文学〟と呼んで、こういう自分の傷をさらけ出すたぐいの作品は、我々自身の欠点を他人に見せ、国家の名誉を損なうものだと主張した。（中略）今でもまだ、傷痕を覆い隠し、語らずにいれば、傷は自然に癒えるものと考えている人たちがいる。自分に傷痕があることを気にとめず、他人がでたらめを言っていると非難する。そのような人々が、ある文学作品に弓を引こうとしたとたん、文学の力は大いに高まるのである」（『随想録』第三八篇「再談探索」）と評価している。

しかし巴金自身は、「私の文章は〝傷痕文学〟ではない」（『随想録』第八三篇「未来（説真話之五）」）と明言している。また、一九八四年十月に香港の中文大学から名誉博士号を贈られることになって香港を訪れた際には、座談会の席上で「傷痕文学」に言及し、「「文化大革命」は徹底的に否定されねばならない、「文革」を暴露し、批判する作品は書き続けられねばならない。しかし書く目的は、傷痕を治療するためであって、人身攻撃ではない。目下の問題は、充分に深みのある作品がまだ生まれていないことだ」（『大公報』一九八四年十一月二日）と述べている。

『随想録』はまぎれもなく文化大革命を批判する書だが、巴金はこれを自らの傷痕を暴露するために書いたのではないと自覚している。巴金をして『随想録』は「文革を暴露し批判する」傷痕文学ではないと言わしむるのは、人身攻撃に向かわないという姿勢によるところが大きいだろう。「懐念蕭珊」の一節に次のような箇所がある。

彼女は「つらい毎日ね」と言った。というのも彼女は二回ほど組織に引っ張り出され、窓際にやられて労働させられていたのである。後になると、つるし上げ大会にもよく参加させられた。

この比較的淡々とした描写を『随想録』の手稿本で確認すると、推敲によって大きく二つの部分が削除されていることが分かる。一つは蕭珊がボランティアで『上海文学』の編集を手伝っていたため、巴金のスパイだとして批判されたことを述べた文である。「労働させられていたのである」の後に、事情を詳しく説明する要領で入っていたのが削除されている。もう一つは、「つるし上げ大会にもよく参加させられた」の後に続く次のような文である。

彼女は天真で、誠実で、人を信じやすかった。彼女の数少ない友人は肝心な時に彼女を捨て去った。彼女は幼稚でものを知らず、人の物笑いのたねにされた。

「懐念蕭珊」の最終稿と比較すると、この文には極めて感情的な色彩がある。筆者は手稿本でこの部分がしっかりと線をひかれ削除されているのを見てはじめて、蕭珊の不幸に関して、巴金には個人的な、実際の人間関係に根ざした恨みつらみもあったのだと、いささかの思いがけなさとともに感じさせられた。

結局巴金は恨み言を述べる道を選んでいない。ここで封じられたのは、蕭珊の不幸、彼女の悲しみではなく、この件にまつわる巴金の心の傷である。巴金は自らの傷痕をさらすのでなく、あくまで蕭珊の声に耳を傾け、蕭珊を語ろうとしたのだろう。言うまでもなく耳を傾ける相手はもはや蕭珊本人ではあり得ない。それは、巴金が一九三六年の出会いから彼女の死に至るまで脳裏に留めてきた蕭珊の記憶である。

となれば、遺骨がすすり泣くのは宿命かもしれない。巴金は生あるかぎり、他者の記憶の声を聴きつづけるのだろう。

茹志鵑と鄧友梅
——追憶の文工団——

石井恵美子

茹志鵑《じょしけん》は一九二五年生れ、兵士と農村の女性を通して中国共産党の軍を支えた人々との絆を描いた『百合の花』や、大躍進運動を初めて批判的にとらえた『つなぎまちがえた物語』などで知られる現代中国の女性作家である。裕福な家に生まれたが幼少時に一家離散、祖母と極貧の生活を送った。四三年に共産党軍のひとつである新四軍に参加、文芸工作団（以下、文工団という）の一員として戦時期を過ごした。五〇年代末から作家として注目されるようになり、中国のどこにでもいそうな人々の、家族や生活に対する心情を描いた小説が持ち味である。九八年病没。

鄧友梅《とうゆうばい》は三一年天津生れ、父の失業で故郷の山東省に戻り、十一歳で共産党軍のひとつの八路軍の通信兵になる。四三年、日本の山口県に連行され、工場で強制的に働かされた。帰国後に新四軍に参加、文工団に所属した。五〇年以降小説を発表し始めたが、反右派闘争で批判され作家生活から離れた。七十年代末から創作を再開。清朝末期の北京の市民たちを描いた『煙壺』など、北京の人物、風俗を描く小説で好評をはくした。

茹志鵑と鄧友梅

一九九八年十月に茹志鵑が亡くなって三年が経つ。以前から病が伝えられていたが、やはり突然の感が強かった。訃報が伝えられた際、新聞、雑誌に彼女の人柄を偲ぶ追悼文がいくつか発表された。娘で作家の王安憶《おうあんおく》は茹志鵑の未発表作品『彼女の来た道（她従那条路上来）[1]』と『下郷日記[2]』を発表するとともに、自身の文章を寄せた。王安憶は

『彼女の来た道』について、茹志鵑の残した原稿を自分の判断で整理して掲載すると述べ、『下郷日記』については、六〇年前後に農村に生活体験に行った時の日記であると述べて、その当時の家族の様子に触れている。どちらも母に対する心情を、未発表の作品に託して発表したと思われる。『彼女の来た道』では未整理の原稿を王安憶が作家としてどのように整理するかという難問もあったかと思うが、両作品に付した文章にはどちらも、家族としての思いがにじんでいる。

他の知人の追悼文は茹志鵑の人柄をエピソードと共に紹介する。たとえば、殷慧芬《いんけいふん》は『文苑は百合の香を長く留める』(3)で、デビューしたての頃、茹志鵑が隣にすわり「子供のように耳に口を寄せ」て、工場という題材を手放さずに書き続けるべきだと、何度も励ましてくれたと書いている。また一部の作家に原稿料未払いという問題が持ち上がった時、茹志鵑も他の作家と共にサイン会を開いて売上げ向上を図った後、「原稿料は、私はもういいわ」といって「素朴に無邪気に」問題から退場してしまったと書いている。殷慧芬が描く茹志鵑はこのように名誉や金銭にとらわれず、無邪気である。追悼文に限らず、他の人の文章でも時に茹志鵑の飾らない性格が話題にのぼる。

新四軍当時からの友人の文章には、より哀悼の思いが満ちている。茹志鵑と軍隊時代、その後の雑誌編集者時代を共にした郭卓《かくたく》は『哭志鵑』(4)で、茹志鵑との文工団時代の生活、文化大革命をはじめとする苦難の時期と、その中でも周囲の若い人達に心を配る茹志鵑の姿を回想した。郭卓は、茹志鵑と鄧友梅が文化大革命後に再会したとき、戦争の苦難をともにした硬く結ばれた感情を感じたと述べている。『哭志鵑』にはこうある。

若者(部隊時代の鄧友梅)はやんちゃで、おしゃべりで、調子に乗るし、そのうえよく人と仲違いして言い争い、人に殴られたこともある。あなた(茹志鵑)がいるようになって、他の人はもう彼をいじめようとしなくなった。……文化大革命がおわり、北京であなたと一緒に鄧君を訪ねた。あなたたちが出会うと、死地を逃れてきたような姉と弟のふたりは、しっかりと抱き合い、顔と顔をくっつけて、それはあなたたち古くからの部隊文工団の、魯南の包囲を突破し生死を共にした同志たちの、戦火の中で血肉のように結びついた感情……

郭卓と茹志鵑と鄧友梅は戦争中に文工団で同じ班だった。共産党軍が攻勢にでる以前の最も苦しい時期から生活をともにしていた。郭卓のいう血肉のように結びついた感情、それが軍隊時代からの友人の追悼文を哀切に満ちたものにしていると思われるのだが、それはどんなものなのだろうか。

それを考える前に、国民党軍との内戦時に、茹志鵑、鄧友梅、郭卓らが置かれていた状況を確認しておこう。

新四軍は日中戦争中に主に中国南部に展開した共産党系の軍隊である。茹志鵑と鄧友梅は新四軍政治部の文工団に所属していた。新四軍は、中国北部で活動した八路軍とともに、日本敗戦後に人民解放軍と名前を変え、蔣介石の率いる国民党軍との内戦に入った。

文工団(5)とは文芸工作団の略で、行軍をともにしながら、前線に向かう兵士のために演劇や歌舞を行い鼓舞する、また通過する村の住民や捕虜となった敵軍の兵士の前で歌舞を用いた宣伝活動をする（地元ボスの横暴等の現状を描いたり、共産党のめざす政策を表現する）のを、主な活動内容としていた。他にも、負傷兵の看護や土地改革の補助など、後方でさまざまな仕事に回っていたようである。主な活動の中でも演劇は文工団の代名詞というべきものであり、『白毛女』等の演目が知られている。ひとつの村に着くと、簡単な舞台を設え、住民に宣伝するところから文工団の活動は始まる。劇の演者になるのはもちろん、舞台の裏方から食事の支度まですべてを行う。そうして村人や捕虜の兵士の目と鼻の先で演じられた劇は、観客を大いに感動させたという。共産党軍が支持を広げていく上で、文工団、とりわけその演劇は大きな力となったのである。そうした活動を、慰問ではなく、軍隊に属して、先に述べたようなさまざまな仕事をも担って移動しながら、行っていたのである。このような日々をともにした人達は戦友といえよう。

彼らには国民党を破って中国を解放したという誇りが強くあり、被害意識、悲壮感といった感情はほとんど感じられないことに注意しておきたい。行軍は苦しく、戦闘は激しかったが、彼らは自分の意志で闘い、勝利を得た。またその意識には彼らの生い立ちも影響している。茹志鵑は幼少時の一家離散を経験したが、兄とともに新四軍に入ったとき、そこに「家」を感じたと述べている。鄧友梅は、国民党軍や武装した匪賊の略奪にあって多くの村人が八路軍に入った「貧しければ貧しいほど革命的になる」を地でいく故郷を持つ。彼らのどちらにとっても、共産党軍は最後のよりどころであり、軍は当時唯一その信頼に応えた。そして、茹志鵑と鄧友梅は姉弟といっていいほど親しく、長年文工団の同じ班ですごしたのである。

鄧友梅は『志鵑ねえさん（阿姐志鵑）』[(6)]という長文の追悼文を発表している。そこには新四軍から人民解放軍に変わった頃、つまり四五年の日本軍撤退後からの、中国の内戦時期の文工団における茹志鵑の姿が綴られている。本論は、この鄧友梅の追悼文を中心として、当時の茹志鵑の姿と鄧友梅の追悼文が持つ特徴を述べ、そこから軍隊時代をともにした者に対する追悼が意味するものをみていこうとする。なお、本文中および引用中の（　）は石井注であり、鄧友梅の文章はことわりがない限り、『志鵑ねえさん』からの引用である。

姉弟関係と土地改革

それでは『志鵑ねえさん』に沿って、鄧友梅と茹志鵑の当時の様子を少し詳しくみていこう。四七年といえば茹志鵑は二十一歳。鄧友梅は、十五歳だった。茹志鵑は彼を弟のように面倒みてくれたという。他人と言い争いになることがたびたびあったという鄧友梅は、『志鵑ねえさん』で行軍中の出来事をあげている。その時彼は背中を負傷していた。後ろから来た人が連れていた馬の背の砲弾箱が彼の背中に当たり、痛さで彼が泣き出すと、周りの兵士たちがからかう。彼は腹が立ってわざとますます声を張り上げた。それで茹志鵑が周りの人たちに彼の傷が見えないのかと諭し、鄧友梅には彼がわざと声を張り上げた気持ちを見透かしてこう言ったという。「今度泣くのをみたら、二度と相手にしないよ、私は言ったことは必ずやるからね。」

鄧友梅の追悼文のひとつの特徴がここに出ている。自分の幼さを全面に出し、それと比較して相手がどんなに大人で成熟していたかを述べるのである。実際に鄧友梅は四七年頃には少年といっていい年齢であり、前述した郭卓『哭志鵑』でも彼の当時の生意気さに触れていた。鄧友梅は、当時のその幼い自分を狂言回しのようにして、それと対照するかたちで、追悼する相手の冷静な判断、周囲への気遣いといった成熟した姿を描き出すのである。

その一例として、鄧友梅が軍隊出身の作家王願堅《おうがんけん》を追悼した『願堅と別れ、往時を憶う(7)』をあげてみる。四六年、鄧友梅は一時期ある宣伝隊に配属されたが、分隊長が王願堅だった。王願堅は自分と三歳ほどしか違わないのに格段に大人だったと鄧友梅は述べ、以前いた文工団よりも規律が厳しい宣伝隊に入って、王願堅が自分にばかり厳しく当たると誤解したという。だがそれは王願堅が分隊長という人をまとめる立場にあって周囲に配慮していたのだ。鄧友梅はそれを知らずに好き嫌いの次元で判断していると思い、自分がわがままだったと書いている。これと同様、『志鵑ねえさん』の中でも、同じ班員というより弟分としての立場をとり、その立場から頼りになる姉として茹志鵑を描いていく。

茹志鵑と鄧友梅の、姉と弟、大人と子供としての関係が最もよくあらわれているのが、土地改革についての回想である。四七、八年当時の中国共産党の土地改革は、人民解放軍が支配的立場になった地域で、それまでの地主と交わした土地証書を無効にして、新しく農民に土地を分配しなおすのであるが、田中恭子『土地と権力(8)』が指摘するように、土地、土地以外の財産だけでなく、村の権力、権威も再分配するものであった。『土地と権力』によれば、おおよその場合、党や政府から村に十人未満の工作隊が送り込まれ、土地改革を進めた。村民から中心に活動する人物を選んで協力しながら進めるという。

鄧友梅は豫皖蘇根拠地での土地改革について、茹志鵑が小説『三度厳荘に行く』[9]に「遠慮気味に」書いていると述べる。

「遠慮気味」というのは、彼女が重大なことを軽く言っているということだ。ここは河南、安徽、江蘇三省の境界だ。我々が行った県は「沈太鹿」といい、沈丘、太和、鹿邑三県の交わるところで、黄河氾濫区の難儀な場所だった。肥えた土は黄河の水にさらわれ尽くして、磁器のように硬い土が残り、草も生えず、イナゴさえ生きるのは難しい……我々が行った時には、「土匪の残党」が押し切りを振り上げて村の幹部を捜していたのではなく、群をなした土匪が我々と遊撃戦をしたのだ。我々は普段二、三挺の拳銃と一挺の騎兵銃だけで自分で自分を守らねばならなかった。男女の同志を組み合わせて日夜歩哨にあたったため、茹志鵑の小説に「今晩は私が夜の前半の歩哨にあたる番だった……」という言葉があるのである。このような情勢のもと、我々は大衆を動員して土地改革を進め、ひとりがひとつの村を請け負い、大衆動員から土地の分配まですべての任務を最後まで担当し、二十日以内で完成する。[10]

茹志鵑の『三度厳荘に行く』は戦争中に土地改革のために訪れた村で出会った女性が、女性の発言権がない状態の中で重要な役割を果たし、土地改革後、再び彼女が積極的に活躍している姿に出会うのを描いた小説である。小説中で茹志鵑は鄧友梅が言うように「この地区の地方武装勢力はそれほど強くなかったが、一部の政治的土匪が残留して、地主と結託し」と書いている。小説では女性兵士の「私」が男性の兵士と共に村の土地改革を進めるために滞在する。この男性兵士と、村人のひとり来全が中心となって土地改革が行われるが、村人たちは地元のボスが勢力を盛り返すのが恐ろしくて、後込みしている。会合が進まないのに腹を立てた来全は「土地が欲しいやつは残れ、思い切ってやるんだ、土地が要らないやつは出て行け！」と怒鳴ってしまい、皆が出ていこうとする。その時、来全の妻の収黎子が進み出て、生きていくために土地を手に入れよう、土地改革をしようと静かに説得するのである。彼らは土地改革を成し遂げるが、その中で収黎子は土地のボスに子供を殺された。再び出会った時、収黎子は悲しみを乗り越えて他の人々のために働いていた、というストーリーである。

小説で来全が怒鳴った場面は、鄧友梅が『志鵑ねえさん』で述べる自身の体験によく似ている。『志鵑ねえさん』で、彼は土地改革にむかった村でうまく進めることができず、会合の場で「時間は限られている。時間を無駄にはできない。こうしよう。土地がなくてもやっていける、土地を分けたくないというものは退場していい。土地が欲しいものは残って、残った人で詳しく分配方法を相談しよう」と言ってしまったと述べている。一部の者にしか分けないと聞いて会合は混乱した。大失敗であった。彼は部隊に帰って実状を報告し、茹志鵑がついて再訪することになった。茹志鵑が土地改革の意義についてゆっくりと話し、土地のボスが勢力を盛り返すことはないと説明してようやく土地改革を進めることができた。

> 開会が宣言されると茹志鵑は煙草を吸いながら皆と世間話をするように話し出した。彼女の訛りがわからない人もいて、私が通訳した。彼女は話した。夏に劉伯承《りゅうはくしょう》と鄧小平《とうしょうへい》の軍団（第二野戦軍）がここから大別山に向かい、敵軍（国民党軍）は阻もうとしたが、我々が羊山集で何万人も一気に消し去ったのをその目で見たでしょう。……彼女が話し終わり皆はしばらく議論し、数人の積極分子が音頭をとると、人々は皆土地が欲しいと言った。……それほど時間もかからずに草案ができ、この基礎案ができたため日を改めてさらに細かく調整するのもずっと容易になった。

そしてふたりが部隊に戻り鄧友梅が反省を口にするのに対して、茹志鵑は「外での工作は団の中とは違う。自分は新四軍を代表して話していると自覚して、感情にまかせて事を進めたり、思ったことを何でも言うのではいけない。農民は考慮中なのに、土地がいらない者は退場させようなんて」と諭したという。こうして土地改革への参加はどうにか終了し、鄧友梅の退場云々の言葉は茹志鵑の小説に残ることになった。小説に登場するほど、この出来事は茹志鵑にも強い印象を残したといえよう。

「志鵑ねえさん」において、鄧友梅は自分の失敗を語り、茹志鵑の豊富な経験と慎重な態度を自分の失敗を補うものとして描いている。ここでは、私的な面での姉と弟ではなく、部隊において指導する者とされる者が示される。王願堅の場合と同様、自分と数歳しか違わない茹志鵑に、鄧友梅は人を指導できる力量をみる。そして、その力量は自分にはないと意識されている。軍隊時代に行動を共にした人物への追悼文で、鄧友梅は、幼い自分に対して大人で指導力のある相手という視点をとり、自分の幼さと対照しながら相手を優れた人物に描く方法をとっているといえるだろう。しかし、鄧友梅は相手だけを描いているのではない。当時の自分が時として前面に出てくることもある。そうなると追悼というよりは、彼自身が『志鵑ねえさん』の冒頭で言うように、「追悼の二文字では形容できない」「我々が経験したひとつの時代」の回想という性格が強くなる。次章でそうした例をみてみよう。

文工団と青春の記憶

鄧友梅は『志鵑ねえさん』の冒頭で次のように書いている。

これは追悼の文章ではない、私のいまこの時の心情は追悼という二字では形容できないものだ。／志鵑の逝去は私にとってひとりの戦友、ひとりの親しい人が去ったというだけでなく、彼女とともに去っていったのは私の経験したひとつの時代なのだ。それはまばゆいばかりの、輝く青春の時代だ。物質上では苦しかったが、精神上は彩りに溢れ、私たちは砲弾の雨の中から明日を奪取し、明日はもっと美しいと信じていた。

ここに鄧友梅の追悼文のもうひとつの特徴がある。第一章でみたように、家族や知人の追悼文は茹志鵑自身のエピソードに絞って書かれているといっていい。だが、鄧友梅の追悼文は、茹志鵑とともに自分の若い頃の姿も描いているのである。文工団の時代に茹志鵑と行動をともにした友人のほとんどは、十代後半から二十代前半の若い青年たちであった。彼らにとって軍隊時代は青春と重なる。『志鵑ねえさん』に描かれる鄧友梅は、これまでみてきたように子供っぽさを残し、張り切った気持ちが空回りする様子である。そして彼は次のように服装などに気を使わない、飾らない性格の茹志鵑の姿も描き出す。

彼女は飾らず、おしゃれをせず、めめしくなく、甘えたことも言わなかった。肩幅広く腰は伸び頭を上げて胸を張り堂々としていた。鼻は高く口はまっすぐ眉が濃く目は大きく、容貌はりりしくて豪快な人柄だった。小事は些細なことにこだわらず、大事は悠揚迫らず、他人の事でも耳まで真っ赤にして言い争うが、個人の損得を勘定に入れたことはない。彼女は欠点さえも男性と似ていた。男の文工団員は夏になると長ズボンが暑すぎるのを嫌って、ズボンの裾口を切って縫いつけ、半ズボンに変えた。彼女もそうだった。その上、その裾口を縫いつけもせず、腿に房飾りのように下げていた。女の文工団員は男の団員よりよく洗濯をし、仮の襟や袖口を作って飾りにしていたが、茹志鵑は洗濯の周期やいい加減さも男の同志と一致しており、襟や袖にも飾りはなかった。他の女の同志は手当を受け取ると、卵を買って洗髪したり、髪を結ぶ紐を買ってお下げを編んだりした。彼女は紙やインクを買うか、煙草や食べ物を買ってみんなと分かち合い、洗髪には鍋の底の灰を濾した水を使った。ある日、髪がぼさぼさなのをからかわれると、手櫛で梳いてから、下を向いて彼女の半ズボンの端を裂き、それから腿ひとまわり分の布を裂いて、髪を結んだ。もともと小声で笑っていた人たちが大声の笑いになった。私は慌てて彼女に代わって弁解した。「昨日半ズボンを洗ったばかりなんだ、きれいだよ！」／これは小さな事だが、大きな事ではもっと彼女は男にひけを取らなかった。

鄧友梅が述べる茹志鵑は、外見、性格ともりりしく、たくましい。英雄的人物を描くときに通じるものがある。服の飾りよりも煙草を好み、人に笑われても気にしない。欠点さえも男性と同じと鄧友梅は書いているが、半ズボンや洗濯、洗髪などは彼の見方では欠点とはとらえられていないだろう。それどころか茹志鵑に男性と同じ価値観をみて、好感を持っている。また、他の女性兵士のようにおしゃれをしない茹志鵑に好感を持つということは、鄧友梅がそれに驚いたのでもあったろうし、軍隊でのおしゃれが、それが限られた範囲の慎ましいものであれ、否定とはいわないまでも不可解に見られる傾向があったのではないかとも思われる。煙草を買うのはわかるが、卵シャンプーやリボンはわからないという感覚である。おしゃれの否定（おそらく男女を問わず）が鄧友梅だけの視点なのか、それとも部隊によくみられた傾向なのか、共産党軍において、それが女性の評価にどう影響したのかも考えるべき問題であろうが、茹志鵑はそうしたおしゃれから遠い、男性たちにとって理解可能な、好感を持たれる存在だったのは確かだろう。そして前述した土地改革の出来事のような「大きな事ではもっと男にひけをとらない」判断力や決然とした態度によって、さらにその好感は増していくのである。

『志鵑ねえさん』にはこんなことも書かれている。ある時、極左的観点を見直す指示が下りた。彼らの班では大きな問題もなく審査が進んでいたが皆の顔は憂いに満ちている。また煙草を買いたくても持ち合わせがない。茹志鵑は暇そうにしている鄧友梅をみて、皆と相談の上、煙草の落ち穂拾いに行かせることにした。

その地域では家々で煙草の葉を植えていたが、収穫がおわって落ちている細かい葉が風に舞い、至るところにあった。皆はちょうど煙草がなかったし、全員が賛成した。そこで彼らが眉間にしわを寄せて審査をしている間、私は外で自由に煙草の葉を拾い、戻ってくると傍らに座って彼らのために高射砲を巻いた（紙巻きたばこにしたのであろう）。上級の指導者が茹志鵑に尋ねた。「ある班から、鄧君が会議に出ずに煙草を拾ってばかりいると報告があったが、そうなのか?」茹志鵑はこう言った。「同志の審査内容の中には、彼の年齢で聞くのは良くないものもありますから、副作用が怖いので、私はわざと彼を外に出しているのです。」

茹志鵑は本当に副作用を考えたのかもしれない。だが、鄧友梅少年を外に出すだけでなく、煙草の葉を拾わせたのには、煙草を好んだ彼女や他の兵士の一石二鳥の都合もあっただろう。そして他の時期の厳しい審査を取り上げず、この時のエピソードを取り上げたことからも、彼の回想は審査自体に焦点があるとはいえない。

彼の文章では、苦労も書かれている。たとえば自分がマラリアにかかった時のことを彼はこう書く。

> ある日私は泥の中でマラリアの発作を起こし、全身が震えて足がふらついた。茹志鵑は私を背負おうとしたが、私の強烈な抗議にあった。（中略）私のこの発作は一日おきに起こり、熱があっても私は決して口に出さなかった。ある日私は敷きわらを抱えていたが、動作がのろく、しかも荒い息をしている。茹志鵑は私の顔に手を当てるとすぐにこう言った。「（敷きわらを）はなしなさい、熱があるのに、どうして言わないの?」私は言った。「できます!」彼女はにらみつけて「ここに座って皆の背嚢を見張っているよう命ずる」と言った。

茹志鵑を始め女性ばかりの班に所属した鄧友梅は唯一の男性として気を張っていた。まわりがみな姉のような状態で、彼は無理をしてでも自分を大人にみせようとしていた。マラリアの記述にはそうした彼の心情が現れている。命にかかわる病気にもかかわらず、病気自体には重点が置かれていない。

またある時、雨の中を行軍し続け、彼らは澄河のほとりに至る。この時の実際の状況は彼らと同じ班員であった馬《ば》旋《せん》が、『ある文工団員の回想』(11)で詳しく書いているので、以下馬旋の文章から要約する。川幅は広いが深くないと判断し物資を持って河を渡る準備をしていると、突然鉄砲水が起こった。慌てて岸に避難したが、今度は背後から銃声がする。敵が追いついてきていたのである。部隊は敵を迎え撃ちながら、河を渡らなければならなくなったが、水位は上昇し続け、河に電話線で作ったロープを渡そうとするがうまくいかない。いかだも流されて見えなくなってしまった。この苦難を兵士たちは地元の農民の助けを借りていかだを作って乗り越え、ようやく河を渡ることに成功したという。

この出来事について、『志鵑ねえさん』ではどうなっているかみてみよう。

連日の大雨が鉄砲水を引き起こし、澄河の水は膨張して、我々は河を渡る術がなかった。この時前には鉄砲水、後ろには追う兵、河水中に人や馬の屍が漂ってくるのを目の前にして、同志たちの顔には思わず恐怖が浮かんだ。……だが我々には二挺の拳銃と一挺の騎兵銃しかなく、それに数人の女性兵や少年兵がいて、遊撃戦をするには楽観を許さない、それで泳げる同志はできるだけ自力で河を渡って主力部隊に追いつき、皆が一緒に危険を冒さなくてもよいと(隊長は言った)。彼は泳げる同志は階級的友愛を発揮し、女性同志と病人を連れて行ってほしいと希望しただけだ。／茹志鵑と馬旋は言った。「他の女性同志は先に渡って。私たちは全隊と戦うのも一緒だし、犠牲になるのも一緒です！」すべての泳げる同志は先に河を渡ることを拒絶し、最後には全隊が生死を共にすることが決定した。丁さん(隊長)は皆の意見を受け容れ、すぐに食事の用意をさせ、私と耿さんを直ちに河岸で見張りにあたらせ、友隣部隊が澄河を渡るのを探して見つけだすように努めさせた。／天のマルクスのおかげか、私たちふたりは行軍中落後した膠東(山東省東部)の農民の協力者がまだ渡っていないのを発見した。彼らは天秤棒をいかだの骨組みにし、我々に骨組みにしがみつくように言って、彼らは泳ぎ、力強く我々を引いて河を渡らせてくれた。

ここと同じ場面を『ある文工団員の回想』は次のように書いている。

情況は緊迫した。部隊は一方では敵を迎え、力を尽くして反撃し、一方では河岸で全員を動員して河を渡り始めた。目の前の滕河（澄河）の水位は上昇し続け、ほとんど岸から溢れ出しそうだった。泳げる戦士、協力してくれた農民たちは電話線をより合わせたロープを持って、泳いでいき、一本のケーブルを渡そうとしたが、一回また一回とみな失敗した。作ったいかだもひとつひとつ押し流されて影も形もなくなった。皆は目を見開いて荒れ狂う鉄砲水を眺めたが、どうしようもなかった。（中略）いかだ、戸板、大きな水瓶、各種の浮く物が、みな探し出され、岸に積み上げられた。／指揮部は我々が河を渡る問題を、前線を支援する膠東の農民たちに預けた。彼らは海辺の漁民でもあり、泳ぎがうまい。彼らは前線支援用の天秤棒を、四本ずつ一組にして、「井」形に縛った。それから彼らは八人一組になって、ひとりがひとつの天秤棒の端を持ち、我々泳げない者が四人ずつ天秤棒いかだの中段を持って、農民たちが一組一組我々を対岸に泳いで送り届けてくれた。

大まかな事実は鄧友梅も馬旋も同じである。が、鄧友梅の描く焦点は、河を渡る苦労や農民が考え出した方法よりも、自分を含めた部隊の面々の決意に向かっている。馬旋の回想で河を渡る困難な場面に筆がさかれ、農民の協力が大きな位置を占めているのと異なっている。鄧友梅の視点はむしろ河を渡る方法がみつかる前までの、精神的な緊張に向けられているといっていいだろう。鄧友梅の文章では、茹志鵑、馬旋、その他の隊員の犠牲的精神や堅固な絆が描かれており、当時の自分たちの置かれた状況、その時の自分の心情に焦点を合わせている。

『志鵑ねえさん』では、このように苦難な状況も書かれてはいる。しかし、そこでの視点は自分たちの決意やがんばりに向けられるのであり、苦難な状況＝苦しみとはならないのである。

本章では鄧友梅の追悼文が自分の若かった時代を描くものでもあることをみてきた。実際には苦しいことの連続であり、命を落とす兵士も多かった行軍生活だったはずだが、彼の文章にそのような悲壮感は感じられない。自分たちが決意と頑張りと協力で乗り越えてきたものとして、苦難な状況が語られる。それは特殊な時期ではあったが、彼らにとって輝かしい青春であることの証であろう。そして軍隊時代の友人が茹志鵑に対して深い哀悼を示すのも、この彼らにとっての青春の記憶、自分自身の若い頃への追憶が一因ではないかと思われる。鄧友梅はこの若い頃への追憶を意識しながら、追悼文を書いているのである。

彼は『志鵑ねえさん』の最終章でこう述べている。

この文章を書いていて、私の心に現れたのは茹志鵑ひとりだけではなかった。この文章を書くことは、茹志鵑だけに捧げるのでもない。長く連なる名前たち、久しく会わない顔が私の心の底から浮かんできて、それは皆私を心配し、育て、愛護してくれた人たちだった。私たちは手に手をとり戦火や硝煙の中から昨日を逃れ、今日を作り、明日を待ち望みもした。

文化大革命からの復帰

最後に鄧友梅と茹志鵑の作品を通じての交流を『志鵑ねえさん』からみておきたい。

戦争中の文工団時代、茹志鵑は、男性がひとりだけのため離れて寝ている鄧友梅のところにやって来て日記を書いた。灯りをつけると他の人が眠れないからと彼のところに来るのだが、彼の睡眠は妨げていたわけである。その時読書や身近なことを観察し記録しておくことの大切さを話した。茹志鵑は、自分が日記をつけるのは文工団の仕事に使う材料を集めるためではなく、毎日見聞きした新しいことを、創作する時のために忘れないように書いておくのだ、練習するためにもいいと言ったという。鄧友梅は彼女に勧められて日記を書くようになった。その日記の一部を『淮海前線の文工団員』(12)と題して『文芸報』に発表したのが、全国的な新聞雑誌で初めて掲載された彼の文章だという。

中華人民共和国成立後、鄧友梅は五七年の反右派闘争で右派とされ、筆を執れなくなった。その後も茹志鵑は手紙を書くなどして鄧友梅を気にかけていた。文化大革命では作家のほとんどが執筆を停止せざるをえず、そのうえ迫害を受けた。文革終了後、文壇に復帰した茹志鵑が七八年に鄧友梅に会いに行った時の様子は、郭卓『哭志鵑』によってすでにみたが、その時、鄧友梅が陳毅について書いた文章を彼女が見つけ、小説に書き直して発表しようと言い出した。その頃まだ右派分子とされたままだった鄧友梅は、発表することによる自分と周囲の人々への影響を心配したが、彼女は「私たちが知り合いであることは言わないで、先に発表してしまおう。万一発表後に反対する人がいたら、状況調査を詳しくせずに、うっかりしていましたと認めれば(いい)」と言った。茹志鵑は七七年当時『上海文芸』(後の『上海文学』)の編集委員だった。小説に書き直すのにも時間がかかったが、彼女は手紙で励ましつづけ、鄧友梅はようやく『我らが司令官』(13)を発表できた。その後も小説を連続で発表するように催促し、私的な面では結婚問題を気にかけ、と彼女の心配は続いたという。文工団の時代が過ぎても、鄧友梅にとって茹志鵑は「ねえさん」であり続けたのである。

おわりに

以上、鄧友梅の追悼文から、幼い自分と成熟した相手を対照して描く手法、また追悼する相手だけでなくその時代に生きた自分も描くという特徴をみてきた。追悼文中で、茹志鵑は生き生きと描かれ、多くの逸話が語られている。と同時に、鄧友梅自身も含めた周りの人々もまたいきいきと描かれている。彼の追悼文によって、四七年当時の文工団および茹志鵑の様子、人々のつながりが描かれたのには資料的にも意義がある。鄧友梅の文章は当時の自分たちに対する思いに溢れ、追悼する相手に対する敬愛とともに、自分の若い頃、苦労をともにした時代に対する懐かしさも同居している。同じく文工団時代をともにした郭卓の追悼文『哭志鵑』が、「生死を共にした同志たちの、戦火の中で血肉のように結びついた感情」というものの一端がそこには現れている。生死を共にしたというのはそれだけでも重く深い関係だが、そこに彼らの青春の時代が加わっているのである。そして彼らの青春は中国を解放したという自負に支えられてもいる。四九年以後、幾たびも政治運動が続き、中国の進む方向に疑問を持つこともあったと思われる、文字通り苦難の道を経て振り返る時、彼らの若かった日々、意義ある成果への思慕はより深まるのではないだろうか。『志鵑ねえさん』は、追悼が、故人への深い哀悼を語るだけでなく、自分たちが経験した時代への追憶ともなることを示してくれている。

注

（1）『収穫』一九九九年四期。茹志鵑の自伝的小説『彼女の来た道』の続編として書かれていたが未完だという。
（2）『上海文学』一九九九年十期。
（3）『上海文学』一九九八年十二期。
（4）『文芸報』一九九八年十一月十七日。
（5）戦争中の文工団の活動については、牧陽一ほか著『中国のプロパガンダ芸術』（岩波書店、二〇〇〇年）が参考になる。
（6）『人民文学』一九九九年三期。
（7）『鄧友梅自選集5・散文雑拌』（作家出版社、一九九五年）所収。
（8）名古屋大学出版会、一九九六年。

（9）『上海文学』一九六一年一期。
（10）鄧友梅がここでひとりがひとつの村を担当したというのは、人数が少なすぎるため検討の余地がある。ただし茹志鵑「三度厳荘に行く」でも軍からふたりだけで土地改革に行くことになっており、考えられないわけではない。
（11）『中国人民解放軍文芸史料選編・解放戦争時期（上）』（解放軍出版社、一九八九年）所収。これは追悼文ではない。
（12）『文芸報』第一巻第八期、一九五〇年一月十日。
（13）『上海文芸』一九七八年七月号。

あとがき

宮尾正樹

俗に、人は一人で生まれて一人で死んでいくというが、誕生について言えば、実際には母親が生み出し、子が生み出されるという相互関係であり、通常母親の生む行為なしには生まれることはない。本当に一人で生まれることはできないのである。それに対し、死は確かに孤独である。人は少なくとも生命物質としては社会から消える。たとえ、それが殺人や事故によるもので、死の原因が他者にある場合であっても、死ぬことは他者との関係においてでなく、あくまでも個的な行為である。生む—生まれるは原因と結果の関係を結ぶが、死ぬ—死なれるにはそれがない。だが、多くの人間は死をただそれだけの事実として受け止めることができない。近親者や生前の姿を知る者だけでなく、見知らぬ他人の死亡にも心を動かされる。人は他者の死に平静でいられないがゆえに、さまざまな仕方で死と折り合い、死を合理化しようとしてきた。具体的な事件としての死から死の概念にいたるまで。人間はおそらく生まれるということについてより何十倍も多く、死について考えてきているのだろう。人類の思考の半分以上は死と死に関わる事柄のために費やされてきたといっても大げさではないかもしれない。本書に収められた論考は、古代から現代にいたるまで、中国文学において死がどのように悼まれ、表現されてきたかの一端を示すものである。

本書が生まれるにいたった経緯、中国の古典文学において人の死を悼む文学のジャンルとしての定着の歴史とそのあり方については、まえがきに佐藤保先生が記す通りであるが、近代文学は（少なくともスローガンとしての）その反伝統性ゆえに、さしあたってはその定式化した悼み方を拒絶するところから出発した。本書には近現代文学関係の論考が七本収められているが、ここで筆者の関心に引きつけて、それらを簡単に振り返っておきたい。

佐藤普美子「死者を抱き続けるために」は、現代詩における死の悼み方のパターン、著者の表現を用いれば、「感傷の形式化」のされ方を示し、現代詩が文学言語として成熟する過程を照らし出している。同時に馮至《ふうし》の作品の分析を通じて、西洋近代文学の影響を示唆しつつ、即自的な悲しみでなく、死についての思索を深めることにより死を受け止める哲理的な詩が中国現代詩に存在したことを明らかにしている。

栗山千香子「ヒロイン探しの誘惑、あるいはその超越」は、聞一多の人口に膾炙した詩が、一般に読まれているように幼い愛娘の死をうたったものではないことをあらためて示した上で、にもかかわらず依然として娘への哀歌として読まれる傾向がなくならないことを指摘している。そしてそれを単なる無知ゆえの誤読と片づけるのではなく、一つの現象として解明しようと試みている。

平石淑子「身は先んじて死す」西野由希子「追悼された暗殺死」河村昌子「蕭珊《しょうさん》、弔いえぬひと」石井恵美子「茹志鵑《じょしけん》と鄧友梅《とうゆうばい》」はいずれも追悼の文章と追悼される死者の生きた生の実際との距離を問題にしている。平石論文は今もなお人気の高い女性作家蕭紅《しょうこう》が、現在三カ所に葬られていることに象徴されるように、生き残った者たちの都合と論理でその生の姿が作り上げられてきたことを示している。

西野論文は戦争中の中国と日本を往還した作家穆時英《ぼくじえい》が暗殺された際に、日本の文壇で多数の追悼文が書かれたエピソードを取り上げている。数の多さに比してその内容はきわめて貧しいものであった。さらに戦後に明らかになった、穆時英が漢奸ではなく国民党の二重スパイであったという事実も参照して、それらの文章が仮面の生を鵜呑みにし、時局に便乗した死の政治的利用にすぎなかったことを示唆している。

石井論文は女性作家茹志鵑の死に際して発表された追悼文のうち、国共内戦を共に戦った者が書いたものを取り上げる。その多くが故人のエピソードだけでなく、自らもその中にあった革命の時代への追憶として文章を綴っており、とりわけ茹志鵑を姉とも慕っていた作家鄧友梅の文章には当時の自分の行動や思いに重点が置かれていることを指摘して、人を文字で追悼する行為が同時に、というよりも時としては主として、自己主張をともなった、自らの生きた時代への回顧であることを示している。

また、河村論文は中国の良心とでも呼ぶべき作家巴金《はきん》が妻を悼んだ有名な文章を扱っている。彼が書いた作品の第一の読者であり、最良のファンでもあった妻が、おそらく作家の妻でなければむざむざと死に追いやられることはなかったという罪悪感と悔恨の情の誠実さに読者は胸を打たれるのだが、その奥底に活字になる時には削除された「友人」たちへの恨みや怒りを潜ませており、これらの文章が自らの心の傷を封印し、妻の生きるべき生を自らが代わって生き続ける決意表明でもあることを、二人の関係や手稿本の分析を通じて示している。

以上の論考はいずれも作家が親疎の差こそあれ、自分の知っている人間の死について書いたものを扱っている。それに対して加藤三由紀「石に哀悼を刻す」が扱うのは、革命家であり政治家であった于右任《うゆうじん》の残した碑文である。同志や知人に捧げられたもののほかに、于右任自身が指揮した西安防衛戦の中で命を落としたおびただしい数の人々のために建てられたものもそこには含まれる。「この人たちはなぜ死ななければならなかったのか。碑の文言は、その人々も英雄烈士として紀念し、戦争犠牲者の不条理な死に意味を与え、生者の未来につなぐことで、死者を祭ろうとする。無意味な死にたいしてこのように意味を充塡する紀念行為が、……すくなくともこのころの于右任は、往時の死者に不条理を感じたがゆえ生の足跡を残すすべもない人々の不条理な死を不条理なままに受け止めることはできなかったに違いない。その死の意味づけなしには、戦いを率いた自己の生の軌跡を肯定することも難しかったのではなかろうか」と加藤は自ら「現代的解釈」にすぎるかもしれないと留保しつつも述べている。たしかに于右任に即してこの解釈が妥当か否かは議論のありうるところだろうが、加藤の指摘は現代における死の問題についての思考に我々を導いてくれるように思われる。

魯迅に「墓碑銘」という散文詩がある。夢で、うち捨てられた墓碑の前に立った「私」はほとんどはげ落ちた意味不明の碑文（丸尾常喜氏の解読によれば、辛亥革命の熱情からその挫折による絶望、そして魯迅特有の自己解剖を表すという）を判読しようとし、墓の中から死骸が「私が塵になるとき、おまえは私の微笑を見るだろう」（丸尾訳）と口を動かさぬままに言うのに恐れおののいてその場を逃げ出す。その微笑みとは木山英雄氏が「死の死」と言うように、あるいはそれを敷衍して丸尾氏が言う「自分自身を、自身のなかの「暗黒」や、世界や自己の「暗黒」とともにあるほかはない自身の文章ともどもに葬り去る時代への希求」がかなう時の会心の笑みであろうか。筆者にはそれが同時に、この作品の収められる散文詩集『野草』にしばしば現れる「復讐《ふくしゅう》」――行為の善悪や益不益をさしおいて、敵の予想や期待を徹底的に裏切る行動により実行される復讐――を果たした満足の笑いでもあるように思われる。墓を建て碑を刻した者の思い、死者の生者に対する評価と解釈を拒み無視する。夢の中の話であり、刻まれた碑文の奇矯《ききょう》さからして葬られている死者＝「私」が同時にこの碑文を書いたのだと理解するのが普通だろうが、現実の世界ならば家族や友人、死者の生前を顕彰しようとする団体だろうか。碑文のほとんどはげ落ちた碑は生者が自分の生を封じ込める解釈権を拒否しているかのように思われる。それが自分の自分に対する解剖であり解釈であったとしても、である。

朽ちかけた墓のイメージは時をこえて、詩人北島の作品にも現れる。北島は「朦朧詩人《もうろう》」の一人として、文化大革命後の新しい詩の言語を作り出した一人で、八〇年代末に出国後はしばしばノーベル文学賞の候補に挙げられてきた詩人だが、その初期の詩「古寺」に次のような数行がある。

石碑は欠け、刻まれた文字は摩耗し、
燃えさかる火の中でなければ
読みとれないかのように

さらに詩人は生者の眼差しによって墓の下から亀（これは死者なのかそれとも死者〈たち〉の思いを託された何かなのか）が復活し、「重い秘密を背負ってはい出して」くることを想像する。判読不可能に摩滅した碑文が、いやすり減る前からそれが死者の真実も「秘密」も語っていないと言うかのようである。

北島の最も有名な詩であると言ってよいだろう「回答」にも墓誌銘のイメージが現れるが、こちらはそれほど悲観的ではない。卑怯者は卑怯がゆえにこの世にのさばり、気高き者はその気高さゆえに迫害され死に至らしめられる。

卑怯は卑怯者の通行手形
気高さは気高き者の墓誌銘
ごらん、メッキしたあの空にあふれる
死者の湾曲した逆さ影

ここでは墓誌銘そのものはその者の人生を裏切ってはいない。うろこ雲のように「空にあふれる」死者の影、北島は多数の無名の人々の死のイメージをよくうたう。「悼亡《とうぼう》」は「六・四受難者のために」という副題が示す通り、一九八九年の民主化運動弾圧の犠牲者をうたったものである。

生ける者ではない　死せる者が
終末のように赤い空の下を
連れだって進む
苦難は苦難の手を引き
憎しみの行きつく先は憎しみ
泉は涸《か》れ、燃えさかる火はとぎれず
戻り道はさらに遠い

そして死者は「長い長い死亡者名簿の中で」毎年同じ日（もちろん六月四日）に誕生日を迎えていく。「回答」も「悼亡」も、死者の列に加わることが正しき者、無辜《むこ》の者であることの証であるかのようである。六・四事件後、「幸存者」という言葉がよく用いられた。文字通りには「幸いにして生き残った」という意味だろうが、偶然によって死ななかった者という苦いニュアンスが感じられた。「一昨年の今日、私は旅館に隠れたが、彼らは刑場に向かった。去年の今日、私は砲声の中をイギリス租界に逃れたが、彼らはもはやどこともわからぬ地面の下に埋められていた」（「忘却のための記念」）と書いた魯迅もまた「幸存者」であった。

具体的な数字は忘れたが、数年前香港の新聞に、毛沢東の政策のために数千万人が（その多くは、一九五〇年代末の大躍進政策の失敗による「自然災害」での餓死者）命を落としたことになるという記事が載っていた。このおびただしい数の死に向き合う言葉を中国文学は作り出していかなければならない。

中国だけではない。二〇世紀はそれ以前では考えられない規模で人為的な原因によりおびただしい数の人間が死んでいった時代であった。戦争や政治的弾圧、テロリズムによるだけではない。飛行機、船舶、列車事故、原発事故……現代科学技術の進歩は新たなより大きな危機を生み出し、それを克服すべく新たな技術が生まれ、それがさらなるより大きな危機を作り出す。「進化」の結果、牙がのびすぎて自らの顎《あご》までつき破り滅びていったというサーベル・タイガーのように、人間も破局への道を歩んでいるのだろうか。さらにまた、医療をはじめとする科学技術の高度化は多くのこれまで不治とされてきた病気から人間を救う一方で、貧富の差や世界システムにおける位置により、それを享受する者とできない者との間の「命の格差」とでも呼ぶべきものを増大させてきた。全ての死が「救えたはずの命」の中途の死と化しつつある。現代人は死者の蘇りを恐れて死者の身体を折り曲げて埋葬したという（胎児の格好に似せたのだという説もあるようだが）原始人よりも死を恐れている。死をめぐる言説がこのように変化している時代に、このような死を悼み、語り、癒《いや》す言葉を文学は持ち合わせているだろうか。

第二刷の刊行にあたって

本書は、平成十四年十月刊行の『ああ　哀しいかな――死と向き合う中国文学――』の第二刷である。初刷は発行後まもなく売り切れとなり、当時増刷を望む声がなきにしもあらずであったが、昨今の出版界の状況からそれは見送られていた。

このたび本書の続編とも言うべき『鳳よ鳳よ――中国文学における〈狂〉』を出版することになり、それにともなって『ああ　哀しいかな』も新たな読者を獲得できるのではないかと考え、出版元の汲古書院と増刷の相談をした。幸いにも汲古書院の同意が得られて、今回の第二刷刊行の運びとなったものである。われわれマルサの会としては、増刷を喜ぶとともに、この機会にひとりでも多くの人が本書を読んで欲しいと、心から希望する。

なお、この第二刷は、手直しを最小限に抑えるために、初刷の誤字脱字の訂正と執筆者の略歴の改正のみにとどめた。

平成二十一年三月

佐藤　保

西野　由希子（にしの　ゆきこ）

1965年生。1991年お茶の水女子大学大学院修士課程修了（文学修士）。1994年お茶の水女子大学大学院博士課程単位取得退学。茨城大学人文学部准教授。

「終わらない物語――香港作家・西西論」(『野草』63号、1999)、「書き換えられる“記憶”――也斯「島和大陸」考」(『茨城大学人文学部紀要』41号、2004)。

平石　淑子（ひらいし　よしこ）

1952年生。1979年お茶の水女子大学大学院修士課程修了（文学修士）。2005年博士（人文科学、お茶の水女子大学）学位取得。大正大学文学部教授。

「蕭紅の東京時代」(『〈アジア遊学〉13』勉誠出版、2000)、『蕭紅研究――その生涯と作品世界』(汲古書院、2008)。

河村　昌子（かわむら　しょうこ）

1969年生。1993年お茶の水女子大学大学院修士課程修了（文学修士）。1999年お茶の水女子大学大学院博士課程修了（博士、人文科学）。千葉商科大学准教授。

「巴金『寒夜』論――清末及び民国期の女子教育をめぐって――」(『現代中国』72号、1998)、「巴金と読者――公開書簡集『短簡』と『随想録』を題材に――」(『千葉商科大学紀要』第46巻第１・第２合併号〈通巻160・161号〉、2008)。

石井　恵美子（いしい　えみこ）

1959年生。1985年お茶の水女子大学大学院修士課程修了（文学修士）。1991年お茶の水女子大学大学院博士課程単位取得退学。2007年まで鳥取大学地域学部准教授。

「『百合花』試論」(『お茶の水女子大学中国文学会報』16号、1997)、「『文芸月報』雑誌について」(『鳥取大学教育地域科学部紀要』１巻２号、2000)。

宮尾　正樹（みやお　まさき）

1955年生。1982年東京大学大学院修士課程修了（文学修士）。お茶の水女子大学大学院人間文化創成科学研究科教授。

「ハ・ジンの小説における恋愛と結婚――グローバル化の中の中国系作家」(『グローバル化とジェンダー規範に関する研究報告書』、2002)、「南山紀要――環境問題に関する中国知識人の提言」(翻訳、『中国研究月報』2002－３)。

王　　廸（おう　てき）

1949年生。1992年早稲田大学大学院修士課程修了（文学修士）。1998年お茶の水女子大学大学院博士課程修了（博士、人文科学）。1998－2000日本学術振興会外国人特別研究員。台湾開南大学助理教授。

『日本における老荘思想の受容』（国書刊行会、2001）、『日本老莊學研究』（台湾全華股份有限公司、2007）。

直井　文子（なおい　ふみこ）

1961年生。1987年お茶の水女子大学大学院修士課程修了（文学修士）。1991年お茶の水女子大学大学院博士課程単位取得退学。東京成徳大学人文学部准教授。

『菅茶山頼山陽詩集』（共著、岩波書店、1996）、「頼春水の詩」（『東京成徳大学人文学部・応用心理学部研究紀要』第16号、2009）。

加藤　三由紀（かとう　みゆき）

1959年生。1984年お茶の水女子大学大学院修士課程修了（文学修士）。1988年お茶の水女子大学大学院博士課程中退。和光大学表現学部教授。

『中国の地の底で』（共訳、朝日新聞社、1993）、「『農民』報と孫伏園」（『お茶の水女子大学中国文学会報』25号、2006）。

栗山　千香子（くりやま　ちかこ）

1958年生。1991年東京大学大学院修士課程修了（文学修士）。1998年一橋大学大学院博士課程単位取得退学。中央大学法学部准教授。

「聞一多『天安門』論考」（『一橋論叢』122巻２号、1999）、「〈壁〉のアポリア――一九九〇年代史鉄生の文学をめぐって」（『中央大学論集』27号、2006）。

佐藤　普美子（さとう　ふみこ）

1953年生。1978年お茶の水女子大学修士課程修了（文学修士）。駒澤大学総合教育研究部教授。

「〈思考と感覚の融合〉を求めて――九葉派の詩と詩論」（『東洋文化』77号、1997）、「何其芳『画夢録』試論」（『転形期における中国の知識人』汲古書院、1999）。

谷口　真由実（たにぐち　まゆみ）

1959年生。1985年お茶の水女子大学大学院修士課程修了（文学修士）。1989年筑波大学大学院博士課程中退。長野県短期大学教授。

「杜甫の社会批判詩と房琯事件」（『日本中国学会報』第53集、2001）、「杜甫「三吏三別」詩の世界――「新婚別」を中心に」（田部井文雄編『研究と教育の視座から　漢文教育の諸相』、大修館書店、2005）。

尾形　幸子（おがた　さちこ）

1964年生。1990年お茶の水女子大学大学院修士課程修了（文学修士）。2004年お茶の水女子大学大学院博士後期課程単位取得退学。法政大学経済学部非常勤講師。

『新書漢文大系19　文選　詩篇』（共著、明治書院、2003）、『中国の宗教』（共訳、春秋社、2005）

伊藤　美重子（いとう　みえこ）

1955年生。1981年お茶の水女子大学大学院修士課程修了（文学修士）。2006年博士（人文科学、お茶の水女子大学）学位取得。お茶の水女子大学大学院人間文化創成科学研究科准教授。

『敦煌文書にみる学校教育』（汲古書院、2008）、「敦煌写本『雑抄』に関する諸問題」（『敦煌・吐魯番出土漢文文書の新研究』（東洋文庫、2009）。

大西　陽子（おおにし　ようこ）

1962年生。1988年お茶の水女子大学大学院修士課程修了（文学修士）。1992年お茶の水女子大学大学院博士課程単位取得退学。一橋大学非常勤講師。

「范成大に於ける紀行詩――紀行文『石湖三録』との関連を中心に――」（『名古屋大学中国語学文学論集』第５輯、1992）。

村越　貴代美（むらこし　きよみ）

1962年生。1987年お茶の水女子大学大学院修士課程修了（文学修士）。1997年博士（人文科学、お茶の水女子大学）学位取得。慶應義塾大学経済学部教授。

『北宋末の詞と雅楽』（慶應義塾大学出版会、2004）、「姜夔の楽論における琴楽」（『風絮』２号、2006）。

執筆者紹介（掲載順）

佐藤　保（さとう　たもつ）

1934年生。1959年東京大学大学院修士課程修了（文学修士）。お茶の水女子大学名誉教授。学校法人二松学舎顧問。

『中国古典詩学』（放送大学教育振興会、1997）、『中国の詩情』（日本放送出版協会、2000）。

矢嶋　美都子（やじま　みつこ）

1950年生。1975年お茶の水女子大学大学院修士課程修了（文学修士）。1998年博士（人文科学、お茶の水女子大学）学位取得。亜細亜大学法学部教授。

『庾信研究』（明治書院、2000）、「『懐風藻』に見る『文選』の影響――「桜」の考察を中心に――」（『立命館文学』第598号清水凱夫教授退職記念論集、2007。本論文を修正した中国語版は「関於漢魏六朝詩歌中的桜（桜桃）与在《懐風藻》中的桜（花）」（『中日学者六朝文学研討会論文集』北京大学中文系出版、2006年））。

今井　佳子（いまい　よしこ）

1960年生。1995年お茶の水女子大学大学院修士課程修了（文学修士）。2002年お茶の水女子大学大学院博士課程単位取得退学。東京学芸大学教育学部非常勤講師。

「鮑照賦の構成から見る表現の特色」（『お茶の水女子大学中国文学会報』15号、1996）、「詠物賦に於ける場所――鸚鵡賦について」（『お茶の水女子大学中国文学会報』17号、1998）。

黒田　真美子（くろだ　まみこ）

1946年生。1982年お茶の水女子大学大学院修士課程修了（文学修士）。1991年東京大学大学院博士課程単位取得退学。1993年ミュンヘン大学大学院博士課程単位取得退学。法政大学文学部教授。

「柳宗元の擬人法」（『法政大学文学部紀要』第49号、2004）、『中国古典小説選５　枕中記・李娃伝・鶯鶯伝他』（翻訳・解説　明治書院、2006）。

ああ　哀しいかな
——死と向き合う中国文学——

平成十四年十月　第一刷発行
平成二十一年七月　第二刷発行

編　者　佐藤　保
　　　　宮尾正樹
発行者　石坂叡志
印刷所　中台整版
　　　　モリモト印刷

発行所　汲古書院
〒102-0072　東京都千代田区飯田橋二―五―四
電　話〇三（三二六五）九七六四
ＦＡＸ〇三（三二二二）一八四五

ISBN978－4－7629－2671－6　C3098
©Tamotsu SATO／Masaki MIYAO 2002
KYUKO-SHOIN, Co.,Ltd. Tokyo